普通高等教育规划教材

机械 CAD 软件开发实用技术教程

主　编　乔爱科

副主编　李　杨　刘志峰

参　编　张乃龙　刘保华

　　　　付文宇　李伟青

主　审　赵汝嘉

机 械 工 业 出 版 社

本书着重于机械 CAD 软件开发实用技术的训练。通过本书的学习，读者不仅可以掌握一定的 CAD 软件开发技能，而且为将来成为软件技术开发人员和软件工程师打下基础。全书共分 8 章，主要内容包括：机械 CAD 的基础知识；软件工程基础知识；软件开发的界面设计；设计数据的处理；计算机图形基础及开发；AutoCAD 的二次开发；产品数据管理技术及软件开发实例。

本书可作为高等工科院校机械专业及其相关专业的教材，也可作为从事 CAD 软件开发工作的工程技术人员的参考用书。

图书在版编目（CIP）数据

机械 CAD 软件开发实用技术教程/乔爱科主编. —北京：机械工业出版社，2008.6

普通高等教育规划教材

ISBN 978-7-111-24060-0

Ⅰ．机…　Ⅱ．乔…　Ⅲ．机械设计：计算机辅助设计—应用软件—软件开发—高等学校—教材　Ⅳ．TH122

中国版本图书馆 CIP 数据核字（2008）第 061333 号

机械工业出版社（北京市百万庄大街 22 号　邮政编码 100037）
策划编辑：刘小慧　责任编辑：常建丽
版式设计：霍永明　责任校对：陈延翔
封面设计：张　静　责任印制：洪汉军
北京瑞德印刷有限公司印刷（三河市明辉装订厂装订）
2008 年 7 月第 1 版第 1 次印刷
184mm×260mm · 15.75 印张 · 385 千字
标准书号：ISBN 978-7-111-24060-0
定价：26.00 元

前　言

鉴于现代机械制造业和计算机技术的飞速发展，机械制造业信息化已成为新形势下的必然趋势。利用 CAD 等现代设计方法来完成机械设计任务，已经是市场形势和学科发展的迫切要求。因此，高等学校需要培养在机械 CAD 方面有一定基础的人才，特别是具有 CAD 应用软件开发能力的高层次人才。本书定位在机械 CAD 软件开发实用技术的训练上，适用于大学高年级本科生和硕士研究生，目的是通过本书的学习，让读者掌握一定的 CAD 软件开发技能，为其成为软件技术开发人员和软件工程师打下基础。本书所涉及的软件都是目前流行的应用系统，也是目前大多数软件开发公司广泛采用的实用工具，如绘图软件采用 Auto-CAD、编程工具采用 VC ++、数据库系统采用 SQL Server、图形设计软件采用 OpenGL、安装软件开发工具采用 InstallShield 等。

本书紧密结合现代机械 CAD 科学技术和文化的最新成就，在内容和体系上都与其他教材有明显的不同。第一章介绍了机械 CAD 的类型和组建，以及最新 CAD 技术的概念；重点介绍了 CAD 系统的构建，目的是让读者能站在全局的高度看待软件开发的问题，能针对企业的 CAD 项目提出整体解决方案。第二章介绍了软件工程的基本概念和方法，并且针对如何提高软件质量介绍了许多技巧性的知识，提供了一系列宝贵的开发经验。第三章专门针对软件开发的界面设计进行了详细说明。第四章对机械设计数据的处理方法进行了介绍，包括数据结构的概念；数据结构的常见类型和创建；数据库的概念、应用、操作和开发实例（SQL 数据库程序实例），机械设计数据的处理方法及开发实例（VC ++ 程序实例）。第五章在介绍图形学基础知识后，给出了机械 CAD 图形设计的要点、常见图形交换接口、利用 OpenGL 进行三维图形设计的开发步骤和 OpenGL 在机械 CAD 图形设计中的应用开发实例。第六章除了介绍传统的 AutoCAD 定制和开发方法之外，还介绍了 AutoCAD 二次开发的最新工具——ObjectARX 编程过程和实例。学完本章后读者可以编程实现二维和三维图形自动化的设计。第七章介绍产品数据管理（PDM）技术，给出了数据库技术的实际应用——PDM 软件开发基本方法和实用技术的应用实例。第八章给出了若干典型机械零部件 CAD 实例的开发指导，并教授开发人员设计自己的 InstallShield 安装程序，目的是让学生能够完整地开发一个软件。由此可见，贯穿本书的中心思想是 CAD 应用软件开发，目的是培养软件开发人员和软件工程师。本书不仅介绍必要的基础知识，而且给读者讲授实实在在的、有一定深度的开发技术方面的知识。读者在循序渐进的引导下，能够很容易地完成一些 CAD 应用软件的开发工作。集成性、实用性和可操作性强是本书的突出特点。

参加本书编写的人员都是多年来从事 CAD 应用和开发的高等学校一线教学和科研人员。第一章由北京工业大学乔爱科编写。第二章由北京工业大学刘志峰、李杨和乔爱科编写。第三章由北京工业大学乔爱科和中国地质大学（北京）李伟青编写。第四章由北京工业大学乔爱科和付文宇编写。第五章由北京工业大学李杨和乔爱科编写。第六章由北京工业大学乔爱科、张乃龙和河北建筑工程学院刘保华编写。第七章由北京工业大学刘志峰编写。第八章由北京工业大学乔爱科和张乃龙编写。

在本书的编写过程中，得到了北京工业大学硕士研究生高斯、马章军、赵亮和陈为彩等人的热情帮助。在此表示感谢。

感谢清华大学童秉枢教授为本书提供了宝贵的意见和建议。

特别感谢西安交通大学赵汝嘉教授审阅书稿，并提供了细致的修改意见和建议。

因编者水平有限，书中难免有错误及不当之处，敬请广大读者批评指正。

编　者

目　　录

第一章 机械 CAD 的基础知识

第一节 机械 CAD 的概述

机械设计是产品设计、制造、装配、销售和使用的整个生命周期中的第一个环节，也是最重要的环节。所谓机械设计，是指根据使用要求确定产品应该具备的功能，构想出产品的工作原理、运行方式、力和能量的传递、所用材料、结构形状以及技术要求等事项，并转化为图样和设计文件等具体的描述，以便作为制造的依据。机械设计是一个"设计—评价—再设计"的反复循环、不断优化的过程。在传统的人工设计条件下，设计的工作量大、周期长。在市场经济条件下，产品更新换代的速度越来越快，缩短产品的开发周期、提高质量、降低成本，已是各企业增强市场竞争力和促进自身发展的重要条件之一。因此，实现某种程度上的设计自动化、缩短设计周期、提高质量、降低成本就成为机械设计发展的迫切要求。正是在这样的背景下，产生了计算机辅助机械设计。

机械 CAD（Computer Aided Design）是指将计算机技术运用到机械设计的全过程之中，利用计算机硬、软件系统辅助人们对产品和工程进行分析计算、几何建模、仿真与试验、优化设计、绘制图形、工程数据库的管理、生成设计文件等的方法和技术。它是专业技术人员和计算机的有机结合，可以充分发挥各自的优势，是一种新的设计方法，也是一门多学科综合应用的新技术。机械 CAD 系统给传统的机械设计方法和思路带来了极大的冲击，可以说是机械设计的一次革命。如上所述，机械设计包括方案决策、概念设计、总体设计、结构设计、性能分析、装配过程仿真、工作过程仿真、产品的信息数据管理等诸多方面的内容。机械 CAD 可能体现在某种程度上的设计自动化，而实现产品整个生命周期的 CAD，目前还不是一个容易达到的目标。

计算机具有快速高效的计算处理功能、大的信息存储量和图形显示仿真能力，在产品设计过程中既可以减轻设计人员的脑力、体力劳动，又为设计人员改进优化设计方法、设计参数及设计手段提供了一种便捷有效的技术手段。机械 CAD 技术现已广泛地应用到机械设计和制造的各个环节中。该技术的作用和优势在企业的生产过程中日益凸现，为缩短产品的开发生产周期、发展制造业信息化和提高企业的竞争力奠定了基础。

机械 CAD 系统除完成传统的设计步骤外，也能轻松完成一些过去不能实现的工作，如参数的优化设计、结构的有限元计算、机件和机构的形状和运动的模拟仿真、机械图样的绘制等。机械 CAD 系统还在不断地改进和扩大功能，现有的一些机械 CAD 系统的功能不仅仅局限于机械产品的设计，同时还包括系统与其他技术的结合，如与数据库技术结合，可以将每一项产品的全部信息都进行存储管理；提供二次开发的平台，为用户扩大系统的功能提供基础条件等。

第二节 机械 CAD 系统的构建

一、机械 CAD 系统的硬件和软件

机械 CAD 系统主要由两大部分组成，即硬件部分和软件部分。硬件部分包括计算机的主机和外部设备；软件部分则包括操作系统、支撑系统和应用系统等。

1. CAD 系统的硬件

CAD 系统的硬件主要包括：中央处理器、主存储器、外存储器和输入/输出设备。

（1）中央处理器

中央处理器即 CPU，是微型计算机的核心部件，用于指挥、控制整个计算机系统完成运算、分析等工作。主机的类型及性能对 CAD 系统的使用功能起到了决定性作用。CPU 可以获取主存储器内的指令，分析指令的操作类型，实现计算机各种动作，控制数据在各部分之间的传送，输出计算的结果及逻辑操作的结果。

（2）主存储器

主存储器也称为内存，用来存放指令、数据及运算结果。它分为随机存储器（RAM）和只读存储器（ROM）。RAM 用于存放当前参与运行的程序和数据，其特点是：信息可读可写，存取方便，但信息不能长期保留，断电会丢失。因此，关机前要将 RAM 中的程序和数据转存到外存储器上。ROM 用于存放各种固定的程序和数据，由生产厂家将开机检测、系统初始化、引导程序、监控程序等固化在其中。它的特点是：信息固定不变，只能读出不能重写，关机后原存储的信息不会丢失。

（3）外存储器

微型计算机使用的大量磁盘存储器称为外存储器。外存储器是保存计算机辅助机械设计中产生的大量数据、信息的重要外部设备。虽然内存直接与 CPU 相连，能够快速存取，但其价格较高，故计算机 CAD 系统都配置了外存储器，用来存放暂时不用或者等待调用的程序、数据等信息。常用的外存储器有磁盘、磁带、光盘等。

（4）输入/输出设备

输入设备是人机交互中的重要条件。设计人员通过输入设备向计算机输入不同的数据、信息，输入设备将各种外部数据、信息转换成计算机能识别的电子脉冲信号，传递给计算机，实现要求的动作、运算。实现该功能的装置称为输入设备。对于机械 CAD 系统而言，除需具备一般计算机系统的输入设备以外，还需提供一些具有特殊功能的设备，如要求实现定位、画笔、输入数值、选择、拾取等功能的设备。输入设备主要包括键盘、鼠标、光笔、图形输入板、扫描仪等。输出设备主要有显示器、打印机、绘图仪、多媒体声像设备等。

2. CAD 系统的软件

对于机械 CAD 系统而言，仅有计算机硬件设备并不能满足系统的要求，机械 CAD 系统还需要配备各种相关的功能软件。软件的作用就是高效地管理和使用硬件，实现设计人员所要求的各种功能。软件系统水平的高低直接影响到机械 CAD 系统的功能、效率及使用的方便程度。软件部分在机械 CAD 中占据着越来越重要的地位。通常按照软件的不同功能将其分为系统软件、支撑软件及应用软件。

（1）系统软件

系统软件是处于软件系统底层的管理软件部分。该软件部分不属于用户的应用程序，而是使用、管理和控制计算机运行的程序的集合，是用户与计算机硬件的纽带。它为应用软件提供了一个使用的平台，其目的就是要构成一个良好的软件工作环境，便于应用程序的开发和使用。即系统软件是应用软件的必要基础，应用软件要借助于系统软件的编制来实现其功能。一般的应用软件都是以系统软件为基础来运行的，而操作系统是系统软件中最基础、最核心的部分。由此可见，操作系统在整个服务器系统中有着至关重要的作用。当今计算机操作系统多种多样，诸如 DOS、UNIX、Linux、Netware、Windows、Windows NT 等系统。

1）DOS 系统。DOS 系统是一种单用户、单任务的操作系统。该系统操作简单，对硬件的性能要求不高，其交互功能为问答式，大量的命令需要记忆和手工键盘输入，致使计算机使用人员操作不方便，并且其内存管理存在局限性。所以，DOS 操作系统基本上已经退出了历史舞台。

2）UNIX 系统。UNIX 系统是一种多用户、多任务分时操作系统。该系统在大型机和高端微机中使用比较广泛，但其对维护、操作人员的专业水平有一定的要求。UNIX 的主要特点是技术成熟、可靠性高。许多 UNIX 主机和服务器都是每天 24h，每年 365 天不间断运行，其结构简练，便于移植。UNIX 系统是世界上唯一能在笔记本电脑、PC、工作站以及巨型机上运行的操作系统，而且能在所有体系结构上运行。开放性是 UNIX 最重要的本质特征。UNIX 系统从一开始就为软件开发人员提供了丰富的开发工具，成为工程工作站的首选和主要的操作系统及开发环境。UNIX 具有强大的支持数据库的能力和良好的开发环境。所有主要数据库厂商，包括 Oracle、Infomix、Sybase、Progress 等，都把 UNIX 作为主要的数据库开发和运行平台。网络功能强大是 UNIX 的另一特点。作为 Internet 技术基础和异种机连接重要手段的 TCP/IP 协议就是在 UNIX 上开发和发展起来的。TCP/IP 是所有 UNIX 系统不可分割的组成部分。此外，UNIX 还支持所有的网络通信协议，包括 NFS、DCE、IPX/SPX、SLIP、PPP 等，使得 UNIX 系统能方便地与已有的主机系统以及各种广域网和局域网相连接，这也是 UNIX 具有出色的互操作性的根本原因。

3）Windows 操作系统。Windows 系统是一个基于图形界面实现多任务窗口环境的操作系统。该操作系统具有硬件管理、网络管理和外部设备管理等功能，并且能够运行在 Windows 和 DOS 环境中编写的程序。该操作系统的界面简单、方便，便于使用，是目前用户最多、最流行的操作系统。由于微软公司在桌面操作系统上的长期垄断地位，很多应用程序开发商专门开发各种基于 Windows 系列操作系统上的应用程序。因此，使用 Windows 操作系统能够更容易地得到各种软件服务，这是 Windows 得以流行的一个重要原因。从 1985 年第 1 版 Windows 开始，20 多年来 Windows 操作系统经历了 Windows 1.0、Windows 2.0、Windows 3.0、Windows 3.1、Windows NT 3.1、Windows 3.2、Windows 95、Windows NT 4.0、Windows 98、Windows ME、Windows 2000、Windows XP、Windows Server 2003、Windows Vista 等多种版本。Windows Vista 是美国微软公司开发代号为 Longhorn 的新一代 Microsoft Windows 操作系统的正式名称。它是继 Windows XP 和 Windows Server 2003 之后，微软有史以来最具革命性的升级操作系统。该系统带有许多新的特性和技术。它实现了技术与应用的创新，在安全可靠、简单清晰、互联互通以及多媒体等方面体现出了全新的构想。简单地说，Windows Vista 是一个具备更好的安全性，具备耳目一新和良好易用的用户界面、图形化系统以及复制保护等崭新属性的操作系统。

4）Linux 操作系统。Linux 操作系统是所有类 UNIX 操作系统中最出色的一个。在计算机操作系统市场中，Linux 是增长率最快的操作系统，而且也是唯一市场份额尚在增加的非 Windows 操作系统。Linux 操作系统是一种自由的、没有版权限制的软件。它在受到全球众多个人用户认同的同时，也赢得了一些跨国大企业客户的喜爱，如波音公司和奔驰汽车公司在一些项目中就使用了 Linux。Informix、Netscape、Oracle 等公司宣布了对 Linux 的支持，并已推出基于 Linux 的软件产品。对于应用软件开发商而言，Linux 可能会是一个新的平台，一个潜在的产品市场。特别是 Linux 属免费平台，开发商不需系统平台的注册，用户也不必花钱买操作系统。

5）Netware 操作系统。Novell Netware 是 Internet 进入我国之前最为流行的一种网络操作系统。它一开始是为 DOS 网络设计的比较专用的文件服务器操作系统，能很好地处理从客户工作站发出的远程 I/O 请求。但是，由于 20 世纪 90 年代计算机系统逐渐小型化，而且多数都转移到了客户服务器计算机结构上，所以网络服务器的作用也随之发生了相应的变化。越来越多的公司都把网络服务器看作是一个平台，希望它能支持内部事务处理系统。（这些系统原来是在小型机和大型机上运行的）。在一个客户服务器环境中，网络服务器必须能像大型机那样管理多个使用大量资源的服务器进程，而且保证同样的完整性、安全性和可靠性。为了适应新的发展，Novell 公司推出了新一代的智能网络平台 Netware 5。Netware 5 继续发挥 Novell 公司在网络计算方面的优势，为客户建立能够交付"全值网络"的网络解决方案。Netware 5 完全支持 IPX，同时它又具备了运行纯粹 IP 网络的能力。它配备了先进的 Internet 服务器，支持多种脚本语言，使用起来非常方便。

（2）支撑软件

支撑软件是协助用户开发软件与维护软件的工具性软件，又称为软件开发环境，可以在市场上直接购买。机械 CAD 系统所需的支撑软件主要包括：程序设计语言、各种接口软件和工具包、数据库系统软件等。

1）程序设计语言。程序设计语言是一组用来定义计算机程序的语法规则。它是一种被标准化的交流技巧，用来向计算机发出指令。程序设计语言经历了从低级语言到高级语言的发展过程。高级语言的出现使得计算机程序设计语言不再过度地依赖某种特定的机器或环境。这是因为高级语言在不同的平台上会被编译成不同的机器语言，而不是直接被机器执行。高级语言的特点是易学、易用、易维护。常见的程序设计语言有汇编语言、Basic、Fortran、C、C++、Visual C++、C#、COBOL、ADA、Pascal、Delphi、Java、JavaScript、LISP、Perl、PHP、Prolog、Smalltalk、SQL、TCL/TK、Visual Basic、Visual FoxPro、XML 等。

2）工具软件包。有些常用的建模、绘图、优化、数值分析、可视化、网格划分、图像处理、信号处理、开发资源库、素材库等软件模块，或者专门为某些专业领域提供的程序模块，可以直接为软件开发提供工具包。优化方法软件将优化技术用于工程设计，综合多种优化计算方法，为选择最优方案、取得最优解、求解数学模型提供了强有力的数学工具软件。系统运动学/动力学模拟仿真软件可以在产品设计时实时、并行地模拟产品生产或各部分进行的全过程，以预测产品的性能、产品的制造过程和产品的可制造性，如 ADAMS 机械系统动力学自动分析软件。常见工具软件包有 OpenGL、VTK、ITK、MATLAB 等。其中，Open-GL 提供强有力的图形函数，具有建模、变换、色彩处理、光线处理、纹理影射、图像处理、动画及物体运动模糊等功能，成为图形应用程序的首选开发工具；MATLAB 除具备卓越的科学计算、数据处理能力外，还提供了专业水平的符号计算、文字处理、可视化建模仿真和实时控制、出色的图形处理功能、应用广泛的模块集合工具箱、实用的程序接口和发布平台，因此，被广泛应用于许多专业领域的软件开发。

3）数据库系统软件。数据库是以一定的组织方式存储在计算机中的相互关联的数据的集合。支持人们建立、使用和修改数据库中数据的软件称为数据库管理系统（DBMS）。数据库系统则由数据库和数据库管理系统组成。数据库系统软件能够支持各子系统中的数据传递与共享。数据库系统的应用范围很广，各行各业都需要它来进行数据的储存、查询和分析。与生活密切相关的商场 POS 系统、图书馆管理系统、航班公告系统、汽修系统、企业的信息系统、票务系统、即时通信软件等都涉及到数据库系统。数据库系统正在越来越多的行业中发挥作用，使用数据库系统是大势所趋。数据库在 CAD 系统中具有重要地位，它能有效地存储、管理和使用数据。目前，市场上有大量商品化的数据库系统，如 DBASE、FoxBASE，FoxPro、Oracle、Sybase、SQL Server、Informix 和 DB2 等，它们都属于商业用数据库系统，其中 SQL Server、DB2、Oracle 被称为三大数据库系统，它们的性能比较见表 1-1。

表 1-1　常用的三大数据库系统比较表

数据库系统 性能	SQL Server	Oracle	DB2
开放性	只能在 Windows 上运行，没有丝毫的开放性，操作系统的稳定对数据库是十分重要的。Windows 9X 系列产品是偏重于桌面应用，NT Server 只适合中小型企业。而且 Windows 平台的可靠性、安全性和伸缩性是非常有限的。它不像 UNIX 那样久经考验，尤其是在处理大数据量的关键业务时	能在所有主流平台上运行（包括 Windows）。完全支持所有的工业标准。采用完全开放策略。可以使客户选择最适合的解决方案。对开发商全力支持	能在所有主流平台上运行（包括 Windows）。最适于海量数据。DB2 在企业级的应用最为广泛，在全球的 500 家最大的企业中，几乎 85% 以上用 DB2 数据库服务器
可伸缩性，并行性	并行实施和共存模型并不成熟，很难处理日益增多的用户数和数据卷，伸缩性有限	平行服务器通过使一组结点共享同一簇中的工作来扩展 Windows NT 的能力，提供高可用性和高伸缩性的簇的解决方案。如果 Windows NT 不能满足需要，用户可以把数据库移到 UNIX 中	具有很好的并行性。DB2 把数据库管理扩充到了并行的、多节点的环境。数据库分区是数据库的一部分，包含自己的数据、索引、配置文件和事务日志
安全性	没有获得任何安全证书	获得最高认证级别的 ISO 标准认证	获得最高认证级别的 ISO 标准认证
运行性能	多用户时，性能不佳	性能最高，保持 Windows NT 下的 TPC—D 和 TPC—C 的世界纪录	适用于数据库和在线事务处理，性能较高

（续）

性能 ＼ 数据库系统	SQL Server	Oracle	DB2
客户端模式	C/S 结构，只支持 Windows 客户，可以用 ADO, DAO, OLEDB, ODBC 连接	多层次网络计算，支持多种工业标准，可以用 ODBC, JDBC, OCI 等网络客户连接	跨平台，多层结构，支持 ODBC, JDBC 等客户
操作简便性	操作简单，但只有图形界面	较复杂，同时提供 GUI 和命令行，在 Windows NT 和 UNIX 下操作相同	操作简单，同时提供 GUI 和命令行，在 Windows NT 和 UNIX 下操作相同
使用风险	完全重写的代码，经历了长期的测试，不断延迟，许多功能需要时间来证明，并不十分兼容早期产品，需要冒一定风险	长时间的开发经验，完全向下兼容，得到广泛的应用，完全没有风险	在巨型企业得到广泛的应用，向下兼容性好，风险小

数据库技术最初主要应用于事务管理，只处理简单的数据对象。为适应制造业信息化的需求，在工业领域应用数据库技术可以把市场分析、生产规划、产品设计、制造及维护等环节集成为一体，以应对市场需求的多变性。因此，工程数据库作为现代机械 CAD 系统中的重要组成部分，越来越广泛地受到人们的重视。机械 CAD 系统由于自身的一些特点需要相应的工程数据库的支持。由于工程数据不再是单一的、静态的文字型数据，而是涉及到管理型数据、设计型数据、图形数据等动态、多样、复杂的数据对象，所以工程数据库系统具有概念模式动态性、数据模型多样性、数据类型复杂性等特点，这就造成目前工程数据库系统的发展还不十分成熟。国外公司和研究所开发了一些工程数据库管理系统，如美国波音公司的 IPIP、日本 Nippon 公司的 MLDB、挪威工业中心研究所的 TORNADO 等。大多数的工程数据库系统还是借用商业用数据库，如 INGRES、PB、Oracle、Sybase、FoxPro、SQL Server 等关系型数据库管理系统。目前，适用于各种工程应用领域的新一代工程数据库——面向对象的工程数据库管理系统（OOEDBMS）的研究方兴未艾，被认为是最具前途的下一代工程数据库。

（3）应用软件

应用软件的范围很广。它是在特定领域内开发，按照用户的特定要求，为特定目的服务的一类软件，往往需要由用户自行开发完成。它可以是一个特定的程序，比如一个图像浏览器、一个视听播放器等；也可以是一组功能联系紧密、可以互相协作的程序的集合，比如微软的 Office 软件；还可以是一个由众多独立程序组成的庞大的软件系统，比如数据库管理系统。应用软件处于软件系统的最外层，是用户为解决实际问题而自行开发或委托开发的程序系统。有些支撑软件本身也可以作为应用软件直接为用户服务，所以有时很难严格区分它所属的层次，可根据软件所扮演的具体角色而定。应用软件是在系统软件的平台上，在某种支撑软件基础上，用高级语言编程，针对特定的问题而研制开发的。该工作又称为"二次开发"，如模具设计软件、机械零件设计软件、机床设计软件等。它们是既可为一个用户使用，也可为多个用户使用的一类软件。机械 CAD 系统所需的应用软件从功能上可以划分为：绘图和几何建模软件、有限元分析和计算机辅助工程软件等。

1）绘图和几何建模软件。图形设计软件可以支持不同专业的应用图形软件的开发。图形设计软件具有基本图形元素绘制、图形变换、图形编辑、存储、显示等功能。如，在现有的微机上广泛应用的是 AutoCAD 系统支撑软件。而几何建模软件则提供一个完整、准确地描述和显示三维几何造型的方法和工具。它包含消隐、着色、浓淡处理、实体参数计算、质量特性计算等功能。在机械设计中，常用的几何建模软件系统有 I—DEAS、UG、Solid Edge、SolidWorks、Pro/Engineer、CATIA 等。

AutoCAD 系统是美国 Autodesk 公司开发的基于微机的计算机辅助绘图软件系统。该软件系统通过交互式手段绘制二维和三维图样，提供了方便、快速的制图手段，支持多种操作系统，具有良好的人机交互绘图界面和图形编辑、图形数据接口功能。

UG 是 Unigraphics Solutions 公司开发的具有强大功能的 CAD/CAM 软件。首次突破传统 CAD/CAM 模式，为用户提供了一个从产品的概念设计到产品建模、分析和制造全过程的灵活的复合建模平台。UG 具有独特的知识驱动自动化（KDA）的功能，使产品和过程的知识能够集成在一个系统里。

Solid Edge 是 EDS 公司推出的 CAD 软件包。Solid Edge 采用的是基于特征的参数化、变量化设计技术，操作方便，简单易学。为从 CAD 绘图升至三维实体造型的设计提供了简单、快速的方法。

SolidWorks 软件以 Parasolid 作为几何平台和 DCM 作为约束管理模块，采用自顶向下基于特征的实体建模设计方法，可动态模拟装配过程，自动生成装配明细表、装配爆炸图、动态装配仿真、干涉检查、装配形态控制，同时具有中英文两种界面可供选择，其先进的特征树结构使操作更加简便和直观。

Pro/Engineer 系统是美国参数技术公司（Parametric Technology Corporation，PTC）的产品。利用 PTC 提出的单一数据库、参数化、基于特征、全相关的概念开发出来的第三代机械 CAD/CAE/CAM（3C）产品——Pro/Engineer 软件能将设计至生产全过程集成到一起，让所有的用户能够同时进行同一产品的设计制造工作，即实现所谓的并行工程。

CATIA 是法国达索飞机公司开发的高档 CAD/CAM 软件。CATIA 采用先进的混合建模技术，在整个产品生命周期内具有方便的修改能力，所有的模块具有全相关性和并行工程的设计环境，支持从概念设计直到产品实现的全过程。

部分国产 CAD 软件主要有：高华 CAD、gs-cad98 CAD、CAXA、金银花（Lonicera）、开目 CAD、InteCAD、InteSolid、大恒 CAD、XTMCAD、PICAD 等。

2）有限元分析和计算机辅助工程软件。有限元分析软件可以进行静态、动态、热特性分析，通常包括前置处理、计算分析及后置处理三部分。计算机辅助工程（CAE）软件是集几何建模、三维绘图、有限元分析、产品装配、公差分析、机构运动学、NC 自动编程等功能分析系统为一体的集成软件系统。由数据库进行统一的数据管理，使各分系统全关联，支持并行工程并提供产品数据管理功能，信息描述完整，协助用户完成大部分工作。计算机辅助机械设计中存在大量的机构分析、计算、优化及运动学和动力学仿真等软件，如 AN-SYS、MARC、ABQUS、ADINA、SAP、ASKA、NASTRAN 等。

二、机械 CAD 系统的分类

CAD 系统的分类方法很多，这里只介绍其中常见的几种分类法。

1. 根据 CAD 系统配置类型划分

按照 CAD 系统所用计算机类型和外部设备的配置，CAD 系统可以分为独立系统和网络系统两大类。独立系统自成体系可以单独完成 CAD 任务。网络系统则将多个独立系统连接起来，实现资源和信息共享，共同完成 CAD 任务。

（1）独立系统

根据所用处理器类型的不同，又分为三类：主机型 CAD 系统、工程工作站 CAD 系统、PC 机 CAD 系统。

1）主机型 CAD 系统。它有一个 CPU，还有多个与之连接的图形终端。大多数早期的 CAD 系统属于此类。其优点是：多用户共享一个数据库资源；大量用户不需要另设主机，成本低。其缺点是：若 CPU 失效，则会影响所有用户；数据库易破坏；随着计算负荷的增加，系统响应将延缓。

2）工程工作站 CAD 系统。它是一个单用户系统，具有人机交互功能，响应时间短，联网后可以共享资源，便于逐步投资、逐步发展，如美国的 SUN、HP、SGI 等。工作站之所以成为一个独立产品，是因为其强大的三维图形处理功能深受用户的欢迎。

3）PC 机 CAD 系统。它也是单用户系统。与工作站不同的是：该系统成本低，工作能力相对较低，软件功能也稍逊一筹。但是，由于现在 PC 软硬件的飞速发展，性能提高，价格降低，所以该类系统发展迅速。以 PC 为平台的 CAD 系统正在成为一般用户机械 CAD 软件的主流。

（2）网络系统

随着互联网的飞速发展，基于 Web 的网络结构已经深入到社会生活的方方面面。基于 Web 的应用程序设计也从最初的信息领域应用到产品设计和制造过程，出现了基于 Web 的产品设计、基于 Web 的产品数据管理（PDM）和基于 Web 的生产管理等技术。上述三种 CAD 系统可以联网成为一个多处理机网络系统。其内部可以互相通信，实现资源共享，大大提高了系统的性能和 CAD 的效率。网络系统具有以下一些优点：①每个终端有自己的独立系统，在独立工作时其性能不受其他终端负荷的影响。②容易扩展，系统配置和开发可以分步进行，由小到大，可以逐步将网络扩展到整个工厂。③在网络上增加新的硬件后，网络上各个终端都可以共享。④引进的商品化软件也可以共享；网络上各个终端之间可以传递数据与文件信息，使用公共数据库、图形库。⑤用少量投资后，可以使用户获得具有相当于大中型计算机才有的数据处理能力，投资风险小、效益大。⑥克服了"信息孤岛"的问题，便于实现现代机械制造业对信息化的要求。

网络 CAD 系统一般又可分为两大类：客户机/服务器（Client/Server，C/S）交互式网络系统和浏览器/服务器（Browser/Server，B/S）网络系统。

1）C/S 模式。C/S 模式的基本原则是将应用任务分解成多个子任务，由多台计算机分别完成，也就是"功能分布"原则。客户端完成数据处理、数据表示、用户接口等功能；服务器端完成 DBMS 的核心功能。这种模式即客户机请求服务，服务器根据请求提供相应的服务。其主要技术特征有：①共享资源，节约经费：服务器可以同时为多个客户机提供服务，并且具有并发控制、封锁等能力以协调多用户对于共享资源的访问。②不对称协议：在客户机与服务器之间存在着一种多对一的主从关系，客户机是主动的，服务器是被动的。③基于消息的交换：客户机与服务器是一对耦合的系统，它们通过消息传递机制互相协作，消息是服务请求与服务响应的媒介。当然，C/S 模式还有其他方面的技术特征。同时这种模式随着网络、通信及计算机等相关技术的发展，数据库系统与体系结构越来越复杂，C/S 结构模式的缺点也逐渐暴露了出来，如：客户端软件过于庞大，增加了维护的难度；当软件版本升级时，所有客户端软件均需更新；客户端应用系统很大程度上依赖于应用平台，服务器变动会对客户端产生一定的影响。C/S 结构虽然已经在实践中被运用，但由于相关技术的发展与进步仍然无法回避自身的缺点，因此在这样的背景下，B/S 结构应运而生。

2）B/S 模式。B/S 结构从功能上克服了 C/S 结构的缺点，它将 Web 技术与数据库技术有机地相互结合，扩展了 C/S 结构的分布计算的性能。B/S 模式的核心是应用（Web）服务器担负主要的功能，在整个结构模式中具有很大作用。其主要的技术特点是：①采用 B/S 模式不再需要在客户端安装用户界面程序，而是只要安装一个通用浏览器（Browser）则可。同时，由于 B/S 的功能都在 Web 服务器上实现，所以大大减少了维护工作，管理、升级较为方便。②用户操作变得相对容易，客户端只是一个简单易用的浏览器软件，特别适合非计算机人员使用。③Web 浏览器与 Web 服务器支持多媒体技术，是多媒体数据库应用、实践的前提。④从理论上来说，基于此模式的信息系统的用户数量可以无条件地扩展，不受其原有平台的限制，具有较好的兼容性。该模式是当前信息系统开发中使用的主流模式。这种模式也有不足之处，如：由于 B/S 结构中客户端和服务器功能的分离增加了系统的通信量，使其在处理大量数据的能力上不如 C/S 模式，同时可交互性也不如 C/S 结构模式强等。

这两种模式具有各自的特点。C/S 模式具有较成熟的设计开发方法，交互性强。这在完成相同任务的情况下，C/S 模式要比 B/S 模式快，有利于大量数据的处理。而相对于 C/S，B/S 在客户端只需安装一个通用浏览器软件即可，这不仅简化了系统的开发与维护，使用户在客户端的操作变得更加简单，而且适合于网上信息的发布。两种模式各有所长，根据自身的特点和要求，可以有选择地使用其中一种模式与交叉使用或集成使用两种模式。

2. 根据系统的作业方式划分

根据运行时设计人员的介入程度和解决实际问题的方式大致可以划分为信息检索型、交互型、智能型以及基于成组技术的 CAD 应用系统等几种类别。在这些类别之间并无鲜明的界线，划分的目的在于突出系统的某些特性，便于用户确定自己的辅助设计方法。

（1）信息检索型 CAD 系统

该系统主要用于设计已定型的、标准化和系列化程度很高的产品，例如电动机、汽轮机、变压器、泵、鼓风机和减速器等。其工作原理是将已定型的产品的标准化图样，变成图形信息存入计算机。设计时根据订货要求输入必要信息或参数，在计算机进行必要的计算之后，自动检索出最佳的标准图形。由于其工作是以信息检索为中心进行的，因此而得名。由于结果取决于输入信息或参数，该系统又被称为参数化 CAD 系统。

信息检索型 CAD 系统具有结构简单、构造容易、运行效率高、可靠性和稳定性好的特点，有利于企业产品的标准化、模块化和系列化设计。

然而，由于参数化 CAD 软件系统是针对具体企业具体产品开发的，专用性较强，因此应用的范围比较窄，较适用于定型产品、系列化产品的设计。

（2）交互式 CAD 系统

所谓交互式 CAD 系统，就是通过各种交互设备，以人机交互的方式辅助技术人员进行机械产品设计的 CAD 软件。由设计者描述出设计模型，再由计算机对有关产品的大量资料进行检索，并对有关数据和公式进行高速运算；通过草图和标准图的显示，设计者运用长期工作中积累的经验对其进行分析，用光笔或键盘等输入设备，人机对话式地直接对图形中不满意之处进行实时修改；计算机根据修改指令作出响应，重新组织显示，反复循环，使之完善。

交互式 CAD 系统将人的主观能动性、创造性与计算机快速处理信息的能力有机地结合在一起，可以通过人机对话随时对设计进行修改。为了直观地显示设计结果，一般要求系统在科学计算可视化方面具有良好的功能。交互式 CAD 系统是在人的直接参与下完成的，它是以人为中心的。该 CAD 系统应用广泛、适应性强，能应用于较大范围的机械产品的设计，特别适用于设计目标难以用目标函数来定量描述的设计问题。由于软件的各个功能模块相互独立，因此，系统的开发、扩充比较容易；但要求系统操作人员对系统各种功能比较熟悉，并具有较强的机械产品设计能力。

交互式 CAD 系统比较适用于标准化、通用化和模块化程度低，产品结构变化比较大的单件、小批量生产的企业。

(3) 智能型 CAD 系统

为了提高 CAD 系统的设计效率，人们希望 CAD 系统能自动完成设计任务。这种系统称为自动型 CAD 系统。它的交互过程较少、人的干预较少。它将设计对象的全部问题归结为一定的数学模型，然后建立优化设计的目标函数，在一定的约束条件下自动完成求解，输出最优结果。因此，它是以计算机为中心的，适用于设计目标能够用明确的目标函数来定量描述的问题。然而，在很多设计中遇到的问题，如设计方案的拟定、工艺过程及参数的设计、材料类型及热处理规范的选择、零部件结构设计等均难以用数学方法来描述，属非数值计算性的内容，必须运用设计者所具备的知识和经验，通过思考推理和判断来解决。因而，面向上述环节的 CAD 系统的实际工作效益很大程度上取决于系统使用者的技术素质，显然这不利于自动型 CAD 系统的普及和提高。为了解决上述问题，近年来出现了一种新型的 CAD 系统——智能型 CAD 系统，即把专家系统和原有 CAD 系统有机结合起来。专家系统是一种使计算机能够在专家级水平上工作的计算机程序，这种系统能运用人类专家的专门知识和推理能力来解决一般人难以妥善解决的问题。在智能型 CAD 系统中，专家系统承担需要依靠知识和经验做出推理和判断的工作，主要有设计过程决策（解决设计路线问题的决策）、设计技术决策（解决设计中遇到的具体技术问题的决策）和各种结果评价等。而一些可以用数学模型来描述的工作则由通常的 CAD 系统来承担。

智能型 CAD 系统与一般计算机软件的根本区别在于：一是储存了大量专家的知识和经验，形成系统的知识库；二是设置推理机构，能模仿专家决策的思维过程来分析问题和解决问题。由于上述两大特点，故专家系统能根据用户提供的事实和数据，运用系统中的专家知识，作出解决问题的合理决策。

具有专家系统的智能型 CAD 已在实际设计中发挥了较好的作用。如美国 DEC（数字设备公司）的 R1 系统，出色地解决了 VAX 计算机的外形与结构设计任务，成功率达 99% 以上，大大超过制造专家所能达到的水平，为 DEC 公司创造了极为可观的经济效益。

需要指出的是，CAD 智能化目前仍面临许多亟待解决的问题，如决策空间大、知识类型复杂、多目标和多重约束、模糊性或不确定性等。只有当这些问题得到妥善地解决，它才能真正进入实用阶段。

（4）基于成组技术的 CAD 应用系统

成组技术是将工程技术与管理技术集于一体的生产组织管理方法，它利用产品零件间的相似性将零件分类成组，然后根据每组零件所特有的相似特征为同组零件找出相对统一的最佳处理方法，从而在不变动原有的工艺和设备的条件下，取得提高效率、节省资源、降低生产成本的目的。

根据产品结构和加工工艺的相似性，利用成组技术原理将零件划分为零件族，并针对每一零件族的特点编制相应的产品设计 CAD 应用软件。这种将成组技术（GT）和 CAD 技术结合而形成的 CAD 系统被称为 GT—CAD。

GT—CAD 系统的核心就是利用零件形状的相似性进行新产品的开发。GT—CAD 应用软件系统开发前提条件就是针对具体企业或者产品，采用成组技术的原理分析零件的相似性，将零件按其形状、材料、功能特征的相似性分类成组，形成设计零件族。

运用 GT—CAD 系统进行产品设计时，首先由用户输入零件的总体信息，再由系统自动或交互地生成零件的 GT 编码，根据零件的 GT 编码可以判别确定该零件为标准件、相似件还是通用件（借用与重复使用件）。如果是标准件，系统便自动地到标准参数化图库中检索相应零件，并直接绘制出零件工程图样；若是通用件，系统则到系统图库中检索图号、调出图样，经修改后一方面绘制输出，同时将修改后的图样重新存入原有图库。如果是相似件，则需根据 GT 编码由零件族特征矩阵库确定所属零件族，然后从 GT—CAD 参数化图库中调用相应的"典型零件"图样，经编辑修改后绘制输出。

GT—CAD 系统的优点不仅在于它具有较强的适应性和较高的设计效率，更重要的是通过 GT 和 CAD 技术的结合，使零件编码中不仅含有大量的结构形状信息，而且还包含零件的工艺信息，能够较好地支持 CAD/CAPP（计算机辅助工艺规范设计）/CAM 一体化的信息流集成，提高产品的继承性和零件的标准化，为企业后续的技术准备和生产管理带来极大的方便。

3. 根据开发商提供产品的情况划分

根据开发商提供产品的情况划分，CAD 系统分为配套系统和非配套系统。

配套系统是带有与专门硬件设备相配套使用的 CAD 支撑软件和应用软件的 CAD 系统。其特点是性能较好，但开放性差，所以缺乏竞争力，逐渐退出市场，如 Computer Vision（CV）、InterGraph 公司开发的 CAD 产品销售量逐渐降低。

非配套系统是由通用计算机硬件和 CAD 软件组成的 CAD 系统。其特点是开放性好，互换性好，扩展、升级容易，因此，受到越来越多的用户欢迎。

三、机械 CAD 系统的选用和组建

如何根据企业的实际情况设计建立一个适当的软硬件环境，是应用 CAD 技术的一个十分重要的问题。它不但直接影响当前的投资效果和 CAD 应用效益，而且对企业信息技术应用的长远发展也将产生深远的影响。因此，CAD 系统的选型工作具有十分重要的意义。

在实际中，选用和组建 CAD 系统是一项需要进行大量分析和研究的工作。因此，要对系统做一个总体规划。针对目前 CAD 市场的情况，首先分析自己需要什么，然后再去买什么，千万不要去做什么"一步到位"的事。事实证明，企业要真正用好 CAD 需要一个长期的过程，不是买套系统就叫机械 CAD，也非一日一时之功可实现。另外，还得多做调研，

向有 CAD 使用经验的同类企业多做咨询。最重要的一点，提供软件的厂商要有良好的发展前景和企业信誉，能提供周到的售后服务和升级、排除障碍等技术支持。

1. CAD 系统规划应注意的主要原则

（1）把握趋势

趋势代表了系统的发展、系统的前途。因此，把握 CAD 软硬件系统的发展趋势对指导选型是非常重要的。从以下几方面可大体了解当前的趋势。

平台：从 CAD 系统的发展可以看到，奔腾微机工作站、NT 平台将在数量上成为 CAD 应用的主流平台，一些传统的 UNIX 工作站厂商也纷纷加入制造微机工作站的行列。

界面：Windows 风格将成为 CAD 应用的主要操作界面。新的 CAD 系统充分利用 Windows 的资源，完全在 Windows 环境下开发；一些从 UNIX 环境移植到 NT 工作站的软件，最初保留了大量的 UNIX 环境的设置，现也向全面改造成 Windows 版本推进。

建模：3D 建模将成为 CAD 应用的主流，实现真正意义上的计算机辅助设计，对于没有 2D CAD 应用基础的用户可直接开展 3D CAD 应用。

服务：技术支持服务将作为 CAD 系统的重要组成部分，系统供应商必须具备提供优质服务的能力，无良好的售后服务如同使用一个无版权的软件，后患无穷。

集成：集成应用将成为 3D CAD 的应用主流，仅用 3D 系统进行设计是对系统资源与数据资源的浪费，全功能的集成系统或多软件包的整合系统都是为产品设计、分析、制造的全过程服务的。

（2）区分差异

各种 CAD 软件间存在着差异，各有其技术特色与专业分工，不像软件供应商所鼓吹的那样：小型软件无所不能，大型软件无所不包，似乎每个软件都可以包打天下，每个软件对用户来讲都是最适宜的。在这种宣传误导下造成小马拉大车而力不从心或者大马拉小车而不能物尽其用，致使选型不当、配置不合理。因此，只有在分清各种软件的特点、分清不同功能配置差异的基础上，才能正确认识软件，作出科学的决策。

（3）合理配置

应从需求出发、从迅速形成阶段性成果出发进行应用系统的合理配置。在运行节点与功能模块的使用权（License）的配置上，既要兼顾工作面的铺开使多人参与应用，又要保障各种工作流程可以配套进行。国内许多项目不是按需求确定投资大小，而是按拨发资金运作的。在这种情况下应避免因资金较少，造成系统不配套，不能形成阶段性应用成果；也要防止因资金宽裕选型过于随意，造成资源的浪费；应充分利用资金多的有利条件，创造出一个高性能、高档次的工作环境。

（4）兼顾发展

CAD 是可以不断积累、可持续发展的应用技术。在选型阶段就应该充分考虑发展的因素，CAD 系统自身应不断发展，配置上可适应发展，在价格策略上要有利于发展，创造出一个良性循环的应用基础。

2. CAD 系统选型需考虑的因素

下面简要介绍选用和组建 CAD 系统需要考虑的一些因素和常用的工程方法和步骤。

（1）CAD 硬件系统的选用原则

CAD 系统对硬件环境的配置要求是比较高的，一般需要较快的运行速度，较大的内存空间与硬盘容量，高性能的图形显示，快速的网络传输等。硬件性能将直接影响 CAD 软件功能的发挥，硬件配置应服从/服务于 CAD 软件功能，应与处理数据的复杂程度和规模相匹配。计算机技术的飞速发展为 CAD 硬件配置提供了更多的选择，各种奔腾系列的高档微机已可胜任工程工作站的工作，微机工作站优越的性能价格比已经成为企业的首选，微机工作站使用容易，管理简单，为普及 CAD 应用创造了有利条件。在这方面各种机型、各种配置选择余地很宽，国际、国内名牌微机厂商都推出了主打的微机工作站，甚至一些传统的工作站专业厂商也加入制造微机工作站的行列，并保持着较高的技术指标与性能优势。

CAD 系统硬件选择应考虑以下几个方面：

1）系统的功能。总的原则是硬件系统应与软件系统相适应，即高档次的 CAD 系统要求的硬件系统配置较高，而二维 CAD 系统要求硬件配置相应就低一些。另外，还应注意以下两点：

- CAD 系统特别对 CPU、内存储器、图形显示加速卡的性能要求较高，应比一般商用的计算机硬件系统要高。但是计算机硬件性能在迅速提高，具体的硬件指标要随着市场的发展而定。
- 要根据实际的工作特点来配置各种外部设备，除了常规的输入输出设备外，一般还应配备扫描仪、数码相机、大幅面绘图仪、数字化仪等。

2）系统升级扩展能力。由于硬件的发展、更新很快，所选购的系统随着应用规模的扩大，应该具有升级扩展的能力。原有的系统应在新的系统中继续使用，保护用户的投资不受损失。

3）系统的可靠性与维护支持能力。可靠性是指在给定的时间内，系统运行不出错的概率。可维护性是指纠正错误或故障以及为满足新的要求需要改变原有系统的难易程度。对于一个具体的 CAD 系统，不仅要求它本身的质量好，还要求供应商有完善的维护服务机构和手段。维修服务效率高，能为用户提供有效的技术支持、培训、故障检修和技术文件。

4）供应商的发展趋势与经营状况。计算机技术的发展日新月异，CAD 系统厂商的发展也是此起彼伏，变化很大。所以在选购一种系统时，还要分析供应商的发展变化趋势和它的财务经营状况。

（2）CAD 软件的选择原则

"硬件搭台，软件唱戏"，软件选配的好坏直接影响到整个系统的成败。使用国产软件可以获得良好的技术支持服务，厂商还可提供解决方案；其次，符合中国人习惯的全中文使用界面可大大减少操作人员的培训时间。许多国产 CAD 软件也已达到国际水平。在价格方面，国产 CAD 软件比国外的 CAD 软件具有更大的优势。一般来讲，选择 CAD 软件时应考虑以下几个方面：

1）系统软件的选择。UNIX 操作系统以其多用户、多任务的特性与数据管理、网络支持能力为 CAD 应用提供了可靠的工作平台，为 CAD 的发展作出了重要贡献。工作站版本的 CAD 软件通常都运行于 UNIX 环境。然而，UNIX 系统专业性强，一般工程技术人员难于掌握。

NetWare 操作系统经过长时间的发展，具有相当丰富的应用软件支持，技术完善、可靠。NetWare 操作系统仍以对网络硬件的要求较低（工作站只要是 286 机就可以了）而受到一些设备比较落后的中、小型企业，特别是学校的青睐。

Linux 是一种新型的网络操作系统，它最大的特点就是源代码开放，可以免费获得许多应用程序。目前也有中文版本的 Linux，如 RED HAT、红旗 Linux 等，在国内得到了用户充分的肯定。其优势主要体现在它的安全性和稳定性方面，它与 UNIX 有许多类似之处。但目前这类操作系统仍主要应用于中、高档服务器中。

由于 Windows 是基于微内核结构的操作系统，具有可扩展性强、程序结构开放、易学易用、投资少等优点，所以通常将它作为首选操作系统。随着 CAD 硬件平台向微机工作站转移，Windows 已经成为 CAD 运行的主要环境。由于 Windows 界面与操作对于用户来讲非常熟悉，并有大量应用软件的支持，所以深受用户的欢迎。Windows 系统的最新版本具有很强的数据管理与网络支持能力，完全可以胜任大型 CAD 应用项目的开展，将成为 CAD 应用的主要操作系统。对特定计算环境的支持使得每一个操作系统都有适合于自己的工作场合，这就是系统对特定计算环境的支持。例如，Windows Server 2003/XP 适用于桌面计算机，Linux 目前较适用于小型的网络，而 Windows Vista 和 UNIX 则适用于大型服务器应用程序。因此，对于不同的网络应用，需要用户有目的地选择合适的网络操作系统。

一般的习惯是在服务器上选用一种网络操作系统，而在各个终端则选用大家熟悉的 Windows 操作系统。

2）数据库管理系统软件的选择。数据库理论经过了文件数据库、网络数据库、层次数据库、关系数据库、面向对象的数据库、网格数据库等多种模式的发展过程，至今多种模式并存，但以关系数据库的应用范围最广，应用程度最深。数据库管理系统对机械 CAD 的应用有着举足轻重的影响。在数据库管理系统的选择上，应根据业务规模、流程、数据量、数据库的性能，数据库管理系统的系统平台，数据库管理系统的安全保密性能，数据的类型，现有技术人员的技术水平，软件环境等因素来综合考虑。数据库选型的一般原则如下：

- 稳定可靠（High-Availability）：数据库保存的是企业最重要的数据，是企业应用的核心。稳定可靠的数据库可以保证企业的应用常年运行，而不会因为数据库的死机而遭受损失。企业的信息化可以促进生产力，但如果选择了不稳定产品，经常影响业务生产的正常运营，则实际效果很可能是拖了企业的后腿。无论是计划中（数据库维护等正常工作）还是意外的死机都将给企业带来巨大的损失，这意味着企业要减少收入、降低生产力、丢失客户、在激烈的企业竞争中丢失信誉。信息系统的稳定可靠是由多方面的因素构成的，包括网络、主机、操作系统、数据库以及应用软件等几方面。这些因素互相之间又有一定的依赖关系，因此，在企业信息化的选型中要通盘考虑这些问题。在数据库方面主要看数据库是否具备灾难恢复、系统错误恢复、人为操作错误恢复等功能，同时要尽量降低数据库的计划内维护死机时间。

- 可扩展（High-Scalability）：企业的应用是不断深入和扩展的，数据量和单位时间的事务处理量都会逐渐增加。如果要求企业购置一套信息系统足以满足未来若干年发展的需要显然是不恰当的，因为这实际上意味着企业要多花很多钱而不能发挥信息设备的最大效能，造成资源的浪费。比较好的解决办法就是企业先购置一套配置较低、功能适用的系统，当未来业务有需要时，可以方便地对系统进行扩展，使系统的处理能力逐步增加，满足业务处理的需求。落实到数据库就是要选择具有良好的伸缩性及灵活的配置功能的产品，无论是主机系统的内存或硬盘方面的扩展还是集群系统的扩展，都能够被数据库利用，从而提高系统的处理能力。

- 安全性（Security）：数据库的安全性是指保护数据库以防止不合法的使用造成的数据泄露、更改或破坏。安全性问题不是数据库系统独有的，所有计算机系统都有这个问题。只是在数据库系统中保存着大量重要的数据，而且为许多最终用户共享使用，因而安全问题更为突出。系统安全保护措施是否有效是数据库系统的重要指标之一。数据库的安全控制主要通过用户标识与鉴别、存取控制、视图机制、审计、数据加密等机制完成。

- 丰富的开发工具：无论是优秀的硬件平台还是功能强大的数据库管理系统，都不能直接解决最终用户的应用问题，企业信息化的工作也要落实到开发或购买适合企业自身管理的应用软件。目前流行的数据库管理系统大都遵循统一的接口标准，所以大部分的开发工具都可以面向多种数据库的应用开发。当然，数据库厂商通常都有自己的开发工具，例如 SYBASE 公司的 PowerBuilder，Oracle 公司的 Developer 2000，以及 MS 的 Visual Studio。这些开发工具各有利弊，但无疑选择和数据库同一个厂商的产品会更有利于应用软件的开发以及将来得到统一的技术支持。

- 服务质量：在现今信息高度发达的竞争中，数据库厂商完全靠产品质量打动用户的年代已不复存在，各数据库产品在质量方面的差距逐渐缩小，而用户选择产品的一个重要因素就是定位在厂家的技术服务方面。因为用户在购买了数据库系统之后，将面临着复杂的软件开发、数据库的维护、数据库产品的升级等，用户需要得到数据库厂商的培训以及各种方式的技术支持（电话、用户现场）和咨询。数据库厂家服务质量的好坏将直接影响到企业信息化建设的工作。

目前市场上的数据库管理系统较多，流行的有 Oracle、Sybase、SQL Server、Informix、DB2、FoxPro 和 .net 等。从理论上讲，这些数据库系统都可以作为网络数据库系统的后台数据库，但实际上每种数据库系统又各有其特点和适应环境。数据库系统一般要在 Windows、Linux 或类 UNIX 操作系统中运行。如果只是开发在 Windows 上运行的数据库应用系统，则微软的数据库系统是最好的选择，因为微软的数据库系统是最容易使用和掌握的产品之一。虽然微软在官方文档中指出 Access、VFP 和 MS SQL Server 仅可以在 Windows 中运行，但通过模拟软件也可以让它们在 Linux 中运行。如果想尝试在 Linux 下使用数据库系统，那么建议使用 MySQL。事实上，MySQL、Oracle、Sybase、DB2、SAPDB、Interbase 等数据库系统都可以在 Windows 或类 UNIX 操作系统中运行。在数据库选型中，可根据企业用户的实际情况而定。当该企业数据信息繁多、数量大、查询频繁时，可选择 Oracle 大型数据库。如果该企业信息量不大，并发查询量也不大，可选择 MySQL 数据库的 Linux 版本。要是想真正实现网络数据库，还是使用专门的网络数据库比较好，比如 SQL Server、Oracle、Sybase 等。

3）应用软件的选择。应用软件直接影响到用户 CAD 的使用功能和效率，选用时必须考虑下面一些因素：

- 软件功能：根据 CAD 系统总的要求，应考虑各种产品设计过程对 CAD 应用软件的功能要求，即需考虑在完成各项设计工作内容时，应用软件的图形处理和分析计算的支持能力。例如，几何形体的定义输入和变换输出的各种操作，以及复杂形体生成时的各种运算是否稳定可靠。另外，还应考虑在不同系统环境下生成的图形能否通过数据交换规范方便地在其他环境下使用。

- 软件与硬件的匹配：不同的应用软件，往往要求不同的硬件环境支持，如内存空间的大小和操作系统等。另外，为了发挥 CAD 系统的综合性能，不同档次的计算机或工作站应配置相应档次的应用软件。

- 软件的二次开发性：一般情况下，应用软件的通用性较强，但专业针对性不足。为了满足特定要求，通常都要进行二次开发。首先应考虑能否进行二次开发，即系统的开放性。也就是说，用户自己定义的菜单及开发的应用程序能否方便地进入系统。另外，还要考虑二次开发工作量的大小。一般地，二次开发工作量越小越好。

- 用户界面：用户界面是用于处理人机交互活动的，由它来协调计算机系统、应用软件系统和用户之间的关系。它是衡量一个应用软件性能的重要指标。不管是绘图软件，还是造型软件，或者是有限元分析软件，都应具有友好的人机界面，在界面的指引下就能进行交换操作。另外，还要考虑是否提供扩充界面的功能。

- 售后服务：主要包括培训的支持能力和提供新软件的条件。一般 CAD 软件商都提供某种形式的培训，但要注意培训的质量和效果，即培训结束后能否胜任工作。另外，需考虑软件颁布更新后能否免费或优惠获得更新软件等。

- 软件厂商的发展能力：主要从软件厂商的技术和经济实力方面分析它的生存发展能力。

- 性能价格比：选择软件时要综合考虑上述要素，选择一个最优的性能价格比方案。为此，在购买软件时一定要进行充分的调查研究。

CAD 软件大致可分为高端 UNIX 工作站 CAD 系统、中端 Windows 微机 CAD 系统和低端二维微机 CAD 系统等三类。

- 高端 UINX 工作站 CAD 系统：这类系统是以 UNIX 操作系统为支撑平台。从 20 世纪 50 年代发展至今，产生了许多著名的软件，也使许多曾经显赫一时的软件在竞争中落伍，有的被兼并改组，如 Appilcon、CADAM、intergraph 等。目前，这类系统中比较流行的有 PTC 公司的 Pro/Engineer 软件、SDRC 公司的 I—DEAS 软件、EDS 公司的 UG 软件、CV 公司的 CADDS5 软件、以色列 Cimatron 公司的 CIMATRON 软件、Matra Datavision 公司的 Euclid3 软件、IBM/Dassualt 公司的 CATIA 软件、日立造船情报系统株式会社的 GRADE/CUBE-NC 软件。

- 中端 Windows 微机的 CAD 系统：随着计算机技术的发展，尤其是微机的性能和 Windows技术的发展，已使微机具备了中低档 UNIX 工作站的竞争实力，也使基于 Windows技术的微机 CAD 系统迅速发展。目前，国际上最流行的有 SolidWorks 公司的 SolidWorks 软件、UG 公司的 SolidEdge 软件和 Autodesk 公司的 MDT 软件等。国内也推出清华 CAD 工程中心的 GEMS、北京巨龙腾公司的龙腾 CAD、北京爱宜特公司的 Micro Solid、江苏杰必克超人 CAD/CAM 以及华正公司的 CAXA-ME。

- 低端 CAD 系统——二维 CAD 系统：最为流行的是 Autodesk 公司的 AutoCAD 软件。目前较为流行的国产二维 CAD 系统分为两类。一类是自主开发平台和自主版的二维 CAD 系统，如开目 CAD、高华 CAD、凯达 BCAD、浙大 ZDDS、中科院 PICAD 和华正 CAXA 电子图版等。另一类是以 AutoCAD 为平台的二维 CAD 系统，如利玛 CAD、大恒 CAD 等。国产 CAD 二维软件在参数化绘图、动态导航、明细表 BOM 等三表生成、公差标准、机械零件设计、标准件图库和工程图样管理等方面有较强的特色。

针对这些软件的选择，应该根据企业自身的实际需要，广泛征求前期用户的意见，本着实用的原则来选定系统。

（3）CAD 网络系统应考虑的因素

网络是当前 CAD 应用的一个趋势，是 CAD 运行环境的重要组成部分。它可以实现信息共享，给设计工作带来极大的方便。由于 CAD 应用的实时数据交换量极大，采用主机分时系统会降低设计效率，最佳方案是各节点独立完成设计工作，网络的作用是对各节点有关资源的相互调用。工程应用的特点要求网络系统具有高可靠性、大数据传输率和良好的可扩充性。在兼顾这些性能要求的前提下，选择价格低廉易于实施的方案是中小企业的设计部门最为可行的。目前，高速以太网、快速交换以太网、FDDI、ATM 等高速网络技术已日趋成熟，它们足以满足现在及几年内的性能要求。由于成本原因，最适合中小企业的设计部门采纳的技术应首推高速以太网，因它兼容以前的 10BASE—T 网络，技术成熟，建网成本低，可随意运行 Netware 等网络操作系统。另外，快速交换以太网能够保证每一个用户有足够的网络传输带宽用以传输大量的设计数据。快速交换以太网能在以前的以太网络基础上加以少量的改造，添加网络交换机即可组成。快速交换以太网的升级能力比较强，在快速交换以太网的基础上可以很容易地组建虚拟局域网 VLAN。VLAN 的优势在于它能够成为企业网络的指挥控制系统，网络管理人员可以通过它们管理企业网络的资源分组、广播通信、数据流动、带宽体制及基础服务等级。综上所述，快速交换以太网是中小企业的一个不错的选择，建议选择 100M bit/s 带宽星形以太网结构。为了共享产品数据，加强对数据的管理，提高数据的安全性，应配置高可靠性的网络服务器。网络操作系统宜选用 Windows NT、Windows XP、Windows Vista 等。Linux 系统的性能已经接近或达到传统 UNIX 系统的指标。一是操作简便，更重要的是，可以节省一台专用服务器，用户可以用较低的成本实现 CAD 应用。

3. 组建 CAD 系统的步骤

（1）需求分析

在了解国内外主要 CAD 系统特点的基础上，对本企业所需 CAD 系统的性能要求作出分析，包括对各种需求方案的适用性、风险、收益和投资偿还等进行研究，对企业内设计、绘图、分析和编程加工等环节进行分工、协调和安排等。了解企业的生产过程和科研状况、目前影响生产效率和效益的瓶颈问题、国内外同行业以及本企业已经应用的 CAD/CAM 技术的状况，确定重点应用部门和重点突破的项目、需要建立的企业 CAD 系统规模和总体功能目标、实现目标的期限和实现过程设想、可能的投资预算以及可能带来的经济和社会效益、目前的技术队伍、新技术人员的需求与培养及计划等。

从长期发展来看，企业在 CAD/CAE/CAM/PDM 技术应用方面必须指定明确的发展战略规划，使其既能满足企业当前的需要，又能提供为将来实现一体化的解决方案。

（2）性能评估

确定硬件和软件的种类，做到少投入多产出。CAD 系统的性能评估大致包括以下内容：①系统功能和性价比。系统功能包括集成性、绘图功能、几何造型、曲面设计、实体造型、工程分析及产品数据管理等。②软件的工程化水平，针对生产需求选择合适的 CAD 软件。③根据软件运行环境合理地配置计算机硬件。④系统的质量、适用性和可靠性。⑤系统的环境适应能力。

（3）编写需求建议书

需求建议书应包括以下内容：①企业对 CAD 系统的总体实施规划及总体功能要求。

②对硬件的规格要求，包括 CPU、内存、磁盘、光盘、显示器、扫描仪、打印机、绘图仪等。③应用软件和操作系统的规格要求。④技术支持和维护要求。⑤培训和文档要求。⑥检查、验收程序。⑦安装及运行环境。⑧装运和交货日期。

组建 CAD 系统应该防止以下情况：未做好企业的 CAD 规划；以软、硬件功能好坏为标准；硬件软件的投资比例不合适或者功能不匹配；重系统、轻开发；人才匹配不合适等。应当指出的是，人在 CAD 系统中始终起着核心和控制作用。因此，为了有效地应用 CAD 系统，除了必要的软硬件系统外，还必须重视人才培训等基础工作。领导和技术人员必须更新观念，勇于接受新鲜事物，乐于采用新技术和新方法；预先选择有一定基础的 CAD 管理和操作人员。

第三节　机械 CAD 的发展概况及趋势

一、机械 CAD 的发展概况

CAD 技术的发展经历了五个主要发展时期。

1）在 20 世纪 50 年代，美国麻省理工学院（MIT）在名为"旋风"的计算机上研制出了采用阴极射线管（CRT）做成的图形终端，开始了交互式计算机图形学的研究。早期的 CAD 技术以辅助绘制二维工程图为主要目标，CAD 系统采用的算法主要是为了解决绘图工具方便性而提出的。计算机辅助绘图在一开始确实是机械 CAD 的重要内容。由此也给很多人造成一个错误的概念，以为 CAD 就是计算机辅助绘图（Computer Aided Drawing/Drafting），而实际上 CAD 的内容是非常广泛的。到 20 世纪 50 年代中期，计算机技术已应用于工程和产品设计的分析计算，促进了 CAE 技术的发展。

2）20 世纪 60 年代是交互式计算机图形学发展的重要时期。1962 年美国学者 Ivan Sutherland 研究出了名为 Sketchpad 的交互式图形系统，图形设计与修改可以在屏幕上直接进行，此时就提出了 CAD 这一术语。其后，美国的一些公司陆续推出了 CAD 系统。但由于当时刷新式图形显示器价格十分昂贵，因此 CAD 系统很难普及与推广。直到 20 世纪 60 年代后期，低廉的存储管式显示器进入市场，降低了 CAD 系统的成本，才使 CAD 技术得到迅速发展。工作站的出现为 CAD 的发展提供了新的发展空间。20 世纪 60 年代出现了线框式的二维、三维 CAD 系统。这种极为简单的、初期的线框造型系统只能表达基本的几何信息，不能有效地表达几何数据间的拓扑关系。由于缺乏形体的表面信息，CAM 及 CAE 均无法实现。

3）20 世纪 70 年代，计算机交互图形技术和三维几何造型技术的发展为 CAD 技术的进一步发展奠定了基础。基于大型机的 CAD 系统开始上市。此外，基于小型机的 CAD 软件也以优良的性能价格比开始向中、小型企业扩展。20 世纪 70 年代是 CAD 技术的发展和应用阶段，各软件的功能日趋完善。以表面模型为特点的三维自由曲面造型系统为人类带来了第一次 CAD 技术革命，改变了以往只能借助油泥模型来近似表达曲面的落后工作方式，同时也使得 CAM 技术的开发有了现实的基础。此时的 CAD 技术价格极其昂贵，而且软件商品化程度低。典型的 CAD 系统有 CADAM、CALMA、CV、I—DEAS、UG、CATIA、SURF、PDGS 和 EUCLID 等。

4）20 世纪 80 年代，随着超级微型机和 32 位字长的工程工作站迅速占领市场，CAD 技术进入突飞猛进的发展时期。各 CAD 厂商将原来在大型机和小型机上的 CAD 系统纷纷向新的硬件平台移植或重新开发。图形系统和 CAD/CAM 工作站的销售量与日俱增。CAD 技术的发展更加成熟，并且 CAD 技术的应用更加广泛和普及。CAD/CAM 技术从大中企业向小企业扩展，从发达国家向发展中国家扩展，从用于产品设计发展到用于工程设计和工艺设计。这一时期实体造型技术的普及应用标志着第二次 CAD 技术革命。实体造型技术能够精确表达零件的全部属性，在理论上有助于统一 CAD、CAE、CAM 的模型表达，给设计带来了惊人的方便性。进入 20 世纪 80 年代中期，CV 公司提出了一种比无约束自由造型更新颖、更好的算法——参数化实体造型方法。其主要特点是：基于特征、全尺寸约束、全数据相关、尺寸驱动设计修改。参数化实体造型技术的主要用户多集中于零配件和系列化产品行业。参数化技术的出现是 CAD 发展的一个巨大进步。参数化技术的应用标志着第三次 CAD 技术革命。曲面造型、实体造型技术的出现推动了 CAD/CAE/CAM 集成技术的发展，标志着 CAD 技术已由单一的辅助绘图走向了多功能集成的道路。特征造型技术的应用使得三维几何体素与实际工程语意进行了有机的结合，为 CAD/CAE/CAM 的进一步发展提供了更广阔的发展空间。

5）20 世纪 90 年代以后，CAD 技术经历了前所未有的发展机遇与挑战，向集成化、网络化、智能化和可视化方向发展。当 CAD/CAE/CAM/CAPP 技术、网络技术、智能设计技术、虚拟设计技术、图形接口标准化等推广开后，为了完全解决企业在研制开发和生产过程中信息共享程度低、数据传递速度慢、业务数据难以集成、管理水平落后等问题，PDM/ERP 等技术应运而生，从而找到了一条能够真正集成化地管理产品数据和过程的途径。由于 CAD 系统变得越来越复杂，参数化设计技术不能完全适应 CAD 创新设计的要求。更新颖大胆的设想促成了一种比参数化技术更为先进的实体造型技术——变量化技术。变量化技术既保持了参数化原有的优点（如基于特征、全尺寸约束、全数据相关、尺寸驱动设计修改等），同时又克服了它的许多不利之处（如解决实体曲面问题等）。变量化技术主要用户多集中在整机、整车行业，侧重于产品系统级的设计开发。变量化技术标志着第四次 CAD 技术革命。另外，超变量几何（Variational Geometry eXtended，VGX）扩展了变量化产品结构，允许用户对一个完整的三维数字产品从几何造型、设计过程、特征到设计约束，都可以进行实时直接操作。而且，随着设计的深化，VGX 可以保留每一个中间设计过程的产品信息。VGX 技术极大地改进了交互操作的直观性及可靠性，从而使 CAD 软件更加易于使用，效率更高。

纵观上面的 CAD 发展过程可以发现，不论是 CAD 硬件的性能，还是 CAD 软件的功能，或者是 CAD 技术理念，它们的发展趋势都是要促进 CAD 的自动化设计性能和质量，便于实现真正的创新设计。CAD 技术将会一直处于不断的发展与探索之中。

二、机械 CAD 的发展趋势

随着计算机技术的发展，CAD 的研究及应用领域正朝着集成化、可视化、网络化及智能化等方向发展。

1. 集成化

随着信息技术的高速发展，人们不再满足于局部的、分散的、孤立的机械 CAD 系统，而是希望新的 CAD 系统能为企业提供集成化的整体解决方案。因此，CAD 系统的集成化是 CAD 技术发展的主要趋势之一。集成化是多角度、多层次的。它不仅包括信息、技术的集成，而且包括过程、智能、人、资源和企业的集成。它可以是一个 CAD 系统内部各模块之间的集成；或者是多种 CAD 系统之间的集成；也可以是工程设计领域中 CAX（CAD、CAE、CAPP、CAM、CAQ、…）之间的集成。如果范围大一些的话，则泛指支持产品开发的整个生命周期的集成化系统，即面向并行工程的集成，把 CAX、PDM（产品数据管理）、ERP（企业资源计划管理）、SCM（供应链管理）、CRM（客户关系管理）集成为企业信息化的总体构架。这样就把计划、构思、设计、仿真、制造、组装、测试以及文档生成等各个环节集成到一个统一的系统中，实现资源的共享和信息的集成，从而实现企业在信息时代中真正的全数字化设计与数字化制造。

不同 CAD 之间集成技术发展的一个重要因素就是软件的标准化、规范化，需要制定一系列标准：图形标准、网络标准、产品数据交换等。使 CAD 软件建立在这些标准上，实现开放性、可移植性、可互联性，这是实现 CAD 集成化的重要保证。CAX 之间的集成一般可以通过两个途径来解决：一是通过接口，将现有的各自独立的 CAX 系统连接起来；二是开发统一集成的 CAX 系统。

集成系统的核心问题是如何保证产品数据的有效性、完整性、唯一性、最新性及共享性。这要求建立集成产品信息模型，能够容易地在产品生命周期的不同环节间进行转换；要求能支持集成地、并行地设计产品及其相关的各种过程，帮助产品开发人员在设计一开始就考虑产品从概念形成到产品报废处理的所有因素，包括质量、成本、进度计划和用户要求。

2. 可视化

工程设计和机械 CAD 中有许多过程需要进行模拟仿真，收集的相关数据需要进行图示化处理，一些存在的问题也希望进行图示分析和建立虚拟环境等，这些问题都可以通过在计算机屏幕上的图形显示，使设计人员很容易找到解决问题的方法和观察到变换规律。可视化就是通过计算机技术将数字符号转换为几何图像或图形，设计人员能够观察它们的模拟和计算过程，并对其进行交互式控制。可视化为人们提供了一种发现不可见信息的方法，丰富了科学发现的过程，从而使科学家的研究方式和工程设计人员的设计方法都发生了根本的变化。可视化提高了对海量数据的处理能力，加深了设计人员对数据的理解和利用，加强了工程设计的直观性。在工程设计中，可视化可以预视、评价、讨论各种设计方案及空间布置的合理性。因此，机械 CAD 的可视化实现，在科学、工程和经济等方面都具有巨大的效益。

虚拟现实（VR）又称为虚拟环境，是 20 世纪末发展起来的一种高新技术。它由计算机生成一个看似真实的虚拟三维空间，通过多种传感设备，用户可以用自然技能与之直接交互，同时又提供直观而又自然的真实感觉，使参与者如身临其境。虚拟现实技术的出现为 CAD 技术的发展又增添了一个更强有力的手段。虚拟现实技术应用于 CAD，使 CAD 技术主要在两个方面得到提高：一是更逼真地看到正在设计的产品及其开发过程；另一方面是提高交互能力，使设计人员或群体可以直接与所设计产品交互操作，创造一种顺应人性而又充满魅力的设计环境。VR 技术在 CAD 中的应用面也很广，首先可以进行各类具有沉浸感的可视化模拟，用以验证设计的正确性和可行性。譬如说，可以用这种模拟技术进行设计分析，产品无需制造出来就可以看到设计效果，可以清楚地看到产品零件的变形过程和应力分布情况，效果比实物实验还要好。其次，可以在设计阶段通过模拟、成形、加工、装配、测试等，使产品在投产前就发现问题和不足之处，并进行修改，从而避免造成许多不必要的浪费。作为副产品，它可生成加工详细时间表、装配材料详细清单等，并直接存入数据库。在概念设计阶段，它可用于方案选优。特别是利用 VR 的交互能力，支持概念设计中的人机工程学，检验操作时是否舒适、方便，这对摩托车、汽车、飞机等的设计特别有用。在协同设计中，利用 VR 技术，设计群体可直接对所设计的产品进行交互，更多的设计人员可以在同一平台下形象化地表现、高效率地研究发展和交流设计思想，包括共享设计数据、讨论和交互操作等。另外，VR 技术还可用于开发人人交互界面，更加逼真地感知到正在和自己交互的群体成员的存在和相互间的活动。

3. 网络化

进入 21 世纪以来，互联网相关技术的发展极其迅猛，网络已变成新技术时代的"信息高速公路"。随着 Internet/Intranet 的发展和并行、高性能计算及事务处理的普及，异地、协同、虚拟设计及实时仿真得到了广泛应用，产品的全球化设计与生产对机械 CAD 的网络化发展提出了更高的要求。机械设计工作本身是一个典型的群体工作，群体成员之间必须协同工作，群体成员之间存在相互关联的问题，设计群体成员必然要交流设计思想、讨论设计结果、发现成员间的矛盾和冲突。同时，由于 CAD 应用的实时数据交换量极大，各节点独立完成设计工作所得有关资源需要相互调用，这些都以网络为基础。

以网络为中心的 CAD 被称为网络 CAD。如果给它下个定义，那么网络 CAD 就是利用网络及其衍生技术，通过分布协同的工作方式，使产品设计合理有序、设计方案和数据广泛优化、设计资源与信息模型广泛共享，从而保证 CAD 产品的高性能、高质量、低成本和短周期。它涉及到实体造型、计算几何、数据库、分布计算和远程通信等，是一个重要而又崭新的交叉学科研究中心领域。

网络 CAD 涉及的支撑技术主要包括：分布式数据库、元数据、标准数据交换格式、分布应用、网络技术、数据压缩技术、计算机支持的协同工作（Computer Supported Cooperative Work，CSCW）、并行工程（Concurrent Engineering，CE）、网格计算（Grid Computing）、分布式人工智能（Distributed Artificial Intelligence，DAI）、多媒体技术等。基于网络的现代设计理论及方法成为当前国内外的研究热点。网络 CAD 大体上有 3 种解决方案：一是采用多种软件，构成一种异构协同设计的环境，系统中的软件模块可以选用商用软件或自行开发；二是采用基于 CAD 软件供应商的套件系统，构成一种同构的协同设计环境；三是采用基于 Web 的新的三维造型系统，形成协同建模环境。

网络及其衍生技术的迅速发展正深刻改变着传统的 CAD 的工作模式。对于产品设计而言，可以帮助设计师及其企业改造传统的设计流程。通过互联网的跨地域、跨时空的沟通特性和近乎无限的接入能力，创造一种顺应人性而又充满魅力的设计环境，更多的设计人员可以在同一平台下，通过网络针对一项设计任务进行实时的双向交互通信与合作，实现共享网络资源、平衡负载、提高系统性价比、提供远距离的数据通信介质、改善 CAD 软件团队的远程设计协作、提高重用性、降低重复和冗余，给设计工作带来极大的方便和高效。对于制造业信息化而言，利用电子商务技术对用户需求进行充分发掘与动态响应，与产、供、销商务进行全面融合，实现了异地、异构系统在企业间的集成，促进技术和应用两个领域革命性的进步。

4. 智能化

机械设计是一个含有高度智能的人类创造性活动，是一个复杂的综合分析和反复修改的过程，以分析计算和图形为核心的机械 CAD 系统是不能解决上述问题的。从某种意义上说，方案构思设计、评价、优化、决策是产品设计中最重要的方面，对设计结果的优劣具有决定性影响。因此，对 CAD 系统而言，不仅要能很好地处理数据信息，而且要能处理知识信息。这就需要通过符号推理方法才能解决。

随着人工智能技术的发展，将人工智能的思想、方法和技术引入传统的 CAD 系统，使计算机具有支持人类专家的设计思维、推理决策及模拟人的思维方法与智能行为的能力，能及时、准确地向设计人员提供产品开发所需的信息与帮助，可以实现信息共享与交换，能模拟专家解决问题的过程，研究设计要求及相关事实和数据，进行分析，从而得到满意的设计方案，提出设计方案和策略，从而可以大大提高机械 CAD 的自动化设计功能。专家系统是一个运用计算机智能程序的系统，具有大量专家水平领域内的知识与经验，通过推理和判断，模拟专家解决问题的方法和过程来解决设计中的问题。将人工智能、专家系统的技术与传统 CAD 技术结合起来，形成智能化 CAD 系统，这是 CAD 系统发展的必然趋势。

与专家系统相比较，人工神经网络（ANN）是由大量的、简单的处理单元（神经元）互联组成的大规模分布式并行信息处理系统。它通过模拟人脑的神经系统组织结构，能对复杂问题进行有效求解。它具有良好的容错性、自组织和自学习的能力，有利于机械设计中的知识获取和表达。将 ANN 用于智能 CAD 系统，为概念设计、设计思维过程中的形象思维模拟、设计知识的自动获取和经验知识的表示以及回溯问题的模拟提供了一条新的途径，从而可提高系统的智能水平和设计水平。

将 ANN 与专家系统相结合建立混合 CAD 系统，可以充分发挥各自的优势。专家系统用于处理基于规则和事实的知识，进行逻辑推理；ANN 用来进行概念设计，处理不充分、容易变化的知识，进行联想和形象思维的模拟等。这将使智能 CAD 发展到一个新的高度。

智能化 CAD 系统开发需要注意以下几点：一是发展新的设计理论与方法，如并行设计的理论、大规模定制设计的理论、概念设计的理论和创新设计的理论等；二是继续深入研究机械设计专家系统的一些基本理论与技术问题，如设计知识模型的表示及构建、知识利用中的各种搜索及推理方法、知识获取、工具系统的技术等。

CAD 系统在控制产品设计过程、应用工程设计知识、实现优化设计和智能设计的同时，也需具有丰富的图形处理功能，实现产品的"结构描述"与"图形描述"之间的转换。因此，在以几何模型为主的现代机械 CAD 技术基础上，发展面向设计过程的智能 CAD 技术是一种必然的趋势。

第四节 机械 CAD 软件开发的基本方法

机械 CAD 软件的开发不同于一般软件系统的开发。它是一个大型复杂系统，开发周期长，协调关系多。从需求分析、项目实施到方案设计、结构设计、算法设计、性能分析、绘图设计、报表设计、数据库设计、人机交互界面设计等环节，都有许多技术性的问题值得关注。对于机械 CAD 软件的开发，必须用系统工程的观点和正确的方法论指导，以减少和避免开发过程中的失误，提高效率，保证质量。软件从定义、开发、运行和维护到废弃的整个过程称为生存期。为保证机械 CAD 软件系统在生存期各个阶段的组成合理性与完整性，以及系统工作的可靠性与有效性，一套指导机械 CAD 软件系统开发的策略和方法是必不可少的。

一、我国机械 CAD 软件开发的现状

我国软件开发方面存在的问题很多。软件开发还处于手工作坊阶段，没有严格实施任何可执行的软件工程的标准和行业规范，软件产业还没有实现工厂化。新产品在开发前既没有资金计划说明书，也没有人员用工计划书，更没有产品开发周期计划说明书等。总之，我国软件开发没有一个书面的材料甚至是口头的系列规划，缺乏一套完善的开发、检查、测试等管理程序。开发人员的管理也十分混乱，没有规范；这样对编码程序员的依赖性就很强。最根本的原因则是我国的软件开发人员还没有完全树立牢固的软件工程理念。

二、机械 CAD 软件开发的基本方法

初步接触机械 CAD 软件开发的人员可能想当然地认为软件开发就是编写代码，甚至还有人认为是利用某些 CAD 工具完成一个绘图或计算的任务。而实际上，真正实用的 CAD 软件一般比较复杂，与不同模块之间的接口繁多，需要协调考虑的因素更多。诚然，计算和绘图是机械 CAD 软件中的核心技术问题，但是仅有这些功能还不能称为合格的机械 CAD 软件。机械 CAD 软件开发还应该考虑其工程性和艺术性。

机械 CAD 应用软件的开发涉及到数据的输入、输出、传输、存储及加工等方面，需要具备计算、绘图、数据库管理、数据交换等功能。机械 CAD 软件在工程化方面的要求比一般软件还要高，在某些方面的实现还比较困难。需要既懂得机械设计专业知识，又掌握软件开发技术的工程师参与机械 CAD 软件的开发，并采用软件工程化的思想和方法，才能使机械 CAD 软件开发阶段清晰、要求明确、任务具体，从而提高质量、缩短时间、减少费用。

从技术趋势来看，软件开发技术向着开放化、标准化、产业化、分工细致化方向发展。软件工具、平台、环境开始广泛使用，基于软件复用的软件构造技术、大规模应用系统集成技术受到广泛关注。基于个人英雄主义的、小作坊式的、一切都从底层做起的软件开发模式已经远远不能适应时代和市场发展的步伐。就中国软件业来说，必须遵循"有所为、有所不为"的战略性主张，应该站在前人的肩上起步，走"二次开发"、集成化开发的道路，在此基础上推出具有自主核心技术和自主知识产权的产品。这是一种基于高起点的快速发展模式。要高质量、高效率地开发出大型复杂的机械 CAD 软件系统，靠个体或小分队软件人员来完成是不科学、不可靠的。软件的工程化、工业化生产已成为机械 CAD 软件开发必由之路。

三、本教材的学习目的和体系结构

由于现代机械制造业和计算机技术的飞速发展，机械制造业信息化成为新形势下的必然趋势。利用 CAD 等现代设计方法来完成机械设计任务已经是市场形势和学科发展的迫切要求。培养在机械 CAD 理论和实践方面都有一定基础的人才、特别是具有 CAD 应用软件开发能力的高层次人才就是为了适应现代制造业信息化对人才的需要。本教材定位在机械 CAD 软件开发实用技术的训练上。目的是通过本书的学习，让读者掌握一定的 CAD 软件开发技能，为其成为软件开发技术人员和软件工程师打下基础。

考虑到机械 CAD 软件的开发在结构设计、算法设计、性能分析、绘图设计、报表设计、数据库设计、人机交互界面设计等环节都有许多技术性的问题值得关注和协调，本教材的内容安排突出了机械 CAD 软件开发工程师必备的知识和技能。在第一章概述机械 CAD 构建等基本概念的基础上，后续各章将首先让读者树立软件工程的理念，然后再分别介绍机械 CAD 软件开发中的各种技术问题（如计算和绘图）和艺术问题（如美化交互界面），最后介绍如何将自己开发的软件进行打包发布，从而形成一个完整的软件系统。

本教材紧密结合当代机械 CAD 科学技术和文化的最新成就，主要介绍目前最为流行的、也是目前大多数软件开发公司广泛采用的实用工具，比如绘图软件采用 AutoCAD、编程工具采用 VC ++、数据库系统用 SQL Server、图形设计软件用 OpenGL、安装软件开发工具用 InstallSheild 等。在内容和体系上都较其他教材有明显的不同。具体而言，各章内容体系结构如下：

- 第一章介绍机械 CAD 的类型和组建、以及最新 CAD 技术的概念；重点介绍 CAD 系统的构建问题，目的是让学生能站在全局的高度看待软件开发的问题，能针对企业的 CAD 项目提出整体解决方案。

- 第二章介绍软件工程的基本概念和方法，并且针对如何提高软件质量介绍许多技巧性的知识，提供一系列宝贵的开发经验。

- 第三章专门针对软件开发的界面设计及应该注意的问题进行详细说明。

- 第四章对机械设计数据的处理方法进行介绍，包括数据结构的概念、数据结构的常见类型和创建，数据库的概念、应用、操作和开发实例（SQL 数据库程序实例），机械设计资料的处理方法及开发实例（VC ++ 程序实例）。

- 第五章在介绍图形学基础后，给出机械 CAD 图形设计的要点、常见图形交换接口、利用 OpenGL 进行三维图形设计的开发步骤和 OpenGL 在机械 CAD 图形设计中的应用开发实例。

- 第六章除了介绍传统的 AutoCAD 定制和开发方法之外，还介绍 AutoCAD 二次开发的最新工具 Object ARX 编程过程和实例，学完本章后读者可以编程实现二维和三维图形自动化的设计。

- 第七章介绍产品数据管理（PDM）技术，给出了数据库技术的实际应用——PDM 软件开发基本方法和实用技术的应用实例。

- 第八章给出了若干典型机械零部件 CAD 实例的开发指导，并教授开发人员设计自己的 InstallSheild 安装程序，这也是现有任何机械 CAD 教材都没有的内容，目的是让学生能够完整地开发一个软件。

由此可见，本书具有综合性、集成性的特点，不仅介绍必要的概念或概述，而且还介绍实实在在、有一定深度的开发技术，并且联系机械 CAD 实际，给出了大量运行实例和程序代码等实用的软件开发范例。读者在循序渐进的引导下，能够模仿，能够实践，立竿见影，可以很容易地完成一些 CAD 应用软件的开发工作，而且可以根据自己的设想进行开发，使梦想成真，增强成就感。

习　题

1. 简述 CAD 系统的主要组成部分。

2. 目前常用的机械 CAD 支撑软件主要有哪些？简述其功能特点。

3. 机械 CAD 系统的应用软件从功能上可以划分为哪几类？

4. 根据系统配置类型，CAD 系统可以划分为哪几类？

5. 根据系统的作业方式，CAD 系统可以划分为哪几类？

6. 简述在 CAD 系统规划中应掌握的主要原则。

7. 简述 CAD 系统选型需要考虑的因素。

8. 简述 CAD 软件的选择原则。

9. 概述机械 CAD 系统的发展阶段及其发展趋势。

10. 根据自己的理解，你认为未来的机械 CAD 系统在哪些方面会有突破？

第二章　软件工程基础知识

第一节　软件工程概述

计算机硬件技术的每次突破都为软件技术的发展提供了更加广阔的空间，开拓了新的、更为广阔的应用领域。在这个过程中，软件开发从注意技巧转变为注重管理，软件开发过程从目标管理转向过程管理；力图在可接受的性价比条件下，不断改进个人和软件开发组织的开发过程，特别是强调在各自条件下追求软件工程的改进。

一、软件工程学科

要知道什么是软件工程，首先要知道什么是软件。软件就是计算机系统中与硬件相互依存的另一部分。它是包括程序、数据和相关文档的完整组合。程序是按事先设计的功能和性能要求执行的指令序列；数据是使程序能正常操纵信息的数据结构；文档是与程序开发、维护和使用有关的图文材料。软件不仅包括程序，还包括文档。所以做软件也不仅仅是编程序，还需要写文档。

软件工程的定义很多，如 IEEE 给出的定义是：软件工程是开发、运行、维护和修复软件的系统方法。从科学角度来看，软件工程学是指导计算机软件开发和维护的学科。它运用工程的概念、原理、方法、技术来开发和维护软件。软件工程包含的面很广，有基础的理论研究、应用研究，也有实际开发。它还涉及到管理学、数学、经济学和工程科学等。因此，软件工程是一门指导计算机软件开发和维护的交叉学科，是信息化进程中的技术支持。

软件工程的基本目标需满足下列条件：付出较低的开发成本；达到要求的软件功能；取得较好的软件性能；开发的软件易于移植；需要较低的维护费用；能按时完成开发工作，及时交付使用。软件工程的最终目标是提高软件的质量与生产率，实现软件的工业化生产。质量与生产率之间有着内在的联系，高生产率必须以质量合格为前提。从短期效益看，追求高质量会延长软件开发时间，并且增加了费用，似乎降低了生产率；而从长期效益看，高质量将保证软件开发的全过程更加规范流畅，大大降低软件的维护代价，实质上是提高了生产率。所以，好的软件工程方法可以同时提高质量与生产率。

软件工程的主要环节有：人员管理、项目管理、可行性与需求分析、系统设计（概要设计）、程序设计（详细设计、编码）、测试和维护等，如图 2-1 所示。

二、软件工程规范国家标准

《计算机软件开发规范》（GB/T 8566—2001）详细规定软件开发过程中的各个阶段以及每一阶段的任务、实施步骤、实施要求、完成标志及交付文档。

《计算机软件产品开发文件编制指南》（GB/T 8567—1988）详细规定软件开发过程中应该产生的文档种类、数目和文档的编制形式与编制内容。

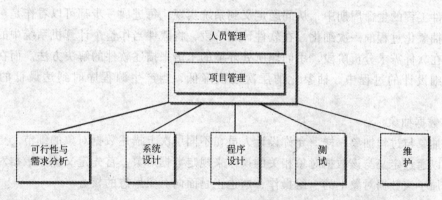

图 2-1　软件工程的主要环节

《计算机软件需求说明编制指南》（GB/T 9385—1988）详细规定软件需求说明的内容和质量、书写格式、内容以及各自的作用。

《计算机软件测试文件编制规范》（GB/T 9386—1988）详细规定一组测试文件的种类、数目、书写格式、内容以及各自的作用。

《计算机软件质量保证计划规范》（GB/T12504—1990）详细规定在制定软件质量保证计划时应该遵循的，在计划、评审、控制和验收几个方面活动的、统一的基本要求，并列出了编制大纲。

《计算机软件配置管理计划规范》（GB/T 12505—1990）详细规定软件配置管理计划的目次、章节内容等的统一要求。这些要求涉及到标识软件产品项，控制和实现软件的修改，记录和报告修改的实现状态以及评审和检查配置管理工作等四个方面的实施计划。

《软件工程术语》（GB/T 11457—1996）详细列举了软件工程中的常用术语的定义、说明和英文译名等。

这些标准和规范文本是软件工程的通用性指导原则，对机械 CAD 软件的开发同样起到了重要的指导作用。在机械 CAD 软件开发过程中，应尽量参照这些标准和规范实施具体项目。本章介绍了一些关键的内容，并列举了一些非常实用的软件开发技术，希望能起到抛砖引玉的作用。

三、软件开发的基本策略

软件工程经历了 40 年的发展，已经积累了相当多的方法。一些基本的软件设计概念已经成为软件设计人员共同遵循的准则。这些准则可以帮助设计人员解决一些问题，诸如如何将软件系统划分成若干独立的成分，如何表达各个成分内的功能细节和数据结构细节，如何衡量软件设计的质量等。"抽象"、"复用"、"分解"和"平衡"属于软件开发中的四种基本策略。

1. 抽象

在软件工程中，首先要从复杂的物理实体或业务流程中抽象出问题的要害和实质，即抓住问题的主要矛盾、简化复杂事物的分析过程、确定问题域、建立数学模型。软件工程的抽象可总结为以下几点：

（1）过程抽象

在软件工程的生命周期中，从问题定义到系统实现，每进展一步都可以看作是对软件解决方法的抽象化过程的一次细化。在软件计划阶段，将软件当作整个计算机系统中的一个元素来看。在软件需求分析阶段，用问题所处环境的术语来描述软件的解决方法。而在从概要设计到详细设计的过程中，抽象化的层次逐次降低，当产生源程序时到达最低的抽象层次。

（2）数据抽象

数据抽象与过程抽象一样，允许设计人员在不同层次上描述数据对象的细节。更重要的是，它可以通过定义与该数据对象相关的操作来规定数据对象。首先定义抽象数据对象，然后定义施加于该数据对象上的一组操作，这也正是面向对象思想的核心。

（3）控制抽象

与过程抽象和数据抽象一样，控制抽象可以包含一个程序控制机制而无须规定其内部细节。如操作系统中用以控制进程同步的信号灯机制，信号灯内部如何实现被屏蔽掉了，而抽象出了如何使用信号灯控制进程同步的过程。

许多编程语言（如 Ada，Modula）提供了创建抽象数据类型的机制。例如，Ada 的 package（包）就是一种程序设计语言机制，它提供了对数据和过程抽象的支持。初始的抽象数据类型被用作能够被实例化的其他数据结构的模板或类属数据结构。

2. 复用

复用的内涵包括提高质量与生产率两者。由经验可知，在一个新系统中，大部分的内容是成熟的，只有小部分内容是创新的。一般地，可以相信成熟的东西总是比较可靠的，即具有高质量，而大量成熟的工作可以通过复用来快速实现，即具有高生产率。

将具有一定集成度并可以重复使用的软件组成单元称为软构件（Software Component，SC）。软件复用可以表述为：构造新的软件系统可以不必每次从零做起，而是直接使用已有的软构件，即可组装（加以合理修改）成新的系统。复用方法的合理化简化了软件开发过程，减少了总的开发工作量与维护代价，既降低了软件的成本，又提高了生产率。另一方面，由于软构件是经过反复使用验证的，自身具有较高的质量，因此，由软构件组成的新系统也具有较高的质量。

3. 分解

分解是指把一个复杂的问题分解成若干个简单的问题，然后逐个解决。软件人员在执行分解的时候，应该着重考虑如下问题：复杂问题分解后，每个问题能否用程序实现？所有程序最终能否集成为一个软件系统，并有效解决原始的复杂问题？即软件被划分成独立命名和可独立访问的模块，它们集成到一起满足问题需求。软件领域的分解策略大致步骤如下：

1）对复杂问题进行全局性分析，确定数学模型。

2）确定软件的总体架构，将其分解为若干个相对独立的子问题。

3）确定子问题的功能及其相互关系，并翻译成程序模块。

4）将各程序模块集成到一起，形成最终的软件系统，解决目标问题。

诸如软件的体系结构设计、模块化设计都是分解的具体表现。分解是一种自顶而下的设计方法。它从反映问题体系结构的概念出发，逐步精细化、具体化，逐步补充细节，直到设计出在计算机上可以执行的软件系统。一般来讲，通过逐步分解获得的程序是具有良好结构的。整个系统由一些相对小的模块组成，每个模块/子程序机构都具有一定的独立性。改变某些模块的局部结构，不会影响程序的全局结构。

4. 平衡

要理解平衡，需首先了解优化。软件的优化是指优化软件的各个质量因素，如提高运行速度、提高对内存资源的利用率、使用户界面更加友好、使三维图形的真实感更强等。想做好优化工作，首先要让开发人员都有正确的认识：优化工作不是可有可无的事情，而是必须要做的事情。当认识到优化工作成为一种责任时，程序员才会不断改进软件中的算法、数据结构和程序组织，从而提高软件质量。

优化工作的复杂之处是很多目标存在千丝万缕的关系。当不能够使所有的目标都得到优化时，就需要"折衷"策略，即平衡。软件中的折衷策略是指通过协调各个质量因素，实现整体质量的最优。软件折衷的重要原则是不能使某一方损失其关键的职能，更不可以像"舍鱼而取熊掌"那样抛弃一方。

第二节　软件开发过程

一个软件产品从定义、开发、运行和维护到废弃的整个过程称为软件的生存周期。软件生存周期可以分为七个阶段：问题定义、可行性分析、需求分析、系统设计、编码、测试、改错与维护。下面简单介绍其中关键的一些内容。

一、可行性分析

1. 可行性分析的任务与目标

任何软件、产品、项目都受到资源、成本和时间的限制。如果给定无限的资源和无限的时间，任何项目均是可行的。基于此，尽可能早地评估项目的可行性就十分必要了。较早地识别出一个错误的构想，就可以避免很多人的工作量和成千上万的投资浪费。所以说，可行性分析是要决定"做还是不做"？

可行性分析必须为决策提供有价值的证据。可行性分析的目标应该包含以下方面：识别用户要求；评价系统的可行性；进行经济分析和技术分析；把功能分配给硬件、软件、人、数据库和其他系统元素；建立成本和进度限制；生成系统规格说明，形成所有后续工程的基础等。

可行性分析的终极目标是以最小的代价、最短的时间确定系统是否值得去设计。

2. 可行性分析的要素

可行性分析包含四个要素：经济、技术、社会环境和人。

（1）经济

经济方面包括成本—收益分析和短期—长远利益分析两部分。如果成本高于收益，则表明亏损了。如果是为客户做软件项目，那么收益就写在合同中。如果是做自己的软件产品，那么收益就是销售额。

软件的成本不是指存放软件的那张光盘的成本，而是指开发成本和一次性成本等。其主要为人力资源成本。主体代码部分通过代码行技术估计将会有多少代码，从而可估计成本（需要历史经验）。短期利益容易把握，风险较低。国内软件公司经常一窝蜂地去做信息管理系统、多媒体光盘、系统集成项目或 Internet 服务，同时享受高额的利润；当日子不好过时，没有倒下的就必须提出以技术为核心，开创下一代、下几代的新产品，以保证自己的长远利益。长远利益难以把握，风险较大。

（2）技术

技术可行性分析集中在三个方面：做得了吗？做得好吗？做得快吗？

在技术可行性研究中必须要作技术评估，同时作出技术方案选择。在技术评估方面，首先对技术的成熟度作严格评审。如果属于实验室技术则有待考证，不能拿一份报告或某种特定条件下实现的指标和效果来作为投资的依据。如果是经过中试的技术，则有一定风险，但可以考虑。如果是已经工业化应用的技术，则风险较小，但可能需要一定条件的改进以获取更大的利润。其次，与竞争技术相比，组织所采用技术的优势及缺陷；优势可以维持几年，缺陷是否可以改进？应该衡量相关技术发展趋势及所采用技术的发展前景。再次，可行性分析离不开资本的核算、技术转换成本的代价等。

在选择技术方案方面：首先，要保证技术的先进性和适用性。现有人员对所选技术的熟悉程度是影响项目质量和进度的一个重要方面。其次，要考虑制约条件，如需求制约（现存的需求结构及需求结构可能的变化）和资源制约（资金、人力资源、自然资源、其他要素）等。最后，也要考虑经济性原则，以最小的投入取得最好的效果。

（3）人员

有句名言："人分三类——人物，人才，人手"。如果在一个软件公司里，上述三类人齐全了，那么最好的分工是让"人物"当领导，"人才"做一线的开发人员，"人手"做行政人员。"人物"毕竟是少数，"人才"可是济济的。举重若轻的那类"人才"可以做领导，举轻若重的那类人才适合做软件开发人员。

（4）社会环境

社会环境可行性需要研究该项目、产品是否满足所有项目涉及者的利益，是否满足法律或合同的要求，是否受到经济技术环境、社会文化环境和自然环境的制约。

3. 可行性分析步骤

可行性分析步骤如图 2-2 所示，具体内容包括：

（1）复查系统的规模和目标

主要任务：确认系统的规模、范围和目标。

工具或方法：仔细研究任务书/任务建议书，走访关键人员（领域专家、工作人员等），查阅相关资料。

成果：理解/得出真正要解决的问题。

（2）研究目前正在使用的系统

主要任务：现有系统优缺点分析。了解旧系统所具备的有用功能，分析旧系统存在的问题，分析旧系统运行成本，了解旧系

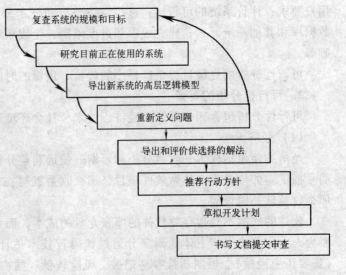

图 2-2　可行性研究的步骤

统与其他系统之间的接口。

工具：系统流程图。

（3）导出新系统的高层逻辑模型

主要任务：确定目标系统的概念模型。

工具：数据流图，数据字典。

描述目标系统逻辑模型时注意的问题：以用户的语言描述；不应包含难懂的技术词汇；仅描述目标系统的功能；目标系统模型与实现无关，与需求文档息息相关。

（4）重新定义问题

主要任务：找出分析员对目标系统的理解与实际需要之间的不符。

（5）导出和评价供选择的解法

主要任务：

- 导出多个可能的解决方案。
- 技术可行性研究，包括实现技术能否达到，开发团队是否掌握相应的技术等。
- 操作可行性研究，即是否满足用户操作习惯。
- 经济可行性研究，包括开发成本，运行维护成本和成本效益分析等。
- 粗略的进度表。

（6）推荐行动方针

主要任务：推荐可行解决方案，即可不可以做。不行，为什么？可以做，哪种解决方案最好，为什么？时机成熟否？是可以马上操作，还是需要等待若干时间以准备资源？

（7）草拟开发计划

主要任务：制定初步的系统开发计划，计划内容包括工程进度规划；任务分解，确定负责人；资源规划；财务预算；风险分析及对策等。

（8）书写文档提交审查

主要任务：提交可行性分析报告。

二、需求分析

软件需求分析工作是软件生存周期中重要的一步，也是决定性的一步。只有通过软件需求分析，才能把软件功能和性能的总体概念描述为具体的软件需求规格说明，从而奠定软件开发的基础。软件需求分析工作也是一个不断认识和逐步细化的过程。该过程将软件设计阶段所确定的软件范围（工作域）逐步细化到可详细定义的程度，并分析出各种不同的软件元素，然后为这些元素找到可行的解决方法。制定软件的需求规格说明不只是软件开发人员的事，用户也起着至关重要的作用。用户必须对软件功能和性能提出初步要求，并澄清一些模糊概念。而软件分析人员则要认真了解用户的要求，细致地进行调查分析，把用户"做什么"的要求最终转换成一个完全的、精细的软件逻辑模型，并写出软件的需求规格说明，准确地表达用户的要求。

1. 软件需求分析任务

需求分析所要做的工作是深入描述软件的功能和性能，确定软件设计的限制和软件同其他系统元素的接口细节，定义软件的其他有效性需求。系统分析员通过需求分析，逐步细化对软件的要求，描述软件要处理的数据域，并给软件开发提供一种可转化为数据设计、结构设计和过程设计的数据与功能表示。在软件完成后，制定的软件需求规格说明还要为软件质量评价提供依据。需求分析阶段研究的对象是软件项目的用户要求。只有经过确切描述的软件需求才能成为软件设计基础。通常，软件开发项目是要实现目标系统的物理模型，即确定待开发软件系统的系统元素，并将功能和数据结构分配到这些系统元素中，这是软件实现的基础。但是，目标系统的具体物理模型是由它的逻辑模型经实例化，即具体到某个业务领域而得到的。与物理模型不同，逻辑模型忽视实现机制与细节，只描述系统要完成的功能和要处理的数据。作为目标系统的参考，需求分析的任务就是借助于当前系统的逻辑模型导出目标系统的逻辑模型，解决目标系统"做什么"的问题。

（1）获得当前系统的物理模型

当前系统可能是需要改进的某个已在计算机上运行的数据处理系统，也可能是一个人工的数据处理过程。在这一步，首先应分析、理解当前系统是"怎样做"的，了解当前系统的组织机构、输入输出、资源利用情况和日常数据处理过程，然后用一个具体模型来反映自己对当前系统的理解。这一模型应客观地反映现实世界的实际情况。

（2）抽象出当前系统的逻辑模型

在理解当前系统"怎样做"的基础上，抽取其"做什么"的本质，从而从当前系统的物理模型抽象出当前系统的逻辑模型。在物理模型中有许多物理因素，随着分析工作的深入，有些非本质的物理因素就成为不必要的负担。因而，需要对物理模型进行分析，区分出本质的和非本质的因素，去掉那些非本质的因素即可获得反映系统本质的逻辑模型。

（3）建立目标系统的逻辑模型

分析目标系统与当前系统逻辑上的差别，明确目标系统到底要"做什么"，从当前系统的逻辑模型导出目标系统的逻辑模型。为了对目标系统做完整的描述，还需要对得到的逻辑模型作一些补充，说明目标系统的用户界面。根据目标系统所处的应用环境以及它与外界环境的相互关系，研究所有可能与它发生联系和作用的部分，从而决定人机界面。说明至今尚未详细考虑的细节。这些细节包括系统的启动和结束、出错处理、系统的输入输出和系统性能方面的需求。

2．需求分析原则

（1）准确而详细地说明需求

编写一份清晰、准确的需求文档是很困难的。由于处理细节问题不但繁琐而且耗时，因此很容易留下模糊不清的需求。但是在开发过程中，必须解决这种模糊性和不准确性，而客户恰恰是为解决这些问题作出决定的最佳人选，否则就只好靠开发人员去正确猜测了。

根据经验，在这个阶段，许多客户，特别是生产任务繁忙的企业往往并不能完全按照软件工程的要求将所有情况考虑周全，提出详细的需求说明，而是在软件具有一定雏形后再提出某些要求，这种情况也是必须考虑的。在需求分析中，暂时加上"待定"标志是一个解决办法。用该标志可指明哪些是需要进一步讨论、分析或增加信息的地方。有时也可能因为某个特殊需求难以解决或没有人愿意处理它而标注上"待定"。客户要尽量将每项需求的内容都阐述清楚，以便分析人员能准确地将它们写进"软件需求报告"中去。如果客户一时不能准确表达，就要求用原型技术。通过原型开发，客户可以同开发人员一起反复修改，不断完善需求定义。

（2）划分需求的优先级

大多数项目没有足够的时间或资源来实现功能性的每个细节。决定哪些特性是必要的，哪些是重要的，哪些是好的，是需求开发的主要部分。只能由客户来负责设定需求优先级，因为开发者并不可能按客户的观点决定需求优先级。开发者将为客户确定优先级提供有关每个需求的花费和风险的信息。当设定优先级时，客户帮助开发者确保在适当的时间内用最小的开支取得最好的效果。在时间和资源限制下，关于所需特性能否完成或完成多少，应该尊重开发人员的意见。尽管没有人愿意看到自己所希望的需求在项目中未被实现，但毕竟是要面对这种现实的。业务决策有时不得不依据优先级来缩小项目范围或延长工期，或增加资源，或在质量上寻找折衷。

（3）需求变更流程控制

不断的需求变更会给在计划内完成的产品带来严重的不利影响。变更是不可避免的，但在开发周期中，变更越在晚期出现，其影响越大；变更不仅会导致代价极高的返工，而且工期将被延误，特别是在大体结构已完成后又需要增加新特性时。所以，一旦客户发现需要变更需求时，请立即通知系统分析人员。为减少变更带来的负面影响，所有参与者必须遵照项目变更控制过程。这要求不放弃所有提出的变更，对每项要求的变更进行分析、综合考虑，最后作出合适的决策，以确定应将哪些变更引入到项目中。

3. 需求分析方法

结构化分析是面向数据流进行需求分析的方法，已得到广泛应用。结构化分析方法适合于数据处理类型软件的需求分析。由于利用图形表达需求，显得清晰、简明，所以易于学习和掌握。具体来说，结构化分析方法就是用抽象模型的概念，按照软件内部数据传递、变换的关系，自顶向下逐层分解，直到找到满足功能要求的所有可实现的软件为止。结构化分析方法使用的工具有数据流图、数据词典、结构化语言、判定表和判定树。

（1）数据流图

数据流图是描述数据处理过程的工具。数据流图从数据传递和加工的角度，以图形的方式刻画数据流从输入到输出的移动变换过程。

数据流图的基本图形元素有4种，见表2-1。加工是以数据结构或数据内容作为加工对象的。加工的名字通常是一个动词短语，简明扼要地表明完成的是什么加工。数据源点或汇点表示在数据流图中要处理数据的输入来源及处理结果要送往何处。由于它在图中的出现仅仅是一个符号，并不需要以软件的形式进行设计和实现，因而它只是数据流图的外围环境中的实体，故称外部实体。在实际问题中，它可能是计算机外部设备或是传感装置。数据流是沿箭头方向传送数据的通道。它们大多是在加工之间传输加工数据的命名通道，也有连接

表 2-1　数据流图的基本图形元素

○	加工。输入数据在此进行变换产生输出数据，其中要注明加工的名字
▭	数据输入的源点（Source）或数据输出的汇点（Sink）。其中要注明源点或汇点的名字
→	数据流。被加工的数据与流向，箭头边应给出数据流名字，可用名词或名词性短语命名
↘＿↗	数据存储文件。也必须加以命名，用名词或名词性短语命名

数据存储文件和加工的未命名通道。有些数据流虽然没有命名，但因连接着有名加工和有名文件，所以其含义也是清楚的。同一数据流图上不能有同名的数据流。多个数据流可以指向同一个加工，也可以从一个加工散发出许多数据流。数据存储文件在数据流图中起保存数据的作用，因而称为数据存储（Data Store）。它可以是数据库文件或任何形式的数据组织。指向文件的数据流可理解为写入文件或查询文件；从文件中引出的数据流可理解为从文件读取数据或得到查询结果。

用一个数据流图往往不能表达稍为复杂的实际问题。这就需要分层的数据流图来反映这种树状层次结构关系。在多层数据流图中，可以把顶层流图、底层流图和中间层流图区分开。顶层流图仅包含一个加工，它代表被开发系统。它的输入流是该系统的输入数据，输出流是系统的输出数据。顶层流图的作用在于表明被开发系统的范围，以及它和周围环境的数据交换关系。底层流图是指其加工不需再做分解的数据流图，其加工称为"原子加工"。中间层流图则表示对其上层父图的细化。它的每一个加工可以继续细化，形成子图。中间层次的多少视系统的复杂程度而定。

1）画数据流图的基本步骤。画数据流图的基本步骤概括为：自外向内、自顶向下、逐层细化和完善求精。具体如下：

■ 先找系统的数据源点与汇点。它们是外部实体，由它们确定系统与外界的接口。

■ 找出外部实体的输出数据流与输入数据流。

■ 在图的边上画出系统的外部实体。

■ 从外部实体的输出数据流，即系统的源点出发，按照系统的逻辑需要，逐步画出一系列逻辑加工，直至找到外部实体所需的输入数据流，即系统的汇点，形成数据流的封闭。

■ 按照下面所给的原则进行检查和修改。

■ 按照上述步骤，再从各加工出发，画出所需的子图。

2）检查和修改数据流图的原则。具体原则包括以下几方面：

■ 数据流图上所有图形符号只限于前述4种基本图形元素。

■ 数据流的主图必须包括前述4种基本元素，缺一不可。

■ 每个加工至少有一个输入数据流和一个输出数据流。

■ 在数据流图中，需按层给加工框编号。编号表明该加工处在哪一层，以及上下层的父图与子图的对应关系。

■ 任何一个数据流子图必须与它上一层的一个加工对应。两者的输入数据流和输出数据流必须一致，即父图与子图的平衡，它表明了在细化过程中，输入与输出不能有丢失和添加。

■ 图上每个元素都必须有名字，表明数据流和数据文件是什么数据，加工做什么事情。

■ 数据流图中不可夹带控制流。因为数据流图是实际业务流程的客观映像，说明系统"做什么"，而不是要表明系统"如何做"，因此，不是系统的执行顺序，不是程序流程图。

■ 初画时可以忽略琐碎的细节，以集中精力于主要数据流。

（2）数据词典

数据词典的任务是：对于数据流图中出现的所有被命名的图形元素在数据词典中作为一

个词条加以定义，使得每一个图形元素的名字都有一个确切的解释。数据词典中所有的定义应是严密的、精确的，不可有半点含糊，不可有二义性。

1）数据词典的定义。数据词典的定义即对在数据流图中每一个命名的图形元素均给予定义，其内容有图形元素的名字、别名或编号、分类、描述、定义和位置等。以下是不同词条应给出的内容。

- 数据流词条描述。数据流是数据结构在系统内传播的路径。一个数据流词条应有以下几项内容：数据流名；说明——简要介绍作用，即它产生的原因和结果；数据流来源——来自何方；数据流去向——去向何方；数据流组成——数据结构；每个数据量——数据量，流通量。

- 数据元素词条描述。图中的每一个数据结构都是由数据元素构成的。数据元素是数据处理中最小的，不可再分的单位，它直接反映事物的某一特征。对于这些数据元素也必须在数据词典中给出描述。其描述需要以下信息：数据元素名；类型——数字（离散值，连续值），文字（编码类型）；长度；取值范围；相关的数据元素及数据结构。

- 数据文件词条描述。数据文件是数据结构保存的地方。一个数据文件词条应有以下几项内容：数据文件名；简述——存放的是什么数据；输入数据；输出数据；数据文件组成——数据结构；存储方式——顺序，直接，关键码；存取频率。

- 加工逻辑词条描述。加工比较复杂，它到后来就是一段程序。加工的表达方式有判定表、判定树和结构化语言等。它们要全部写在一个词条中是有困难的。主要描述有：加工名；加工编号——反映该加工的层次；简要描述——加工逻辑及功能简述；输入数据流；输出数据流；加工逻辑——简述加工程序、加工顺序。

- 源点及汇（终）点词条描述。对于一个数据处理系统来说，源点和汇点应当比较少。如果过多就缺少独立性，人机界面太复杂。定义源点和汇点时，应包括：名称——外部实体名；简要描述——什么外部实体；有关数据流；数目。

2）数据词典的使用。在结构化分析的过程中，可以通过名字方便地查阅数据的定义。同时可按各种要求，随时列出各种表，以满足分析员的需要。还可以按描述内容或定义来查询数据的名字。通过检查各个加工的逻辑功能，可以实现和检查数据与程序之间的一致性和完整性。在以后的设计与实现阶段，以至于到维护阶段，都需要参考数据词典进行设计、修改和查询。

3）数据结构的描述。在数据词典的编制中，分析员最常用的描述数据结构的方式有定义式或 Warnier 图。

（3）结构化语言

结构化语言是一种介于自然语言和形式化语言之间的半形式化语言（伪码）。它是在自然语言基础上加了一些限制而得到的语言，是使用有限的词汇和有限的语句来描述加工逻辑的。语言的正文用基本控制结构进行分割，加工中的操作用自然语言短语来表示。其基本控制结构有简单陈述句结构、判定结构和重复结构。结构化语言的词汇表由英语命令动词、数据词典中定义的名字、有限的自定义词和控制结构关键词 IF-THEN-ELSE、WHILE-DO、CASE-OF、REPEAT-UNTIL 等组成。

（4）判定表

在某些数据处理问题中，某数据流图的加工需要依赖于多个逻辑条件的取值，即完成这一加工的一组动作是由于某一组条件取值的组合而引发的。这时使用判定表来描述比较合适。判定表由 4 个部分组成，如图 2-3 所示。

条件项	条件取值
动作项	动作内容

图 2-3 判定表的组成

- 条件项（Condition Stub）：它列出了各种可能的条件。除去某些问题中对各个条件的先后次序有特定的要求以外，通常判定表中不要求各条件的先后次序。

- 条件取值（Condition Entry）：它给出各个条件取值的组合。

- 动作项（Action Stub）：它列出了可能采取的动作。这些动作的排列顺序没有限制，但为了便于阅读，也可按适当的顺序排列。

- 动作内容（Action Entry）：它是和条件项紧密相关的，指出了在条件项的各种取值的组合情况下分别应采取什么动作。这里将任一条件取值组合及其相应要执行的动作称为规则。它在判定表中是纵贯条件项和动作项的一列。显然，判定表中列出多少个条件取值的组合，也就有多少条规则，即条件取值—动作内容有多少列。

在实际使用判定表时，常常先把它化简。如果表中有两条或更多的规则具有相同的动作，并且其条件项之间存在着某些关系，就可设法将它们合并。判定表能够把在什么条件下系统应完成哪些操作表达得十分清楚、准确、一目了然。这是用语言说明难以表达的。但是，用判定表描述循环比较困难。有时，判定表可以和结构化语言结合起来使用。

（5）判定树

判定树也是用来表达加工逻辑的一种工具。有时候它比判定表更直观，用它来描述加工，很容易被用户接受。客观存在是用结构化语言、甚至是自然语言写成的叙述作为构造树的原始依据，因此没有一种统一的方法来构造判定树，但可以从中找些规律。在表达一个基本加工逻辑时，结构化语言、判定表和判定树常常交叉使用，互相补充，因为这三种手段各有优缺点。

总之，加工逻辑说明是结构化分析方法的一个组成部分，对每个加工都要加以说明。使用的手段应当以结构化语言为主。存在判断问题的加工逻辑，可辅之以判定表和判定树。

三、系统设计

1. 系统设计的概念与过程

系统设计就是根据软件需求分析阶段产生的数据域和功能域需求，采用某种设计方法进行概要设计（体系结构设计、数据设计/数据库设计）、详细设计（模块设计、过程设计、用户界面设计），生成所要构造的实体过程。它是软件工程的技术核心。

系统设计是把需求转化为软件系统的重要环节，也是软件质量得以保证的关键步骤。其优劣决定了软件系统的质量。在整个软件生命周期中，除了维护阶段以外，开发阶段（系统设计、编码和测试）占整个开发成本的 75% 以上，而系统设计是开发阶段最重要的步骤，直接关系到软件系统的成败。另外，系统设计提供了软件的表示，使得软件的质量评价成为可能。需求分析是从用户的角度理解并表达软件的各项需求，采纳的术语是直接与应用系统的知识领域相关的；而系统设计则是从计算机实现的角度直接采纳计算机术语去描述如何转化这种需求的。系统设计是将用户要求准确地转化为最终的软件产品的唯一途径。

2. 软件体系结构设计

软件体系结构是一个程序/系统各构件的结构。它们之间的相互关系以及进行设计的原则是以时间进化为指导方针的。软件体系结构为软件系统提供了一个结构、行为和属性的高级抽象，由构成系统的元素的描述、元素的相互作用、指导元素集成的模式以及这些模式的约束组成。软件体系结构不仅指定了系统的组织结构和拓扑结构，并且显示了系统需求和构成系统的元素之间的对应关系，提供了一些设计决策的基本原理。

软件体系结构是软件系统中最本质的东西，是对复杂事物的一种抽象。良好的体系结构是普遍适用的，可以高效和稳定地处理多种多样的个体需求。在机械 CAD 系统的体系结构中，应根据需求分析及功能分解所确定的功能模块及其相互关系、考虑支撑系统及其辅助模块和它们的层次关系，形成机械 CAD 系统的体系结构。

常见的软件系统（当然也包括机械 CAD 软件系统）体系结构为客户机/服务器结构。客户机和服务器之间的通信以"请求—响应"的方式进行。客户机先向服务器发起"请求"（Request），服务器再响应（Response）这个请求。客户机/服务器结构存在两个明显的优点：以集中的方式高效率地管理通信；可以共享资源。当前的客户机/服务器结构的软件系统主要分为两种，即专业系统/工业系统中常用的 C/S（Client/Server）模式和 Internet 中常用的 B/S（Brower/Server）模式。

（1）C/S 模式

图 2-4 为专用的 C/S 软件系统界面示例。此类系统的中心为服务器，客户机需要单独安装。一般，在所需部门中，独立的模块和服务器主机通信，完成相应功能。此种模式安全性较高，但需要安装和维护客户端。

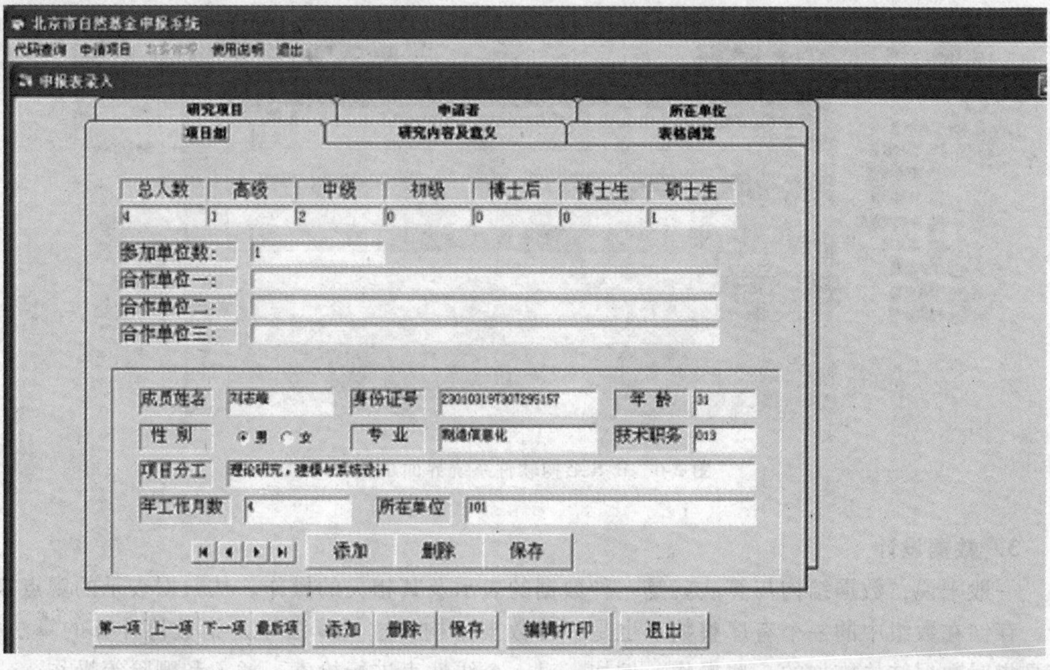

图 2-4　C/S 软件系统界面示例

（2）B/S 模式

在 B/S 结构下，用户界面完全通过 WWW 浏览器实现，一部分事务逻辑在前端实现，但是主要事务逻辑在服务器端实现。B/S 结构主要是利用了不断成熟的 WWW 浏览器技术，结合浏览器的多种脚本语言（VBScript、JavaScript）和 ActiveX 技术，用通用浏览器就实现了原来需要复杂专用软件才能实现的强大功能，并节约了开发成本。它是一种全新的软件系统构造技术。由于 Windows 新版本将浏览器技术植入操作系统内部，这种结构更成为当今应用软件的首选体系结构。

B/S 结构采用星形拓扑结构或利用 Internet 虚拟专网（VPN）建立企业内部通信网络。前者的特点是安全、快捷和准确。后者则具有节省投资和跨地域广的优点。二者的选择需视企业规模和地理分布确定。企业内部通过防火墙接入 Internet，在整个网络采用 TCP/IP 协议。B/S 网络结构如图 2-5 所示，B/S 结构软件系统界面示例如图 2-6 所示。

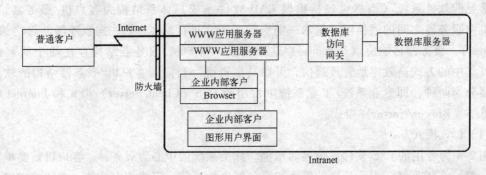

图 2-5　B/S 网络结构图

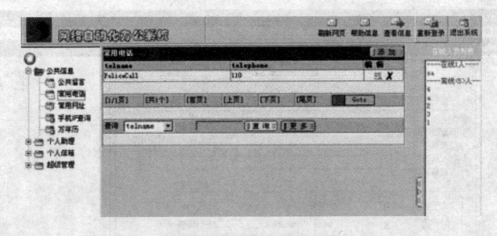

图 2-6　B/S 结构软件系统界面示例

3. 数据设计

一般来说，数据结构与算法就是一种数据的表示及其相关的操作。从数据表示的观点来看，存储在数组中的一个有序整数表也是一种数据结构。这里算法不是指数值计算的算法，而是指对数据结构施加的一些操作，例如，对一个线性表进行检索、插入和删除等操作。一个算法如果能在所要求的资源限制（Resource Constraints）范围内将问题解决好，则称这个算法是有效率（Efficient）的。例如，一个资源限制可能是"用于存储数据的内存有限"，或者"允许执行每个子任务所需的时间有限"。一个算法如果比其他已知算法所需要的资源都少，这个算法也被称为是有效率的。算法的代价（Cost）是指消耗的资源量。一般来说，代价是由一个关键资源（如时间或空间）来评估的。

（1）数据结构与算法设计原则

人们对常用的数据结构与算法的研究已经相当透彻，归纳出的设计原则如下：

1）每一种数据结构与算法都有其时间、空间的开销和收益。当面临一个新的设计问题时，设计者要彻底地掌握怎样权衡时空开销和算法有效性的方法。这就需要懂得算法分析的原理，而且还需要了解所使用的物理介质的特性（例如，数据存储在磁盘上与存储在内存中，就需不同的考虑）。

2）与开销和收益有关的是时间—空间的权衡。通常可以用更大的时间开销来换取空间的收益，反之亦然。时间—空间的权衡普遍地存在于软件开发的各个阶段中。

3）程序员应该充分地了解一些常用的数据结构与算法，避免不必要的重复设计工作。

4）数据结构与算法为应用服务。必须先了解应用的需求，再寻找或设计与实际应用相匹配的数据结构。

（2）数据设计的内容

1）确定软件涉及的文件系统的结构以及数据库的模式、子模式，进行数据完整性和安全性的设计，确定输入、输出文件的详细数据结构。

2）结合算法设计，确定算法所必需的逻辑数据结构及其操作；确定对逻辑数据结构所必需的那些操作的程序模块（软件包）。

3）限制和确定各个数据设计决策的影响范围。若需与操作系统或调度程序接口所必需的控制表等数据时，要确定其详细的数据结构和使用规则。

4）数据的保护性设计和防卫性设计。如在软件设计中就插入自动检错、报错和纠错的功能，应当建立一个数据词典并用它来定义数据和软件的设计。数据词典清楚地说明了各个数据之间的关系和对数据结构内各个数据元素的约束。

5）底层数据设计的决策应推迟到设计过程的后期进行。在进行需求分析时，确定的总体数据组织应在概要设计阶段加以细化，在详细设计阶段才规定具体的细节。

6）应当建立一个存放有效数据结构及相关操作的库。数据结构应当设计成为可复用的，建立一个存有各种可复用的数据结构模型的部件库。

4. 模块设计

一般地，把用一个名字就可以调用的一段程序称为"模块"。它具有以下三个属性：

■ 功能：即指该模块实现什么功能，做什么事情。这里所说的模块功能，应该是该模块的功能加上它所调用的所有子模块的功能。

■ 逻辑：即描述模块内部怎么做。

■ 状态：即该模块使用时的环境和条件。

一个模块必须按外部特性与内部特性分别进行描述。模块的外部特性是指模块的模块名、参数表以及给程序以至整个系统造成的影响。而模块的内部特性则是指完成其功能的程序代码和仅供该模块内部使用的数据。

（1）模块设计的原则

■ 考虑"模块应该提供什么样的功能",保持"功能独立"是模块化设计的基本原则。模块的独立性是指软件系统中的每个模块只涉及软件要求的具体的子功能。

■ 考虑"模块应该怎样与其他模块交流信息"。

模块化的好处:一方面,降低了系统的复杂性,使得系统容易修改;另一方面,推动了系统各个部分的并行开发,从而提高了软件开发的生产率。

(2)模块特性的衡量标准

模块特性的衡量标准有两个:耦合和内聚。

耦合是模块之间的相对独立性(互相连接的紧密程度)的度量。模块之间的联系越多,耦合性就越高,模块独立性就越弱。它取决于各个模块之间接口的复杂程度,模块的调用方式以及哪些信息通过接口。

内聚是模块功能强度(一个模块内部各个元素彼此结合的紧密程度)的度量。一个模块内部各个元素联系越紧密,则它的内聚性就越强,它与其他模块之间的耦合就会降低,从而模块的独立性就越强。

"强内聚、弱耦合"是一个性能良好的模块的标志。

5. 用户界面设计

用户界面是一个窗口,是软件系统与用户之间交互、连接的接口,也是人机交互中必不可少的重要部分。用户通过界面显示的内容了解系统可以实现的各项功能,也可以通过界面的功能来完成相应的工作。良好的界面设计为用户的使用提供极大的方便,也为软件系统的推广使用提供基本条件。

人机交互界面是用户和计算机进行交互的最直观表现,它给用户以最直觉的印象。友好的人机交互界面是提高软件质量的一个重要因素。常见的人机交互界面一般通过文字、图形、图像、声音、动画等手段来实现。交互方式主要有窗口、菜单、页面、工具条、按钮、快捷键和快捷菜单等。由于图形界面能给人提供更多的信息,给人更友好的感觉,所以随着图形设备、操作系统、图形硬件和软件的发展,原先的文本界面几乎完全被图形用户界面(GUI)所代替。各种图形表单、菜单、工具条等界面风格被普遍地采用。

用户界面设计的具体要求和详细内容见第三章。

四、编码、测试、改错与维护

1. 编码

作为软件工程过程的一个阶段,程序编码是设计的继续。编码是在软件详细设计的基础上进行的,其目的是把详细设计转换成用编程语言写出的计算机程序。所谓计算机程序,就是把完成某项任务的具体步骤利用计算机语言提供的语句表述出来,形成语句序列。编码阶段将为软件设计中的每一个模块提供一份内容完整、说明清晰、能在机器上初步运行的源程序清单。

程序设计语言的特性和程序设计风格会深刻地影响软件的质量和可维护性。为了保证程序编码的质量,程序员必须深刻地理解、熟练地掌握并正确地运用程序设计语言的特性。此外,还要求源程序具有良好的结构性和良好的程序设计风格。编程语言的特性、程序设计方法以及程序设计风格对程序质量有很大影响。程序设计风格是源程序的重要属性,它决定一个程序是否易于被理解。在所有影响程序设计风格的情况中,简单、清晰是关键的特性。程序设计风格直接影响到软件的质量，特别是软件的可维护性和可移植性。

（1）程序设计语言及程序设计方法

软件的设计质量与程序设计语言的技术性能无关，但在把软件设计转换为程序代码时，转换的质量和效率无疑受到程序语言性能的影响。

程序语言的特性应着重考虑软件开发项目的需要。为此，程序编码应考虑以下性能要求：

- 可以把详细设计直接、容易地转换成代码程序，即语言应支持自顶向下、逐步求精的思考方法和设计方法。
- 源程序具有可移植性。
- 具有高效、优化的编译器。
- 开发工具的可用性。
- 软件的可维护性。

程序设计语言经历了由低级语言向高级语言，由面向过程的语言向面向对象的语言的发展历程。

低级程序设计语言提供的语句是计算机所能进行的基本操作，这些操作和人们日常用语差别很大。理解它们需要对计算机结构有一定的了解。程序的编写、阅读对非计算机专业的技术人员来说存在着很大的障碍。常用的低级语言有：用"0"和"1"这样的二进制形式表示机器指令的机器语言；用符号来表示二进制指令代码的汇编语言。

高级程序设计语言是接近于自然语言或数学语言的计算机语言。利用高级语言编写程序，编程者不需要掌握过多的计算机专业知识。高级语言分为过程化语言、非过程化语言和面向对象语言。

过程化的程序设计语言是接近于数学语言的计算机语言。利用过程化程序设计语言设计程序来完成一定的任务，无论所完成的任务简单或者复杂，都必须将具体的步骤描述清楚。完成某项任务的具体步骤通常称为算法，所以过程化的程序设计语言也称算法语言。过程化程序设计语言有很多种，每一种语言都有各自的特点，但它们的语句和基本格式大体上是相同的。较为常用的过程化程序设计语言有：FORTRAN、BASIC、PASCAL、Delphi 和 C。其中，C 语言具有表达力强，编译出的目标程序质量高，语言简单灵活、易于实现等特点，已成为当今最流行的程序设计语言。高级语言使用顺序结构、选择结构和循环结构来实现程序执行过程的控制，并通过子程序/函数/过程来实现模块化程序设计和简化程序代码。过程化程序设计的基本思路是：首先，建立一个逻辑清晰的程序结构，把所要完成的任务划分成若干相对独立的模块；其次，把每个模块按照一定的调用方式组织起来。因此，过程化程序设计的方法是：按照解题模型定义变量、设计数据结构，设计算法，设计程序模块和程序模块的调用方式。过程化语言的程序结构是层层调用的。一个子程序改动了共享数据，则另一个必然受影响，这称为数据耦合。过程化的程序设计需要把客观世界拆分成过程式程序表达。程序设计者要知道许多内部细节才能调试程序。

非过程化的程序设计语言是接近于自然语言的计算机语言。利用非过程化语言编写程序往往只需要通知系统做什么，而不需要说明怎么做。典型的非过程化程序设计语言是各种类型的数据库语言，如从最早的 DOS 环境下的 DBase、FoxBase 到 Windows 环境下的 FoxPro、Visual FoxPro 等。

面向对象的程序设计方法是一种新的程序设计方法。面向对象程序设计的基本思路是：尽可能地按照人类认识客观世界的方法和思维方式来分析和解决问题；任何被研究和处理的事物、概念都可以看作是对象；人们分析问题和解决问题的过程就是对计算机中的对象进行分析和加工的过程。可见，面向对象程序设计的最基本的概念/机制是对象。对象（Object）可以被定义为描述客观存在的事物、由属性（数据）和操作这些数据的方法（代码）组成的软件单元。数据称为对象的属性（Attribute）。操作称为方法（Method），即改变属性的方法。对象之间只有通信，调用方法叫做发消息（Message）。"消息—方法"与"过程调用—过程体"的定义几乎完全一样，但意义不同。过程化程序的执行流程是：当有过程调用时，主调程序模块要等到被调用程序模块的返回。消息则不一样，因对象是自主的程序实体，发消息者可等可不等；接受消息的可以立即响应也可以稍后响应。这样降低了程序间的数据耦合，为并发程序、事件驱动程序提供了编码实现的技术基础。面向对象程序设计的核心思想是：抽象数据类型、继承和多态。

- 抽象反映了与应用有关的重要性质，而忽略其他一些无关内容。
- 继承性使所建立的软件具有开放性、可扩充性，简化了对象、类的创建工作量，增加了代码的可重性和共享性。
- 多态性允许每个对象以适合自身的方式去响应共同的消息。多态性增强了软件的灵活性和重用性。

事实表明，面向对象程序设计方法比结构化方法能更自然地表现现实世界。但它也有其内在的局限性，并不能解决所有问题。最近兴起的面向对象的程序设计（AOP）可以改进上述程序设计方法的不足。AOP被视为是"后"面向对象时代的一种新的重要的程序设计技术。

总之，了解程序设计语言的各种特性，通过仔细分析和比较，选择一种功能强大而又适用的语言，对成功地实现从软件设计到程序代码的转换、提高软件的质量、改善软件的可测试性和可维护性是至关重要的。另外，编码中有众多规范应该尽量遵守，如比较著名的匈牙利命名法。在程序设计时，可以参考软件开发工具中的帮助手册。它为程序员提供了很多、很好的编程范例。

（2）程序设计风格

实际上，程序设计风格是一种编码原则。其最重要的特点是简单和清晰。程序中与编码风格有关的因素是代码的文档化、数据说明和输入/输出说明。

1）代码文档化。文档是指某种数据媒体和其中所记录的数据，便于开发人员和用户阅读。代码文档化是从选择标识符的名字开始，然后是写程序和注释，最后是使程序的整个组织形式的视觉变清晰。为了便于理解，标识符的名字要有含义或有一个体系。程序的注释是对代码进行内部说明，它包括序言注释和功能注释。序言注释安排在每个模块的起始部分，包括对每个模块的功能说明、接口描述、变量的解释和开发历史的叙述等。功能注释是镶嵌在源代码的内部，用来解释源代码程序的。有了合适的标识符和合理的注释才能保证文档的可阅读性和良好的内部说明。

2）数据说明。在设计时要建立数据说明，使数据易于理解和维护，并应建立相应的规则：数据说明的次序应规范化；多个变量名在同一段程序时，变量名字的次序应按字母顺序排列；有复杂的数据结构时，就应该用注释说明其特点。

3）输入/输出说明。输入/输出的实现方式决定了用户对系统特征的可接受程度，因此，在设计和编码时还要考虑输入/输出风格的原则：检查所有输入数据的有效性；保持简单的输入格式和输出格式的一致性；表明交互的输入请求；给所有的输出加标记，并设计所有输出报告等。输入/输出风格还受到输入/输出设备、图形设备、鼠标、用户习惯和通信环境等的影响。

2. 软件测试

软件产品本身无形态，是复杂的、知识高度密集的逻辑产品。软件开发是一个极其错综复杂的漫长过程，在每个阶段都不可能做到完美无缺，不一定没有错误。因此，在软件投入生产运行之前，对其进行严格测试，发现错误，改正错误是非常必要的。否则，这些差错迟早会在生长过程中暴露出来，那时不仅改正这些错误的代价更高，而且造成的后果更严重。

软件开发总是伴随着软件质量保证的活动，而软件测试是主要活动之一。软件测试代表了需求分析、设计、编码的最终复审。测试是一项很艰苦的工作，其工作量约占软件开发总工作量的40%以上，特别对一些关系到人的生命安全的软件，其测试成本可能相当于开发阶段总成本的 3 ~ 5 倍。

（1）软件测试的概念

在 G. J. Myers 的经典著作《软件测试技巧》中，给出了测试的定义："程序测试是为了发现错误而执行程序的过程"。测试的目的是发现程序中的错误，是为了证明程序有错，而不是证明程序无错。从用户的角度出发，希望通过软件测试暴露软件中隐藏的错误和缺陷，以便考虑是否可接受该产品；从软件开发者的角度出发，则希望测试成为表明软件产品中不存在错误的过程，验证该软件已正确地实现了用户的要求，坚定人们对软件质量的信心。

（2）软件测试的方法

1）α 测试/白盒测试。开发人员与独立的测试小组共同参与，测试源程序的逻辑结构以及实现细节。此方法把测试对象看作一个透明的盒子。它允许测试人员利用程序内部的逻辑结构及有关信息设计或选择测试用例，对程序所有逻辑路径进行测试。通过在不同点检查程序的状态，确定实际的状态是否与预期的状态一致。因此，白盒测试又称为结构测试或逻辑驱动测试。

软件人员使用白盒测试方法，主要想对程序模块进行如下检查：对程序模块的所有独立的执行路径至少测试一次；对所有的逻辑判定，取"真"与取"假"的两种情况都至少测试一次；在循环的边界和运行界限内执行循环体；测试内部数据结构的有效性等。完成白盒测试的工作量很大，故实际工作中采用一些测试方法进行简化，以达到测试要求。

2）β 测试/黑盒测试。该方法把程序看成一个黑盒子，只检查它是否能实现应该具有的功能，能否正确输入、输出以及能否保持外部信息的完整性。此过程不考虑软件的内部逻辑结构。独立测试小组应该执行黑盒测试，即按照规格说明来测试程序是否符合要求（黑盒是指看不见程序的内部结构）。

黑盒测试方法是在程序接口上进行测试，主要是为了发现以下错误：是否有不正确或遗漏了的功能？在接口上，输入能否正确地接受？能否输出正确的结果？是否有数据结构错误或外部信息（例如数据文件）访问错误？性能上是否能够满足要求？是否有初始化或终止性错误？

3）白盒测试与黑盒测试对比见表2-2。

表 2-2 白盒测试与黑盒测试的对比表

测试方法 特点	黑 盒 测 试	白 盒 测 试
性质	是一种确认技术，回答"我们在构造一个正确的系统吗？"	是一种验证技术，回答"我们在正确地构造一个系统吗？"
优点	适用于各测试阶段 从产品功能角度测试 容易入手生成测试数据	可以构成测试数据使特定程序部分得到测试 有一定的充分性度量手段 可获得较多工具支持
缺点	某些代码段得不到测试 如果规格说明有误则无法发现 不易进行充分性度量	不易生成测试数据 无法对未实现规格说明的部分测试 工作量大，通常只用于单元测试，有引用局限

（3）软件测试过程

软件测试包括单元测试（UNIT）、集成测试（INTERGRATION）、合格性测试（QUALIFICATION）或称为验收测试/确认测试和第三方测试等。

1）单元测试。对软件单元进行测试，确实保证它作为一个单元能正常地工作。单元测试的目的是验证单元是否满足功能、性能和接口等的要求。单元测试采用的技术有静态分析、代码审查和白盒动态测试。其测试的充分性由各种测试覆盖率来度量。

单元动态测试主要针对模块的五个基本特性进行。他们分别是模块接口，局部数据结构，重要的执行路径，出错处理路径和影响以上各点的边界条件。

单元测试用例的要求包括：用指定值、异常值和极限值验证全部计算；验证全部输入数据的各种选择；验证全部输出数据的各种选择和格式；每个单元的全部可执行语句至少执行一次；在每个分支点进行选择的测试等。

2）集成测试。依据软件设计确定的软件结构，按照软件集成"工序"，把各个软件单元逐步集成为完整的软件系统，并不断发现和排除错误，以保证联接、集成的正确性。

集成测试的内容有软件单元的接口测试；软件部件的功能、性能测试；全面数据结构测试；必要的运行时间、存储空间、计算精度测试及边界条件和非法输入的测试。

集成测试的通过准则包括：软件单元无错误地连接；满足各项功能、性能要求；对错误的输入有正确处理的能力；对测试中的异常有合理解释；人机界面、对外接口正确无误等。

3）合格性测试/验收测试/确认测试。根据软件需求规格说明中定义的全部功能、性能、可靠性等需求，测试整个软件是否达到要求。合格性测试内容很广，其中最重要的是：功能测试、性能测试、资源和余量测试。另外还有边界测试、操作测试、外部接口测试、强度测试、可靠性测试和移植性测试等。

4）第三方（独立）测试。第三方指的是与软件项目甲方、乙方相对独立的其他机构。进行独立测试的目的是进一步加强软件质量保证工作，提高软件的质量，并对软件产品进行客观评价。进行第三方独立测试通常有以下优点：发挥专业技术优势；发挥独立性优势；进一步促进承办方的工作。

3. 改错

测试的目标是发现软件中的错误。通过测试发现错误之后，必须诊断并改正错误，这就是调试的目的。

（1）改错步骤

改错活动由两部分组成。首先确定程序中可疑错误的确切性质和位置；然后对程序（设计，编码）进行修改，排除这个错误。操作步骤如下：

- 从错误的外部表现形式入手，确定程序中出错位置。
- 研究有关部分的程序，找出错误的内在原因。
- 修改设计和代码，以排除这个错误。
- 重复进行暴露了这个错误的原始测试或某些有关测试。

（2）调试技术

常用的调试技术如下：

- 通过内存全部打印来调试，在这大量的数据中寻找出错的位置。如果单用该法调试，那么效率可能是很低的。它很难把存储器单元和源程序对应起来；输出信息量多，但有用线索少；不易阅读和解释；输出的信息是静态的。
- 在程序特定部位设置打印语句，把打印语句穿插在出错的源程序的各个关键变量改变部位、重要分支部位、子程序调用部位，跟踪程序的执行，监视重要变量的变化。它可以显示程序的动态行为，且给出的信息容易和源程序对应起来。其缺点是：可能输出大量需要分析的信息，对于大型程序来说更为严重；必须修改程序才能插入打印语句，这可能会改变关键的时间关系，可能会掩盖旧有错误，也可能会引入新的错误。另外，这些打印语句在软件的最后运行时必须屏蔽掉，以免影响程序的正常运行。为此，可以对这些打印语句附加条件编译命令，但这会增加代码量。
- 采用自动调试工具。利用某些程序语言的调试功能或专门的交互式调试工具，分析程序的动态过程，而不必修改程序。通过设置断点或变量视窗，可以动态地、及时地观察程序的运行和变量的变化。设置断点后，当程序执行到断点（或指定语句）时，或者当指定变量的值变化到一定值时，程序临时停止执行，等待程序员的操作指令。这时，程序员可以在显示终端上观察程序此时的状态、变量的当前值，或者逐步执行下一条语句，或者跳转到子函数中深入跟踪，或者跳过子函数的运行而直接观察下一条语句的执行等。这种方法要求程序是通过 Debug（跟踪）设置选项编译的。

调试开始时，软件工程师仅仅面对错误的征兆，然而在问题的外部现象和内在原因之间往往并没有明显的联系。在组成程序的数以万计的元素（语句、数据结构等）中，每一个都可能是错误的根源。如何在浩如烟海的程序元素中找出错误的那个（或几个）元素，这是调试中最关键、最艰难的技术问题。不管何种调试技术都应该以试探的方法来使用，通过对错误征兆进行周密的思考和分析，得出对故障的推测。这样才能有的放矢，提高调试效率。

（3）调试策略

调试、改错过程的关键并不是上述的调试技术，而是用来推测错误原因和错误所在之处的基本策略。调试策略主要有试探法、回溯法、对分查找法、归纳法和演绎法等。

- 试探法。调试人员分析错误的征兆，猜想故障的大致位置，然后利用上述调试技术，获取程序中令人怀疑的地方附近的信息。这种策略通常效率较低。
- 回溯法。调试人员检查错误的征兆，确定最先发现"症状"的地方，往回追踪源代码，直到找出错误根源或确定故障范围为止。也可以正向追踪，使用输出语句检查一系列中间结果，以确定最先出错的地方。该法比较适用于小程序，而在大规模的程序中是不可能实现的。

■ 对分查找法。即折半查找法，在程序中部附近给某些变量赋予正确的值，然后检查输出结果。如果结果正确，则说明故障出现在程序的前半部分；否则故障出现在程序的后半部分。在故障程序段重复使用这种方法，直到把故障范围缩小到容易诊断的程度为止。

■ 归纳法。一般情况下，经过周密的思考可以找出大多数故障，归纳法就是一种系统化的思考方法。它是由个别推断全体的方法。它从线索（错误的征兆）出发，通过分析这些线索之间的关系和规律找出故障。

■ 演绎法。演绎法从一般原理或前提出发，经过删除和精化的过程推导出结论。该法首先列出所有看来是可能成立的原因和假设，然后一个一个地排除举出的原因，最后证明剩下的原因确实是错误的根源。

在上述策略中，更普通的调试策略是归纳法和演绎法。在实际调试过程中，上述的调试技术和调试策略可能没有明确的界定，会交叉使用。调试程序时所用的测试数据应该是具有代表性的，它们可以是程序运行的极值情况，也可以是最一般的情况。提醒大家注意的是，调试程序时应及时备份程序；应避免死钻牛角尖，思路要开阔；若长时间不能排除故障，则应该休息放松或及时请他人帮忙，调试程序也讲究"旁观者清"这一说法。程序出错未必是件坏事，只有经过大量程序的调试，才能逐步提高自己的编程水平，使自己成为一名有经验的程序设计人员。

4. 软件维护

软件维护是指在软件已经交付使用之后，为了改正错误或满足新的需要而修改软件的过程，是历时最长、人力和资源消耗最多的一个阶段。在维护阶段要改正错误、扩充功能，提高性能。如果希望软件系统能存活，必须要对它进行维护。如果希望软件系统有效益，则必须设法降低维护的代价。

（1）维护类型

软件运行阶段进行的修改就是维护。根据起因把维护分为四类：

1）改正性维护。在软件交付使用后，因开发时测试的不彻底、不完全，必然会有部分隐藏的错误遗留到运行阶段。这些隐藏下来的错误在某些特定的使用环境下就会暴露出来。为了识别和纠正软件错误，改正软件性能上的缺陷、处理上的错误、排除实施中的误使用，应当进行的诊断和改正错误的过程就叫做改正性维护。

2）适应性维护。在软件使用过程中，某些环境可能发生变化，如外部环境（新的硬、软件配置），数据环境（数据库、数据格式、数据输入/输出方式、数据存储介质）等变化。为使软件适应这种变化而去修改软件的过程就叫做适应性维护。

3）完善性维护。在软件的使用过程中，用户往往会对软件提出新的功能与性能要求。为了满足这些要求，需要修改或再开发软件，以扩充软件功能，增强软件性能，改进工作效率，提高软件的可维护性。这种情况下进行的维护活动叫做完善性维护。

4）预防性维护。预防性维护是为了提高软件的可维护性和可靠性等，为以后进一步改进软件打下良好基础。预防性维护定义为：采用先进的软件工程方法对需要维护的软件或软件中的某一部分（重新）进行设计、编制和测试。预防性维护的维护对象包括：难以维护的程序；若干年内将继续使用的程序；当前正在成功地使用的程序；在最近的将来可能要作重大修改或完善的程序等。

（2）维护比重

实践表明，在几种维护活动中，完善性维护所占的比重最大；即大部分维护工作是改变软件和加强软件，而不是纠错。来自用户要求扩充、加强软件功能、性能的维护活动约占整个维护工作的 50%，如图 2-7a 所示。完善性维护不一定是救火式的紧急维修，也可以是有计划、有预谋的一种再开发活动。

软件维护活动所花费的工作占整个生存期工作量的 70% 以上，如图 2-7b 所示。这是由于在漫长的软件运行过程中需要不断地对软件进行修改，以改正新发现的错误、适应新的环境和用户新的要求，这些修改需要花费很多精力和时间，而且有时会引入新的错误。

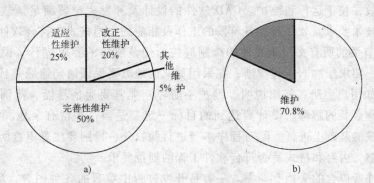

图 2-7　维护比例图

a）三类维护占总维护比例　b）维护在软件生存周期所占比例

（3）影响维护工作量的因素

软件维护是既花钱又费神的工作。据统计，开发每一行源代码耗资 25 美元，维护每一行源代码耗资 1000 美元。

软件工程中维护成本分为有形的维护成本，即明显的经费开支；无形的维护成本。把很多程序员和其他资源用于维护工作，必然会耽误新产品的开发，甚至会丧失机遇，这种代价是无法估量的。影响维护工作量的因素包括以下几方面：

- 系统大小：系统越大，执行功能越复杂，理解掌握起来越困难，需要更多的维护工作量。如果软件发行了多个版本，要追踪软件的演化非常困难。
- 程序设计语言：使用强功能的程序设计语言可以更好地控制程序的规模。语言的功能越强，生成程序的模块化和结构化程度越高，所需的指令数就越少，程序的可读性越好。
- 系统年龄问题：老系统随着不断的修改，结构越来越乱。由于软件人员经常流动，当需要对某些程序进行维护时，可能已找不到原来的开发人员，只好让新手去"攻读"那些程序。此外，许多老系统没有文档或文档太少，在长期的维护过程中，文档在许多地方与程序实现变得不一致，在维护时就会遇到很大困难。
- 数据库技术的应用：使用数据库，可以简单而有效地管理和存储用户程序中的数据，还可以减少生成用户报表应用软件的维护工作量。

■ 先进的软件开发技术：在软件开发时，若使用能使软件结构比较稳定的分析与设计技术及程序设计技术，如面向对象技术、复用技术等，则可减少大量的工作量。

五、软件工程中的文档

文档是有关程序开发、维护和使用等的全部资料。在软件工程中，文档用来表示对需求、工程或结果进行描述、定义、规定、报告或认证的任何书面或图示的信息。它与计算机程序和数据一样，是构成计算机软件的重要组成部分。软件文档的作用是：提高软件开发过程的能见度；提高开发效率；作为开发人员阶段工作成果和结束标志；记录开发过程的有关信息便于使用与维护；提供软件运行、维护和培训有关的资料；便于用户了解软件的功能和性能。文档是软件工程标准化程度的重要标志，也是软件质量保证的重要环节。按照《计算机软件工程规范》和《CAD 通用技术规范》等的要求编写标准化的文档，可以使软件开发更加经济有效，便于运行和维护。CAD 软件的设计及开发完全要满足该软件的计划任务书中所规定的技术要求。软件开发各阶段的工作及相应的文档格式应符合软件工程规范的规定。CAD 软件有关的所有文档及文件的编制应按照规范所提的要求进行。说明性文档尽可能地采用中文，要求层次、条理清晰，在采用英文的地方要保证语句通顺并且无歧义。面向用户的文档（如用户手册、使用说明、维护手册等）尤其要通俗易懂、范例丰富，出现专门化术语时应作必要的解释。设计要达到的目标一定要适当，并留有余地。CAD 软件的验收应在测试考核的基础上进行。除对程序本身进行验收外，特别要注意审查所提交的全部文档资料是否完整，内容和格式是否符合软件工程的规范要求。

计算机软件所包含的文档有两类。一类是开发过程中填写的各种图表，称为工作表格；另一类是开发过程中编制的技术资料或技术管理资料，称为文档。根据软件开发的一般过程，软件开发项目生存周期各阶段应包括的文档主要有可行性报告、项目开发计划、软件需求说明书、用户手册、操作手册、模块开发卷宗、测试计划、概要设计说明书、详细设计说明书、程序清单、测试分析报告、数据要求说明书、数据库设计说明书、开发进度月报和项目开发总结报告等。下面分别简要介绍。

1. 可行性报告

1）引言，包括编写目的、背景说明、术语定义和参考资料。

2）可行性研究的前提，包括要求、目标、条件、假设和限制、可行性研究的方法及评价尺度。

3）对现有系统的分析，包括现有系统的数据流程和处理流程及现有系统的状况和局限性。

4）所建议的系统，包括对所建议系统的说明，所建议系统的数据流程和处理流程；对现有系统的改进之处，对用户的影响、局限性、技术条件方面的可行性。

5）可选择的其他系统方案。

6）投资和效益分析，包括收益/投资比分析、投资回收周期和敏感性分析。

7）社会因素方面的可行性。

8）结论。

2. 项目开发计划

1）引言，包括编写目的、背景、定义和参考资料。

2）项目概述，包括工作内容、主要参加人员、产品及成果、程序、文件、服务、非移交产品、验收标准、完成项目的最迟期限和本计划的审查者与批准者。

3）实施总计划，包括工作任务的分解、接口人员、进度、预算和关键问题。

4）支持文件，包括计算机系统支持、需要用户承担的工作和需由外单位提供的条件。

5）专题计划要点。

3. 软件需求说明书

1）引言，包括编写目的、背景、定义和参考资料。

2）任务概述，包括目标和用户的特点、假定与约束。

3）需求规定，包括对功能的规定，对性能的规定，精度、时间特性要求，灵活性，输入输出要求，数据管理能力要求，故障处理要求和其他专门要求。

4）运行环境规定，包括设备、支持软件、接口和控制。

4. 用户手册

1）引言，包括编写目的、背景、定义和参考资料。

2）用途，包括功能、性能、精度、时间特性、灵活性、安全保密等方面。

3）运行环境，包括硬件设备、支持软件和数据结构。

4）使用过程，包括安装与初始化、输入、输出、出错处理与恢复、中断和终端操作。

5. 操作手册

1）引言，包括编写目的、背景、定义和参考资料。

2）软件概述，包括软件的结构、程序表和文件卷。

3）安装与初始化。

4）运行说明，包括运行表和运行步骤。

5）非常规过程。

6）远程操作。

6. 模块开发卷宗

1）标题。

2）模块开发情况表。

3）功能说明。

4）设计说明。

5）源代码清单。

6）测试说明。

7）复审的结论。

7. 测试计划

1）引言，包括编写目的、背景、定义和参考资料。

2）计划，包括软件说明、测试内容、测试进度安排和条件。

3）测试设计说明，包括测试控制、输入、输出和过程。

4）评价准则，包括范围、数据整理和尺度。

8. 概要设计说明书

1）引言，包括编写目的、背景、定义和参考资料。

2）总体设计，包括需求规定、运行环境、基本设计概念和处理流程、结构、功能需求与程序的关系、人工处理过程和尚未解决的问题。

3）接口设计，包括用户接口、外部接口和内部接口。

4）运行设计，包括运行模块组合、运行控制和运行时间。

5）系统结构设计，包括逻辑结构设计要点、物理结构设计要点和数据结构与程序的关系。

6）系统出错处理设计，包括出错信息、补救措施和系统维护设计。

9. 详细设计说明书

1）引言，包括编写目的、背景、定义和参考资料。

2）程序系统的组织结构。

3）程序（标识符）设计说明，包括程序描述、功能、性能、输入项、输出项、算法、流程逻辑、接口、存储分配、注释设计、限制条件、测试计划和尚未解决的问题。

10. 程序清单

1）程序清单前面应是目录，按照清单排列顺序列出所有程序模块的名称和标识符。

2）每一程序模块前面都应有前缀注释，描述该模块的总体性质，包括模块名标识符、程序员、完成日期、调用模块、被调用模块、参数说明和功能描述等。

3）程序内部应有足够的注释，并使用锯齿状的排版形式。

11. 测试分析报告

1）引言，包括编写目的、背景、定义和参考资料。

2）测试概要。

3）测试结果及发现。

4）对软件功能的结论，包括功能和限制。

5）分析概要，包括能力、缺陷和限制、建议和评价。

6）测试资源消耗。

12. 数据要求说明书

1）引言，包括编写目的、背景、定义和参考资料。

2）数据的逻辑描述，包括静态数据、动态输入数据、动态输出数据、内部生成数据和数据约定。

3）数据的采集，包括要求和范围、输入的承担者、处理和影响。

13. 数据库设计说明书

1）引言，包括编写目的、背景、定义和参考资料。

2）外部设计，包括标识符和状态、使用它的程序、约定、专门指导和支持软件。

3）结构设计，包括概念结构设计、逻辑结构设计和物理结构设计。

4）运用设计，包括数据字典设计和安全保密设计。

14. 开发进度月报

1）标题。

2）工程进度与状态。

3）资源耗用与状态。

4）经费支出与状态，包括经费支出、支持性费用、设备购置费和状态。

5）下个月的工作计划。

6）建议。

15. 项目开发总结报告

1）引言，包括编写目的、背景、定义和参考资料。

2）实际开发结果，包括产品、主要功能与性能、基本流程、进度和费用。

3）开发工作评价，包括对生产效率、产品质量、技术方法的评价和出错原因的分析。

4）经验和教训。

第三节　软件质量保证

一、软件质量简介

1. 软件质量的概念

软件的质量贯穿于软件工程的全过程以及交付给用户使用之后。软件质量的定义应包含以下几个方面：

- 正确性：程序能够正确地运行，要求软件能够执行用户所要求的功能，并能与确定的性能需求一致。
- 一致性：软件的质量应与开发标准一致。
- 完整性：软件能够抵抗病毒或外部安全性攻击，使程序、数据和文档保持完整。
- 可维护性：当程序出现错误时，能够很容易地发现这些错误并能够方便地改正；当外部条件发生变化时，也能够适应；用户要求变更或提出新的需求，也能很容易地增强功能。
- 可使用性：一个质量好的软件体现在能够提供友好的人机操作界面，让用户能够方便、有效地操作软件。

2. 影响软件质量的原因

在软件交付使用之前，软件质量表现在设计和测试质量方面；在交付使用之后，应表现在还未发现的差错和系统的可维护性方面。影响软件质量的原因有很多种，主要集中在以下几个方面：

- 人为原因：人为原因包括软件开发机构的规模及开发人员的素质和专长。目前，软件开发是手工开发。人为因素是影响软件质量的主要原因。软件开发人员很多时候都是根据个人经验和习惯来编写程序。为实现同一个功能，每个开发人员编写的程序都不同。一些人将实践中总结出的错误经验运用到下一次软件开发中，就会对软件质量产生影响。不同的软件开发机构在不同的软件领域各有专长，不同规模的机构也会对软件开发的质量有影响。
- 问题原因：用户提出问题的复杂性和对设计的要求以及对需求的变更等。这些原因也给软件开发造成一定的难度，也影响软件的质量。软件开发人员在改善或增加软件功能时，就会影响软件的结构，增加出错几率。
- 过程原因：软件开发中使用的方法和技术是否可靠以及评审技术是否完善。
- 系统原因：由于软件开发对所使用的计算机系统有很强的依赖性，因此，软件开发人员所开发软件的质量也直接取决于所用计算机系统的稳定性和可靠性。

■ 资源原因：开发中使用的工具、硬件和软件资源的有效性。

二、软件质量的保证

1. 软件开发中的质量保证

质量保证是任何一个工程项目中的一项重要机制。软件开发中的质量保证在计算机发展的早期主要是开发人员个人的责任。随着技术的发展，软件质量保证已经是开发机构每个部门和人员的一项重要职责。它贯穿在软件工程的全过程以及软件交付用户使用之后。软件质量保证的目的是为了让开发人员能够明确知道软件项目是否遵循已经制定的计划、标准和规程。软件质量是在产品开发中事先设计好的，是一项有计划的、系统的规范化活动。软件质量保证主要有以下活动：

■ 技术方法应用和评审的实施：质量保证是获得高质量的方法，并确定有效的评审技术。其目的是验证产品是否遵循应用规程和标准，并向相关负责人提供评审结果。

■ 进行软件测试：通过软件测试来发现开发中存在的大部分错误，保证软件的质量。这也是保证软件质量的一项重要过程。

■ 执行标准：一般情况下，标准是由用户来确定的。一旦标准制定了，就应该把执行标准作为正式技术评审的一部分内容来确保软件质量。

■ 修改：修改也是对软件质量的一个威胁。软件的每一次修改都可能给软件带来新的错误。

■ 度量：度量是跟踪软件质量，并对方法及过程的改变造成软件质量的问题进行度量。在软件开发中，必须真正地运用软件度量技术来详细理解问题、预测软件质量和管理软件开发活动。

■ 记录和记录保存：质量保证中的活动应该有记录保存下来，以便向开发人员和用户介绍。这为质量保证中信息的收集、查询和借鉴提供了保证。

2. 软件质量评价的基本标准

软件质量包括软件工程师所关心的系统模型、文档、源代码等的内部质量，以及系统运行时表现给用户的外部质量。其中，软件的内部质量是确保用户最终拿到高质量软件产品的关键。而软件开发需要一个过程，这个过程的好坏又直接影响到软件的内部质量。所以，要提高软件质量就必须把好"软件过程质量"关。内部度量描述了测量有关设计和代码等软件内部属性的那些度量。诸如程序布局合理、结构清晰易读、模块性强、计算速度快、精度适当、节省内存、扩充和修改方便等属性都属于内部质量的范畴。内部度量是最重要的，因为它是预先防范出现连带问题的有效方法。外部度量描述了使用软件时，代表软件质量外部特征的那些度量。

软件质量特性反映了软件的本质。通常用软件质量模型来描述影响软件质量的特性。在著名的 McCall 模型中，软件质量被描述为正确性、可靠性、效率、完整性、可用性、可维护性、灵活性、可测试性、可移植性、复用性和互操作性等 11 种特性。这 11 种特性分别面向软件产品的运行、修正和转移，如图 2-8 所示。

下面是这些质量属性的意义。

1）正确性。在预定环境下，软件满足设计规格说明及用户预期目标的程度。它要求软件没有错误。

正确性是一个十分重要的软件质量因素，如果软件运行不正确或者不精确，就会给用户造成不便，甚至造成损失。即使一个软件能完全按需求规格执行，但是如果需求分析错了，那么对客户而言，这个软件也存在错误。即使需求分析完全符合客户的要求，但是如果软件没有完全按需求规格执行，那么这个软件也存在错误。

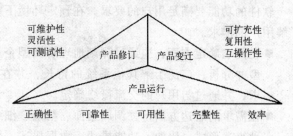

图 2-8 McCall 的软件质量模型

2）可靠性。软件按照设计要求，在规定时间和条件下不出故障、持续运行的程度。

可靠性本来是硬件领域的术语。例如，某个电子设备一开始工作很正常，但由于工作中器件的物理性质会发生变化（如发热），慢慢地，系统就会失常。所以，一个设计完全正确的硬件系统，在工作中未必就是可靠的。软件可靠性是指在一定的环境下，在给定的时间内，系统不发生故障的概率。

3）效率。为了完成预定功能，软件系统所需计算机资源的多少。

用户都希望软件的运行速度高些，并且占用资源少些。程序员可以通过优化算法、数据结构和代码组织来提高软件系统的性能与效率。

4）完整性。为了某一目的而保护数据，避免它受到偶然的或有意的破坏、改动或遗失的能力，或者对未授权人员访问软件或数据的可控制程度。

用户在使用软件时，有意无意地总会出现一些不符合要求的操作，软件执行时应该能处理这样的异常情况，并按照预定的过程正常地、可靠地运行。因此，也可将"完整性"称为"健壮性"。

5）可用性。对于一个软件系统，用户学习、使用软件及为程序准备输入和解释输出所需工作量的大小。

软件的可用性要让用户来评价。开发人员以为只要自己用起来方便，用户也一定会满意，是导致软件可用性差的根本原因。

6）可维护性。定位和修复程序中的一个错误所需的工作量。

为满足用户新的要求，或当环境发生了变化，或运行中发现了新的错误时，对一个已投入运行的软件进行相应诊断和修改所需工作量的大小，是影响软件长期生命力和市场竞争力的重要因素之一。

7）可测试性。测试软件以确保其能够执行预定功能所需工作量的大小。

8）灵活性。修改或改进一个已投入运行的软件所需工作量的大小。

9）复用性。一个软件或软件的一部分能再次用于其他应用（该应用的功能与软件或软件部件所完成的功能有联系）的程度。

10）互操作性。也称互连性，即连接一个软件和其他系统所需工作量的大小。

11）可扩充性。不同的用户可以根据自己的要求增加、修改软件的功能，以适应不同领域、不同场合的需求。

3. 提高软件质量的基本措施

在设计开发过程中，必须注意以下要求，以保证软件的质量尽量达到要求。

（1）提高软件的正确性

软件的功能要满足用户的要求，在预定环境下能够完成预期的功能。因此，必须明确地了解用户的需求。

- 在需求确定方面，应通过深刻地理解典型企业的运营系统及了解其发展趋势，建立模型并分析；广泛了解其他系统的特长，并在总结以往经验教训的基础上，制定出需求，并通过与用户的交流最终确定。
- 在需求的表达方面，强调以全面、精确、细致、易于理解的方式表达。可能需要以多种表达形式，比如，功能描述、数据描述、数据流图和系统说明等。
- 程序应保证相关的数据一致性，并考虑数据的存取权限和软件的使用权限等。

（2）提高软件的可维护性

- 遵从统一的规范，包括命名规范、界面规范和编程风格。
- 编码应具有良好的可读性，注释应完整清晰。
- 编码应尽量简练，逻辑简单；避免复杂的逻辑判断条件；易读，易测试。"Do the simplest thing that could possibly work！"甚至成为软件开发人员的响亮口号。
- 保存异常信息与错误日志，以便于调试与分析。
- 降低模块之间的耦合度，增强模块内的内聚。
- 按文档要求完成相关文档。

（3）程序易读性

源程序代码的逻辑是否简明清晰、易读易懂是衡量一个好程序的重要标准。编码是在一般设计和详细设计之后进行的。程序的质量基本上由设计的质量决定。但是，编码使用的语言，特别是写程序的风格和途径也对程序易读性有相当大的影响。除非必要，一般不用汇编语言而用高级程序设计语言编写程序。程序内部良好的文档资料、有规律的数据说明格式、简单清晰的语句结构和输入/输出格式等，都对提高程序的易读性有很大的作用，也在相当大的程度上改进了程序的可维护性。书写程序时应注意以下几点：

1）程序文体的布置合理。程序文体的一般布局为：程序总体说明→包含文件→宏定义→函数声明→全局变量声明→主函数→子函数。在每一个函数的书写中，有意识地缩排、空行、分隔不影响程序运行，却可以使程序的层次布局更清晰。例如：

```
CObList templist；//存储所有节点的链表
Cspoint * temppnt；//数据交换指针                    //定义变量
float tty；//for dim position

// ------------------- 打开文件 myresult. txt，为读取数据作准备 --------------------
if （（ fin = fopen （fileresult，"rt" ）） == NULL ）
    {
        AfxMessageBox （" \ nfile open error：myresult. txt" ）；      // 文件操作
        exit （0）；
    }
```

```
    layer_do ("S","尺寸标注层"); // 水平方向    ⎞
    templist. AddTail (hpnt); // 添加初始点      ⎬  // 初始运算和设置
    id = 0;                                    ⎠

    while (npos! = NULL)                             // while 循环体
      {
      npnt = (Cspoint *) nList. GetNext (npos);
      switch (iface)                                // switch 分支体
        {
        case 0:
          Spoint (pt1, npnt -> x, npnt -> y, 0.0);
          if ((py-hpnt -> y) > 0.001) //交换大小点    // if…else…判断体
            {
              templist. SetAt (npos, temppnt);
              id = id + 1;
            }
          else   //不交换
            {
              py = hpnt -> y;
              ppos = npos;
              temppnt = hpnt;
            }
          break;
        case 1:
          Spoint (pt1, npnt -> x, npnt -> y, 0.0);
          break;
        }                                           //end of switch
      str. Format ("%d", npnt -> node );
      delete npnt;
      }                                             //end of while (npos! = NULL)
```

在该段程序中，利用空行和缩排的方法使得程序的层次和嵌套关系非常明确，大大方便了对程序的阅读。

2) 模块化结构。模块化程序设计的原则是将大程序划分成若干个功能相对独立的小程序模块。过程小而多是近代软件的特色。尽管如此，每个程序模块独立性并不强。所谓独立性，是指修改、甚至删除了一个模块对其他程序块没有影响。如果子程序分得更小，一个模块只实现一种功能，子模块数量上去了，独立性就相对增强一些（有更多模块不共享数据）。有了共享数据，当程序规模进一步增大时，查错、调试仍然极其困难。试想有 100 个子程序模块，每个模块都单独测试过，合在一起调试时总出错，那只好沿其执行流程去找。

但是，由于程序中有条件判断，可能跳过某些模块。执行流程因输入值不同而不同，模块越多，可能的流程就越多，测试的困难就越大。所以，模块的大小和数量要适当控制，并经过严格测试。

对于没有严格的特定功能意义的模块，可置于程序段中。逻辑上相对独立的部分之间用适当的空行或分隔符分开，这样可读性更好。对于具有特定功能的任务模块，可将其单独定义为函数、子程序或者建立自己的程序库，这样在需要时可重复调用。一般将这些函数、子程序置于程序后面，并在程序头部或包含文件中加注相应的声明。例如，在程序头部或包含文件中对某些重要的函数进行声明示例如下：

```
void pointcoor (int flag, long point); //get the point coordinate (x, y)
                              //flag = 0, start point：xs = x, ys = y; flag = 1, end
                                point：xe = x, ye = y
int endreleased (long girder); // judge if the end point is released
                              //return value：0---end not released；1---end released
void memberloadoutput (void); // output the member load to：MEMLOADC. TXT, for con-
                                centrated force；
                              //MEMLOADU. TXT, for uniform force
```

- 为实现结构化程序设计的目标，应尽量避免使用 goto 语句。
- 语句构造应简单且直接，不要为了节省空间而把多个语句写在同一行。
- 应尽量避免使用复杂的条件测试。尽量减少对"非"条件的测试。
- 不要大量使用太深、太复杂的循环嵌套和条件嵌套。
- 利用括号使逻辑表达式或算术表达式的运算次序结构清晰直观。
- 将独立模块设计成单独运行的可执行文件，用系统调用的方法调用各个模块，可以降低模块之间的耦合度，简化程序开发模块的难度。这对于混合编程是非常有效的办法。其缺点是运行速度会降低。

书写程序时，为了使配对括号能严格匹配，一般推荐同时将左右括号输入，然后再在括号中间插入程序段。这样，不论嵌套多少层括号都不会出现多几个或少几个括号的情况。在 VC ++ 的开发环境中，将光标移动到括号位置，然后按 < Ctrl +] > 键，可以查询与之配对的括号。

3）有规律的数据说明。编码规范方面推荐使用匈牙利记法（Hungarian Notation）。这种方法不仅符合国际编码标准，而且确实减少了程序员对代码的维护工作，提高了工作效率。在匈牙利记法中，变量具有一个描述性名称，如 Count、ClassName，名字用大写字母开始。如果变量名是由多个词组成的，则每个单词首字母需大写。然后，在描述性名称前加上表示变量类型的字母（类型缩写）。这样的好处是，程序员一看就知道变量的类型，而且也不容易忘记。其形式如下：

全局变量命名 = 范围前缀 + 下划线(_) + 类型前缀 + 数组前缀 + 自定义命名

局部变量命名 = 类型前缀 + 数组前缀 + 自定义命名

函数命名　　 = 类型前缀 + 自定义命名

控件命名　　 = 控件前缀 + 自定义命名

控件事件命名 = 控件名称 + 下划线(_) + 事件名称

程序文件命名 = 模块名缩写 + 自定义命名

其次，建议类型缩写采用小写字母表示，原则是尽量简单明了。另外，类型缩写尽量避免与计算机其他专业术语相似或相同，以免程序员发生误解。类型缩写示例见表 2-3 和表 2-4。

表 2-3　数据类型变量名缩写示例

数　据　类　型	前缀（类型缩写）	例　　子
Boolean	bln 或 b	bTransactionData
Int	int 或 i	iLoopFlag
Date	dt	dtCreateDate

表 2-4　控件类型变量名缩写示例

控　件　类　型	前缀（类型缩写）	例　　子
Combo	cmb 或 cb	cmbLookup
Text	txt	txtTotalAmount
Radio	rd	rdTypeStatus
Select	slt	sltBankNo

另外，在数据库表命名及字段名命名设计中，也应该遵循下面规范：

数据库表命名 = 模块名缩写 + 自定义命名

字段命名　　 = 类型前缀 + 自定义命名

但是，不推荐在数据库表命名或字段命名中有下划线（_）或其他特殊字符出现，因为这样很容易引起代码错误。

有规律的数据说明还应考虑如下细则：

■ 函数、子程序、变量、数据应选取含义鲜明的名字，使它能正确地提示程序对象所代表的实体，以便于阅读理解。

■ 宁愿把名字取得长一些，也不要为了节省代码而取费解或容易引起误解的缩略或简短的名字。如果使用缩写，那么缩写规则应该一致，并且应给每个名字加注释说明。

■ 应将函数、子程序名称和变量名称区分开；将一般变量和宏定义区分开；将整型变量和实型变量区分开；将全局变量和局部变量区分开。比如，在类的数据成员名前加上 m_前缀，如 m_membername；在全局变量名前加上 g_前缀，如 g_globalname；在静态变量前加上 s_前缀，如 s_staticname；对文件指针可以加上 f_filename；对宏定义变量可以用大写字母表示，如：

```
#define    PI         3.1415926
#define    MAXITEM    1000
```

■ 对变量的声明应集中在函数的开始部分，不要随意在程序段中间定义新的变量。

■ 尽量避免在子函数中对全局变量随意进行修改；在子函数中，也不要定义与全局变量同名的局部变量。

■ 对函数的声明应和函数体的定义互相统一。在 C 语言中，如果没有对函数进行声明，则函数的默认返回值类型为 int 型。所以，如果没有对函数进行声明而在定义函数时却指定了非 int 型的返回值类型，或者在函数申明和函数定义中使用了不同的返回值类型，那么程序在编译时就会报错。

■ 对于机械 CAD 程序的变量取名应尽量符合工程习惯，如功率定义为 Power，传动比定义为 Ratio，模数定义为 Module 等。

4）必要的注释。必要的、正确的注释是增强程序易读性的重要手段。

■ 通常在每个模块开始时有一段序言性的注释，简要描述模块的功能、主要算法、接口特点、重要数据以及开发简史。

■ 程序中间也应插入必要的注释来说明某些重要的语句、变量或程序段。对于用高级语言书写的源程序，不需要用注释的形式把每个语句翻译成自然语言，而应该利用注释提供一些额外的信息。在软件详细设计阶段编写的伪码，可以直接加入到程序中作为注释。

■ 在循环体、判断体、分支体的始末，都应加注说明，以明确本程序段的起始和结束位置（参见前面的程序例），特别是对于多层程序体嵌套或者程序体较长的情况，这样做尤为重要。

（4）提高运算速度

整型与实型，单精度与双精度，重复的相同运算，循环体内外的运算，乘法与除法、乘方运算，数据类型匹配，优化编译（Release/Debug）等，都可以对提高运算速度发挥作用。具体体现在如下几方面：

■ 写程序之前先简化算术表达式和逻辑表达式。

■ 仔细研究嵌套的循环，以确定是否有语句从内层往外移，即将循环体内不变的运算移到循环体外。

■ 尽量避免使用多维数组、指针和复杂的表。

■ 尽量使用整数运算，而不用实数运算。在不影响计算结果的前提下，用整数运算代替实数运算。同时，也要注意整数运算的结果往往还是整数，这可能会得出错误的结果。如齿轮的齿数为整数，而用齿数比得到的传动比则是实型数；如果在求传动比时没有考虑数据类型转换，则可能使得到的传动比数值是经过取整处理的错误值。

■ 尽量用单精度运算而不用双精度运算。一般的机械 CAD 软件采用单精度计算即可满足工程设计的要求。如果是数值模拟程序，则可以考虑采用双精度运算。

■ 尽量用乘法运算代替除法运算和乘方运算。

■ 相同的运算部分不重复运算，而只算一次，并将计算结果用变量保存起来。这样就以牺牲内存空间来换取速度和时间。

■ 尽量不要混合使用不同的数据类型进行运算。

■ 尽量少用打印语句输出不必要的信息，因为打印输出会严重降低程序运行速度。

■ 在效率是决定性因素的领域中，尽量使用具有良好优化特性的编译程序，以自动生成高效率的优化目标代码。

■ 以 Release 模式，而不是以 Debug 模式编译生成的可执行文件，运行速度可以大大提高。

■ 查询语句要充分考虑到索引，减少与数据库不必要的交互。

注意：不要通过牺牲程序的清晰性和易读性来提高效率。

（5）提高程序的易用性

■ 程序操作简单方便，减少用户的输入，提高软件的自动化程度，能自动处理的就不要让用户去思考、计算和选择，需要用户选择的尽量给出默认值或者提示所记忆的历史纪录。

■ 在运行过程中，给用户提供必要的、简短的、清晰的提示信息和在线帮助功能，对有关数据和操作进行说明。

■ 利用图形菜单或图标按钮比文字更直观、更易于表达其含义，且不受语种的限制，便于初学者使用。对于高级用户应提供功能键和命令行等操作。

（6）提高通用性

■ 对于具有特定功能的程序模块，应该编制子程序，并建立自己的子程序库。例如，特殊的算法子程序、绘图子程序、图形变换子程序、属性设置子程序等。这样既增强了程序的结构化、模块性，也提高了程序的可扩充性能。这样，源程序不需要或只需要少许修改即可应用于其他的场合，也就提高了程序的通用性。

■ 程序变量要有变化的余地，尽量避免在程序中给变量赋定值。避免使用 data/data block 语句。变量赋值可以通过人机对话、数据文件、数据库管理系统等方法输入。这样，数据独立于源程序，如果要改变变量值，可以不通过改变源程序而实现。

■ 利用宏定义实现条件编译，可以方便地将程序移植到不同的应用场合。

■ 软件设计阶段要充分考虑到不同 CAD 系统硬件对软件运行的要求，尽量使软件能够适应不同硬件的要求。

（7）提高程序的健壮性

避免误操作，变量类型，输入、输出检验，文件操作检验，量纲单位的确认，动态分配内存，释放指针，默认值，范围值，截获错误信息，及时报警提示，出错恢复，运行逻辑层次等，都与程序的健壮性有关。在硬件发生故障、软件的输入数据无效或操作错误等意外情况下，系统应能作出适当的响应。关键是要考虑周全、不厌烦、精益求精。具体注意以下几点：

■ 明确提示交互式输入的请求。详细地说明可供选择的边界数值。对输入的数据要明确提示其含义、符号、单位和取值范围等。

■ 保持输入格式简单。当程序设计语言对格式有严格要求时，应保持输入格式一致，数据类型匹配。

■ 对所有的输入数据都要进行校验；对不正确的输入及时警告提示并允许修改，如整型数、实型数、数据长度等是否按照要求输入，及时检验输入的合法性。

■ 在文件操作中，打开文件时应首先判断文件打开是否成功，对没有成功打开的文件进行操作是非法的。

■ 动态分配内存时应首先判断分配是否成功。

■ 严禁释放空指针。

■ 对外部设备或磁盘等的操作应首先判断它们是否处于"就绪"状态或者"溢出"等故障状态。

■ 引导用户只在有效的范围内工作，不让用户做不能做或不允许做的事。对有效的操作情况应在程序中明确指出各自的运行结果，对除此之外的非法操作应采用默认条件

（Default）明确地将其排除。

■ 软件应该能截获任何可能的出错信息，并能将其按照一定格式显示出来，而不是任其随机地显示在屏幕上，否则人机界面的完整和美观将会被破坏。

■ 应具有异常捕获功能并提供异常处理与恢复功能。有五种出错事故的恢复方法：复原——UNDO；重做——REDO；中止——ABORT；取消——CANCEL；校正——CORRECT。只有当用户确认所做的操作之后，才能接受其输入。

（8）节省内存

运行时间和内存空间的合理平衡往往是程序员必须同时考虑的问题。如果数据量很大，直接影响到内存容量的大小，那么就要尽量少地定义变量，特别是尽量少用大的数组、结构数组等复杂数据类型。如果内存大小不是问题，而运行速度要求较高，那么就可以定义较多的内存变量。但是，尽量降低系统资源的开销仍然是编程应该遵循的法则。

（9）提高软件的可扩充性

软件的通用性和专业性往往是一对不可调节的矛盾。市面上有许多通用的机械 CAD 软件。这些软件不仅在不同的国家可以通用，而且在不同的领域也可以通用。但这样的软件有一个共同的缺点是，不能很好地完成专业化的 CAD 任务，或者效率很低。为了克服这一缺点，这些软件都采取功能扩充和二次开发的手段来适应不同用户对专业化的要求。用户利用这些软件的功能扩充和二次开发，很容易建立适用于不同专业领域的 CAD 软件，这样就大大提高了专业 CAD 的效率。典型的软件，如 AutoCAD、Pro/E 等。可扩充性也是影响到这些 CAD 软件市场竞争力和生命力的重要因素。

在实际的软件开发过程中，要把握住所开发软件是属于通用型 CAD 软件还是专业型 CAD 软件。充分考虑到各地不同的环境，通过参数设置使其易于适应不同的要求，并且尽量满足用户对扩充功能和二次开发的要求。可以通过可编程功能来实现二次开发的要求。可以通过调用外部应用软件的方法，将其他软件外挂到自身软件中，增强和补充软件的功能。也可以通过命令流文件的方式，简化软件的操作、扩展软件的功能。还可以通过修改数据库的方式增加软件的功能。同时，保留多种常见的数据接口也可以使软件更容易被用户接受。

为了加深对软件开发的理解，可参见随书光盘中的软件开发项目案例。

习　题

1. 什么是软件和软件工程？软件工程的主要作用是什么？

2. 概述软件工程的主要环节和目标。

3. 什么叫软件的生存周期？软件的生存周期可以分为哪几个阶段？

4. 简述软件需求分析在软件开发中的作用。

5. 简述结构化分析方法使用的工具。

6. 软件开发的基本策略有哪些？各个策略包含哪些内容？

7. 什么是数据流图？简述绘制数据流图的基本步骤。

8. 根据软件工程的内容，软件开发过程具体由哪些步骤组成？每一个步骤的基本内容是什么？

9. 软件系统设计主要由几部分组成？

10. 程序文档的作用是什么？程序文档包含哪些基本内容？

11. 什么是 C/S 模式和 B/S 模式？这两种模式各自的应用场合和特点是什么？

12. 面向对象程序设计的特点是什么？用面向对象程序设计语言和过程化程序设计语言编写程序的区

别是什么？

13. 软件测试的概念是什么？

14. 什么是白盒测试？什么是黑盒测试？两者有哪些不同点？

15. 什么是软件维护？软件维护的类型有哪些？

16. 什么是软件质量？软件质量评价的基本标准包括哪些内容？

17. 在软件开发过程中，为提高软件质量，有哪些需要注意的问题？

18. 按软件开发的基本要求，完成一根齿轮轴设计的全过程以及提供相关资料。

19. 在文本方式下，编写一个行编辑程序，接收键盘输入一个实数（包括"＋"、"－"号，数字"0"～"9"，小数点"．"）。它的功能包括以下几方面：

1）可移动光标（←、→、Home 和 End）。

2）可在插入／覆盖状态切换（Insert），并显示不同的光标大小。

3）可删除（Del 和 Backspace）。

4）按回车键确认，输出结果。

5）在线帮助（F1）。

6）出错警告。

第三章　软件开发的界面设计

为了达到软件最基本的核心功能，需要编写相应的算法来解决专业技术问题，这方面的工作可以称为是软件开发的技术性问题。相对而言，人机交互界面涉及的专业技术性就不那么强，它更多体现的是艺术性问题。一般而言，软件开发过程中，首先应该解决技术性的问题，然后再解决艺术性的问题。虽然说程序设计最核心的地方是程序的功能，但程序的界面设计也是不可忽视的，它直接影响到程序的易用性。尤其在 Windows 时代，一个良好的人机交互界面会给应用程序锦上添花。一般来说，在完成核心算法的编制后，就要开始精心设计应用界面了。界面设计是为了满足软件专业化、标准化的需求而产生的对软件的使用界面进行美化、优化、规范化的设计分支。看似不太重要的界面设计，却关系到软件整体质量，是软件开发中必须花费大量精力认真研究的问题。界面如同人的面孔，具有直接吸引用户的优势。合理的界面设计能给用户带来轻松愉悦的感受和成功的感觉。

第一节　界面设计的一般原则

用户界面又称为人机交互界面，用来实现用户与计算机之间的通信，是控制计算机或进行用户和计算机之间数据传送的系统部件。界面是软件与用户交互的最直接层，界面的好坏决定用户对软件的第一印象。而且设计良好的界面能够引导用户自己完成相应的操作，起到向导的作用。用户界面设计的质量，直接影响用户对软件产品的评价，也关系到软件产品的竞争力、使用寿命、系统响应时间、用户帮助设施、出错信息处理和命令交互方式等。从心理学意义来分，界面可分为感觉（视觉、触觉、听觉等）和情感两个层次。用户界面设计是屏幕产品的重要组成部分。界面设计是一个复杂的有不同学科参与的工程。认知心理学、设计学、语言学等在此都扮演着重要的角色。不同的用户对系统界面的要求是不一样的。因此，在进行界面设计时，考虑用户的特点是必要的。

一、用户特点分析

用户是计算机的使用者，目前计算机系统应用范围日益扩大，其用户遍及各个领域。不同的用户类型，其自身的技能、习性、经验和知识以及用户对系统的期望值都不同，对用户界面的要求也不同。因此，了解各种用户的习性、技能、知识和经验，以便预测不同的用户对人机界面的不同要求，为人机交互式界面设计提供必要的依据，使设计的人机交互界面满足不同用户的使用要求是非常重要的。

对计算机用户而言，不可能都具有较高的计算机知识和操作水平，界面设计人员在界面设计时应充分考虑界面的功能，尽量满足不同用户的需要。通常将计算机使用者分为三种类型：生疏型用户、熟练型用户和专家型用户。

1. 生疏型用户

该类用户一般不具备计算机的专业知识，对计算机系统的性能及操作缺乏了解，甚至有的用户还对计算机表现出神秘感和陌生感。针对该类用户的界面设计应简单明了，减少操作，便于该类用户较快地熟悉新系统的功能。当然该类用户随着使用经验的增加，他们可以变成熟练型用户，甚至成为专家型用户。

2．熟练型用户

这类用户一般是专业技术人员，他们对计算机系统具备的功能、能完成的工作十分清楚，对计算机系统也有相当多的知识和使用经验。一般来说，这类用户使用计算机系统的积极性、主动性较高，计算机系统已成为他们改善其专业工作的一个辅助工具。

3．专家型用户

专家型用户对计算机系统很精通，而且具有计算机的软件和硬件知识，能熟练操作、使用计算机系统，甚至具有维护、扩展系统功能的能力。该类用户通常是计算机专业人员。

通过对用户的分类、分析以及考虑各种因素的影响，界面设计变得十分复杂。因此，在设计人机界面时，必须考虑不同类型用户的需求，才能使开发的软件满足不同用户的使用要求和习惯。

二、界面设计的基本原则

人机界面是交互式应用软件系统的重要部分。设计一个好的人机界面既要考虑用户的因素，又要考虑界面的风格、可使用的软硬件技术及应用系统本身的特点和影响。

界面设计是软件系统开发中的一个重要方面。有效的界面设计是开发者根据自己对用户需求和行业规范的理解而制定的。界面设计还综合了技术、艺术、心理学上的技能。优秀的界面简单、方便、易于用户使用。设计一个友好、高效的用户界面，一般应该遵循下列原则：

1．界面一致性

在界面设计中应该保持界面的一致性。在软件的整个使用过程中，所有操作和信息提示的风格应保持前后一致，并且应按照用户认为最正常、最合乎逻辑、最符合操作习惯的方式去做，使用户容易理解和使用各种交互功能，充分体现"科技以人为本"的精神和理念。在设计系统的各个环节时，应遵从统一、简单的规则，不出现特殊情况。每个新的系统对用户来说都是一次新的学习过程，如果界面风格经常变化，不保持统一，则会增加用户的学习难度，甚至会导致用户产生厌烦心理。

一致性主要体现在输入、输出方面。它们应具有相似的界面外观、布局，相似的人机交互方式以及相似的信息显示格式等。无论是控件使用、提示信息措辞，还是颜色、窗口布局风格，应遵循统一的标准，做到真正的一致。一致性原则有助于用户学习，减少用户的学习量和记忆量；同时，降低了培训、技术支持的成本，支持人员不必费力逐个指导。界面一致性实施细则具体如下：

1）软件开发项目组要有界面设计经验丰富的技术人员，确立界面规范，并作为开发准则。

2）有统一的构图布局，有标准的图标风格设计，有统一的色调、对比度、色阶以及图片风格。

3）美工提供色调配色方案，提供整体配色表。

4）界面控制程序人员、用户体验人员提出合理的、统一使用的控件库。

5）参考标准界面使用规范，控件功能应遵循行业标准，如 Windows 平台参见《Microsoft 用户体验》。

6）控件的样式在允许的范围内可以统一修改其样式和色调。

7）参考其他软件的先进操作，提取对自身有用的功能。

8）根据需要设计特殊操作的控件。

9）界面实施人员与美工商榷控件的可实现性。

2. 软件系统整体性

软件设计应该结合其用户对象、应用范畴等情况，在安装、运行、包装、宣传等方面体现软件的整体性，从而使整个软件系统的界面统一在一个特有的整体之中。具体实施细则如下：

（1）软件启动封面设计（Splash）

软件启动封面应为高清晰度的图像。如果软件启动封面需在不同的平台、操作系统上使用，则应考虑转换不同的图像格式，并且选用的色彩不宜超过 256 色，最好为 216 色安全色。软件启动封面大小多为主流显示器分辨率的 1/6。如果是系列软件应考虑整体设计的统一性和延续性。应该醒目地标注完成制作或提供支持的公司标志、产品商标、软件名称、版本号、网址、版权声明、序列号等信息，以树立软件形象，方便使用者或购买者在软件启动的时候得到提示。插图宜使用具有独立版权的、象征性强的、识别性高的、视觉传达效果好的图形。若使用摄影也应该进行数字化处理，以形成该软件的个性化特征。

（2）软件框架设计

软件框架设计应该突出界面的功能性，简单而实用，尽量少用多余的修饰。特别是对于像机械 CAD 这样的工程设计类软件，界面不能设计得太花哨。界面框架设计应该考虑屏幕空间的节省、各种分辨率的大小、不同视窗的功能、缩放时的状态，并且为将来设计的菜单（Menu）、工具条（Tools Bar）、按钮（Buttons）、状态条（Status Bar）、图标（Icon）、标签（Label）、滚动条（Scroll Bar）及徽标（Logo）等预留位置。界面构架的功能操作区、内容显示区、导航控制区都应该统一规范。不同功能模块的相同操作区域的元素风格应该一致，让用户能够迅速掌握不同模块的操作。主菜单应放在左边或上边；滚动条放在右边；状态栏放在下边；这样符合视觉流程和用户使用心理。设计中将整体色彩组合进行合理搭配，将软件商标放在显著位置。

（3）软件面板设计

软件面板设计应该具有缩放功能。面板应该对功能区间划分清晰；应该和对话框、弹出框等风格匹配；应该尽量节省空间和方便切换。初始化大小要合理：如果是基于对话框的程序，初始化时若作"全屏"处理就不太美观；而基于单文档或多文档的程序，初始化时就应该"全屏"且"最大化"。保证界面的协调：控件摆放位置要合理、均衡。不要给人们带来"前重后轻、左宽右窄"的不良感觉。目前流行的软件面板设计风格有三种方式：多窗体、单窗体以及资源管理器风格。在多窗口系统中，有些界面要求必须保持在最顶层，避免用户在打开多个窗口时不停地切换、甚至最小化其他窗口来显示该窗口。合理地安排版式，以求达到美观适用的目的。

（4）安装过程设计

安装过程设计主要是将软件安装的过程进行美化，包括对软件功能进行图示化。在借助于安装程序开发工具的同时，开发个性化的安装界面，并协调界面效果，使软件系统富有整体感。

（5）包装及商品化

软件产品的包装应该考虑突出软件的亮点；功能的宣传应融合于美观中；吸引眼球能扩大软件的应用市场。界面的表现从形式到内容都应体现软件的整体性。

3. 视觉效果要简单明快、有吸引力、重点突出

用户界面视觉效果设计的好坏，直接影响到用户对整个界面的最初印象和长期使用。视觉设计要达到用户愉悦使用的目的。视觉设计包括色彩、字体和页面等。具体实施细则如下：

1）统一色调，针对软件类型以及用户工作环境选择恰当的色调。如根据工业标准，黄色体现安全警示，绿色体现环保，蓝色体现时尚，紫色体现浪漫等。建议用柔和的色调，不要用太刺眼的颜色。淡色可以使人舒适，暗色做背景使人不觉得累。色彩的搭配不要造成花、乱的界面效果。

2）如果没有自己的系列界面，则可以采用标准界面，读取系统标准色表，做到与操作系统统一。颜色表的建立对于美工在图案设计、包装设计上起着标准参考作用，对于程序界面设计人员设计控件、窗体调色起到有章可循的作用。

3）对于色盲、色弱用户，即使使用了特殊颜色表示重点或者特别的东西，也应该使用特殊指示符，如"！"、"？"着重号以及图标等。

4）颜色方案也需要测试。通常在设计界面时，还要充分考虑到用户的机器配置。常常由于显示器、显卡的问题，每台机器的色彩表现都不一样。应该针对不同的机器进行严格的颜色测试。在设计字体和图片时要注意分辨率的选择，这样才能使应用程序界面获得最佳的显示效果。

5）遵循对比原则：在浅色背景上使用深色文字，深色背景上使用浅色文字。蓝色文字以白色背景容易识别，而在红色背景则不易分辨，原因是红色和蓝色没有足够反差，而蓝色和白色反差很大。除非特殊场合，杜绝使用对比强烈和让人产生憎恶感的颜色。

6）整个界面色彩尽量少使用类别不同的颜色。整体软件不超过5个色系，尽量少用红色和绿色。用近似的颜色表示近似的意思。

7）利用特殊的颜色或形状、闪烁、反转显示和光标转动等方法以吸引注意力，突出重点。

8）一般而言，改变颜色比改变形状、大小和灰度等更能吸引用户的注意力。

9）使用统一字体，字体标准的选择依据操作系统类型决定。中文采用标准字体"宋体"，英文采用标准字体"Microsoft Sans Serif（MSS）"。

10）不考虑特殊字体（隶书、草书等，特殊情况可以使用图片取代），保证每个用户使用起来都很顺利。

11）字体大小根据系统标准字体来定，例如，MSS字体8磅，宋体的小五号字（9磅）、五号字（10.5磅）。所有控件尽量使用大小统一的字体属性，除了特殊提示信息和加强显示等情况例外。

12）要合理布局屏幕的各个功能模块。

13）对显示信息应分层次进行组织和安排，以强调它们的逻辑关系。

4. 易用性

按钮名称应该易懂，用词准确，摒弃模棱两可的字眼，要与同一界面上的其他按钮易于区分，能望文生义最好。理想的情况是，用户不用查阅帮助就能知道该界面的功能并进行相关的正确操作。具体实施细则如下：

1）相同或相近功能的按钮用框架（Frame）框起来，常用按钮要支持快捷方式。

2）完成同一功能或任务的元素放在集中位置，减少鼠标移动的距离。

3）按功能将界面划分区域块，用 Frame 框括起来，并要有功能说明或标题。

4）界面要支持键盘自动浏览按钮功能，即按 Tab 键的自动切换功能。

5）界面上首先应输入的是重要信息的控件，在 Tab 顺序中应当靠前，位置也应放在窗口上较醒目的位置。

6）同一界面上的控件数最好不要超过 10 个，多于 10 个时可以考虑使用分页界面显示。

7）分页界面要支持在页面间的快捷切换，常用组合快捷键 < Ctrl + Tab >。

8）< Tab > 键的顺序与控件排列顺序要一致。目前流行总体从上到下，同时横向从左到右的方式。

9）可写控件检测到非法输入后应给出说明，并能自动获得焦点。

10）默认按钮要支持 Enter 键即选操作，即按 < Enter > 键后自动执行默认按钮对应操作。

11）复选框和单选框按选中几率的高低而先后排列。

12）复选框和单选框要有默认选项，并支持 Tab 选择。

13）选项数相同时，多用选项框而不用下拉列表框。

14）选项数较少时，使用选项框；反之，使用下拉列表框。

15）界面空间较小时，使用下拉框而不用选项框。

16）不推荐一个软件界面利用拖动滚动条来查看整个界面，这样可能导致用户操作不便、工作效率降低和软件的操作速度降低等。

5. 规范性

界面设计通常都按 Windows 界面的规范来设计，即包含"菜单栏、工具栏、工具箱、状态栏、滚动条和右键快捷菜单"的标准格式。可以说，界面遵循规范化的程度越高，则相应的易用性就越好。具体实施细则如下：

1）菜单通常采用"常用—主要—次要—工具—帮助"的位置排列，符合流行的 Windows 风格。常用的有"文件"、"编辑"、"查看"、"工具"和"帮助"等。几乎每个系统都有这些选项，当然要根据不同的系统有所取舍。

2）常用菜单要有命令快捷方式。左边应为名称，右边应为快捷键。

3）完成相同或相近功能的菜单按照一定的规则进行排列，用横线隔开。

4）一组菜单的使用有先后要求或有向导作用时，应该按先后次序排列，并根据逻辑关系设置激活条件和显示状态。菜单设计一般有选中状态和未选中状态。

5）没有顺序要求的菜单项按使用频率和重要性排列。常用的放在开头，不常用的靠后放置；重要的放在开头，次要的放在后边。

6）如果菜单选项较多，应该采用加长菜单的长度而减少深度的原则排列。

7）对与进行的操作无关的菜单要用屏蔽的方式加以处理，如果能采用动态加载方式（只有需要的菜单才显示）最好。

8）菜单前的图标不宜太大，与字高保持一致最好。菜单前的图标能直观地代表要完成的操作。

9）主菜单数目不应太多，最好为单排布置。主菜单的宽度要接近，字数不应多于四个，每个菜单的字数能相同最好。

10）菜单深度不易太深，否则操作很慢。菜单深度一般要求最多控制在三层以内。如果有下级菜单应该有下级箭头符号。

11）相同或相近功能的工具栏放在一起。

12）工具栏中的每一个按钮要有及时提示信息。

13）一条工具栏的长度最长不能超出屏幕宽度。

14）工具栏的图标能直观地代表要完成的操作。

15）系统常用的工具栏应设置默认放置位置。

16）工具栏可以根据用户的要求自己选择定制。

17）工具栏太多时，可以考虑使用工具箱。小型软件一般不提供工具箱。

18）工具箱要具有可增减性，由用户自己根据需求定制。

19）工具箱的默认总宽度不要超过屏幕宽度的1/5。

20）状态条要能显示用户切实需要的信息，常用的有：目前的操作、系统状态、用户位置、用户信息、提示信息和错误信息等。如果某一操作需要的时间较长，还应该显示进度条和进程提示。

21）滚动条的长度要根据显示信息的长度或宽度及时变换，以利于用户了解显示信息的位置和百分比。

22）状态条的高度以放置5号字为宜，滚动条的宽度比状态条的略窄。

23）菜单和工具条要有清楚的界限。菜单要求凸出显示，这样在移走工具条时仍有立体感。

24）菜单和状态条中通常使用5号字体。工具条一般比菜单要宽，但不要宽得太多，否则看起来很不协调。

25）对于被选中的对象提供右键快捷菜单。右键快捷菜单采用与菜单相同的准则。

6. 合理性

屏幕对角线相交的位置是用户直视的地方。正上方四分之一处为易吸引用户注意力的位置，在放置窗体时要注意利用这两个位置。合理性实施细则如下：

1）父窗体或主窗体的中心位置应该在对角线焦点附近。

2）子窗体位置应该在主窗体的左上角或正中。

3）多个子窗体弹出时应该依次向右下方偏移，以显示出窗体标题为宜。

4）重要的命令按钮与使用较频繁的按钮要放在界面上令人注目的位置。

5）错误使用容易引起界面退出或关闭的按钮不应该放在易点击的位置。横排开头或最后、竖排最后为易点击位置。

6）与正在进行的操作无关的按钮应该加以屏蔽（Windows中用灰色显示，表示暂时无法使用该按钮）。

7）对可能造成数据无法恢复的操作必须提供确认信息，给用户放弃选择的机会。

8）非法的输入或操作应有足够的提示说明。

9）对运行过程中出现问题而引起错误的地方要有提示，让用户明白错误出处，避免形成无限期的等待。

10）提示、警告或错误说明应该清楚、明了、恰当。

7. 美观与协调性

界面大小应该适合美学观点，尽量能在有效的范围内吸引用户的注意力。具体实施细则如下：

1）窗体的长宽接近黄金分割比例，切忌长宽比例失调或宽度超过长度。

2）布局要合理，不宜过于密集，也不能过于空旷，合理地利用空间。

3）按钮大小基本相近，忌用太长的名称，免得占用过多的界面空间。

4）按钮的大小要与界面的大小和空间协调。

5）避免空旷的界面上放置很大的按钮。

6）放置完控件后，界面不应有很大的空缺空间。

7）字体的大小要与界面的大小比例协调。通常，使用的字体中宋体 9 ~ 12 号较为美观，很少使用超过 12 号的字体。

8）前景色与背景色搭配合理协调，反差不宜太大，最好少用深色，如大红和大绿等。常用色可考虑使用 Windows 界面色调。如果使用其他颜色，主色要柔和，具有亲和力与磁力，坚决杜绝刺眼的颜色。

9）界面风格要保持一致。字的大小、颜色、字体要相同，除非是需要艺术处理或有特殊要求的地方。

10）如果窗体支持最小化和最大化或放大时，窗体上的控件也要随着窗体而缩放；切忌只放大窗体而忽略控件的缩放。

11）对于含有按钮的界面一般不应该支持缩放，即右上角只有关闭功能。

12）通常父窗体支持缩放时，子窗体没有必要缩放。

13）如果能给用户提供自定义界面风格则更好，由用户自己选择颜色和字体等。

8. 提供有用的反馈信息

反馈是人机交互的一部分，表示计算机对用户操作所做的反应。在设计用户界面时，应考虑到各种反馈，并在程序中加以实现。通常，在屏幕上可采用一个固定的区域显示反馈信息，也可以采用声音反馈或在事件发生的地方弹出一个反馈窗口，显示警告信息、确认信息和出错信息等。如果用户请求一些特殊的、危险的要求时，系统应及时作出提示，如删除文件或表示要覆盖某些信息，或要求终止一个程序，应显示一条确认信息，保证用户能正确地使用系统，尽量避免误操作现象及其导致的严重系统问题的出现。对用户的操作应及时给予反馈，提示信息要简洁准确。响应时间快，操作方便，可以提高用户工作效率。如果软件在运行时所需时间较长，应告诉用户等待的信息，以免用户误认为死机。用户非常希望知道一个操作会花费多长的时间，以便有准备地操作。通常，当一个操作超过 7 ~ 10 秒的时候，大多数用户希望看到一个带有进度条的消息对话框。时间的长短要根据用户类型和应用程序的特点来调整。虽然过多的音效会产生刺耳的杂音，然而，声音反馈是有用的，尤其是在一个会有严重问题产生的地方，需要警告用户，例如，进一步的操作将导致数据的丢失或程序出错。

给用户提供操作路径跟踪功能，以便让用户知道如何到达当前窗口和如何才能退回去。要指明菜单结构的展开位置，避免超过两级的级联菜单。为每个对话框提供描述性的标题可以非常有用地提醒用户是哪个菜单项或按钮被按下后把他们带到当前窗口的。

切忌在不必要的时候弹出提示信息，否则用户会产生厌烦感。

9. 尽量减少用户在操作中必须记忆的信息量

用户在使用和操作计算机时，需要对系统功能、操作、命令有一定了解和掌握。一个设计良好的系统应该尽量减少对用户的记忆要求，给用户以尽量多的提示。让计算机帮助记忆某些信息，例如，用户名、账号、口令、历史记录等应让计算机记住。

"所见即所得"可以减少用户的记忆量。在图形编辑和文字编辑中，都应尽量做到所见即所得，正如 AutoCAD、MS-Word 等软件那样，用户的操作效果马上就能看到。否则，在所见非所得系统中（比如华光排版系统），用户必须用脑子在控制符和结果之间来回切换。在输入过程中很难确定这些控制符是否会转变成真正需要的输出结果，这就大大地增加了用户的工作量。

尽量使用真实世界的比喻，如电话、打印机的图标设计，尊重用户以往的使用经验。逻辑条理清晰；图片、文字的布局和隐喻不要让用户去猜。

另外，专业性强的软件要使用相关的专业术语；通用性软件界面则提倡使用通用性词语，尽量使用用户的语言，而不要用或少用专业术语，语句要通俗易懂；警告、信息、错误等使用对应的表示方法；使用统一的语言描述，例如，一个关闭功能按钮，可以描述为退出、返回、关闭等，同一个系统中应该统一规定术语。

10. 安全性

用户在操作中，由于各种不确定因素的影响，可能出现一些错误的操作。开发者应当尽量考虑到各种可能发生的问题，使出错的可能降至最小。如应用程序出现保护性错误而退出系统，这种错误最容易使用户对软件失去信心。因为这意味着用户要中断思路，并费时费力地重新登录，而且已进行的操作也会因没有存盘而全部丢失。在该情况下，系统应该为用户提供返回到前一级的操作，弥补误操作的损失，尽量减少错误的影响。常用的出错恢复方法有五种：复原（Undo）、重做（Redo）、中止（Abort）、取消（Cancel）和校正（Correct）。这些功能会大大减少系统因用户人为错误引起的破坏，最终为用户节省大量时间。具体实施细则如下：

1）最重要的是排除可能会使应用程序非正常中止的错误。

2）应当尽可能避免用户无意录入无效的数据。

3）采用相关控件限制用户输入值的种类。

4）当用户作出选择的可能性只有两个时，可以采用单选框。

5）当选择的可能再多一些时，可以采用复选框。这样，每一种选择都是有效的，用户不可能输入任何一种无效的选择。

6）当选项特别多时，可以采用列表框和下拉式列表框。

7）在一个应用系统中，开发者应当避免用户作出未经授权或没有意义的操作。

8）对可能引起致命错误或系统出错的输入字符或动作要加以限制或屏蔽。

9）对可能产生严重后果的操作要有补救措施。通过补救措施，用户可以回到原来的正确状态。

10）对一些特殊符号的输入、与系统使用的符号相冲突的字符等进行判断，并阻止用户输入该字符。特殊字符常有：；、'、'、>、<、、'、：、"、[、"、{、'、\、|、}、]、+、=、)、-、(、_、*、&、^、%、$、#、@、!、~、,、.、。、?、/和空格等。

11）对错误操作最好支持可逆性处理，如取消系列操作。

12）在输入有效性字符之前应该阻止用户进行只有输入之后才可进行的操作。

13）对可能造成等待时间较长的操作应该提供取消功能。

14）与系统采用的保留字符冲突的要加以限制。

15）在读入用户所输入的信息时，根据需要选择是否去掉前后空格。

16）有些读入数据库的字段不支持中间有空格、但用户确实需要输入中间空格时，要在程序中加以处理。

11. 高效率

简单易用就好。过于复杂的界面设计，会影响程序的快捷使用，会降低程序的运行效率。用户使用中，击键的次数应尽可能地少。提供快捷方式可以大大提高操作效率。具体实施细则如下：

1）在设计界面屏幕的布局时，还应考虑鼠标在两个单击点间必须移动的距离。尽量缩短这个距离。

2）可以按功能将操作分类，同时将复杂功能隐藏起来，便于新用户尽快掌握系统基本功能和基本操作。

3）对于一些命令，也可以提供合理的默认值，以代替参数选项。

4）在菜单及按钮中，使用快捷键可以让喜欢使用键盘的用户操作得更快。在西文 Windows 及其应用软件中，快捷键的使用大多是一致的。菜单中的常用快捷键有如下几种：

- 面向事务的组合有：< Ctrl + D >（删除）；< Ctrl + F >（寻找）；< Ctrl + H >（替换）；< Ctrl + I >（插入）；< Ctrl + N >（新记录）；< Ctrl + S >（保存）；< Ctrl + O >（打开）。
- 列表：< Ctrl + R，Ctrl + G >（定位）；< Ctrl + Tab >（下一分页窗口或反序浏览同一页面控件）。
- 编辑：< Ctrl + A >（全选）；< Ctrl + C >（复制）；< Ctrl + V >（粘贴）；< Ctrl + X >（剪切）；< Ctrl + Z >（撤销操作）；< Ctrl + Y >（恢复操作）。
- 文件操作：< Ctrl + P >（打印）；< Ctrl + W >（关闭）。
- 系统菜单：< Alt + F >（文件）；< Alt + E >（编辑）；< Alt + T >（工具）；< Alt + W >（窗口）；< Alt + H >（帮助）。
- MS Windows 保留键：< Ctrl + Esc >（任务列表）；< Ctrl + F4 >（关闭窗口）；< Alt + F4 >（结束应用）；< Alt + Tab >（下一应用）；< Enter >（默认按钮/确认操作）；< Esc >（取消按钮/取消操作）；< Shift + F1 >（上下文相关帮助）。

5）在按钮中，可以根据系统需要而调节，以下只是常用的组合：< Alt + Y >（确定）；< Alt + C >（取消）；< Alt + N >（否）；< Alt + D >（删除）；< Alt + Q >（退出）；< Alt + A >（添加）；< Alt + E >（编辑）；< Alt + B >（浏览）；< Alt + R >（读）；< Alt + W >（写）。

这些快捷键也可以作为开发中文应用软件的标准，但也可使用汉语拼音的开头字母。

12. 提供帮助

对用户来说，无论多么出色的界面设计都是陌生的，那么，编写在线帮助或软件帮助是个非常有效的办法。系统应该提供详尽而可靠的帮助文档，把使用说明清清楚楚地告诉用户。在用户遇到困难的时候能够得到最快的帮助，在用户产生迷惑时可以自己寻求解决方法。不但可以降低用户的不满程度，同时可以帮助用户更加系统地学习和深入地掌握。具体实施细则如下：

1）帮助文档中的性能介绍与说明要与系统性能配套一致。

2）打包新系统时，对作了修改的地方在帮助文档中要作相应的修改。

3）操作时，要提供及时调用系统帮助的功能。常用 F1 功能键。

4）在界面上调用帮助时应该能够及时定位到与该操作相对的帮助位置，也就是说，帮助要有即时针对性。

5）最好提供目前流行的联机帮助格式或 HTML 帮助格式。

6）用户可以用关键词在帮助索引中搜索所要的帮助，当然也应该提供帮助主题词。

7）如果没有提供书面帮助文档的话，最好有打印帮助的功能。

8）在帮助中应该提供技术支持方式。一旦用户难以自己解决所遇到的问题，可以方便地寻求新的帮助方式。

9）上下文有关的帮助可以让用户在与当前正执行的操作有关的主题中进行选择，减少用户获取帮助的时间，增加界面友好性。

13. 智能导航

智能导航是在对专业化具体领域问题深入分析与建模的基础上，建立多种设计流程控制机制，实时感知用户的使用状态和系统的当前状态，然后以静态或动态的方式，智能化地引导用户完成创造性设计工作的一种技术。界面要通"人性"，即要有引导用户操作的功能，不能是操作一有错误就卡住，什么都做不下去，又无任何提示来帮助用户进行操作。智能导航技术本身要求对所处理的专业化具体问题具有深入的理解和高度的概括。智能导航与专业化具体问题相结合，便能发挥出系统智能性、专业性、便捷性、高效性等特点。基于智能导航进行软件开发，以软件好学易用和方便用户使用为出发点，解决系统流程控制的智能导航性、前后继承性、规范性和用户控制的灵活性之间的平衡问题。

14. 独特性

如果一味地遵循业界的界面标准，则会丧失自己的个性特色。在框架符合以上规范的情况下，设计具有自己独特风格的界面尤为重要。尤其在商业软件流通中有着很好的潜移默化的广告效用。

1）安装界面上应有单位介绍或产品介绍，并有自己的图标。

2）主界面最好要有公司或软件图标。

3）登录界面上要有本产品的标志，同时包含公司图标。

4）帮助菜单的"关于"中应有版权和产品信息。

5）公司的系列产品要保持一致的界面风格，如背景色、字体、菜单排列方式、图标、安装过程和按钮用语等。

15. 用户定制界面

针对不同用户的层次设计界面。熟练型用户和专家型用户往往需要根据自己的要求和习惯定制交互界面，比如，Windows 系统和许多应用软件就具有这种功能。这就要求在设计界面时尽量允许用户定制个性化界面风格，比如，修改界面的字体、大小、颜色、字形、装饰、布局和功能等。这样，用户就可以设置个性化的人机交互界面。面对具体用户，考虑更多的是个性化设计，也许有些是非常规的要求，但是用户已经具有特殊的偏好和习惯时，应尽可能满足用户的需求进行设计。这样做会大大增加软件开发的工作量。

三、人机交互方式

第一代是以命令文本为基础的简单交互，如 DOS 系统、部分 UNIX 系统中常见的命令行，字符菜单等。由于第一代界面考虑人的因素太少，用户兴趣不高。随着计算机图形学的迅速发展和计算机硬件设备性能的提高，人机交互方式由文本交互方式发展为图形交互界面，出现了第二代直接操纵的界面。它大量使用图形、语音和其他交互媒介，充分考虑了用户使用方便性的需求。直接操纵的界面使用视听和触摸等技术，让人可以凭借生活常识、经历和推理来操纵软件，愉快地完成任务。Windows 操作系统具有丰富多彩的图形界面，使人机交互技术达到了一个新的高峰，成为流行的人机交互环境。即使是对计算机不熟悉的人，也能很快通过图形交互界面用计算机完成自己的工作。在进行人机界面设计时，应根据不同的用户和任务类型设计出合适的人机交互方式。人机交互方式一般可以分为以下几种。

1. 问答式交互

问答式是一种最简单的人机交互方式，由系统启动。系统使用类似自然语言的提问形式，提示用户进行回答。用户的回答一般通过键盘输入字符串的方式。最简单的问答式对话采用是非选择形式，即系统要求用户的回答限制在 Yes/No 内；较复杂一些的，把回答限制在很少范围的答案集内，用户通过字符或者数字输入作出回答。比如，AutoCAD 的命令行交互即属于此类。

2. 菜单界面

菜单界面也是一种最流行的控制系统运行的人机界面，并已广泛应用于各类系统软件及应用软件中。菜单交互方式可以让用户在一组对象中进行选择，各种可能的选择项以菜单项的形式分层显示在屏幕上。菜单是由系统预先设置好的，菜单界面是系统驱动的；显示于屏幕上的一组或几组可供用户选用的命令，用户不必记忆应用功能命令。这种菜单命令无需用户通过键盘输入，而是由系统将那些在一定环境下所需用的操作命令（菜单命令），全部或部分地显示在屏幕上，供用户挑选。菜单界面适用于熟悉系统的功能、但又缺少计算机经验的用户使用。菜单界面的弱点是不如命令语言灵活和高效。菜单技术在从一个集合选项中选出一个元素的场合是有用的，但不适于作多个选择。菜单包括正文菜单和浮动位置菜单两类。

（1）正文菜单

实质上，正文菜单是系统命令本身或者是其简写形式。在一个菜单中包含许多菜单项，可以像节目单那样，按某种约定，在屏幕上成行或成列地排好。如 AutoCAD 软件中的文件菜单和格式菜单等。简单的正文菜单的设置与选取方式有：首字符匹配方式 < Alt + F >，（选择文件菜单），序号匹配方式（预制菜单编号，如 1—选择，2—执行，3—打印，4—退出），亮条匹配方式（鼠标单击）等。

（2）浮动位置菜单

浮动位置菜单（弹出式菜单）的主要特点是，仅当系统需要时，它才被瞬时显示出来，供用户选用，完成任务后，它立即从屏幕上消失。它的显示位置可以根据用户的操作或根据当时的操作环境来决定。弹出式菜单与用户当时正在执行的操作密切相关。但是，由于弹出式菜单的瞬时性，用户不清楚自己当前究竟处在系统的什么位置，看不到自己处于那一层次。

菜单是界面上最重要的元素，菜单位置按照功能来组织。应将菜单命令、键盘命令、直接操作、热键、图标等操作集成到一起，这样就可以保证不同层次的用户的使用要求，使初学者和熟练者都可以运用自如。

在设计菜单界面时应遵循以下原则：

- 菜单合理分类：系统功能和逻辑顺序等。
- 菜单标题及菜单项命名要一致、简明并有意义。
- 合理组织菜单界面的结构与层次：广而浅优于窄而深的菜单树、最佳项数为 4~8、最深层次尽量少于 4 层。
- 菜单项的安排应有利于提高菜单选取速度：可以依据使用频度、数字顺序、字母顺序和功能逻辑顺序安排。
- 保持各级菜单显示格式和操作方式的一致性。
- 为菜单项提供多于一种的选择途径，以及为菜单选择提供捷径：键盘、鼠标和快捷方式等。
- 对菜单选择和单击设定反馈标记。
- 设计良好的联机帮助。

3. 图标及按钮界面

软件的图标按钮是基于自身应用的命令集。它的每一个图形内容映射的是一个目标动作，因此作为体现目标动作的图标应该有强烈的表意性。在制作过程中，选择具有典型行业特征的图符有助于用户的识别，并且方便用户操作。图标界面方式实际上也属于菜单交互方式，只是它使用图标来代表文本菜单的菜单项。使用图标可以形象、逼真地反映菜单的功能，从而使学习和操作变得更加容易。使用图标方式必须具有图形硬件、软件环境的支持，而且它的使用占据较大的屏幕空间并需附加较多的图标文字说明。图标因其具有直观、含义明确、不受语言文字限制的特点而被广泛采用。

图标的图形制作不能太繁琐，在制作上，尽量使用像素图，确保图形质量清晰。图标设计色彩不宜超过 64 色，大小为 16×16、32×32 两种。图标设计是方寸艺术，应该加以着重考虑视觉冲击力。它需要在很小的范围表现出软件的内涵，所以很多图标设计师在设计图标时使用简单的颜色。利用眼睛对色彩和网点的空间混合效果，作出了许多精彩图标。图标、图像应该很清晰地表达出意思，遵循常用标准，或者用户很容易联想到的物件，绝对不允许画出莫名其妙的图案。如果针对立体化的界面，可考虑部分像素羽化的效果，以增强图标的层次感。

软件按钮设计应该具有交互性，即应该有 3~6 种状态效果：单击时状态；鼠标放在上面但未单击的状态；单击前，鼠标未放在上面时的状态；单击后，鼠标未放在上面时的状态；不能单击时状态；独立自动变化的状态。按钮应具备简洁的图示效果；应能够让用户产生功能关联反应。群组内按钮应该风格统一；功能差异大的按钮应该有所区别。

4. 对话框界面

对话框是系统在必要时显示于屏幕上一个矩形区域内的图形和正文信息。通过对话，实现用户和系统之间的通信。通常，对话是一种辅助手段。它也可以用来在系统的执行过程中给出某种警告或提示信息。对话框在屏幕上的出现方式与弹出式菜单类似，即瞬时弹出。与弹出式菜单不同的是，对话框在屏幕上显示的位置是由系统所设置的。有三种对话形式：①必须回答式。必须回答式的对话在屏幕上出现时，用户必须给予回答，否则系统不再做任何其他工作。②无需回答式。这类对话在屏幕上的出现，仅仅是为了告诉用户一些参考信息，不需要用户回答。因此，用户可以不理睬它，继续做原来的工作。③警告式。这类对话主要用于系统报错或者警告。警告式的对话，根据警告的内容，可以是必须回答式的对话，也可以是无需回答式的对话，同时给出一些必要的警告信息。例如，在删除一个文件时，键入了删除文件命令后，为了确保不致误删不该删除的文件，屏幕上将出现一个警告式的对话框，等待用户确认。

在对话框布局中，主要考虑以下几方面的内容：

1）外形美观。对话框的外形非常重要。在程序与用户交互时，所弹出的对话框、提示栏等一定要美观，不要"吓"着用户。对话框中控件的布局要简单明了，使用户感觉舒适，不要杂乱无章。颜色的使用要尽可能与 Windows 系统及通用软件的对话框一致。

2）使用方便。对话框中的各控件的位置及功能的搭配要合理，要方便用户使用。在选项布局时，要把最频繁使用的选项放在最显要的位置，最常用的几个选项之间的跳转应尽可能容易。要尽量避免用对话框中的选项再调出下一级对话框（即对话框嵌套）。另外，对话框中最好能安排一个帮助（Help）按钮，以便用户随时可获得帮助。

3）控件设计的一致性。对话框中各控件的功能和显示的字符，应与 Windows 系统常用对话框中的相应选项保持一致，这样便于用户学习和使用。

4）文字内容规范。一般情况下，单词的第一个字母要大写。按钮控件的标号后不要有句号。编辑框和弹出式列表的标号属性值后有冒号。尽量避免缩写，以免表达不清含义。

5）良好的容错性。当用户选择对话框的选项或用键盘输入有错时，对话框中报告错误。

6）选项的互锁功能。在对话框中，往往在选择了有关选项后，暂时不能选择别的选项。这时必须将不能选择的选项置为 disabled，使之变灰，以避免可能出现的严重后果。

对话框可以保证多个选择，并可以进行单选、复选和滚动条选择等操作。

滚动条主要是为了对区域性空间的固定大、小、中内容量的变换进行设计。应该有上下箭头、滚动标等，有些还要有翻页标。状态栏是为了对软件当前状态的显示和提示。

标签设计应该注意转角部分的变化和状态可参考按钮。

5. 填表界面

填表界面是由系统驱动的，具有高度结构形式的输入表格，用户按系统要求输入数据。填表输入界面充分有效地利用了屏幕空间；其特点是输入、输出信息同时显示在屏幕上，以让用户同时进行多字段的输入。填表时，允许用户在表格内自由移动光标，定位到所需的字段进行输入。在填表输入方式中，可以充分利用上下文信息，帮助用户从全局的角度完成输入。在填表界面中，主要考虑以下几方面的内容：

1）一致性：保证前后用词、语法一致。

2）有含义的表格标题。

3）使用易于理解的指导性说明文字。

4）栏目按逻辑分组排序。

5）表格的组织结构和用户任务相一致，并把相关的输入字段组织安排在一起，并按照使用频率、重要性、功能关系或使用顺序来进行表格的安排和分组。

6）光标移动方便：需要一种简单直观的机制来移动光标，用 <Tab> 键或箭头键等。

7）出错提示：系统应提示输入数据的允许范围和输入方法，对不可接受的值都给出出错信息。

8）提供帮助：界面应该在相应处提供帮助功能，以解决用户在不熟悉界面内容情况下的操作。

9）表格显示应美观、清楚，避免过分拥挤。

6. 命令语言界面

命令语言界面是用户驱动的交互，即由用户发起和控制的交互。用户按照命令语言文法，输入命令给系统。之后，系统解释、翻译命令语言，完成命令语言规定的功能，并显示运行结果。命令语言界面的优点是：①功能强大，一条命令语言语句可以完成需求菜单界面多次转移或多次问答式对话才能完成的系统功能。②灵活性好。③效率高，命令越复杂，则越能体现其快速高效的特征。④占用屏幕空间少。命令语言界面也有其自身的缺点：①难以学习和记忆。②需要一定的键盘输入技巧。③错误可能性大。

7. 查询语言界面

查询语言通常是用户与数据库的交互媒介，是用户定义、检索、修改和控制数据的工具。查询语言界面只需给出需要进行的操作要求，不必描述进行的过程。用户使用查询语言界面时，一般可以不需要程序设计知识，因而更加方便用户的使用。

8. 自然语言界面

能在人与计算机之间使用自然语言进行通信和交互，是最理想、最方便的人机界面。这样的界面应该能够理解用户用自然语言表达的请求，并将系统的理解转换成系统语言，进而执行相应的应用功能。但由于自然语言具有语义二义性、依赖应用领域知识和编程实现困难等缺点，要真正实现自然语言界面，仍有很多工作要做，它是计算机交互技术发展的一种趋势。

9. 提供键盘支持

键盘是用户桌面上常见的固定设备，为用户输入文本和数据提供了一个有效手段。在设计 GUI 程序时，常常假定用户把鼠标作为主要的交互设备。而用鼠标操作程序对于录入员或常用用户来讲是非常费时和低效的。快捷键给用户提供一种非常有效的操作方式来访问窗口中的指定菜单项和控件。快捷键应该易于使用，并限制在一到两个键（如 <F3> 或者 <Ctrl + P>）。键盘在 GUI 的世界中有一定的限制，例如，在实现拖曳、单击、变大变小窗口等直接操作任务的时候。相对来说，总会有一小批人坚持用鼠标而从不碰键盘。这导致开发人员需要对所有菜单和窗口操作提供完整等价的键盘和鼠标支持。

四、数据输入界面

数据输入是指所有供计算机处理的数据的输入。数据输入界面是系统的一个重要组成部分，它占去用户绝大部分的使用时间。同时，数据输入的有效性直接影响应用程序的正常运行，所以需要单独提出来进行讨论。数据输入界面的设计要充分体现人性化的理念，具体应遵从以下规则。

1. 简化输入的规则

数据输入界面的设计目标是尽量简化用户的工作，并尽可能地减少输入的出错率。为此，在设计时要考虑尽可能减少用户的记忆负担，使界面具有预见性和一致性，在所有条件下应该使用相同的动作序列，相同的分隔符和缩写符等；防止用户输入出错，以及尽可能增加数据自动输入。在系统设计的范围，可以通过以下方法来减少用户输入的工作量。例如，将经常输入的内容设置为默认值；使用代码和缩写；主动填入已输入过的内容或需要重复输入的内容；如果输入内容是来自一个有限的备选集，可以采用列表选择；数据输入窗口设计应尽量与输入格式相匹配；当同样的信息在两个地方都需要时，系统应该复制该信息；自动格式化，即用户可以采用自由格式进行输入；提示输入的范围：应当显示有效回答的集合及其范围。为用户提供信息反馈，比如，在需要用户输入时应该向用户发出提示，可以使用闪烁的光标，"?"或"Enter data"等作为提示符。给用户输入提供一定的灵活性，比如，用户可以集中地、一次性输入所有数据，也可以分批输入数据，也可以修改错误的输入。另外，还应提供错误监测和修改机制。

2. 数据输入对话的规则

数据内容应当根据它们的使用频率，或它们的重要性，或它们的输入次序进行组织。数据输入对话设计的一般规则包括以下几方面：

1) 明确的输入。只有当用户按下输入的确认键时，才确认输入。这有助于在输入过程中一旦出现错误能及时纠错。

2) 明确的动作。在表格项之间自动地跳跃/转换并不总是可取的，尤其是对于不熟练的用户，往往会被搞得无所适从，要使用 TAB 键或回车键控制在表格项间的移动。

3) 明确的取消。如果用户中断了一个输入序列，已经输入的数据不要马上丢弃。这样才能对一个也许是错误的取消动作进行重新思考。

4) 确认删除。为避免错误的删除动作可能造成的损失，在键入删除命令后，必须进行确认，然后才执行删除操作。

5) 提供反馈。若一个屏幕上可容纳若干输入内容，可将用户先前输入的内容仍保留在屏幕上，以便用户能够随时查看，明确下一步的操作。

6) 允许编辑。在一个文件输入过程中或输入完成后，允许用户对其编辑，以修改正在输入的数据或修改以前输入的数据。应采纳一种前后一致的编辑方式。

7) 提供复原（Undo）。允许用户恢复输入以前的状态。这在编辑和修改错误的操作中经常用到。

3. 数据验证规则

数据输入很容易出错。出错的原因可能是忽略了某一项，或在某一项的输入中键入了不正确的数据，或是数字或字符敲错。数据验证是要检查是否所有必需的项目都已填充，数据输入是否正确，是否合理。出错验证可能得到以下三种结果：

1) 致命错误，引起处理混乱的错误。此时，用户要么重新输入一个正确的数据，要么退出输入，不允许其他做法。

2) 警告，由很不可信的数据引起的错误。此时应停止处理并提醒用户重新输入数据。

3）建议，由不大可信的数据引起的错误。此时，处理不必停止，但要发出一个警告信息，使得用户或是立即停止进行检查，或是在处理结束时进行检查。

4. 数据输入方式

1）问答式对话数据输入界面。

2）菜单选择输入界面。

3）填表输入界面：对要处理大量数据的数据库系统来说，是最合适的数据输入方法。

4）直接操纵输入界面。

5）关键词数据输入界面：例如，在 AutoCAD 中使用 rect、line、circ 等输入矩形、直线和圆形等。

6）条形码。

7）光学字符识别（OCR）。

8）声音数据输入。

第二节　Visual C++ 界面设计实例

在 Windows 系统交互式界面中，对话框是应用程序与用户进行数据交互式操作的最主要的渠道之一。使用对话框，用户可以完成打开文件、选择字体、改变应用程序的参数和向应用程序提供数据等多种功能。某些功能甚至可以是其他方法无法实现或难以实现的。一般地，在 Windows 应用程序中，如果某个菜单项后带有三个点的省略号（如 "File" 菜单下的 "New" 命令），选择该菜单项将弹出一个对话框。同时对话框与控件又是密不可分的，在每个对话框内一般都有一些相应的控件。每个控件通常都是一个小的窗口，能够完成一些基本的交互任务。除了在对话框中使用控件外，用户可以在任何需要的时候在其他窗口中创建和使用控件。下面就以 Visual C++ 作为开发环境，介绍如何进行界面设计。

一、Visual C++ 系统中的控件

MFC（Microsoft Foundation Class）是 Visual C++ 开发 Windows 应用程序的基础类库。MFC 为开发者提供了一批预先定义的类，用于开发 Windows 应用程序。例如，当需要一个对话框时，则可实例化一个 CDialog 类（MFC 的对话框类），并用一组成员函数控制这个对话框。再比如要为对话框增加一个按钮，则可以实例化一个 CButton 类（MFC 的按钮类），并用一组成员函数控制这个按钮。

MFC 提供了大量的控件类，它们封装了控件的功能。通过这些控件类，程序可以方便地创建控件，对控件进行查询和控制。

确切地说，所有的控件都是子窗口。控件窗口都具有 WS_CHILD 风格，它们总是依附于某一个父窗口。所有 MFC 的控件类都是基本窗口类 CWnd 的直接或间接派生类，这就意味着可以通过调用 CWnd 类的某些成员函数来查询和设置控件。常用于控件的 CWnd 成员函数见表 3-1，这些函数对所有的控件均适用。

例如，如果想把一个编辑框控件隐藏起来，可以用下面这行代码完成。

m_MyEdit. ShowWindow（SW_HIDE）；

表 3-1　常用于控件的 CWnd 成员函数

函　数　名	用　　途
ShowWindow	调用 ShowWindow（SW_SHOW）显示窗口，调用 ShowWindow（SW_HIDE）则隐藏窗口
EnableWindow	调用 EnableWindow（TRUE）使窗口可用，调用 EnableWindow（FALSE）则使窗口不可用。一个禁止的窗口呈灰色显示且不能接受用户输入
DestroyWindow	删除窗口
MoveWindow	改变窗口的位置和尺寸
SetFocus	使窗口具有输入焦点

　　控件是用户同程序交互的可见单元。用户界面设计人员面对的控件集合取之不尽。每个新的控件都有自己特定的行为和特征。为用户选择合适的控件可以达到更高的产出、更低的错误率和更高的用户满意度。可以按表 3-2 中列出的控件使用说明。

表 3-2　控件使用说明

控　　件	范围内应用的数量	控件类型
Menu Bar	最多 10 个子项	Static action
Pull-Down Menu	最多 12 个子项	Static action
Cascading Menu	最多 5 个子项，一层级联	Static action
Pop-Up Menu	最多 10 个子项	Static action
Push-Button	每个对话框中最多 6 个	Static action
Check Box	每组最多 10~12 个	Static set/Select value
Radio Button	每组最多 6 个	Static set/Select value
List Box	表中最多 50 行，显示 8~10 行	Dynamic set/Select value
Drop-Down List Box	控件中一次显示一个选项，下拉框中不超过 20 项	Dynamic set/Select single value
Combination List Box	控件中按标准格式一次显示一个选项，下拉框中不超过 20 项	Dynamic set/Select single value; add value to list
Spin Button	最多 10 个子项	Static set/Select value
Slider	依赖于显示的数据	Static set/Select value in range

　　尽量在整个应用程序中保持这些控件基本行为和摆放的一致性。一旦改变这些基本控件的行为，用户就会感到迷糊。需要仔细思考才可改动，并且这些改变在使用时要一致。

二、控件类型简单介绍

　　在控件工具箱中，用户可以看到多种类型的控件，这些控件在 Windows 应用程序中得到了广泛的应用。在此对这些控件作一简单介绍。

1．静态控件

　　静态控件在指定的位置显示特定的字符串，可以显示一些提示性的文件、图标、位图的单向交互式控件。显示在静态文本控件中的字符串一般不改变，但是在需要的时候也可以通过调用相应的函数进行设置。MFC 提供了 CStatic 类支持静态控件。如图 3-1 中"页码："和"行号："等都是静态文本控件。

2．编辑框控件

　　通常，编辑框控件是用来接收用户输入的字符串的。通过选择编辑框的选项，编辑框可以接收字符串、数字和密码等；编辑框还可以设置成接收多行字符串的模式，可以用来编辑简单的文本文件，也可以自动进行大小写转换。当编辑框控件被激活时，出现一个闪烁的插入符，表明当前插入点的位置。MFC 提供了 CEdit 类来支持编辑框控件。如图 3-1 中的"当前图形名称："上面较大的白色矩形区域就是一个编辑框控件。

3. 组成框控件

组成框控件的作用是包围具有逻辑关系的一组控件，并在这些控件的周围加上边界和标题。需要注意的是，组成框仅仅是在视觉效果上对控件进行"成组"，真正的"成组"还需要另外的一些工作。如图 3-1 中"图形处理"是由一组图形处理的命令按钮组成，它使相关命令之间的关系清晰可见。

4. 按钮控件

按钮控件是 Windows 对话框中最常用的控件之一，主要用来接收用户的命令。按钮可以响应单击或双击动作。在按钮接收到鼠标动作后，向其上一级窗口发送相应的控件通知。用户可以对这些控件通知进行消息映射，从而进行相应的处理。MFC 提供了 CBotton 类支持按钮控件。如图 3-1 中的"插入附图"和"取消"就是按钮控件。

5. 复选框控件

复选框控件用来显示某种可能的选择。该项选择是独立的，用户可以选中或取消该选项。在选项被选中时，核选标记出现；选项被取消时，核选标记消失。在 MFC 中，由 CButton 类对复选框进行支持。用户可以通过 SetCheck( ) 函数和 GetCheck( ) 函数设置或获取核选框当前的状态。如图 3-2 所示中的"基本操作（浏览、添加、修改未审批的过程卡）"、"过程卡审批"和"高级管理者（具备所有使用权限）"都是复选框，可以选择其中任何一种权限，也可以同时选择两种或三种权限。

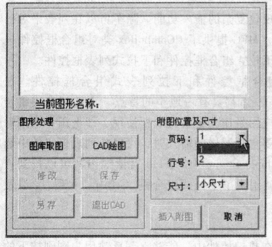

图 3-1　表单控件示例

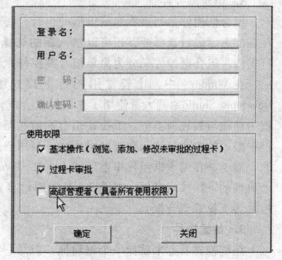

图 3-2　复选框控件示例

6. 单选按钮控件

一般情况下，几个单选按钮组成一组，同组中的单选按钮在选项时是彼此互斥的，保证只能有一个按钮被选中。MFC 同样使用 CButton 类对单选按钮控件进行支持，SetCheck( ) 函数和 GetCheck( )函数对单选按钮也是适用的。如图3-3所示，在"选择加工模式"的选择操作时，"√"、"√"二者只能选择其中之一。

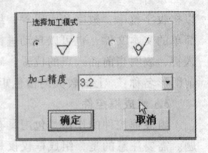

图3-3 单选按钮控件示例

7. 列表框控件

列表框控件是一种为用户提供从一系列选项中选择一项或多项选择的控件。显示项的数目较多时，列表框不能一次全部显示，用户可以通过滚动条浏览。列表框常用于集中显示同类型的内容。MFC 提供了 CListBox 类对列表框控件进行支持。列表框控件设计示例，如图3-4所示。

a)

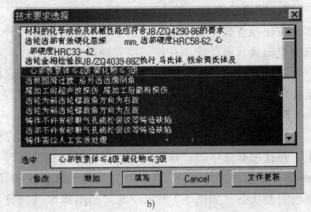

b)

图3-4 列表框控件

8. 组合框控件

组合框控件是列表框和编辑框的组合，实现较复杂的输入功能。除了可以在列表中对已存在的选项进行选择外，还可以输入新的选择。MFC 提供了 CComboBox 类对组合框控件进行支持。组合框控件又分为简单组合框控件、下拉式组合框控件和下拉式列表框控件。

在 Windows 中，比较常用的是下拉式组合框控件和下拉列表式组合框控件。在 Developer Studio中就大量使用了这两种组合框，二者都具有占地小的特点。下拉列表式组合框的功能与列表框类似。下拉式组合框的典型应用是作为记事列表框使用，即把用户在编辑框中敲入的东西存储到列表框组件中。当用户要重复同样的输入时，可以从列表框组件中选取，而不必在编辑框组件中重新输入。在 Developer Studio 中的 Find 对话框中就可以找到一个典型的下拉式组合框。如图3-1所示对话框就用到了下拉式组合框（其中"页码："设置控件为下拉式组合框）。

9. 热键控件

热键控件看起来就像一个编辑框。但是，在热键控件中，能够立刻反映用户刚刚按下的键组合。热键控件只是在"视觉"上显示了按键组合，设置热键的工作还需要用户添加代码完成。MFC 提供了 CHotKey 类进行支持。

10. 属性表控件

属性表控件用来包含大量的控件，可以满足用户显示和获取大量数据的要求。每个属性表又分为好几个属性页，这些属性页由各自的标签进行区分，这些属性页中都可以包容其他控件。在显示属性表的时候，一次只能够显示一个属性页的全部内容，同时显示其他属性页的标签，用户通过单击标签打开相应的属性页。MFC 提供了 CTabCtrl 类进行支持。属性表和属性页由 cpropertysheet 和 cpropertypage 类支持。如图 3-5 所示为属性表控件的实例。

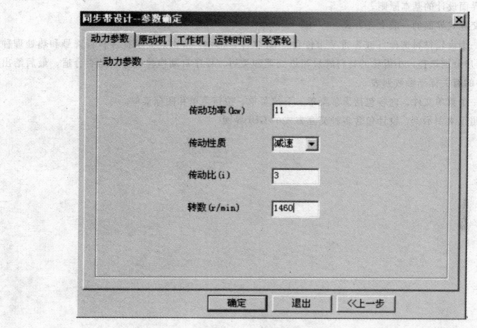

图 3-5　属性表控件示例

三、控件应用示例

如图 3-6 所示为表单控件的一个应用示例。

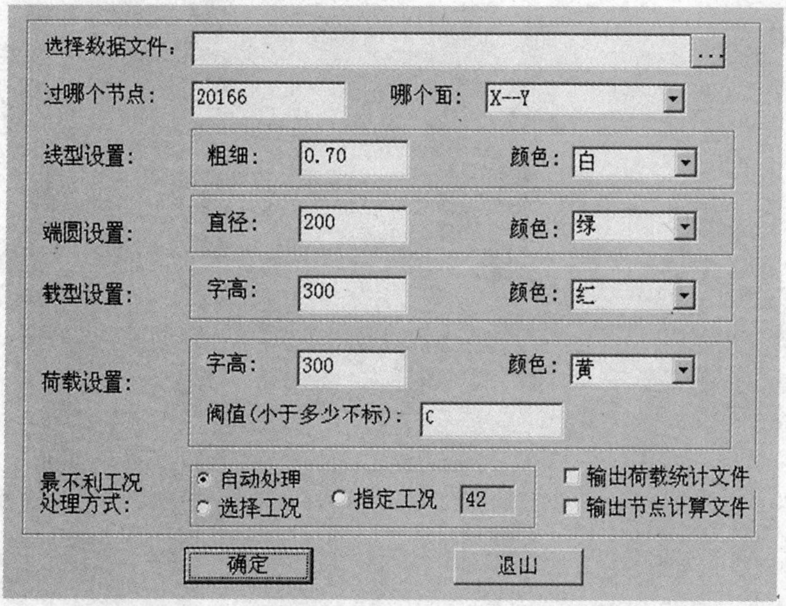

图 3-6　表单控件示例

习　　题

1. CAD 用户有哪几类？在软件界面设计时如何满足不同用户的使用要求？

2. 简述界面设计的基本原则。

3. 简述交互式界面的一般交互方式。

4. 设计一个齿轮材料选择（或普通 V 带传动 CAD 软件）的用户界面。要求提供材料牌号和热处理种类的选择，用户分别选择大小齿轮的材料牌号和热处理种类后，程序自动检验硬度差是否合适，最后给出所选齿轮材料的有关详细参数列表。

5. 编写一个菜单文件，内容包括屏幕菜单、下拉菜单、按钮菜单和图标菜单。

6. 试仿照正文中示例，设计包含多种交互方式的 GUI 界面。

第四章　设计数据的处理

在机械CAD中会用到大量的设计资料，这些资料最终要通过数据的形式存储在计算机当中。数据就是对客观世界、实体对象的性质和关系的描述。例如，一个机械产品包括性能数据、几何尺寸数据、工艺过程数据、图样数据和事务处理数据等。这些数据联系在一起组成了对一个机械产品信息的描述。可见，机械设计中的数据形式是多种多样的，而且数据量也是海量的。传统的机械设计及生产管理落后，不能适应现代制造业信息化的市场需求。在现代的机械CAD中，必须充分利用计算机的高速处理能力，实现对设计数据的自动化处理和管理。如何组织这些数据、建立它们之间的联系，就是数据结构所要研究的问题；而如何高效地收集、处理、保存和应用这些数据，就是数据库所要研究的问题。本章在简要介绍数据结构和数据库有关知识的基础上，将重点介绍机械CAD中的数据处理问题。

第一节　数据结构及其在机械CAD中的应用

一、数据结构的基本概念

计算机处理的信息和数据不仅包括数字，而且包括字符、表格、图形、图像、声音、动画等复杂问题。这些信息不只是简单、孤立的数据，而是存在某些关系的数据。只有将这些数据组织在一起才能赋予它们确切的含义。如何组织、处理这些信息，就是数据结构的基本问题。数据结构就是指数据之间的组织结构关系。例如，给定三个点的坐标，计算机可以将它们连成一个三角形，也可以过这三个点作一个圆或画一段圆弧。但是，如果事先并没有确定这三个点之间的绘图关系，即没有确定用这三个点进行画线、画圆或画圆弧，那么计算机就不能完成相应的动作。只有当点的坐标和绘图关系确定之后，计算机才能画出我们所希望的图形。因此，数据及其关系在计算机中的表达是影响应用软件成败及效率高低的关键。

1. 数据的组织层次

客观实体总是由若干特征属性来描述的。例如，对一个人的描述包括姓名、性别、年龄、身高、体重、衣着、肤色和学历等特征；对一个齿轮的描述包括模数、齿数、压力角、齿顶高系数、顶隙系数、齿宽、材料牌号、热处理方法及硬度等属性（见表4-1）。数据就

表 4-1　齿轮零件信息表

属　　性	图　　号	模　　数	齿　　数	齿　　宽	材　　料	热　处　理	硬　　度
记录 1	BMW01-01	1.5	48	54	45	调质	210HBS
记录 2	BMW01-02	2	67	46	20Cr	渗碳淬火	58HRS
记录 3	BMW02-01	2.5	24	60	35SiMn	调质	230HBS
记录 4	BMW02-02	3	17	72	40Cr	调质	230HBS
记录 5	BMW03-01	4	113	100	ZG35SiMn	正火	180HBS

是对实体的各个特征属性的描述。

数据按其组织层次由低到高可分为：数据项、记录、文件、数据库和数据库系统。

1）数据项。数据项是对实体某项属性的具体数据描述，是数据中最基本的、不可分的、并可能有命名的数据单位。例如，齿轮的模数、齿数、齿宽、材料牌号等分别表示齿轮的某项属性，它们的具体数值可能是1.5、67、48和20Cr，每项数据是不可拆分的。

2）记录。相关的数据项集合到一起，组成一个记录，也称为数据元素。例如，有关一个人的各个特征数据项的集合就组成了一个人的记录，而有关齿轮的各个数据项的集合就组成了该齿轮的一个记录，见表4-1中记录1～记录5。

3）文件。相同性质的记录的集合就组成文件。例如，将表4-1中所有齿轮的记录存放到一起，就是一个关于齿轮零件的文件。

4）数据库。数据库是指具有一定特点和关系的一系列数据文件的集合。

5）数据库系统。有些复杂的系统可能包含多个分门别类的数据库，这些数据库的集合就构成了一个数据库系统。

2. 数据结构的形式

数据结构包括数据的逻辑结构和数据的物理结构两种类型。

（1）数据的逻辑结构

数据的逻辑结构是指数据之间的逻辑关系，而不考虑数据的存储介质。通常所说的数据结构一般是指数据的逻辑结构。按数据的逻辑关系不同可分为线性结构和非线性结构两种。

线性结构的数据关系简单，只是按顺序排列的线性关系，可以用数表的形式表达，因此也称为"线性表结构"。非线性结构的数据关系比较复杂，不能用线性表这种简单的形式来表达，而需要用构造型的数据结构来表示。因此，非线性结构也称为"构造型的数据结构"。构造型的数据结构又可分为树状结构和网状结构两种。具有明显层次关系的数据组成了"树状结构"；具有纵横交错的网络关系的数据组成了"网状结构"。

（2）数据的物理结构

数据的物理结构是指数据在计算机存储器中的表示和映象，它包括数据项的映象和关系的映象。通常，将数据的物理结构也称为数据的存储结构。常用的数据存储结构有顺序存储结构和链式存储结构。

顺序存储结构，即用一组连续的存储单元依次存放各数据元素。这种存储方式占用存储单元少，简单易行，结构紧凑；但数据结构缺乏柔性，若要增加和删除数据，必须重新分配存储单元，重新存入全部数据，因而不适合于需要频繁修改、补充、删除数据的场合。链式存储结构即把数据元素的地址分散存放在其他有关的数据中，并按照存取路径通过指针进行链接。这种存储方式在不改变原来存储结构的条件下，增加和删除记录都十分方便；还为数据检索、尤其是非线性结构的数据检索提供了便利条件。由于在该存储结构中每个数据元素不仅包含了信息字段（即数据项），而且附加包含了指针字段，因此需要较大的存储空间。

二、常见的数据结构

1. 线性结构

由 $n(n \geq 0)$ 个数据元素组成的有限序列就是线性结构，常称为线性表。它可表示为如下的逻辑结构形式：

$$(a_1, \ a_2, \ a_3, \ \cdots, \ a_{i-1}, \ a_i, \ a_{i+1}, \ \cdots, \ a_n)$$

该结构中的数据元素，除第一个和最后一个外，仅有一个直接前趋和一个直接后继。

例如，齿轮的标准模数系列（第一系列）可称为一个线性表：（1，1.25，1.5，2，2.5，3，4，5，6，8，10，12，16，20，25，32，40，50），该表中的数据元素是一个数。又如表4-2所示，减速器装配图中的零件明细栏也可称为一个线性表。该表中的数据元素是由6个数据项组成的一个记录。

表 4-2　零件明细栏

序　号	名　　称	数　　量	材　料	标　　准	备　注
1	齿轮	1	45		
2	轴	1	45		
3	轴承 6205	2		GB/T276-94	成对使用
4	箱盖	1	HT150		
...	...	...	...	...	...

可见，不同表的数据元素可以是不同的数据结构类型，而同一表中的数据结构类型必须是相同的。

线性表的物理结构既可以是顺序存储结构，也可以是链式存储结构。下面介绍线性表的存储结构。

（1）线性表的顺序存储结构

线性表的顺序存储结构就是按照数据元素的逻辑结构顺序依次存放，即用一组连续的存储单元依次存放各个数据元素，数据元素与其存放地址之间存在着一一对应关系。

在顺序存储结构中，数据元素的数据类型相同、占用存储单元长度相同。设每个数据元素所占用的存储单元长度为 L，线性表的第一个数据元素的存储地址为 $Loc(a_1)$，则第 i 个数据元素的存储地址为：$Loc(a_i) = Loc(a_1) + (i-1) \times L$。如表4-3所示为线性表的顺序存储结构存储地址。

表 4-3　线性表的顺序存储结构存储地址

元素序号	1	2	...	i	...	n
内存状态	a_1	a_2	...	a_i	...	a_n
存储地址	$Loc(a_1)$	$Loc(a_1)+L$	...	$Loc(a_i)=Loc(a_1)+(i-1) \times L$	...	$Loc(a_i)=Loc(a_1)+(n-1) \times L$

线性表在计算机程序中的具体表示有数组、字符串、栈与队列等几种形式。一般而言，静态分配数组的存储结构为顺序结构。不论是一维数组还是多维数组，其顺序存放结构都是按一维排列存储的，只是在不同的系统中，排列顺序有所不同。例如，在 BASIC、PASCAL 和 C 语言中定义二维数组：float MAT[M][N]；经编译后，该数组在存储器中是按行存放的，存储顺序为 MAT（0，0）、MAT（0，1）、…、MAT（0，N-1），MAT（1，0）、MAT（1，1）、…、MAT（1，N-1），…，MAT（M-1，0）、MAT（M-1，1）、…、MAT（M-1，N-1）。而在 FORTRAN 语言中，数组经编译后该数组在存储器中是按列存放的。一个字符串可以看成是由若干字符组成的一维数组，其存储结构与一维数组相同。

线性表是均匀、有序的。对线性表的操作包括以下几个方面：

1）访问。数组及其下标实际上已经指明了数据元素的存储地址。在高级语言中，访问数据元素时，只需提供数组变量名及其下标即可。例如，$Y = MAT[4][5]$ 等。

2）修改。找到数据元素的地址，然后在这个地址单元中存放新的值。使用高级语言时，给数据元素直接赋值即可完成修改操作。例如，$MAT[4][5] = Z$ 等。

3）删除。为保持线性表的均匀性和有序性，从线性表中删除一个数据元素后，被删除元素之后的所有数据元素必须向前移动一个数据元素所占用的存储空间的长度。如图 4-1 所示为删除过程示意图。

4）插入。将一个新的数据元素插入到线性表的第 i 个元素之前，应首先将第 i 个元素及其之后的所有数据元素向后移动一个数据元素占用的存储空间的长度；然后将第 i 个元素修改为所要插入的值。如图 4-2 所示为插入过程示意图。

图 4-1　线性表的删除　　　　　　　　图 4-2　线性表的插入

由上面分析可见，对线性表数据元素的访问和修改非常方便，而对线性表数据元素的删除和插入就需要对数据元素进行大量的移动操作，这样会增加运算时间。对于长度可能发生变化的线性表，必须按最大可能长度分配存储空间，而且表的容量也不能随意扩充，所以可能造成存储空间的浪费。因此，在应用软件开发中，线性表的顺序存储结构一般适用于表的长度变化不大、查找频繁而删除和插入操作很少的场合，例如用于机械设计手册中大量数表的存储。

（2）线性表的链式存储结构

在线性表的链式存储结构中，每个数据元素可能存放在不连续的存储单元中，数据元素在存储介质上的顺序与其在逻辑上的顺序不必一致。链式存储结构又称

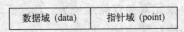

图 4-3　链式存储结构数据元素组成

为链表结构。在链表结构中，一个数据元素由数据域和指针域组成，称为一个节点，如图 4-3 所示。数据元素用指针来保存其直接前趋或直接后继的地址，形成环环相扣的链条，并通过指针来逐个检索数据元素。链表结构又分为单向链表、双向链表和循环链表三种形式。

1）单向链表。单向链表是最简单的一种链表结构。其节点指针域中的指针存放该节点直接后继的存放地址，如图 4-4 所示。第一个节点的地址存放在表头指针 head 中；链表的最后一个节点的指针域设为 NULL（∧表示空）。下面介绍对单向链表的有关操作。

① 建表。建立如图 4-4 所示的单向链表。首先定义节点数据结构，即在数据域中定义

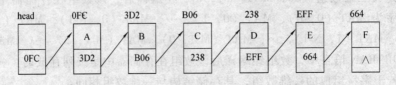

图 4-4　单向链表结构

数据的类型，在指针域中定义指向数据结构本身的指针；然后通过动态分配内存给每个节点赋值。

　　数据域中的数据可能只有一个也可能有多个，它们的类型可以一样也可以不一样。在定义数据域中的数据结构时，应本着既满足功能要求又节省内存的原则来定义每个数据项。例如，用 C 语言建立表 4-1 中齿轮零件信息的数据结构如下：

```
struct gear {
    int number;         /* 序号 */
    char dwg[8];        /* 图号 */
    float m;            /* 模数 */
    int z;              /* 齿数 */
    int b;              /* 齿宽 */
    char mat[10];       /* 材料 */
    char heat[10];      /* 热处理 */
    char hard[10];      /* 硬度 */
}
```

用 C 语言建立单向链表的程序如下：

```
#include < stdio. h >
#include < alloc. h >
#define MAXLENTH  6
struct link {
  char data;           /* 定义节点数据结构,为简便起见只定义一项 */
  struct link * next;
} * head;
main( )
{
  int i;
  struct link * mynode, * temp;
  for( i = 0; i < MAXLENTH; i + + )
     { /* 给节点动态分配内存并赋值 */
    mynode = ( struct link * ) malloc( sizeof( struct link ) );
     mynode- > data = 'A' + i;
     mynode- > next = NULL;
     if( i = = 0 )
      head = temp = mynode;
     else
       { temp- > next = mynode;
        temp = mynode;
       }
     }
```

其中函数 malloc 的作用是动态分配内存，在这里用它所分配的内存单元的大小为 sizeof（struct link），即一个 link 结构体的大小。（struct link ＊）的作用是强制指定指针的类型为指向结构类型 link 的指针。

② 访问。访问单向链表的第 i 个节点，应从表头开始检索，根据指针域的值逐个查找，直到找到第 i 个节点。程序例参见随书光盘。

③ 修改。若要修改单向链表的第 i 个节点的值，需首先找到第 i 个节点，然后修改这个节点的数据域。

④ 删除。若要删除单向链表的第 i 个节点，需首先找到第 $i-1$ 和第 i 个节点，然后将第 $i-1$ 个节点的指针域修改为第 $i+1$ 个节点地址，最后释放第 i 个节点所占用的内存，运算过程如图 4-5 所示。

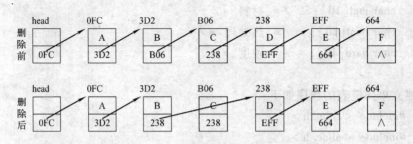

图 4-5　在单向链表中删除一个节点

⑤ 插入。若要在单向链表的第 i 个节点之前插入一个新节点，首先需要为新节点申请一个存储空间，然后查找到第 $i-1$ 个节点，将第 $i-1$ 个节点的指针指向该新节点的地址，最后将该新节点的指针指向第 i 个节点的地址，运算过程如图 4-6 所示。

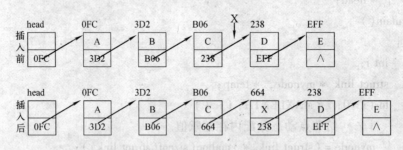

图 4-6　在单向链表中插入一个节点

2）双向链表。单向链表只能沿着指向直接后继的指针完成向后顺序的操作，而无法实现逆向操作。双向链表是在单向链表的基础上，为每个节点增加一个指针域，用于存放指向节点直接前趋的地址，这样就可以很方便地实现双向操作。

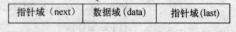

图 4-7　双向链表结构数据元素组成

如图 4-7 所示为双向链表结构数据元素组成。它由三部分组成：next、data 和 last。next 存放节点直接后继的地址，data 存放数据元素的数据，last 存放节点直接前趋的地址。

双向链表的存储结构如图 4-8 所示。用前趋链表或后继链表都可以检索整个表。当其中一条链表损坏时，仍可用另外一条链将表修补好，这一点在设备工作链损坏时很重要。

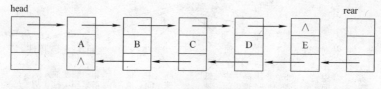

图 4-8　双向链表结构

双向链表的建立、访问、修改、删除和插入等操作运算与单向链表的有关操作类似，相应程序可参考前面单向链表的程序例。

3）循环链表。将单向链表或双向链表的首尾相接就得到循环链表，如图 4-9 所示为循环链表结构。

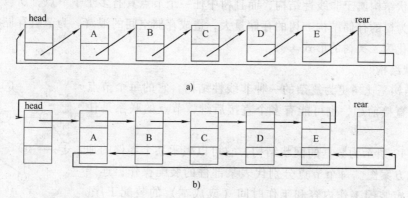

图 4-9　循环链表结构
a) 单向循环链表　b) 双向循环链表

对循环链表中的节点进行删除和插入操作时，可以从表中任何一个节点开始查找，因此非常方便。相应程序可参考前面单向链表的程序例。

链表结构与顺序结构相比，具有以下特点：删除和插入运算时不需要移动数据元素；不需要事先为整个链表分配存储空间，而可以动态分配和释放存储空间；链表的长度可以变化；查找速度较慢。因此，链表结构适用于表长不定、增加和删除操作频繁的场合，例如，应用软件作业中交互式绘图系统的图形实体数据表存储。

2．树状结构

树是由一个或多个节点（数据元素）组成的有限集 T，其中有一个没有前趋的特殊节点称为树根；其余节点可分为 n（$n \geq 0$）个互不交叉的有限集 T_1、T_2、$\cdots$、T_n，其中，每一个集合本身又是一棵树，并且称为该树的子树。显然，这个定义是递归的，即在树的定义中又用到了树这个术语。由定义可见，树是数据元素之间存在明显层次关系的非线性数据结构（如图 4-10 所示），其中规定每个节点可以与下面一层的几个节点相连，但下一层中的节点只能有一根线与它的上一层的一个节点相连；树中的各棵子树是相对独立、互不相交的集合。

树状结构是一种重要的数据结构形式，在机械设计中是很常见的。如图 4-11 所示为减速器各组成

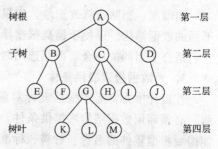

图 4-10　数据的树状结构

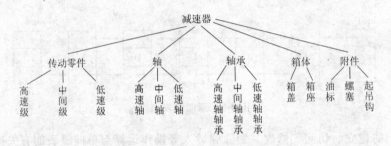

图 4-11 减速器各组成部分分解图

部分分解图，它是一种树状结构。

由于树状结构属于非线性结构，而且树中任一个节点具有多个子节点，所以，只能采用多重链表作为树的存储结构。树的存储量大，造成存储空间的浪费。为节省存储空间，通常将一般树转化为二叉树的形式。

3. 网状结构

网状结构是比树更为复杂的一种非线性结构，它的每个节点可能有多个直接前趋，也可能有多个直接后继，节点的联系是任意的。

如图 4-12 所示为数据的网状结构，它可以表示某个零件的加工工艺路线方案图。每个节点分别代表某部件的装配操作；连线表示具有一定装配工作内容和工作时间（或成本）的装配工序。从第一道装配工序 A 到最后一道装配工序可以有几种不同的装配过程方案。

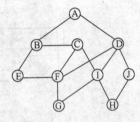

图 4-12 数据的网状结构

三、数据结构的应用

以上所讲的数据结构在机械 CAD 系统中的应用主要有下列几个方面：

1. 为设计数据的数据描述提供依据

从严格意义上来讲，应用程序中对任何一个变量的定义、对任何一个数据文件的存取都涉及到数据结构的问题。定义数据结构应遵循的一个基本原则是：数据结构简单、逻辑关系明确清晰、便于操作、存取速度快、运行效率高和占用存储空间少。对简单意义的变量一般可以用常量和单变量来定义；对较为复杂的数据一般可以用一维数组、多维数组、结构变量（数组）或指针来定义。

2. 适合应用软件作业中对设计模型作实时修改的需要

如增加、删除、修改记录，应根据实际情况对线性结构的数据和非线性结构的数据构造不同的数据结构，以便于提高数据操作的效率。顺序存储结构和链式存储结构各有优缺点，它们适合于不同的场合，因而选用时应权衡考虑。

3. 为数据检索提供条件

在设计中常常需要根据设计对象的某些特征、属性来检索一些数据以供设计之用，为此，必须利用数据结构来提供条件。如一部机器可能由很多个零件组成，应用软件作业中可能需要根据零件的名称、材料、标准件或非标准件等条件进行检索，这就需要很好地定义零件信息的数据结构以便检索。

4. 为数据通信提供条件

如为网络机械 CAD、数据交换及共享数据资源提供条件。智能化、可视化、集成化和网络化是目前 CAD 发展的趋势。这些都涉及到大量数据的通信和交换。只有严密、高效的数据结构才能保证机械 CAD 技术的顺利实现和健康发展。

第二节　数据库及其在机械 CAD 中的应用

一、工程数据及其管理

工程数据包括大量种类繁多、结构复杂的信息。有静态的，也有动态的；有结构化的，也有非结构化的。如设计数据、绘图数据、材料数据、设备数据、工艺数据、测试数据、设计手册、标准规范、技术文档等。这些数据大多是动态变化的，并且贯穿产品的整个设计过程、甚至产品的整个寿命周期。如果对这些数据不加以严格管理，必然会大大影响设计质量和效率。

在机械 CAD 应用中，工程数据的管理方法经历了人工管理、文件系统管理及数据库管理三个阶段。人工管理是将工程数据资料编入程序，数据的操作由程序员自己编程管理，数据与程序互相依赖，修改、扩充非常不便。这种方法用于数据量小、数据固定不变的场合。文件系统管理是将数据以文件的形式保存在外存储器中，数据和程序之间有一定的独立性，应用程序组织和使用各自的数据，数据修改较为方便。但数据文件内部缺乏结构性，数据冗余度较高，共享性较差；数据管理和应用程序并未完全独立。数据库管理采用结构化的数据模型来建立一系列结构关系清晰、逻辑性强的数据文件，并将它们组成一个通用的、综合性的、数据独立性高、冗余度小的集合，称为数据库；数据操作和控制由数据库管理系统来完成，数据库管理和应用程序相互独立，因此具有很好的灵活性。数据库系统的主要特点是：结构性强，冗余度低，独立性高，共享性好，灵活性高，管理、控制、维护方便、可靠且安全。因此，数据库管理方法是工程数据管理最理想、最有效的方式，在机械 CAD 软件中应尽量采用数据库管理技术来管理工程数据。

在现代应用软件系统中，以上三种方法均有可能采用，应根据实际情况具体问题具体分析，在不同的场合采用不同的管理方法。一般而言，如果数据量小、固定不变，则可采用人工管理的方法；如果数据只需在系统内、程序间共享，则可采用文件管理方法；如果数据量大、在系统间共享和交换，则需采用数据库管理方法。

二、数据库管理系统基础

在现代信息社会中，计算机的主要应用已从科学计算逐渐转变为事务处理。即除了部分用于科学计算外，大部分主要从事大量数据的存储、查找、统计等工作。为了科学、有效地使用保存在计算机系统中的大量数据，必须采用一整套严密、合理的数据处理方法，即数据管理。数据管理是指对数据的组织、存储、维护和使用等。自 20 世纪 60 年代以来，数据库管理的理论和技术日臻成熟和完善，它已成为数据管理的最好方法。

数据库系统包括数据库和数据库管理系统两大核心部分。数据库（DateBase，DB）是存储相关数据的文件集合。数据库管理系统（DataBase Management System，DBMS）提供对数据的定义、建立、检索、修改、维护等操作。数据库管理系统是数据库与应用程序之间的桥梁，如图 4-13 所示。

图 4-13　数据库与应用程序的联系

1. 数据库的数据模型

数据模型是数据库内部数据之间相互联系和依存的组织方式。常用的数据模型有三种：层次模型、网络模型和关系模型。

（1）层次模型

用树状结构表示实体集之间联系的模型称为层次模型。或者说数据的层次模型是记录之间以树形组织结构来联系的模型。它体现了记录之间"一对多"的关系。

在实际事物中，有很多联系形成自然的层次模型。例如，家族关系由各个分支组成；一个工程项目由若干子项目组成；一辆汽车由各个部件及下属零件组成等。

（2）网络模型

用网状结构表示实体集之间联系的模型称为网络模型。它体现"多对多"的关系。例如交通网、INTERNET 等。

（3）关系模型

关系模型是用二维表来表示实体与属性的关系以及实体集之间联系的模型。它以关系代数集合论中"关系"的概念作为理论基础，把数据归结为满足一定条件的二维表。每一个二维表称为一个"关系"，表中的每一列为一个数据项，每一行称为一个记录。例如，表4-1就是描述齿轮零件的二维表。

关系模型的数据结构简单，数据独立性高，理论基础坚实，操作算法成熟、完善。基于关系模型建立的数据库系统称为关系数据库系统。虽然关系模型结构简单，但它能表示复杂事物之间的联系，因此很多流行的数据库系统都是关系型数据库系统。

2. 数据库管理系统

数据库管理系统是一个专门处理、访问数据库的软件系统。它具有对数据库的定义、建立、管理、维护、通信以及设备控制等功能。

1）数据库的定义功能。利用数据描述语言定义数据库的结构（包括外模式、概念模式、内模式及其相互之间的映象），定义数据的完整性约束、保密权限以及信息格式等约束条件，并将其存放在数据库的数据字典中，供系统查询、操纵和控制。

2）数据库的管理功能。控制整个数据库系统的运行；控制用户的并发性访问，执行对数据的安全、保密和完整性检查；实施对数据的检索、排序、统计、输入、输出、添加、插入、删除和修改等操作。

3）数据库的建立和维护功能。即初始建立数据库，监视数据库性能，在用户要求或系统设备变化时修改和更新数据库，在性能变坏时重新组织数据库，在系统软硬件发生故障时恢复数据库等。

4）数据库数据通信功能。与操作系统的联机终端、分时系统及远程作业协同处理数据。

5）数据库其他功能。如应用程序的开发、文件管理、存储变量和设备控制等。

目前，在我国应用于计算机上的数据库管理系统主要有：Oracle、Informix、DB2、Sybase、FoxPro、Access、SQL Server、Dbase、FoxBase、Powerbuilder 等。

三、工程数据库

工程数据有许多不同于商用数据的特点。工程数据往往数据量大、形式多样、结构繁琐、关系复杂、活动规律性差、数据交换和应用频度高、动态性强；既包括各种数据表格，又包括图形数据、函数数据、曲线数据和说明数据等；既有设计数据，又有工艺数据；既有格式化数据，又有许多非格式化数据。因此，用一般商用数据库管理系统来管理工程数据是不能满足要求的，必须开发专用的工程数据库管理系统。

工程数据库也称为 CAD 数据库。它是产品和工程领域中用以组织、管理在工程设计和实施全过程中所产生的各类数据文件对象的关键部分。它在现代化企业的制造业信息化设计、生产控制和管理过程中占有特别重要的地位。通常可以把它看作是上述过程中支持信息与数据交流的中心。

工程数据库管理系统（Engineering DataBase Management System，EDBMS）是在传统商用数据库管理系统成熟的理论和技术基础上发展起来的，满足工程设计与制造、生产管理与经营决策支持环境的数据库管理系统。

1. 工程数据库与一般数据库在设计中的主要差异

工程数据库与一般数据库之间有很多差异，就机械设计而言主要存在的差异见表4-4。

表 4-4　工程数据库与一般数据库之间的差异

比 较 项 目	工程数据库	一般数据库
被处理的对象	设计对象的数据是高度动态的，因为有些数据预先无法了解，只能在设计过程中才能确认。更改工程数据库时，不但需更改数据值，而且还可能更改库的结构	事务处理的对象是静态的，因此在库的设计阶段就能准确地进行描述，并在建库时把有关数据装入库中，数据库的更改只涉及到值的改动
数据库模型化的复杂性	涉及很多实体及其联系，而且往往是多对多、多层次、且层次不定的结构，也就是说是一个复杂的网状结构	虽然包含许多实体，但绝大多数情况下，其间的联系是微弱的
信息来源和用途	信息来源于外部输入和计算过程中频繁存取和改变数据得出的结果，主要用来验证和修改设计，最后产生详细的设计数据	数据来源只有外部输入，主要用于检索和统计、生成报表等，以达到管理的目的
库的装载方式	数据大多数是通过计算生成的、或是人机交互的结果，故设计人员无法提供数据库模式所需要的数据。装载一般是由程序生成并批量装入的	由人工录入数据
修改所引起的问题	在机械 CAD 系统中，当数据库发生改动时，各应用程序会出现复杂的同步协调的问题	不会产生这样复杂的问题
谁执行修改	允许设计者更改数据值及数据结构，这样工程数据库的一致性难以保证	用户只能更改数据库的值，不能更改数据结构
值的种类	数据类型很多，尤其是多媒体的出现，需管理图、文、声、像和动画等	主要处理字符串和数值
安全性要求	稍高，但必须防止越权存取	高

2. 工程数据库管理系统的功能特点

一个较为完整的机械 CAD 工程数据库管理系统应具备如下功能特点：

1）能描述复杂的数据模型，保存相关语义信息，为管理、维护和使用数据库提供方便。

2）支持多个工程应用程序同时访问数据库。

3）数据具有较高的独立性，支持数据模式的动态修改和扩充，且不会引起数据模式的重新编译和数据库的重新装载。

4）支持长周期的工程事务处理。

5）支持高级语言访问数据库的程序接口。

6）能够存储和管理工程图形及相关信息。

7）能支持用户定义的数据类型和相应的操作。

8）支持分布式数据库管理功能，支持网络化、多用户的工作环境。

9）具有存储和管理一个设计的多个版本的功能。

10）具有适应工程环境要求的各种友好的用户界面。

3. 工程数据库管理系统的开发途径

工程数据库管理系统的开发途径主要有两种：

1）以商用数据库管理系统为基本支撑环境来管理非图形数据，以文件管理方法来管理图形数据。在宿主语言中，利用数据操纵语言分别管理这些数据，这在一定程度上能满足某些工程应用的需要，且管理较为方便，但数据的一致性较难维持。

2）按照 EDBMS 的规范和要求，深入、系统地开发通用的工程数据库管理系统，从根本上解决工程数据的描述和操作等一系列问题，实现 EDBMS 所要求的各种功能，以适应现代机械 CAD 技术较高层次的需要。

对于开发小型的应用程序而言，第一种方法比较简单、适用。

在机械 CAD 集成系统中，数据库及数据库应用程序开发方法和要求与一般程序及数据库开发类似。建议在开发时由顶向下设计，由底向上实现。先做好总体规划，然后从底层做起，逐步扩展。争取做到数据结构只扩展、不修改。即在开发时一定要分阶段逐步开展，这样既可以使软件提前投入使用，也可以避免大返工。另外，在开发过程中，应尽量采用成熟的、公用的专门行业数据库，避免重复劳动，提高开发速度。

4. 工程数据库管理系统设计中应注意的一些问题

（1）多数据库设计技术

工程数据库管理系统应包含管理整个 CAD 系统的数据和信息。为了提高数据库的使用效率，需要把它组织成多个逻辑上和物理上独立的数据库。一方面，不同的应用程序可能会用到公用数据库，也可能用到专用数据库。因此，数据库最好根据应用程序的不同按项目库、专用库、公用库等分类存放，以提高检索效率。另一方面，随着网络 CAD 的发展，工程数据库应能适应分布式计算机系统、并行设计的要求，可采用客户机/服务器的分布体系结构。

（2）库的设计应考虑到应用程序将如何使用数据库

由于机械 CAD 应用程序一般运行时间比较长，而且往往成千上万次随机地使用数据库中的数据，因此如何使用数据库的问题会大大影响程序执行的效率。为此，可以针对不同的应用程序建立相应的主存数据结构或内存数据库，以提高数据检索和存取的效率。

（3）动态变化的模式

机械设计的数据库具有动态变化模式的特点，解决此问题的方法，一是设定空值属性域，待获得设计结果后，再填充属性域；一是随机改变模式。

（4）版本管理

在工程数据库中，版本管理的功能很重要。它可以保存设计的历史，也可以保存不同的方案，供方案选择用，还要进行动态模式管理等。另外，版本管理可以帮助进行数据一致性的检查工作，保证一个机械 CAD 系统的各个应用程序采用的是同一个版本的设计数据。

（5）数据冗余的问题

作为设计要求，按一般冗余度要求即可。但对于复杂的工程数据库而言，冗余度与数据的检索和处理效率之间存在着矛盾，设计时应权衡考虑。

（6）如何选用 DBMS

应尽量选用处理功能强大的 DBMS，特别是具有处理对象数据能力的 DBMS。另外，运行效率也是选用何种 DBMS 的重要指标，效率太低将导致机械 CAD 系统无法使用。

四、数据库技术应用

1. 数据库的建立

在关系数据库中，传统的数据库概念是指一个关系，即一个二维表。而现代的数据库概念是指各项与数据库相关的信息集合。它既可以包含一个和多个表、视图、到远程数据源的链接和存储过程，又包含各个表的字段与记录的检验规则、各个字段的标题与说明、各个字段的默认值、各个关联表间的关联性与数据参考完整性。无论如何，数据库中的一个二维表就是一个关系，它是关系数据库管理系统的基本构件。在关系数据库中，对数据的操作就是对这些关系表格的合并、分类、连接、选取、增加、删除、检索等运算。所以，数据库的建立最根本的问题就是表的建立。

表中的关系模式是一些属性名的集合。建表就是如何把有关属性集合分组并建立一种关系。由于属性之间或属性组之间存在着某些数据依赖性，如函数依赖、多值依赖等，所以，如何将属性名分组并组成关系模式将直接影响到数据库的质量。在数据库中，属性（即前面所讲的数据项）被称为字段。

一个表是由表结构和数据记录两大部分组成。表的建立首先是定义表结构（数据结构），然后在表中添加记录，即输入每个记录的各个数据项（字段值）。表结构是指表包含多少个字段，各字段的字段名称、字段数据类型、字段宽度或数值精度等。在设计表结构之前，应根据实际情况确定需要多少字段才能全面、准确地反映事物的特征属性，并便于数据管理。表中的每一列称为一个字段（FIELD），表中的每一行称为一个记录（RECORD）。如表 4-5 所示为深沟球轴承性能参数表。利用任何一种 DBMS 软件都可以根据表 4-5 建立相应的表结构和数据记录，从而建立相应深沟球轴承性能参数的数据库。

2. 数据库的应用

一个完整的机械 CAD 系统通常应包括计算分析系统、图形处理系统和数据库管理系统三大部分。而这三部分往往又是相互独立存在的。在开发计算分析程序时，常采用某种功能强大、适用方便的高级语言（如 C、VC ++ 、VB 等）编写；图形处理常用现有的、商品化

表 4-5　深沟球轴承性能参数

代号	内径 d	外径 D	宽度 B	轴肩直径 d_a	挡肩直径 D_a	基本额定动载荷 C_r	基本额定静载荷 C_{0r}
6204	20	47	14	26	41	12.80	6.65
6205	25	52	15	31	46	14.00	7.88
6206	30	62	16	36	56	19.50	11.50
6207	35	72	17	42	65	25.50	15.20
6208	40	80	18	47	73	29.50	18.00
6209	45	85	19	52	78	31.50	20.50
6210	50	90	20	57	83	35.00	23.20
6211	55	100	21	64	91	43.20	29.20
6212	60	110	22	69	101	47.80	32.80
6213	65	120	23	74	111	57.20	40.00
6214	70	125	24	79	116	60.80	45.00
6215	75	130	25	84	121	66.00	49.50
6216	80	140	26	90	130	71.50	54.20
6217	85	150	28	95	140	83.20	63.80
6218	90	160	30	100	150	95.80	71.50
6219	95	170	32	107	158	110.00	82.80
6220	100	180	34	112	168	122.00	92.80

的图形系统进行二次开发；数据库也采用成熟的 DBMS 软件。因此，在应用软件开发中，如何将数据库技术与计算、绘图程序很好地结合起来，是提高开发效率和质量的重要因素。

高级语言与数据库之间的接口一般有以下三种方法：

1）间接型接口。数据的传递是通过中间文件来实现的。在绝大多数的数据库编程软件中，都有将数据库文件转换为文本文件的功能。ASCII 码文本文件是软件系统之间数据交换最基本的文件格式之一。以文本文件作为中介来实现高级语言与数据库之间的接口，即高级语言和数据库都可以存取特定格式的文本文件，通过该文件来实现数据交互，如图 4-14 所示。

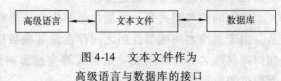

图 4-14　文本文件作为高级语言与数据库的接口

2）直接型接口。不通过中间文件，利用高级语言编写与数据库的接口程序，由高级语言直接对数据库文件进行读写操作。该方法的前提条件是数据库文件的数据结构必须是公开的。通过分析数据库文件的数据存储格式（数据结构），用高级语言编程实现对数据库的操作，这样的开发工作较为复杂。

3）利用高级语言内嵌的数据库接口技术实现数据库管理。以前的高级语言开发系统不具备直接开发数据库、读写数据库的功能，所以常用上面两种接口技术完成数据交互。随着软件技术的发展，现在出现的多种面向对象编程的高级语言已将数据库的操作完全融合到程序设计中。数据库与高级语言的接口问题得到了完美的解决。目前流行的许多高级语言开发系统都具有内嵌的数据库接口，可以直接访问和操作数据库。例如，VC ++ 提供了对 Microsoft Jet 数据库（.MDB）操作的 MFC DAO（数据访问对象）类，也提供了不依赖于具体数据库管理系统的开放式数据库链接（Open Database Connectivity，ODBC）统一接口以访问各种数据库。用该类编程语言操作数据库文件，无需分析数据库文件的存储格式，因此在读写数据库内容上有了更大的灵活性。在程序设计中，只需在表单（FORM）对象或数据对象中加入数据源、数据库表、数据显示表格、数据库操作控制器等少许控件，然后将数据库表与相应的数据库文件相链接，便可在程序中随意操作数据库文件。对于链接并打开的数据库，每一个字段在程序中都作为一个字段变量，可随意读写字段值。另外，该类编程语言通过配备的数据库引擎，可以对多种格式的数据库文件进行操作。在开发数据管理与计算一体的机械 CAD 系统中，使用该类编程语言将是最佳选择。由于 Windows 及其系列软件所具有的强大功能，所以为应用程序的开发提供了极其方便的条件。在 Windows 环境下高级语言与数据库之间的接口更为方便、灵活。

3. AutoCAD 二次开发与数据库的接口

AutoCAD R12 以上版本增加了 AutoCAD 结构化查询语言扩展 ASE（AutoCAD SQL Extension）功能，实现了 AutoCAD 与数据库的链接，从而使得 AutoCAD 能够存取和操作那些存储在外部数据库中的非图形数据，如材料清单（BOM）、零件明细表、设备管理、成本预算等数据。用户可以在 AutoCAD 的绘图环境中建立图形实体与数据库中数据的链接。通过创建双向数据流，就可以实现实体和数据库表之间的关联互动，既可以通过表来操作实体，也可以通过实体来操作表。

ASE 提供一系列函数和命令来实现数据库操作，并提供一组数据库管理系统的驱动程序，如 dBASE Ⅲ +、dBASE Ⅳ、FoxPro、PARADOX INFOMIX、ORACLE 等。用户可以根据自己所用的数据库来选择驱动程序。不管用户采用哪种数据库管理系统，均使用同一种 ASE 命令。利用一系列 ASE 命令可以设置数据库管理系统、设置数据库和数据表，可以选择 AutoCAD 对象、查询和编辑数据库内的记录，可以对数据库内选定记录的链进行编辑和删除等操作，可以关闭数据库和数据库管理系统。ASE 还为 AutoCAD 二次开发程序设计提供了一种结构化查询语言接口 ASI（AutoCAD SQL Interface）。用户通过编写 ASE 的 AutoLISP 程序、ADS 程序或 Object ARX 程序，可以充分发挥 ASE 的作用，实现自动操作数据库的功能。

另外，AutoCAD 还提供了属性提取命令，将从 AutoCAD 图形实体中提取的属性信息存储为逗点定界格式（CDF）或空格定界格式（SDF）。而 CDF 和 SDF 格式可被许多数据库系统软件所识别，从而可供其他数据库系统将其添加到相应的数据库文件中去。

关于 ASE 和 ASI 的详细内容，可参考 AutoCAD 技术资料中的相关部分。

4. 用 Visual C ++ 开发数据库应用程序

ODBC 是 Microsoft 公司开发的一套开放数据库系统应用程序接口规范。它为应用程序提供了一套高层调用规范和基于动态链接库（Dynamic Link Library，DLL）的运行支持环境。利用高级语言开发 ODBC 应用程序时，应用程序调用的是标准的 ODBC 函数和结构化查询语句（Structured Query Language，SQL），数据库的底层操作由各个数据库的驱动程序完成。所以，这样的应用程序具有良好的适应性和可移植性，并且具备同时访问多种异构数据库系统的能力。

驱动程序管理器为 ODBCAD32. EXE，对应于控制面板中的 ODBC（32bit）图标。它的主要作用是装载 ODBC 驱动程序、管理数据源、检查 ODBC 调用参数的合法性。

数据库驱动程序是动态链接库。ODBC 应用程序不能直接存取数据库，而必须通过驱动程序实现对数据源的各种操作，数据库的操作结果也通过驱动程序返回给应用程序。

ODBC 提供了不同的数据库供应商通过针对特定 DBMS 的 ODBC 驱动程序实现的应用程序接口（API）。程序使用 API 调用 ODBC 驱动程序管理器，后者将调用传递到适当的驱动程序。然后，此驱动程序使用 SQL 与 DBMS 进行交互。

利用 ODBC 访问数据库的步骤如下：①登录 ODBC 数据源；②生成 ODBC 数据库应用程序；③创建程序界面以显示数据表的内容；④将控件与数据表的字段相链接；⑤运行 ODBC 数据库应用程序。

DAO（数据访问对象）、ADO（Activex 数据对象）、ADO. NET 都是数据访问接口，每个接口都代表了数据访问技术的不同发展阶段，最新的接口是 ADO. NET。DAO 使用 Microsoft Jet 数据库引擎提供一组数据访问对象：数据库对象、tabledef 和 querydef 对象、记录集对象以及其他对象。DAO 与 . mdb 文件（ Microsoft Access 创建的数据库文件）一起使用效果最佳。但是，也可以通过 DAO 和 Microsoft Jet 数据库引擎访问 ODBC 数据源。ADO 是比 DAO 更加简单、灵活的对象模型，它是为 OLE DB 而设计的。OLE DB 是新的底层 COM（组件对象模型）接口，可以为任何数据源（包括关系型数据库和非关系型数据库、文件和文本等）提供高性能的访问。ADO 扩展了 DAO 所使用的对象模型，它包含较少的对象，更多的属性、方法和事件。ADO 封装并实现了 OLE DB 的所有功能，作为和语言无关的接口，ADO 使得各种流行的编程语言都可以编写符合 OLE DB 标准的应用程序。ADO 对象模型主要由以下几个对象组成：Command 对象、Connection 对象、Recordset 对象、Error 对象、Field 对象、Parameter 对象和 Property 对象。ADO 最主要的优点是易于使用、速度快、内存支出少。ADO 在应用方案中使用较少的网络流量；并且在客户端和数据源之间使用较少的层数。

可以使用 VC ++6.0 提供的 ActiveX 控件开发应用程序，也可以用 ADO 对象开发应用程序。使用 ADO 对象开发应用程序可以使程序开发者方便地控制对数据库的访问，从而产生符合用户需求的数据库访问程序。较为熟练的数据库开发者均倾向于使用 ADO 对象进行数据库程序的开发。使用 ADO 对象开发应用程序也类似于其他技术，要产生与数据源的链接，创建记录等步骤。但与其他访问技术不同的是，ADO 技术对对象之间的层次和顺序关系要求不是太严格。在程序开发过程中，不必先建立链接，然后才能产生记录对象等。可以在使用记录的地方直接使用记录对象，在创建记录对象的同时，程序自动建立了与数据源的链接。这种模型简化了程序设计，增强了程序的灵活性。下面讲述在 VC ++6.0 使用 ADO 对象进行数据库程序设计的方法。

（1）引入 ADO 库文件

使用 ADO 前必须在工程的 stdafx. h 文件里用直接引入符号#import 引入 ADO 库文件，以使编译器能正确编译。代码如下所示：

#import " c：\program files \common files \system \ado \msado15. dll" no_namespace rename（"EOF"，"adoEOF"）

这行语句声明在工程中使用 ADO，但不使用 ADO 的名字空间，并且为了避免常数冲突，将常数 EOF 改名为 adoEOF。现在不需添加另外的头文件，就可以使用 ADO 接口了。

（2）初始化 OLE/COM 库环境

ADO 库是一组 COM 动态库，因此应用程序在调用 ADO 前必须初始化 OLE/COM 库环境。在 MFC 应用程序里，一个较好的方法是在应用程序主类的 InitInstance 成员函数里初始化 OLE/COM 库环境。初始化 OLE/COM 库环境代码如下所示：

```
BOOL CADOApp::InitInstance()
{
    if(! AfxOleInit())
    {
        AfxMessageBox("OLE 初始化出错!");
        return FALSE;
    }
    …
}
```

函数 AfxOleInit 在每次应用程序启动时初始化 OLE/COM 库环境。

（3）接口简介

ADO 库包含三个基本接口：_ConnectionPtr 接口、_CommandPtr 接口和 _RecordsetPtr 接口。

_ConnectionPtr 接口返回一个记录集或一个空指针。通常使用它来创建一个数据链接或执行一条不返回任何结果的 SQL 语句，如一个存储过程。用_ConnectionPtr 接口返回一个记录集不是一个好的使用方法。通常同 CDatabase 一样，使用它创建一个数据链接，然后使用其他对象执行数据输入输出操作。

_CommandPtr 接口返回一个记录集。它提供了一种简单的方法来执行返回记录集的存储过程和 SQL 语句。在使用_CommandPtr 接口时，可以利用全局_ConnectionPtr 接口，也可以在_CommandPtr 接口里直接使用连接串。如果只执行一次或几次数据访问操作，后者是比较好的选择。但如果要频繁访问数据库，并要返回很多记录集，那就应该使用全局_ConnectionPtr 接口创建一个数据链接，然后使用_CommandPtr 接口执行存储过程和 SQL 语句。

_RecordsetPtr 是一个记录集对象。与以上两种对象相比，它对记录集提供了更多的控制功能，如记录锁定和游标控制等。同_CommandPtr 接口一样，它不一定要使用一个已经创建的数据链接，可以用一个连接串代替连接指针赋给_RecordsetPtr 的 connection 成员变量，让它自己创建数据链接。如果要使用多个记录集，最好的方法是同 Command 对象一样使用已经创建了数据链接的全局_ConnectionPtr 接口，然后使用_RecordsetPtr 执行存储过程和 SQL 语句。

（4）使用 ADO 访问数据库

_ConnectionPtr 是一个连接接口，首先创建一个_ConnectionPtr 接口实例，接着指向并打开一个 ODBC 数据源或 OLE DB 数据提供者（Provider）。以下代码分别创建一个基于 DSN 和非 DSN 的数据链接。

```
//使用_ConnectionPtr(基于 DSN)
_ConnectionPtr MyDb;
MyDb.CreateInstance(_uuidof(Connection));
MyDb->Open("DSN = samp;UID = admin;PWD = admin","","",-1);
```

```
        //使用_ConnectionPtr（基于非 DSN）
        _ConnectionPtr MyDb;
        MyDb. CreateInstance(_uuidof(Connection));
        MyDb. Open(" Provider = SQLOLEDB;SERVER = server;DATABASE = samp;UID =
admin;PWD = admin"," "," ",-1);


        //使用_RecordsetPtr 执行 SQL 语句
        _RecordsetPtr MySet;
        MySet. CreateInstance(_uuidof(Recordset));
        Myset- > Open(" SELECT  *  FROM some_table" ,MyDb. GetInterfacePtr(),adOpen-
Dynamic,
        adLockOptimistic,adCmdText);
```

现在已经有了一个数据链接和一个记录集，接下来就可以使用数据了。从以下代码可以看到，使用 ADO 的_RecordsetPtr 接口，就不需要像 DAO 那样频繁地使用大而复杂的数据结构 VARIANT，并强制转换各种数据类型了，这也是 ADO 的优点之一。假定程序有一个名称为 m_List 的 ListBox 控件，下面代码用_RecordsetPtr 接口获取记录集数据并填充这个 ListBox控件：

```
        _variant_t Holder
        try｛while(!  MySet- > adoEOF)
        ｛ Holder  = MySet- > GetCollect(" FIELD_1");
         if( Holder. vt!  = VT_NULL)
         m_List. AddString((char)_bstr_t(Holder));
         MySet- > MoveNext();｝｝
         catch(_com_error e)
           ｛CString Error  = e- > ErrorMessage();
            AfxMessageBox(e- > ErrorMessage());
           ｝ catch(...)
        ｛ MessageBox(" ADO 发生错误!");｝
```

在代码中用 try 和 catch 来捕获 ADO 错误，这样就可以避免因 ADO 错误而使应用程序崩溃。当 ADO 发生运行错误时（如数据库不存在），OLE DB 数据提供者将自动创建一个_com_error 对象，并将有关错误信息填充到这个对象的成员变量中。

（5）类型转换

由于 COM 对象是跨平台的，它使用了一种通用的方法来处理各种类型的数据，因此，CString 类和 COM 对象是不兼容的，需要一组 API 来转换 COM 对象和 C ++ 类型的数据。_variant_t 和_bstr_t 就是这样两种对象。它们提供了通用的方法转换 COM 对象和 C ++ 类型的数据。

ADO. NET 是对 ADO 一个跨时代的改进，它提供了平台互用性和可伸缩的数据访问。ADO. NET 是一组用于和数据源进行交互的面向对象类库。通常情况下，数据源是数据库，但它同样也能够是文本文件、Excel 表格或者 XML 文件。ADO. NET 使用许多 ADO 对象，例如 Connection 和 Command 对象。同时它还使用新的对象。重要的新 ADO. NET 对象包括 DataSet、DataReader 和 DataAdapter 对象。ADO. NET 和 ADO 的最大区别是 ADO. NET 中有 DataSet 对象。DataSet 可以当作独立的实体（Entity）。可以将 DataSet 看作中断链接的记录集（Disconnected Recordset），它并不知道其所包含的数据的来源或目的端。在 DataSet 内部，像是在数据库中，有数据表、数据行、关联性（Relationship）、条件约束（Constraint）、视图（View）等。ADO. NET 允许和不同类型的数据源进行交互。然而并没有与此相关的一系列类来完成这样的工作。因为不同的数据源采用不同的协议，所以对于不同的数据源必须采用相应的协议。一些老式的数据源使用 ODBC 协议，许多新的数据源使用 OLE DB 协议，并且现在还不断出现更多的数据源，这些数据源都可以通过 . NET 的 ADO. NET 类库来进行链接。ADO. NET 提供与数据源进行交互的相关的公共方法，但是对于不同的数据源采用一组不同的类库。这些类库称为 Data Providers，并且通常是以与之交互的协议和数据源的类型来命名的。ADO. NET 包含的对象有 SqlConnection 对象、SqlDataReader 对象、DataSet 对象和 SqlDataAdapter 对象。因此，可以这样认为，ADO. NET 是与数据源交互的 . NET 技术。有许多的 Data Providers，它将允许与不同的数据源交流，这取决于它们所使用的协议或者数据库。然而，无论使用什么样的 Data Provider，开发人员将使用相似的对象与数据源进行交互。SqlConnection 对象管理与数据源的链接。SqlCommand 对象允许你与数据源交流并给它发送命令。为了快速地只"向前"读取数据，使用 SqlDataReader。如果想断开数据，使用 DataSet。如果想读取或者写入数据源，使用 SqlDataAdapter。

五、数据库应用的简单示例

因篇幅限制，本部分内容附在光盘中。

第三节　机械设计数据的处理

一、设计数据的类型及处理方法

机械设计中的设计数据既包括需要输入的原始数据、设计过程中产生的中间结果以及最终产生的结果数据等随作业任务而变化的数据，也包括设计过程中所用的诸如手册中各种资料、数表、图表等通用的基础信息资源数据。机械 CAD 过程从本质上可以认为是数据流处理的过程，即对设计数据进行自动处理的过程，如图 4-15 所示。设计信息资源可分为两类。一类为机械行业中各种产品的通用资源，如标准件及其图库、金属材料及非金属材料、公差配合等全局性数据；另一类为适用于某产品的专门资源，如设计带传动时所用的相关资源，这属于局部性数据。在应用

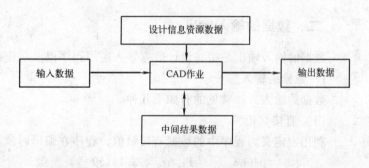

图 4-15　机械 CAD 的数据流

CAD 软件开发时，对于前者应考虑的问题是如何充分利用现有的 CAD 资源，而不需开发，否则必须开发庞大的机械工程应用数据库；对于后者则是本章所要讨论的问题。

机械 CAD 所用设计数据包括各种设计计算公式、各种标准规范、各种数表和线图等，例如，齿轮标准模数系列、螺纹连接件的几何尺寸、轴或孔的极限偏差、V 带选型图、齿轮齿形系数线图等。在传统的机械设计中，这些资料都是以设计手册的形式提供给设计人员的。在机械 CAD 的应用中，这些资料必须转化成为计算机可以识别、处理的数据形式才能达到自动处理的目的。

总之，设计数据可以归结为数表和线图两大类。设计数据的处理和存储的基本方法有如下四种：

1. 公式化

利用数表和线图的原始公式，或将数表和线图拟合成计算公式。这种方法的特点是程序简洁，占用内存小，但若数据和公式改变时则需要重新编程。

2. 数组化

将设计数据编写在程序当中。具体而言，就是将数表和图线用适当的方法存储在程序中。途径包括以下两点：①数表的程序化，将数表以数组的方式保存；②线图的程序化，将线图离散化后存入数组。

这种方法的优点是简单易用；缺点是数据融入源程序、数组占用内存大、数据不易更改，适用于数据量小、数据固定不变的场合。

3. 数据文件

将数表或经离散化后的线图按一定格式存放在数据文件当中，该文件独立于应用程序。应用程序在运行时按需要打开数据文件进行检索。这种方法的优点是应用程序简洁，占用内存小，数据更改较为方便；缺点是数据文件管理和控制缺乏统一性和可靠性，数据文件和应用程序并未完全独立。这种方法用于表格数据较多的场合。

4. 数据库

将数表或经离散化后的线图按数据库的结构化要求存放在数据库文件当中，该数据库文件独立于应用程序。应用程序在运行时按需要通过数据库管理系统所提供的存取功能对数据进行操作。这种方法的优点是数据完全独立于应用程序，应用程序不必随数据的变化而修改，数据库管理系统为应用程序分担了对数据操作的任务；数据结构性好，数据更改更为方便；数据冗余度低，统一性、可靠性和共享性好。这种方法适用于处理数据复杂的问题，是目前数据处理中最为先进的方法。

二、数据的输入输出

数据的输入输出是指将设计数据导入应用程序以及从应用程序中输出。

1. 数据的输入

数据的输入方法常见的有如下几种。

（1）直接赋值

利用宏定义为程序中的数据直接赋值，程序在编译时就将数据赋予程序中。例如：

```
#define        PI        3.14159
#define        MAXN      2000
```

也可以用赋值语句为变量赋值，程序在运行到该语句时将数据赋予变量。例如：

PI = 3. 14159；

float M[ ] = {1, 1. 25, 1. 5, 2, 2. 5, 3, 4, 5, 6, 8, 10, 12, 16,
　　　　　　　20, 25, 32, 40, 50}；

float KA[4][6] = { {1.0, 1.1, 1.2, 1.1, 1.2, 1.3}
　　　　　　　　　{1.1, 1.2, 1.3, 1.2, 1.3, 1.4}
　　　　　　　　　{1.2, 1.3, 1.4, 1.4, 1.5, 1.6}
　　　　　　　　　{1.3, 1.4, 1.5, 1.5, 1.6, 1.8} }；

在 Basic 语言中用 DATA 语句、在 FORTRAN 语言中用 BLOCK DATA 语句以及在 C 语言中的数组说明等都可以建立初值符表，集中为一系列变量进行赋值。

直接赋值的优点是直观、明了，缺点是灵活性差。适用于数据固定不变的场合。

（2）交互式赋值

交互式赋值也称为人机对话方式赋值，就是通过计算机与用户之间的提示和应答来输入数据。需要说明的是，计算机给出的提示必须是明确的，否则用户可能不知道如何操作或者可能输入不正确的数据。程序提示输入参数时应说明其含义、数据类型、量纲、取值范围；如果可能，最好能给出默认值；让用户输入的信息应尽量简短；对于输入较为复杂的情况，应提供在线帮助。例如：

请输入传动功率：P = ? < kW >

请输入主动轮转速 n1 = ? < r/min > 1440

目前流行的交互式输入方法是采用图形用户界面（GUI）对话框。它的特点是，人机界面友好、图文并茂、信息量大、操作方便、功能强大、开发容易。如图 4-16 和图 4-17 所示就是两个很好的例子。

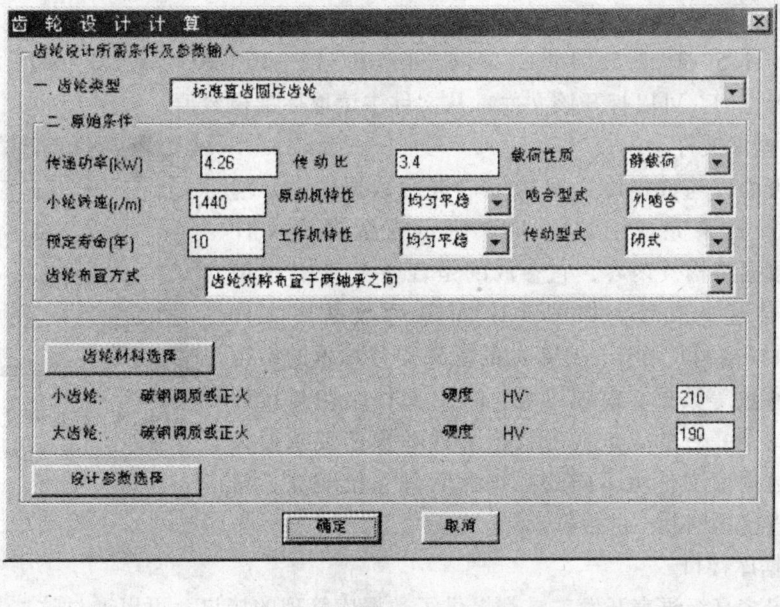

图 4-16　"齿轮设计计算"对话框

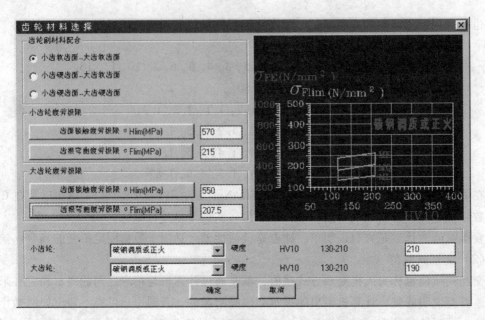

图 4-17 "齿轮材料选择" 对话框

（3）数据采集

对于具有数据采集功能的系统，可以通过专门的数据采集板得到数据。

（4）数据文件

将需要的数据存放在数据文件中，程序打开，数据文件即可从中读取数据。注意：数据文件的格式必须与程序中的读语句格式对应统一；程序中，打开数据文件时必须首先判断文件打开是否成功，对没有成功打开的文件进行操作必然会造成错误。

例如，在齿轮传动设计程序运行之前首先建立文本形式的齿轮模数系列数据文件 input.dat，其内容如下：

1　1.25　1.5　2　2.5　3　4　5　6　8　10　12　16　20　25　32　40　50

在程序运行中，可以打开该文件，从文件中读取标准模数值。

（5）数据库文件

利用高级语言与数据库之间的接口进行数据输入，同样通过文件操作来完成。如图 4-18 所示为数据库文件 vbelt.dbf 的数据结构及内容，它存放的是普通 V 带中 A 型单根带所能传递的功率。如图 4-19 所示为数据库文件 bear.dbf 的数据结构及内容，它存放的是深沟球轴承的结构尺寸和性能参数等数据。由图可见，数据文件结构与设计手册中的形式是一致的，这就为数据录入和操作带来很大方便。这些数据库文件由不同的数据库管理系统建立，高级语言可以直接访问其中的数据。

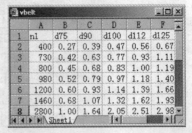

图 4-18　数据库文件 vbelt.dbf
的数据结构及内容

（6）数据库接口

目前，很多高级语言开发工具都提供了数据库管理的接口，可以通过这些接口对数据库进行操作。例如，VC ++ 提供了对 Microsoft Jet 数据库（.MDB）操作的 MFC DAO（数据访

	A	B	C	D	E	F	G	H
1	代号	内径	外径	宽度	轴肩直径	挡肩直径	基本额定动载荷cr	基本额定静载荷c0r
2	6204	20	47	14	26	41	12.80	6.65
3	6205	25	52	15	31	46	14.00	7.88
4	6206	30	62	16	36	56	19.50	11.50
5	6207	35	72	17	42	65	25.50	15.20
6	6208	40	80	18	47	73	29.50	18.00
7	6209	45	85	19	52	78	31.50	20.50
8	6210	50	90	20	57	83	35.00	23.20
9	6211	55	100	21	64	91	43.20	29.20
10	6212	60	110	22	69	101	47.80	32.80
11	6213	65	120	23	74	111	57.20	40.00
12	6214	70	125	24	79	116	60.80	45.00
13	6215	75	130	25	84	121	66.00	49.50
14	6216	80	140	26	90	130	71.50	54.20
15	6217	85	150	28	95	140	83.20	63.80
16	6218	90	160	30	100	150	95.80	71.50
17	6219	95	170	32	107	158	110.00	82.80
18	6220	100	180	34	112	168	122.00	92.80

图 4-19　数据库文件 bear. dbf 的数据结构及内容

问对象）类，也提供了不依赖于具体数据库管理系统的 ODBC 统一接口以访问各种数据库。

从上面的分析可以看出，对于需要由用户来决定的数据，可以通过人机交互的方式来输入数据；对于程序运行中需要的其他大批量数据，最好采用数据库的方式输入数据。

2. 数据的输出

应用程序在运行过程中，需要给用户输出必要的运行提示和中间结果；在运行结束时，需要给用户输出最后的计算结果。数据的输出格式分为有格式输出和无格式输出两种。前者整齐、美观、清晰；后者则正好相反，甚至可能引起误解和不知所云。因此，无论在何时输出数据，最好采用有格式输出方式，并将输出结果布置得美观、适用。输出形式可以是文本行、表格或消息框等。如图 4-20 所示为普通 V 带设计中间结果的输出格式。中间结果往往不会要求很全面。而最后结果的输出就需要比较完整的数据。

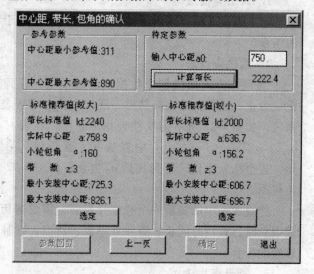

图 4-20　普通 V 带设计中间结果输出

根据输出通道不同，数据输出可分为屏幕输出和文件或数据库输出。一般而言，中间结果和最后结果都需要在屏幕输出；而最后结果还需要向数据文件或数据库输出以便长期保存。无论哪种输出，都需要注意输出格式的布置。一般而言，从文件中读取数据时，数据格式常常是自由的；而输出数据到结果文件中时，数据格式应该有格式要求。设计结果的输出还可以用图文并茂的报表形式输出。其内容包括：原始输入数据、计算过程中的中间输入和输出数据、所用的计算公式和相关标准、最终结果数据和图表等，这样才能便于审查计算结果的可靠性。

三、数据的排序

排序是将一个数据序列中的各个元素根据某个给出的关键值进行从大到小（称为降序）或从小到大（称为升序）排列的过程。排序将改变数据序列中各元素的先后顺序，使之按升序或降序排列。一般而言，大多数机械设计资料的数据是有序排列的，而有些数据则是无序的。当 CAD 软件需要对这些数据进行频繁访问时，如果数据排列是无序的，那么就会浪费大量的时间来查找所需数据，特别是对于数据量很大的情况则运算量会非常大。因此，有必要在访问之前对数据进行排序。常用的排序算法主要有冒泡排序、选择排序、插入排序以及快速排序等。可以查阅数据结构等教材了解其算法。

四、数据的查找

查找是利用给出的匹配关键值，在一个数据集合或数据序列中找出符合匹配关键值的一个或一组数据的过程。几乎所有对数据的操作都要首先查找被操作的数据项，然后才能进行操作。由于查找需要处理大量的数据，所以查找过程可能会占用较多的系统时间和系统内存。为了提高查找操作的效率，需要精细设计查找算法来降低执行查找操作的时间代价和空间代价。较常用的查找算法有线性查找法和折半查找法等。下面介绍几种常用的查找方法。

1. 人工查找法

通过人机对话方式进行查找。这种方法适用于计算机自动处理较为困难或需要用户参与的场合。

2. 线性查找法

按顺序方式扫描整个数据表的每一项，直到查找到所要求的记录为止。这种方法运算简单，既可查找有序数表，也可查找无序数表。如图 4-21 所示为线性查找示意图，在表 $(a_1, a_2, a_3, \cdots, a_{i-1}, a_i, a_{i+1}, \cdots, a_n)$ 中查找 a_i，就必须从第一个数据元素开始，逐个往后比较，直到找到 a_i 为止。如图 4-22 所示为线性查找流程图。

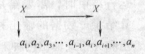

图 4-21　线性查找示意图

当查找表中的最后一个数据元素时，需要遍历整个数表。当数表很长时，查找时间长，查找效率低。所以，这种方法适用于数表较短的场合。

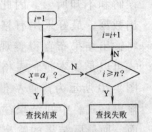

图 4-22　线性查找流程

3. 折半查找法

当数表的记录按升序排列时，将表的中间值 M 与待查找的值 x 相比较：如果 $x < M$，则 x 位于表的前半区域；如果 $x = M$，则 M 就是要找的记录；如果 $x > M$，则 x 位于表的后半区域。在新的查找区域内重复上面过程，直到找到所要求的数据为止。

在表 $(a_1, a_2, a_3, \cdots, a_{i-1}, a_i, a_{i+1}, \cdots, a_n)$ 中用折半查找法查找 a_i。假如查找区域序号的下界为 L，上界为 H，中间为 M。那么查找过程可以直观地由图 4-23 表示。程序流程图如图 4-24 所示。

可见，用折半查找法是"大跨步"，每一步都跨越查找区域的一半；而线性查找法是"迈小步"，每一步只向目标靠近一个记录。因此，折半查找法比线性查找法的查找效率要高

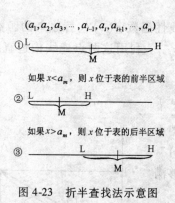

图 4-23　折半查找法示意图

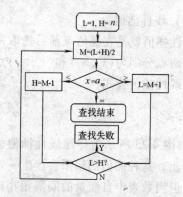

图 4-24　折半查找法流程图

得多，适应于大型数表的查找。但折半查找法所处理的数表必须是有序的。一般机械设计中，所用的数表常常是有序的，折半查找法是一种极为有效的查找方法。

4. 其他查找法

对于分布有规律的数表的查找，线性查找法和折半查找法显得有些死板，它们必须从开头或中间开始查找。根据人们查字典的经验，在查找某个字母时，可以大概估计它在字典中的位置，然后在临近区域进行查找，这样就可以提高查找的效率。因此，根据数据分布的规律，产生了概率查找法。

此外，针对无序数据的查找还有散列法、链接线性表等方法。

五、数据的插值

有些设计数据中的数据没有给出它们的函数公式，而只是给出列表函数值。如表 4-6 所示为列表函数 $y = f(x)$ 的数据列表。

表 4-6　列表函数 $y = f(x)$

x	x_1	x_2	…	x_i	…	x_n
y	y_1	y_2	…	y_i	…	y_n

由于列表函数只能给出自变量在节点 x_1、x_2、…、x_i、…、x_n 处的函数值 y_1、y_2、…、y_i、…、y_n，所以当自变量介于这节点中间时，就要用插值法求其相应函数值。

插值法的基本思想：在插值点附近选取几个合适的节点，过这些节点构造一个简单函数 $g(x)$；在所选区间用 $g(x)$ 代替原来的函数 $f(x)$；插值点的函数值由 $g(x)$ 的值来代替。因此，插值的实质问题就是如何构造一个既简单又具有足够精度的函数 $g(x)$ 来代替原来的函数 $f(x)$。

根据所构造插值函数的不同，常用的插值方法可分为线性插值（Linear Insert）、抛物线插值（Quadric Insert）和拉格朗日插值（Lagrange Insert）等。下面就机械设计中常用的一维列表和二维列表，分别介绍这些插值方法的应用。

1. 一维插值

如果 y 只是 x 的单变量函数 $y = f(x)$，则称列表函数 y 是一维的。下面是常用的一维插值方法。

（1）线性插值

线性插值就是在插值点前后选取两点来构造一个线性函数 $g(x)$ 代替原来的函数 $f(x)$。设所选两点分别为 (x_i, y_i) 和 (x_{i+1}, y_{i+1})，则 $x_i < x < x_{i+1}$。利用这两点连线构造直线方程，得一维线性插值公式：

$$y = y_i + \frac{y_{i+1} - y_i}{x_{i+1} - x_i}(x - x_i)$$

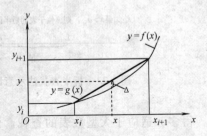

如图 4-25 所示为一维线性插值原理示意图。从图中可以看出，这种插值的结果会产生一定的误差 $\Delta = g(x) - f(x)$，但当数表中自变量的间隔很小时，插值精度能够满足一般机械设计的要求。

在程序中利用线性插值时，首先要检索插值区域 (x_i, x_{i+1})，然后利用上面公式进行插值。取 T 为插值点。当 $T \leqslant x_1$ 时，插值点位于左边界之外，程序利用 (x_1, y_1)

图 4-25　一维线性插值示意图

和 (x_2, y_2) 进行插值；当 $T \geqslant x_n$ 时，插值点位于右边界之外，程序利用 (x_{n-1}, y_{n-1}) 和 (x_n, y_n) 进行插值。这种方法称为外插值。相对而言，$x_1 \leqslant T \leqslant x_n$ 的插值法称为内插值。

（2）抛物线插值

线性插值利用两点信息构造插值函数 $g(x)$ 以代替原来的函数 $f(x)$，因此误差较大。作为改进方法，可以采用三点信息来构造抛物线插值函数 $g(x)$ 代替原来的函数 $f(x)$。

如果所选三点分别为 (x_{i-1}, y_{i-1})、(x_i, y_i) 和 (x_{i+1}, y_{i+1})，则过这三点构造抛物线方程，得一维抛物线插值公式：

$$y = y_{i-1}\frac{(x - x_i)(x - x_{i+1})}{(x_{i-1} - x_i)(x_{i-1} - x_{i+1})} + y_i\frac{(x - x_{i-1})(x - x_{i+1})}{(x_i - x_{i-1})(x_i - x_{i+1})} + y_{i+1}\frac{(x - x_{i-1})(x - x_i)}{(x_{i+1} - x_{i-1})(x_{i+1} - x_i)}$$

利用该公式进行插值时，应选取距离插值点最近的三个节点，以减小插值误差。查找到插值点所在区间后，判断它与前后两点间的距离。如果距离后一点近，则取后面两点和前面一点进行插值，如图 4-26a 所示；如果距离前一点近，则取前面两点和后面一点进行插值，如图 4-26b 所示。

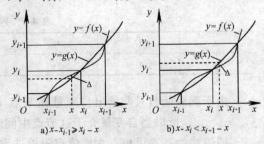

a) $x - x_{i-1} \geqslant x_i - x$　　b) $x - x_i < x_{i+1} - x$

图 4-26　一维抛物线插值

当 $T \leqslant x_2$ 或插值点位于左边界之外时，程序利用 (x_1, y_1)、(x_2, y_2) 和 (x_3, y_3) 进行插值；当 $T \geqslant x_{n-1}$ 或插值点位于右边界之外时，程序利用 (x_{n-2}, y_{n-2})、(x_{n-1}, y_{n-1}) 和 (x_n, y_n) 进行插值。

（3）拉格朗日插值

线性插值和抛物线插值分别利用两点信息和三点信息来构造插值函数 $g(x)$ 代替原来的函数 $f(x)$。如果利用所有节点信息来构造插值函数，则称为 Lagrange 插值。

已知列表函数 $y = f(x)$ 的 $n + 1$ 个节点 (x_0, y_0)、(x_1, y_1)、$\cdots$、(x_i, y_i)、$\cdots$、(x_n, y_n)。过这 $n + 1$ 个点构造一个 n 次代数多项式：

$$y = g(x) = a_0 + a_1x + a_2x^2 + \cdots + a_{n-1}x^{n-1} + a_nx^n$$

用它来代替原来的函数 $f(x)$，并经推导得出 n 次 Lagrange 多项式插值公式为：

$$L_n(x) = \sum_{i=0}^{n} \frac{(x-x_0)(x-x_1)\cdots(x-x_{i-1})(x-x_{i+1})\cdots(x-x_n)}{(x_i-x_0)(x_i-x_1)\cdots(x_i-x_{i-1})(x_i-x_{i+1})\cdots(x_i-x_n)} y_i$$

$$= \sum_{i=0}^{n} y_i \left(\prod_{j=0,\,j\neq i}^{n} \frac{x-x_j}{x_i-x_j} \right)$$

由 n 次 Lagrange 插值多项式可以推导出线性插值和抛物线插值公式。n 次 Lagrange 插值多项式通过所有已知点。一般情况下，其插值精度比较高；但对于急剧变化的列表函数，插值结果可能造成较大误差。

适当提高插值公式的阶数可以提高插值精度，但并非阶数越高越好，应用时应根据实际情况而定。

2. 二维插值

如果 z 是关于 x、y 的函数，$z = f(x, y)$ 则称列表函数 z 是二维的。如表 4-7 所示为二维列表函数 $z = f(x, y)$ 的数值列表。在该表中求插值点 (x, y) 处的函数值 z，就是二维插值问题。

表 4-7　二维列表函数 $z = f(x, y)$ 的数值列表

	y_1	$\cdots$	y_{i-1}	y_i	y_{i+1}	$\cdots$	y_n
x_1	$f(x_1, y_1)$			$\cdots$			$f(x_1, y_n)$
$\cdots$							
x_{i-1}			$f(x_{i-1}, y_{i-1})$	$f(x_{i-1}, y_i)$	$f(x_{i-1}, y_{i+1})$		
x_i	$\cdots$	$\cdots$	$f(x_i, y_{i-1})$	$f(x_i, y_i)$	$f(x_i, y_{i+1})$	$\cdots$	$\cdots$
x_{i+1}			$f(x_{i+1}, y_{i-1})$	$f(x_{i+1}, y_i)$	$f(x_{i+1}, y_{i+1})$		
$\cdots$							
x_n	$f(x_n, y_1)$			$\cdots$			$f(x_n, y_n)$

在机械设计中，有不少二维列表需要进行插值运算，如普通 V 带传动设计中单根 V 带所能传递的功率。

从几何意义而言，一维插值函数就是在平面上构造一条曲线 $g(x)$ 代替原来的函数曲线 $f(x)$；二维插值函数就是在空间构造一个曲面 $g(x, y)$ 代替原来的函数曲面 $f(x, y)$。下面是常用的二维插值方法。

（1）线性插值

二维线性插值方法是利用插值点周围的四个节点，分三次采用一维线性插值公式来求出插值点的函数值。如图 4-27 所示为二维线性插值示意图，其中，T 为插值点。插值步骤如下：①分别在 x 方向和 y 方向查找插值区间 $[x_i, x_{i+1}]$ 及 $[y_j, y_{j+1}]$，找到插值点周围的四个节点 A、B、C、D；②首先固定 y_j，利用一维线性插值法由 A、B 两点插值得

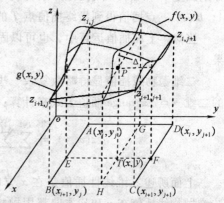

图 4-27　二维线性插值示意图

到 E 点的函数值；③然后固定 y_{j+1}，利用一维线性插值法由 C、D 两点插值得到 F 点的函数值；④最后利用一维线性插值法由 E、F 两点插值得到最终插值点 T 的函数值 P。

当然上面②~④步也可以改为：②首先固定 x_i，利用一维线性插值法由 A、D 两点插值得到 G 点的函数值；③然后固定 x_{i+1}，利用一维线性插值法由 B、C 两点插值得到 H 点的函数值；④最后利用一维线性插值法由 G、H 两点插值得到最终插值点 T 的函数值 P。这两种方法原理是一样的，所得结果也是一样的。

如果觉得上面过程稍显复杂，那么也可以直接利用如下插值公式：

$$z(x,y) = (1-\alpha)(1-\beta)z_{i,j} + \beta(1-\alpha)z_{i,j+1} + \alpha(1-\beta)z_{i+1,j} + \alpha\beta z_{i+1,j+1}$$

式中，$\alpha = \dfrac{x-x_i}{x_{i+1}-x_i}$；$\beta = \dfrac{y-y_j}{y_{j+1}-y_j}$。

如图 4-28 所示为 V 带传动基本额定功率 P_0 (d,n_1) 的插值计算应用实例示意图。当 $n_1 = 750\text{r/min}$、$d = 106\text{mm}$ 时，可以利用方框内的四个节点进行插值。如果固定 d 可得到两个 $\oplus$ 插值点的函数值；如果固定 n_1 可得到两个 $\triangle$ 插值点的函数值；最后利用两个 $\oplus$ 插值点或 $\triangle$ 插值点进行线性插值，就得到最终插值结果 ☆。

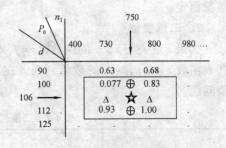

图 4-28　V 带传动基本额定功率 P_0 的插值

（2）抛物线插值

二维抛物线插值方法与二维线性插值方法的求解思路很相似。只不过二维抛物线插值方法是利用插值点周围的 9 个节点，分四次采用一维抛物线插值公式来求出插值点的函数值。

如图 4-29 所示为二维抛物线插值示意图，其中，T 为插值点。插值步骤如下：①分别在 x 方向和 y 方向查找插值区间 $[x_{i-1}, x_{i+1}]$ 及 $[y_{j-1}, y_{j+1}]$，找到插值点周围的 9 个节点；②首先固定

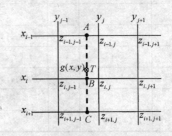

图 4-29　二维抛物线插值示意图

x_{i-1}，利用一维抛物线插值法由三点 $z_{i-1,j-1}$、$z_{i-1,j}$ 和 $z_{i-1,j+1}$ 插值得到 A 点的函数值；③然后分别固定 x_i 和 x_{i+1}，用类似方法得到 B、C 两点的函数值；④最后利用一维抛物线插值法由 A、B、C 三点插值得到最终插值点 T 的函数值。

当然，上面插值运算中，也可以固定 y 值得到三个新的插值点，然后再插值求出最后结果。

二维抛物线插值显得略微复杂一些，但插值精度较高。这样的插值过程可直接利用下面的二维三点 Lagrange 插值公式来计算：

$$z(x,y) = \sum_{r=i}^{i+2}\sum_{s=j}^{j+2}\left(\prod_{\substack{k=i\\k\neq r}}^{i+2}\frac{x-x_k}{x_r-x_k}\right)\left(\prod_{\substack{l=j\\l\neq s}}^{j+2}\frac{y-y_l}{y_s-y_l}\right)z_{rs}$$

上面所述二维线性插值是在 x 方向和 y 方向都用线性插值，即所谓的直线-直线插值；二维抛物线插值在 x 和 y 方向都用抛物线插值，即所谓的抛物线-抛物线插值。如果在某个方向用线性插值，在另一个方向用抛物线插值，则称为直线-抛物线插值。其插值方法可以

仿照前面的描述自行推导出来。

六、曲线拟合

在前面所讨论的各种插值方法中，假设数据点是精确的、准确的、不可修改的，只适用于那些误差可以忽略不计的情况。所要求出的插值曲线必须通过每一个数据点，而且这些数据往往以数表的形式保存，不仅占用大量内存，而且数据的处理速度慢，效率低，容易出错。在实际工作中，由于各随机因素的干扰，所得到的数据往往不同程度地存在着误差。由于实际工程设计问题的复杂性，机械 CAD 设计参数之间的关系往往无法推导出一个理论上的计算公式。例如，切削力的计算、轴上应力集中系数的计算。如果能找到一个函数关系式正好反映变量之间如同曲线表示的关系，这就可以把全部数据用一个公式来代替，不仅简明扼要，而且占用内存少，运算速度快，便于作进一步的后续运算处理。从一组已知数据点中寻找自变量与应变量之间的变化规律用几何方法来解释就是，用已知平面内的一组点来确定一条曲线，使该曲线能在整体上"最接近"地刻画这组点的变化趋势而不需通过每个点。这种方法称为曲线拟合，所求出的曲线称为拟合曲线。在数理统计分析中，拟合也称为回归分析；得到的拟合公式称为回归方程，通常也称为拟合方程、经验公式，有时也称为数学模型。利用计算机进行曲线拟合和回归分析使得数据的处理和分析变得迅速而容易。根据参数之间的关系建立相应的经验公式，是机械 CAD 软件中数据处理的重要方法。

1. 曲线拟合的基本内容

曲线拟合是处理多个变量之间相互关系的一种常用的数理统计方法，它包括两方面的任务：一是根据测量数据确定函数形式，即回归方程的类型；二是确定方程中的参数。确定回归方程的函数类型，通常需要根据理论的推断或者从实验数据变化的趋势进行推测，并结合专业知识和实际情况来选择。根据变量个数的不同及变量之间关系的不同，可分为一元线性回归（直线拟合）、一元非线性回归（曲线拟合）、多元线性回归和多项式回归等。其中一元线性回归最常见，也是最基本的回归分析方法。若两个变量之间关系是直线性关系，就称为直线拟合或一元线性回归。如果变量之间的关系是非线性关系，则称为曲线拟合或一元非线性回归。一元非线性回归通常可通过曲线化直法变换为直线关系，从而转化为一元线性方程回归的问题。曲线化直法采用变量代换，其实质是自变量的值采用原变量的某种函数值（如对数值、倒数），这样就可按一元线性回归方法处理，变为直线拟合的问题。要使所建立的公式能正确表达测量数据的函数关系，往往不是一件容易的事情，在很大程度上取决于试验人员的经验和判断能力，而且建立公式的过程比较繁琐，有时还要多次反复才能得到与测量数据更接近的公式。建立公式的步骤大致可归纳如下：

1）描绘曲线。用图示法把数据点描绘成曲线。

2）对所描绘的曲线进行分析，确定公式的基本形式。如果数据点描绘的基本上是直线，则可用一元线性回归方法确定直线方程。如果数据点描绘的是曲线，则要根据曲线的特点判断曲线属于何种类型。判断时可对比参考现成的数学函数曲线形状加以对比、区分和选择。如果测量曲线很难判断属于何种类型，则可以按多项式回归处理。

3）确定公式中的各个系数。经验公式确定后，需进一步确定公式中的待定参数。常用方法有：分组法（平均值法）、作图法和最小二乘法。其中，最小二乘法所得拟合方程精确度最高，分组法次之，作图法较差；但最小二乘法计算工作量最大，分组法次之，作图法最为简单。因此，对于精确度要求较高的情况应采用最小二乘法；在精度要求不是很高或实验测得的数据线性较好的情况下，才采用简便计算方法，以减少计算工作量。用最小二乘法求经验公式得到的系数是"最佳的"，但并不是没有误差。必须指出，用最小二乘法求解回归方程是以自变量没有误差为前提的。不考虑输入量有误差，只认为输出量有误差。另外，所得的回归方程一般只适用于原来的测量数据所涉及的变量变化范围，没有可靠的依据不能任意扩大回归方程的应用范围，即所确定的只是一段回归直线，不能随意延伸。

4）检验所确定的公式的准确性，即用已知数据中自变量值代入拟合公式计算出函数值，看它与实际测量值是否一致。如果误差小，则拟合成功；如果差别很大，则说明所确定的公式基本形式可能有错误，拟合不成功，应建立另外形式的拟合公式。

值得注意的是，对于变化规律复杂的数据，还可以采用分段曲线拟合的方法以提高拟合精度。

随着计算机的广泛使用，实现最小二乘法的程序和软件已经广泛运用于数据处理中。

2. 最小二乘法的基本原理

设由实验得到或线图经离散后得到 m 个点：(x_i, y_i)，$i = 1, \cdots, m$。设由这些点得到的拟合公式为：$y = f(x)$。如图 4-30 所示，每个节点处的偏差为

$$e_i = f(x_i) - y_i \quad (i = 1, \cdots, m)$$

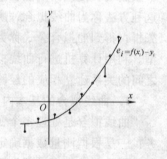

如果将每个点的偏差直接代数相加，则有可能因为正负偏差的抵消而掩盖整个误差程度，不能正确反映拟合公式的精确程度。为此，将所有节点的偏差取平方值并求和，得到：

图 4-30　曲线拟合

$$\sum_{i=1}^{m} e_i^2 = \sum_{i=1}^{m} (f(x_i) - y_i)^2$$

让偏差的平方和达到最小，这就是最小二乘法的曲线拟合。

拟合公式的函数类型有很多种，通常选用初等函数，如代数多项式和指数函数等。

3. 最小二乘法拟合多项式

设由 m 个点 (x_i, y_i) $(i = 1, \cdots, m)$ 得到的拟合多项式为

$$y = f(x) = a_0 + a_1 x + a_2 x^2 + \cdots + a_n x^n$$

其中，$m \gg n$。

所有节点偏差的平方和为

$$\sum_{i=1}^{m} e_i^2 = \sum_{i=1}^{m} [f(x_i) - y_i]^2 = F(a_0, a_1, \cdots, a_n)$$

可见偏差的平方和是系数 a_0，a_1，$\cdots$，a_n 的函数。为使偏差的平方和最小，取 $F(a_0, a_1, \cdots, a_n)$ 对 a_0，a_1，$\cdots$，a_n 的偏导数，并令其等于零：

$$\frac{\partial F}{\partial a_j} = 0 \quad (j = 0, 1, \cdots, n)$$

即

$$\frac{\partial \left\{ \sum_{i=1}^{m} \left[(a_0 + a_1 x_i + a_2 x_i^2 + \cdots + a_n x_i^n) - y_i \right]^2 \right\}}{\partial a_j} = 0 \quad (j = 0, 1, \cdots, n)$$

分别求各个偏导数，整理后得

$$\left(\sum_{i=1}^{m} x_i^j\right) a_0 + \left(\sum_{i=1}^{m} x_i^{j+1}\right) a_1 + \left(\sum_{i=1}^{m} x_i^{j+2}\right) a_2 + \cdots + \left(\sum_{i=1}^{m} x_i^{j+n}\right) a_n = \sum_{i=1}^{m} x_i^j y_i \quad (j = 0,1,\cdots,n)$$

若令

$$s_k = \sum_{i=1}^{m} x_i^k \quad (k = 0,1,\cdots,2n)$$

$$t_l = \sum_{i=1}^{m} x_i^l y_i \quad (l = 0,1,\cdots,n)$$

则上式可改写成下面方程组：

$$\begin{cases} s_0 a_0 + s_1 a_1 + s_2 a_2 + \cdots + s_n a_n = t_0 \\ s_1 a_0 + s_2 a_1 + s_3 a_2 + \cdots + s_{n+1} a_n = t_1 \\ s_2 a_0 + s_3 a_1 + s_4 a_2 + \cdots + s_{n+2} a_n = t_2 \\ \cdots \\ s_n a_0 + s_{n+1} a_1 + s_{n+2} a_2 + \cdots + s_{2n} a_n = t_n \end{cases}$$

这样，就得到 $n+1$ 个关于拟合公式中 $n+1$ 个系数（a_0，a_1，a_2，$\cdots$，a_n）的线性方程组，利用 GAUSS 消元法或其他方法可解得系数，从而确定拟合多项式。

用多项式作曲线拟合的计算步骤如下：

1）根据已给的数据作草图，由草图估计出拟合多项式的次数 $y = f(x) = a_0 + a_1 x + a_2 x^2 + \cdots + a_n x^n$，并令偏差的平方和 $\sum_{i=1}^{m} e_i^2 = \sum_{i=1}^{m} [f(x_i) - y_i]^2 = F(a_0, a_1, \cdots, a_n)$ 达到最小。

2）求解由最小二乘原理得到的方程组。

3）将所得的解作为拟合多项式相关项的系数（a_0，a_1，$\cdots$，a_n），则多项式 $y = a_0 + a_1 x + a_2 x^2 + \cdots + a_n x^n$ 即为所求。

4. 最小二乘法拟合指数曲线

如果所观测的数据点画在对数坐标上，呈线性分布趋势，那么可以用指数曲线 $y = ax^b$ 作为拟合曲线形式，如图 4-31 所示。

对拟合公式 $y = ax^b$ 两边取对数，得

$$\lg y = \lg a + b \lg x$$

令

$$\begin{cases} u = \lg y \\ v = \lg a \\ w = \lg x \end{cases}$$

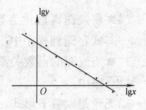

图 4-31　指数曲线拟合

代入上式得

$$u = v + bw$$

这样，原来关于 x 和 y 的指数方程变为关于 u 和 w 的直线方程。利用最小二乘法多项式拟合，可求得系数 v 和 b。利用 $v = \lg a$ 可进一步求得 a，从而确定指数曲线方程。

指数曲线拟合实例：链传动设计中，不同型号链的额定功率曲线（帐篷曲线）可近似为指数曲线。对于不同的转速 n，其拟合公式不同，如图 4-32 所示。

在应用中，曲线拟合是经常要遇到的工作。有些数表需要找出它们的函数关系，有些线

图并没有给出曲线函数也需要找出其函数关系，这时都需要曲线拟合。曲线拟合可分两步进行。第一步是将数表或线图按比例画在坐标纸上，观察分析数据点或线图的分布情况及其变化形态，由此推断采用何种拟合公式，也就是确定用多项式拟合，还是用指数曲线拟合。如果数据分布具有阶段性，即不同区间数据变化明显不同，那么可以采用分段拟合的方法，在不同区间用不同的拟合公式。第二步是根据所建立的数

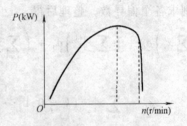

图 4-32　链传动额定功率曲线

学模型及已知数据（线图需先经过离散化取一些关键节点的数据）用最小二乘法来得到拟合公式。

七、线图离散化

在机械设计数据中，有很多参数间的关系是用线图来表示的。必须首先对这些线图进行加工处理，才能实现对其存储和自动检索的功能。对线图的处理方法一般有：

■ 找出原始公式，将公式编写到程序中。例如，斜齿圆柱齿轮传动的接触疲劳强度计算中的区域系数 Z_H 是以线图的形式给出的，如图 4-33 所示。该线图是根据公式 $Z_H = \sqrt{\dfrac{2\cos\beta_b}{\sin\alpha_t\cos\alpha_t}}$ 绘制的。在手工设计时，可以直接查线图；而在应用软件作业中，可将该公式编写到程序中。

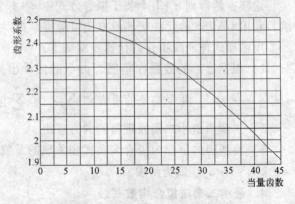

图 4-33　区域系数 Z_H（$\alpha_n = 20°$）

■ 将线图离散化为数表，以数组的形式存储到程序中。

■ 当线图的函数关系不明确时，用曲线拟合的方法求出线图的经验公式，然后编写到程序中。

无论是以数表形式，还是以经验公式的形式处理线图数据，都要首先对线图进行离散化。

所谓线图的离散化就是在线图上选取有限个节点组成列表函数代替原来的线图。离散化的目的是便于数据的存储和处理。

如图 4-34 所示为蜗轮齿形系数曲线图。图中的横坐标表示当量齿数 z_v，纵坐标表示齿形系数 Y_{Fa2}，x_2 表示变位系数。根据当量齿数和变位系数即可从此图上查出相应的蜗轮齿形系数。以变位系数 $x_2 = 0$ 的那条曲线为例来说明线图离散化的方法。

为了把该曲线图离散化为数表，可以在曲线上取一系列节点，并把节点的坐标值列为一维列表，见表 4-8。

当然，如果把齿形系数 Y_{Fa2} 看成是变位系数 x_2 和当量齿数 z_v 的二维函数，那么线图可以离散化为二维列表。

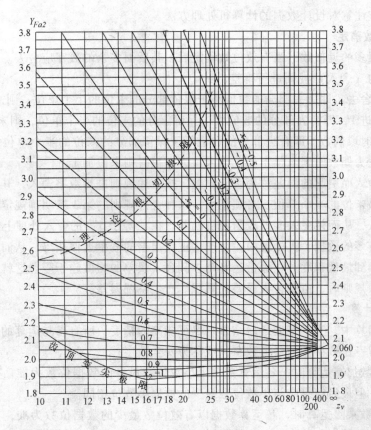

图 4-34　齿形系数曲线

表 4-8　蜗轮的当量齿数和齿形系数的关系 （$x_2 = 0$）

z_v	11	12	13	14	15	16	17	18
Y_{Fa2}	3.79	3.59	3.44	3.32	3.21	3.12	3.04	2.97
z_v	20	25	30	40	60	100	400	∞
Y_{Fa2}	2.87	2.68	2.57	2.43	2.31	2.21	2.15	2.06

在对线图的离散化处理过程中，节点的选取随曲线的形状而异，选取节点的基本原则是尽可能使相邻两节点间的函数差基本均匀。从图 4-34 中可以看出，当量齿数 z_v 较少时，齿形系数变化比较大，这时节点的区间间隔就应取得小一些；而当量齿数 z_v 较多时，齿形系数变化比较小，这时节点的区间间隔就应取得大一些。另外，如果线图比较复杂，那么选节点时应尽量选取关键点，如交点、拐点等。这样，就可以避免丢失关键值，提高列表函数的精度，减少插值的误差。

八、设计数据处理的注意事项

在数据运算中，确定用几位有效数字来表示结果是一个十分重要的问题。那种认为在数据运算中保留的位数愈多、精度就愈高的认识是片面的。若将不必要的数字写出来，既费时间，又无意义。在机械设计过程中，往往需要对某些数据进行取有效数字、近似数计算、四舍五入、圆整、取较大值、取标准值和相等比较等处理。编写应用程序时，要准确无误地处理这些问题，应注意对设计数据的计算机处理方法。

1. 有效位数确定

对于位数很多的近似数，当有效位数确定后，其后面多余的数字应舍去。最末一位数字应按下面的修约（舍入）规则进行凑整：

1）小于 5 舍去，即舍去部分的数值小于保留部分的末位的半个单位，则末位不变。

2）大于 5 进 1，即舍去部分的数值大于保留部分的末位的半个单位，则末位加 1。

3）等于 5 时取偶数，即舍去部分的数值等于保留部分的末位的半个单位，则末位凑成偶数。即当末位为偶数时则末位不变，当末位为奇数时则末位加 1。

由于数字舍入而引起的误差称为舍入误差，按上述规则进行数字舍入，其舍入误差皆不超过保留数字最末位的半个单位。必须指出，这种舍入规则的第 3 条明确规定，被舍去的数字不是见 5 就入，从而使舍入误差成为随机误差。在"等于 5"的舍入处理上，采用取偶规则是为了在比较多的数据舍入处理中，使产生正负误差的概率近似相等，从而使结果受舍入误差的影响减小到最低程度。在大量运算时，其舍入误差的均值趋于零。这就避免了过去所采用的四舍五入规则时，由于舍入误差的累积而产生系统误差。

2. 近似数计算

在近似数运算中，为了保证最后结果有尽可能高的精度，所有参与运算的数据，在有效数字后可多保留一位数字作为参考数字，或称为安全数字。

1）在近似数加减运算时，各运算数据以小数位数最少的数据位数为准，其余各数据可多取一位小数，但最后结果应与小数位数最少的数据小数位相同。

2）在近似数乘除运算时，各运算数据以有效位数最少的数据位数为准，其余各数据要比有效位数最少的数据位数多取一位数字，而最后结果应与有效位数最少的数据位数相同。

3）在近似数平方或开方运算时，平方相当于乘法运算，开方是平方的逆运算，故可按乘除运算处理。

4）在对数运算时，n 位有效数字的数据应该用 n 位对数表，或用 $(n+1)$ 位对数表，以免损失精度。

3. 圆整

为了保证设计结果的合理性，对某些计算数据必须进行取整处理。例如，齿轮的齿数、带传动的带根数、链传动的连排数等，其结果数据应为整数。由于计算结果是实型数，因此，程序中可以通过取整函数对实型数 X 取整。例如，$\text{int}(X)$ 是找出不大于 X 的最大整数，可以利用它进行各种圆整。

1）四舍五入圆整：$\text{IX} = \text{int}(X + 0.5)$。例如，对齿数的处理。

2）圆整到小于计算结果的最大整数：$\text{IX} = \text{int}(X)$。

3）圆整到大于计算结果的最小整数：$\text{IX} = \text{int}(X + 1)$。

4）就近圆整为偶数：$\text{IX} = 2 \times \text{int}(X/2 + 0.5)$。如链传动设计中，为了避免过渡链节，链节数应取为偶数。

5）圆整到略大于计算结果的 5 的整数倍：$\text{IX} = 5 \times \text{int}(X/5 + 1)$。如斜齿圆柱齿轮传动设计中，为便于测量及安装，传动中心距应尽量取为 5 的整数倍。

4. 标准化

为了使设计符合国家标准，对于某些标准系列的参数，计算后应将设计数据标准化，取标准值。例如，齿轮的模数、带轮的直径、螺纹直径等，其结果数据应为标准值。标准化时，应首先查找到计算结果 X 在标准系列中所处的区间 $[X_i, X_{i+1}]$，即 $X_i \leqslant X \leqslant X_{i+1}$，然后根据需要向下或向上取标准值。

5. 相等比较

在应用程序设计中，往往要根据两个数据是否相等（$X = Y$?）作为判断条件来决定程序的转向。如果 X 和 Y 都是整数，则可以直接进行相等比较。如果 X 和 Y 不是整数，那么由于计算机表示实数时存在舍入误差，会造成相等条件判断的失败，使程序转向错误的方向执行，甚至导致死循环，因此实数之间的相等比较不能用 $X = Y$ 的形式，而应采用两实数之差的绝对值小于给定精度作为判断条件，即：

$$| X - Y | \leqslant e$$

其中，e 是一个误差控制精度值，一般根据需要取较小的值，例如，取 $e = 10^{-5}$。

九、设计数据处理的示例

限于篇幅，本节内容放在光盘中。

习　题

1. 为什么要研究数据结构？数据的逻辑结构和物理结构有哪些区别和联系？

2. 常见的数据逻辑结构有哪些？它们在计算机中如何存储？

3. 设有一个线性表 A，表中元素个数为 n，编写一个将此线性表转置的算法。

4. 编写一种算法，统计一篇文章中各个字符的出现次数。

5. 佳能 IXUS70 相机可以拍摄 700 万像素的照片。照片分别率为 3072×2304 像素。如果像素按照逐行扫描的方法连续存储，那么像素 A（768，1024）和像素 B（1024，768）相差多少个存储单元？

6. 线性表和链表在存储结构上有什么不同？各有何特点？若 N 个存储单元需要经常进行插入和删除操作，那么采用何种数据结构比较合理？为什么？

7. 已知多项式 P 和 Q 以循环链表的形式存储，编写一个 P-Q 算法。

8. 编写齿轮模数第一系列值的单向链表访问程序。

9. 如果链表中的元素含有关键字 key 和指向表中下一个元素的指针 P，那么对此链表进行顺序查找的算法如何编写？要求：若查找不成功，请将待查元素插入表的末尾。

10. 对序列（45 87 125 56 73 4 18 90 39 66）进行快速排序。要求：输出排序过程中的中间状态。

11. 建立下列轴承简表的数据库文件及数据结构。分别用线性查找法和折半查找法，查找 6218 轴承的 d、D、B、C_r 值。并输出两种方法的查找次数。

型　　号	d	D	B	C_r
6200	10	30	9	5.10
6201	12	32	10	6.82
6202	15	35	11	7.65
6203	17	40	12	9.58
6204	20	47	14	12.8
6205	25	52	15	14.0
6206	30	62	16	19.5

（续）

型　号	d	D	B	C_r
6207	35	72	17	25.5
6208	40	80	18	31.5
6209	45	85	19	35.0
6210	50	90	20	43.2
6211	55	100	21	47.8
6212	60	110	22	57.2
6213	65	120	23	60.8
6214	70	125	24	66.0
6215	75	130	25	71.5
6216	80	140	26	83.2
6217	85	150	28	95.8
6218	90	160	30	110

12. 分别利用线性插值、抛物线插值和 Lagrange 插值法求下列一维插值结果：

X	1.0	2.0	3.0	4.0	5.0	6.0	7.0	8.0	9.0	10.0
Y	1.0	1.8	1.5	7.8	−3.7	7.1	−6.3	0.1	2.1	2.9

插值点分别为：$X_1 = 0.5$，$X_2 = 4.8$，$X_3 = 8.6$，$X_4 = 10.4$。

要求：1）X、Y 的值从数据文件中读入程序。

2）编制相应子程序，调用求解。

3）输入不同的 X 值，求解 Y 值，并输出结果。

13. 分别利用线性插值法、抛物线插值法求下列二维插值结果。

n ＼ p ＼ d	75	80	90	100	112	125
730	0.42	0.49	0.63	0.77	0.93	1.11
800	0.45	0.52	0.68	0.83	1.00	1.19
980	0.52	0.61	0.79	0.97	1.18	1.40
1200	0.60	0.71	0.93	1.14	1.39	1.66
1460	0.68	0.81	1.07	1.32	1.62	1.93
1600	…	…	…	…	…	…

1）$d = 98$，$n = 1430$，$p = ?$

2）$d = 82$，$n = 860$，$p = ?$

要求同上。

14. 编写最小二乘法拟合多项式的程序，并举例验证程序的正确性。

第五章　计算机图形基础及开发

机械 CAD 利用了计算机快速、高效的特点，实现了机械设计从设计、计算、仿真到图样绘制等过程的计算机完成。在整个设计过程中，图形功能是一个不可缺少的重要部分。通过图形显示不仅能绘制机械零件或部件的二维图样，而且利用相应的计算机技术可以将零件和部件的三维形体形象、直观地展现出来。不但所设计的机构需要用图样描述，而且机械 CAD 系统的交互界面、机构的几何动态仿真等功能都需要通过图形显示。较逼真地显示机械零部件的形状结构以及运动过程，对计算机图形的显示提出了一个较高的要求。图形显示在机械 CAD 中可以将设计思想形象、逼真地进行展现，对设计中出现的缺陷和问题可以在设计完成前及时地进行补充和修改。同时利用计算机图形仿真技术可以将所设计的机器、部件在计算机上进行动态仿真模拟，模拟机器或部件的运动过程，观察设计的机器或部件是否满足运动要求和是否出现其他运动干涉等现象；也可以将机构的一些实验内容通过计算机模拟进行提前检验。因此，计算机图形显示在机械 CAD 中占有重要的地位。

第一节　计算机图形学基础知识

计算机图形学（Computer Graphics，CG）是使用数学算法将图形转化为能够在计算机显示器上显示的科学。国际标准化组织（ISO）在数据处理词典中对它下的定义是："计算机图形学是研究通过计算机将数据转换为图形，并在专用设备上显示的原理、方法和技术的学科"。它涉及将几何模型和数据转变为图形的各种算法和技术。CG 已经成为计算机科学与技术中最为活跃的学科分支之一，并已广泛运用于生产、生活的各个领域，如汽车和飞机的设计与制造，机械产品的计算机辅助设计和制造，电影特技和动画、商业、广告业、娱乐业、政府部门、军事、医学、工程、艺术、教育和培训等。本节简要介绍计算机图形学的基础知识。

一、计算机图形显示设备

计算机图形的显示与计算机软、硬件技术的发展水平有着密切的联系。图形显示器是一种反应快速的输出设备，是 CAD 系统的最基本硬件配置之一。它可以随时对设计人员的操作作出及时的响应，设计人员可以在计算机上方便地进行编辑和修改。显示器的一个主要技术指标是分辨率。分辨率是指屏幕上可识别的最大光点数。光点也称为像素。显示器分辨率的高低对图形的生成质量和真实感有直接的关系。分辨率越高，显示的图形就越精确，特别是在图形、图像的显示和对机构部件进行动态仿真时，可以较好地避免图形、图像的失真。常见的图形显示设备有如下类型：阴极射线管显示器（Cathode Ray Tube，CRT）、液晶显示器（Liquid Crystal Display，LCD）、等离子显示器（Plasma Display Panel，PDP）等。

1. 阴极射线管显示器

阴极射线管主要由五部分组成：电子枪、聚焦系统、加速部分、偏转系统和荧光屏。阴极射线管的基本工作原理为：在电子枪中通过灯丝对阴极加热使其发射电子流；电子流通过聚焦系统的位置时，对电子流聚焦控制，在加速极电场的作用下，使电子流汇聚为足够细小紧密的电子束；在阳极高压作用下，获得巨大的能量，以极高的速度去轰击荧光粉层；在轰击荧光屏时产生的亮点足够小，保证显示系统有更高的分辨率。加速部分使聚焦后的电子束能够高速运动。偏转系统控制电子束在屏幕上的运动轨迹，保证在规定的位置进行绘图。这些电子束轰击的目标是荧光屏上的 R、G、B（红、绿、蓝）三原色。为此，电子枪发射的电子束不是一束，而是三束。它们分别受电脑显卡三原色视频信号电压的控制，去轰击各自的荧光粉单元，从而在显示屏上显示出完整的图像。

阴极射线管显示器按工作原理分为三类：随机扫描刷新式显示器、存储管式显示器及光栅扫描显示器。目前，最为常用的是光栅扫描显示器。光栅扫描显示器一般由四部分组成：帧缓冲存储器、视频控制器、显示处理器和阴极射线管。光栅扫描显示器工作时，电子束按照固定的扫描顺序从左到右、从上到下进行扫描。扫描线从左到右完成的一条水平线，即扫描线。完成整个屏幕扫描产生的图像就称为一帧。

CRT 显示器的特点是：清晰逼真的色彩还原、高画质、大视角、快速显示无抖动、寿命长、结实耐用等是其非常明显的优势；但在体积、重量、功耗、辐射、易碎等方面存在劣势。

CRT 显示器经历了从球面、平面直角、柱面到纯平面的发展。

2. 液晶显示器

液晶显示器是一种采用了液晶控制透光度技术来实现色彩的显示器。LCD 的核心结构类似于一块"三明治"：两块玻璃基板中间充斥着运动的液晶分子。因为液晶材料本身并不发光，所以，在显示屏两边都设有作为光源的灯管，而在液晶显示屏背面有一块背光板（或称匀光板）和反光膜。背光板是由荧光物质组成的，可以发射光线，其作用主要是提供均匀的背景光源。液晶显示器的工作原理是：利用液晶分子的光学各向异性，在通电时导通，使液晶排列变得有秩序，使光线容易通过；不通电时，排列则变得混乱，阻止光线通过。信号电压直接控制薄膜晶体的开关状态，利用晶体管控制液晶分子的导通状态，调制来自背光灯管发射的光线，实现图像的显示。

与 CRT 显示器相比，LCD 的优点是很明显的。它具有体积小、重量轻、省电、辐射低、易于携带、抗干扰性强、刷新率不高但图像稳定、真正的完全平面显示等优点。LCD 是现在非常普遍的显示器。常见的 LCD 显示器有：扭曲向列型液晶显示器，简称 TN 型液晶显示器；TFT 型液晶显示器；高分子散布型液晶显示器，简称 PDLC 型液晶显示器；三维影像显示器。液晶显示技术也存在弱点和技术瓶颈，与 CRT 显示器相比，其亮度、画面均匀度、可视角度和反应时间上都存在明显的差距。

3. 等离子显示器

等离子显示器是采用了近几年来高速发展的等离子平面屏幕技术的新一代显示设备。PDP 一般由三层玻璃板组成：第一层内表面为涂有导电材料的垂直隔栅，中间层是气室阵列，第三层内表面为涂有导电材料的水平隔栅。PDP 是一种利用气体放电发光的显示设备，这种屏幕采用等离子管作为发光元件。大量的等离子管排列在一起构成屏幕。每个像素单元对应的小室内部充有氖氙气体。其工作原理类似普通日光灯：在等离子管电极间加上高压后，封在两层玻璃之间的等离子管小室中的气体发生电离并产生紫外光，从而激励前面板内表面上的三原色荧光粉发出可见光。每个等离子管作为一个像素单元，由这些像素的明暗和颜色变化组合，产生各种灰度和色彩的图像。要点亮某个地址的气室，首先在相应行上加较高的电压，待该气室被激发点亮后，可用低电压维持氖气室的亮度。要关掉某个单元，只需将相应的电压降低即可。

PDP 的主要特点是：图像鲜艳、明亮、干净、清晰、逼真，纯平面图像无扭曲、视角宽、刷新速度快、寿命长、环保无辐射、防电磁干扰能力强、散热性能好、无噪音困扰，外形轻薄、易制作大屏幕；但价格昂贵。

二、计算机图形输出设备

机械 CAD 系统中有大量的工程图形需要输出。图形的输出设备除了显示设备外，还有把图形输出到纸面进行信息长期保存的图形绘制设备。在机械 CAD 系统中，图形输出设备的使用是很频繁的。图形绘制设备主要有打印机和绘图仪两种。打印机是常用的、廉价的输出设备。目前，常用的打印机有针式打印机、喷墨打印机、激光打印机等。绘图仪可以说是一种大幅面图形输出设备。绘图仪可以分为静电绘图仪、笔式绘图仪和喷墨绘图仪等。

1. 针式打印机

针式打印机是用打印头撞击色带在打印纸上产生图形的。针式打印机的打印头通常为 9 针或 24 针。针数多，打印分辨率高、打印速度快。

2. 喷墨打印机

喷墨打印机的原理是让墨水通过极细的喷嘴射出，并用电场控制墨滴的飞行方向，从而在纸上产生输出图形。在喷墨头上，若将青、黄、品红和黑色墨水的四支喷嘴并行排列，并精确控制四个墨滴嘴在纸上的位置，运用彩色的空间混色效果就可进行彩色图打印。

3. 激光打印机

激光打印机利用激光束把所要打印的图形"写"在圆柱形的感光硒鼓上，硒鼓再利用碳粉把这一图形转移到纸上。激光打印机可产生彩色感很强、图线很光滑的图形和图像，缺点是价格较昂贵。

4. 静电绘图仪

静电绘图仪是打印机和绘图仪的结合。它是利用"静电同性相斥，异性相吸"原理来转移图形的。目前，彩色静电绘图仪分辨率可达 800dpi，产生的图片质量很高，只是设备、纸张和墨水的价格都很昂贵。

5. 笔式绘图仪

笔式绘图仪是一种矢量型绘图仪。工作时，计算机通过程序指令控制笔和纸的相对运动，对图形的颜色、线型以及绘图过程中的抬笔、落笔动作加以控制，从而绘制图形。这些命令格式称为绘图语言，在各种绘图仪中都有固化的绘图语言。绘图仪的主要技术指标有绘图速度、步距，即机械分辨率、相对精度、重复精度及绘图功能等。常用的绘图仪有两种：平板绘图仪和滚筒式绘图仪。后者可以绘制更大些的图形。

6. 喷墨绘图仪

喷墨绘图仪的基本工作原理与喷墨打印机相似，都是使墨水在电场的控制下由喷头射出，在图纸上产生图形。但由于喷墨绘图仪具有输出幅面大、体积相对小、使用成本低等特点，成为了大幅面图形输出的生力军。特别是近年来，与喷墨打印相关的技术飞速发展，喷墨绘图仪的输出质量和速度大大地提高了。目前已成为 CAD、GIS、商业展示、图形设计、宣传海报等领域大幅面图纸输出的主要手段。

三、图形元素生成的基本原理

在计算机上，图形显示是通过点亮一颗颗像素点完成图形生成的。由于像素点是一个个离散的点，所以它们不一定能准确描绘连续的图形。在绘制图形时，应尽量使最接近理想图线的像素点显现，避免生成的图形出现较大的失真现象。在打印机或者绘图仪输出图形时，也是同样的道理。不论是显示器、打印机，还是绘图仪，它们在绘图时都是根据插补原理来生成图形的。

笔式绘图仪画笔的动作方向对纸面来讲有上、下、左、右四个沿坐标轴的基本方向，这四个基本方向加上沿斜线方向的四个合成方向，共有八个运动方向（如图 5-1 所示），可写成：$+X$；$+Y$；$-X$；$-Y$；（$+X$，$+Y$）；（$-X$，$+Y$）；（$-X$，$-Y$）；（$+X$，$-Y$）。除此之外，画笔还有抬笔、落笔两个动作。这样，绘图仪画笔可以有十个动作方向。这些动作都是根据计算机的计算结果、由插补器（控制器）发出电脉冲（简称脉冲）指令、经过电压放大使伺服系统（步进电机或伺服电机）动作通过机械传动系统进而驱动画笔从而实现绘图的。一个脉冲使画笔走过的距离称为一个步长。

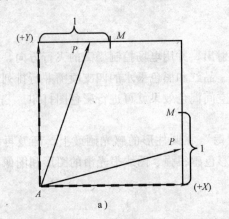
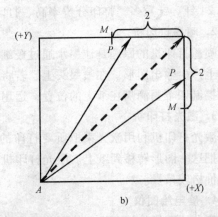

图 5-1　绘图动作及插补原理

绘制图素时，只需给出关键点的坐标，如直线的起点和终点，圆弧的起点、终点和圆心，而线段中间的点可以通过图形插补原理获得。下面介绍广为应用的"逐点比较法"插补原理。如图 5-1 所示，从 A 点开始绘图，P 点为理论上的下一个像素点落点。当 P 点落在1区时，绘图路径为（$+X$）方向或（$+Y$）方向；当 P 点落在2区时，绘图路径为（$+X$，$+Y$）方向，如图 5-1 中虚线所示。可见，逐点比较法插补过程就是，画笔每移动一步都要将实际位置和理想图线作一次比较，判别其偏差，再依据判别结果确定下一步走向，直到终点为止。这就是图形插补原理的基本思想。这样，理论上的一条直线，在实际绘图时形成的却是一条折线。如图 5-2 所示，直线 *AB* 实际上由折线 *ACDEFB* 代替。圆弧也由一个多边形代替，如图 5 -3

图 5-2　直线 *AB* 实际由折线 *ACDEFB* 形成

所示，圆弧 *ABC* 实际上由折线 *ADEBFGC* 代替。
当像素点距或步长很小时，即分辨率很高时，这
些折线看起来是非常光滑的，完全可以满足机械
CAD 的需要。

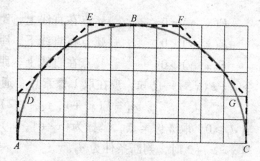

图形元素通常所指的是点、直线、圆或圆弧
等。下面介绍基本直线和圆弧的生成算法。

图 5-3　圆弧 *ABC* 实际由折线 *ADEBFGC* 形成

1. 直线生成的数值微分（DDA）算法

如图 5-4 所示，设直线段的两个端点坐标
分别为：$A(x_0, y_0)$、$B(x_1, y_1)$。

直线的斜率为：　　$k = (y_1 - y_0)/(x_1 - x_0)$

直线方程为：　　　$y = kx + b$

在 i 点时：　　$x = x_i$,　　$y_i = kx_i + b$

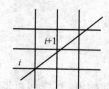

在 $i+1$ 点时：　$x_{i+1} = x_{i+1}$,　　$y_{i+1} = kx_{i+1} + b$

图 5-4　直线生成的 DDA 算法

$$y_{i+1} = k(x_i + 1) + b$$
$$= kx_i + b + k$$
$$= y_i + k$$

上式说明可以直接通过前一点的 y 坐标值递推得到下一点的 y 坐标值。但是，上述算法
适用于 k 的绝对值小于 1 的情况。此时，x 增加 1，则 y 最大增加值为 1，因此，在迭代过程
中每增加一步，只能确定一个像素点；当 k 绝对值大于 1 时，则需要将 x、y 相互交换，通
过 y 值的变化，确定 x 的值。该算法在计算中 y 可能为浮点值，需对其进行取整和四舍五入
处理。

2. 直线生成的中点算法

直线生成的中点算法改进了直线生成 DDA 算法中的不足之
处。直线生成的中点算法基本思路是：在直线段上，当 x 增加
1，确定下一点时，通过判断理想直线更接近的像素点，将最近
的像素点的 y 坐标值作为下一点的坐标 y；判断条件是，x 增加 1
时理想直线所在的两个像素点 y 之间的中间点 M，如图 5-5 所
示。详细推导如下：

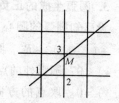

图 5-5　直线生成的中点算法

设直线段的直线斜率 k 绝对值小于 1，x 增加 1 时，y 的增加量不超过 1。当直线接近 1
点时，取像素点 1，当 $x+1$，可以取像素点 2 或像素点 3，通过判断，2 点或 3 点最接近直
线的点为下一像素点，判断条件是将 2、3 之间的 M 点坐标值代入直线方程，计算方程值；
若值大于 0，直线更接近 2 点，取 2 点；若值小于 0，直线更接近 3 点，取 3 点；若值等于
0，可以任取 2 点或 3 点。

设直线段起止点为：$A(x_a, y_a)$、$B(x_b, y_b)$

斜率为：k

直线方程：$F(x, y) = ax + by + c = 0$

中间点 M：$(x_2, y_2 + 1/2)$

$$a = y_b - y_a, \quad b = x_b - x_a, \quad c = x_b \times y_a - x_a \times y_b,$$

将 M 点的坐标带入 $F(x, y)$ 方程内，出现下列情况：

$$F(x, y) = 0, \qquad M \text{ 点在直线上，距 2、3 点等距；}$$
$$F(x, y) < 0, \qquad M \text{ 点在直线下，距 3 点更接近；}$$
$$F(x, y) > 0, \qquad M \text{ 点在直线上，距 2 点更接近。}$$

令 $d = F(x, y)$，已知，现在取 1 像素点，通过 d 值的计算，作为判断取下一像素点的条件。

$$d_1 = F(x_1 + 1, y_1 + 1/2) = a(x_1 + 1) + b(y_1 + 1/2) + c$$

当 $d_1 \geqslant 0$，取 2 像素点，坐标为 $(x_1 + 1, y_1)$；$d_1 < 0$，取 3 像素点，坐标为 $(x_1 + 1, y_1 + 1)$；当 $x = x_1 + 2$ 时，判断条件为 d_2。

$$d_2 = \begin{cases} F(x_1 + 2, y_1 + 0.5) & d_1 \geqslant 0 \\ F(x_1 + 2, y_1 + 1.5) & d_1 < 0 \end{cases}$$

推导得：

$$d_2 = \begin{cases} d_1 + a & d_1 \geqslant 0 \\ d_1 + a + b & d_1 < 0 \end{cases}$$

d_0 是初始值，直线起点取的第一个像素点坐标，设为 $A(x_a, y_a)$，其判别式为

$$d_0 = F(x_a + 1, y_a + 1/2)$$
$$= a(x_a + 1) + b(y_a + 1/2) + c$$
$$= F(x_a, y_a) + a + 0.5b$$

若 $A(x_a, y_a)$ 在直线上，则 $d_0 = a + 0.5b$。

综上所述，直线的中点算法可以归纳如下：

$$d_0 = F(x_a, y_a) + a + 0.5b$$
$$d_2 = \begin{cases} d_1 + a & d_1 \geqslant 0, \text{ 取点}(x_1 + 1, y_1) \\ d_1 + a + b & d_1 < 0, \text{ 取点}(x_1 + 1, y_1 + 1) \end{cases}$$

3. 圆弧生成的正负法

设已知圆弧的圆心为 $A(x_a, y_a)$，半径为 R，圆弧的方程：$F(x, y) = 0$，$F(x, y) = (x - x_a)^2 + (y - y_a)^2 - R^2$。圆弧将所处平面划分为两大部分，圆弧内的点代入 $F(x, y)$ 方程，$F(x, y) < 0$；圆弧外的点代入 $F(x, y)$ 方程，$F(x, y) > 0$；圆弧上的点代入 $F(x, y)$ 方程，$F(x, y) = 0$。取点的方向沿着 x 增加的方向前进，假设已取像素点 $P_i(x_i, y_i)$，下一点为 $P_{i+1}(x_{i+1}, y_{i+1})$。

当 $F(x_i, y_i) < 0$ 时，$x_{i+1} = x_i + 1$，$y_{i+1} = y_i$

当 $F(x_i, y_i) > 0$ 时，$x_{i+1} = x_i$，$y_{i+1} = y_i + 1$

即当所取的点在圆弧内或圆弧上时，P_{i+1} 向右移一步，x 增加 1，y 坐标不变；当点在圆弧外时，P_{i+1} 向上移一步，x 不变，y 增加 1。通过 $F(x, y)$ 作为判断条件，确定下一点方向是向圆弧内或向圆弧外，因此，该方法称为圆弧生成的正负法。当 $F(x_i, y_i) = 0$，上述两种情况任取一类，一般选取 $F(x_i, y_i) < 0$。

上述方法每取一点都必须将坐标值代入 $F(x, y)$ 方程运算，计算量较大，需要推导出递推公式。

已知 $P_i(x_i, y_i)$，$P_{i+1}(x_{i+1}, y_{i+1})$，再判断下一点的判别式为

$$F(x_{i+1}, y_{i+1}) = \begin{cases} (x_{i+1} - x_a)^2 + (y_i - y_a)^2 - R^2 & F(x_i, y_i) \leqslant 0 \\ (x_i - x_a)^2 + (y_{i+1} - y_a)^2 - R^2 & F(x_i, y_i) > 0 \end{cases}$$

整理后可得递推公式为

$$F(x_{i+1}, y_{i+1}) = \begin{cases} F(x_i, y_i) + 2(x_i - x_a) + 1 & F(x_i, y_i) \leqslant 0 \\ F(x_i, y_i) + 2(y_i - y_a) + 1 & F(x_i, y_i) > 0 \end{cases}$$

四、图形的几何变换

图形的几何变换就是对已有的图形的几何信息按照要求进行的图形变换；也可以将简单的图形经过变换生成复杂的图形。图形的基本几何变换包括平移、旋转、比例缩放、对称和错切。在图形的变换过程中，复杂的变化往往分解为上述基本的变换，或者基本的几何变换通过不同的组合可以实现复杂的图形变化过程。图形变换的基本方法是通过不同的矩阵运算完成的，见式（5-1）。

$$[x' \quad y' \quad z' \quad 1] = [x \quad y \quad z \quad 1] \cdot T \tag{5-1}$$

式中，$[x \quad y \quad z \quad 1]$ 为变换前的坐标；$[x' \quad y' \quad z' \quad 1]$ 为变换后的坐标；T 为变换矩阵。

1. 二维图形的基本变换

五种基本变换的变换矩阵和各自特点见表 5-1。

表 5-1　二维图形的基本变换

名　称	变　换　矩　阵	变　换　模　型	备　注
平移变换	$\begin{bmatrix} 1 & 0 & 0 \\ 0 & 1 & 0 \\ c & f & 1 \end{bmatrix}$	$x' = x + c$ $y' = y + f$	其中 c 和 f 分别为沿着 x 和 y 方向的移动距离
旋转变换	$\begin{bmatrix} \cos\theta & \sin\theta & 0 \\ -\sin\theta & \cos\theta & 0 \\ 0 & 0 & 1 \end{bmatrix}$	$x' = x\cos\theta - y\sin\theta$ $y' = y\cos\theta + x\sin\theta$	图形绕着原点旋转角度 θ，可得到旋转变换后的新图形 注意：上述变换矩阵和数学式适用于图形绕坐标原点旋转变换。如果不是原点，则需要进行其他变换后才能使用该变换矩阵。旋转变换中规定逆时针方向为正，顺时针方向为负
比例变换	$\begin{bmatrix} k_x & 0 & 0 \\ 0 & k_y & 0 \\ 0 & 0 & 1 \end{bmatrix}$	$x' = xk_x$ $y' = yk_y$	图形沿着 x、y 或其他方向进行放大或缩小的改变，称为比例变换
对称变换	$\begin{bmatrix} a & d & 0 \\ b & e & 0 \\ 0 & 0 & 1 \end{bmatrix}$	$x' = ax + by$ $y' = dx + ey$	对称变换也称为镜像变换，图形关于 x 轴、y 轴、原点及 $\pm 45°$ 直线的对称变换
错切变换	$\begin{bmatrix} 1 & d & 0 \\ b & 1 & 0 \\ 0 & 0 & 1 \end{bmatrix}$	$x' = x + by$ $y' = dx + y$	当图形保持一个方向不改变，而沿另一个方向变化，该变换形式称为错切变换。二维错切变换分别为沿 x 方向的错切变换和沿 y 方向的错切变换 b，d 不等于 0 时，正负号表示沿坐标轴的正方向或负方向进行错切变换

2. 组合变换

图形在变换过程中有时并不是一个简单的基本变换，往往会出现比较复杂的多个变换的组合。由多个基本变换组合在一起的变换就称为组合变换，也称为复合变换。相应的变换矩阵称为组合变换矩阵。组合变换矩阵就是各个简单变换矩阵的顺序点积。

以绕任意点旋转的组合变换为例，介绍组合变换矩阵的推导过程。图形绕任意点 $M(x_m, y_m)$ 旋转 θ 角，其变换步骤为：

1）将任意点 $M(x_m, y_m)$ 变换为坐标原点，变换矩阵为

$$T_1 = \begin{bmatrix} 1 & 0 & 0 \\ 0 & 1 & 0 \\ x_m & y_m & 1 \end{bmatrix} \tag{5-2}$$

2）图形绕新坐标原点旋转 θ 角，变换矩阵为

$$T_2 = \begin{bmatrix} \cos\theta & \sin\theta & 0 \\ -\sin\theta & \cos\theta & 0 \\ 0 & 0 & 1 \end{bmatrix} \tag{5-3}$$

3）新的坐标原点再反向平移，回到原坐标原点，变换矩阵为

$$T_3 = \begin{bmatrix} 1 & 0 & 0 \\ 0 & 1 & 0 \\ -x_m & -y_m & 1 \end{bmatrix} \tag{5-4}$$

4）图形绕任意点 M 旋转变换的总的变换矩阵为

$$T = T_1 \cdot T_2 \cdot T_3 \tag{5-5}$$

经整理后，总的变换矩阵如下：

$$T = \begin{bmatrix} \cos\theta & \sin\theta & 0 \\ -\sin\theta & \cos\theta & 0 \\ x_m(\cos\theta - 1) - y_m\sin\theta & x_m\sin\theta + y_m(\cos\theta - 1) & 1 \end{bmatrix} \tag{5-6}$$

3. 三维图形的几何变换

三维图形的基本变换包括平移、旋转、比例、对称和错切。五种基本变换的变换矩阵和各自特点见表 5-2。通过上述基本变换的矩阵运算还可以将三维物体的两个方向或三个方向尺寸在一个平面上显示，即完成正投影（主视图、俯视图、左视图）、轴测图投影（正等轴测投影、正二等轴测投影）和透视投影变换，在平面上较逼真地模拟显示自然界中的物体和现象。

表 5-2 三维图形的基本变换

名　称	变换矩阵 T	变换模型	备　注
平移变换	$\begin{bmatrix} 1 & 0 & 0 & 0 \\ 0 & 1 & 0 & 0 \\ 0 & 0 & 1 & 0 \\ l & m & n & 1 \end{bmatrix}$	$\begin{cases} x' = x + l \\ y' = y + m \\ z' = z + n \end{cases}$	其中 l、m 和 n 分别为沿着 x、y 和 z 方向的移动距离
旋转变换	$\begin{bmatrix} 1 & 0 & 0 & 0 \\ 0 & \cos\theta & \sin\theta & 0 \\ 0 & -\sin\theta & \cos\theta & 0 \\ 0 & 0 & 0 & 1 \end{bmatrix}$ $\begin{bmatrix} \cos\theta & 0 & -\sin\theta & 0 \\ 0 & 1 & 0 & 0 \\ \sin\theta & 0 & \cos\theta & 0 \\ 0 & 0 & 0 & 1 \end{bmatrix}$ $\begin{bmatrix} \cos\theta & \sin\theta & 0 & 0 \\ -\sin\theta & \cos\theta & 0 & 0 \\ 0 & 0 & 1 & 0 \\ 0 & 0 & 0 & 1 \end{bmatrix}$	(1) $\begin{cases} x' = x \\ y' = y\cos\theta - z\sin\theta \\ z' = y\sin\theta + z\cos\theta \end{cases}$ (2) $\begin{cases} x' = x\cos\theta + z\sin\theta \\ y' = y \\ z' = -x\sin\theta + z\cos\theta \end{cases}$ (3) $\begin{cases} x' = x\cos\theta - y\sin\theta \\ y' = x\sin\theta + y\cos\theta \\ z' = z \end{cases}$	三维旋转变换是物体绕坐标轴旋转一角度 θ （1）表示绕 X 轴旋转 θ 角度的变换矩阵 （2）表示绕 Y 轴旋转 θ 角度的变换矩阵 （3）表示绕 Z 轴旋转 θ 角度的变换矩阵

名　称	变换矩阵 T	变换模型	备　注
比例变换	$\begin{bmatrix} k_x & 0 & 0 & 0 \\ 0 & k_y & 0 & 0 \\ 0 & 0 & k_z & 0 \\ 0 & 0 & 0 & 1 \end{bmatrix}$	$x' = xk_x$ $y' = yk_y$ $z' = zk_z$	图形沿着 x、y、z 方向进行放大或缩小的改变，称为比例变换
对称变换	$\begin{bmatrix} a & 0 & 0 & 0 \\ 0 & e & 0 & 0 \\ 0 & 0 & j & 0 \\ 0 & 0 & 0 & 1 \end{bmatrix}$	$x' = ax$ $y' = ey$ $z' = jz$	对称变换也称为镜像变换，a、e、j 系数绝对值为 1，当其中 1 个或 2 个系数为 -1 时，则图形关于一坐标面或原点对称变换
错切变换	$\begin{bmatrix} 1 & d & c & 0 \\ b & 1 & f & 0 \\ h & i & 1 & 0 \\ 0 & 0 & 0 & 1 \end{bmatrix}$	$x' = x + by + hz$ $y' = dx + y + iz$ $z' = cx + fy + z$	图形沿一个方向包含另一方向不改变、而沿第三方向变化，该变换形式称为错切变换。系数不能同时等于 0，正负号表示沿坐标轴的正方向或负方向进行错切变换

五、图形真实感处理简介

图形的真实感处理是使计算机上显示的景物视图能够反映其自然的视觉效果，包括景物的形状、色彩、明暗色调以及表面的纹理等。图形的真实感处理包括对所绘制的模型进行消隐、色彩处理、光照与材质处理、反走样处理、纹理映射、雾化、融合等处理。在此仅对图形真实感处理中的几项主要技术作一简单介绍，即三维实体造型、图形的裁剪、消隐处理、光照模式、透明处理、阴影处理和纹理映射等技术。

1. 三维实体造型

三维实体在计算机中常用的模型表示有：线框模型、表面模型和实体模型等。线框模型是用顶点和棱边来表示实体的形状和构造。该模型结构简单、容易理解，是表面模型和实体模型的基础。但线框模式在构造结构复杂的零件时容易出现零件的形状结构表达不明确等缺点。表面模型是用封闭的表面来定义实体的形状结构。表面模式增加了面的信息和面的特征以及边的连接方向等内容，可以满足对构造的实体作进一步处理的需要。实体模型主要是定义了实体存在于表面的位置，用集合运算构造实体。

无论采用何种方法进行三维实体建模，其实质都是为了利用计算机技术在二维的平面上模拟显示物体在自然状态下的三个方向的尺寸和形状结构。计算机三维实体建模的实现，涉及到物体的投影等一系列变换。其中重要的变换包括：轴测投影和透视投影。轴测投影是平行投影的一种类型，投影线之间相互平行。轴测投影在同一投影面上能够同时反映物体三个方向的尺寸。常用的轴测投影是：正轴测投影和斜二轴测投影。透视投影是模拟自然界中人眼观察事物的现象。透视投影立体感强，更接近人眼观察到的自然界中事物的形状结构。透视投影中投影线间不相互平行，存在一个夹角。投影线在一定距离处会聚为一点，这个会聚点称为灭点。根据灭点数的不同，分别称为一点透视、二点透视和三点透视。

2. 图形的裁剪

在显示各种各样的物体或机件的形状结构时，当需要重点表示物体或机件某一局部的细微结构时，通常在机械制图中会采用局部放大图，即用适当的放大比例将需要表达的机件的某一细小局部结构绘制出详细形状。在利用计算机表示上述内容时就涉及到了图形剪裁的概念。

图形的裁剪就是将在规定显示窗口内的景物或几何元素提取出来，再在指定的计算机显示区域内进行显示。不在显示窗口内或超出显示窗口范围的景物或几何元素不会出现在计算机显示内容中。甚至一些连续的物体或几何元素位于显示窗口边界两侧，超出边界部分也会自动去除，就象用剪刀剪掉一样的效果，所以称为图形的裁剪。

图形的裁剪包括平面裁剪和三维裁剪，通过判断显示的物体或几何元素处于裁剪窗口的位置不同，确定物体或几何元素是全部显示、部分显示或不显示等情况。常用的图形裁剪算法有：线段裁剪编码算法、梁友栋—Barsky 线段裁减算法、Sutherland—Hodgman 多边形裁剪算法和 Welierr—atherton 多边形裁剪算法等。

3. 消隐处理

计算机上显示零件或部件时，有时会出现零件或部件自身的一些结构和零件之间相互遮挡、重叠的现象。计算机要真实地显示零件和部件之间的相互位置关系，被遮挡的部分就不能在图形中出现，因此，必须进行消隐处理。观察点确定后，找出并消除图形中不可见的部分，称为消隐。消隐处理的实质就是在模拟真实世界中的物体时，零部件看不见的部分应不显示。故对显示的物体应进行消除隐藏线和隐藏面的技术处理，从而反映物体之间的遮挡位置关系。常用的消隐算法有：画家算法、深度排序算法、深度缓冲器算法（Z 缓冲器算法）、区域细分算法（Warnock 算法）和 BSP 树算法等。

4. 光照模式

当物体或零件位于不同的光线照射下时，不同材质物体的表面会出现颜色、亮度的差异；对于金属物体表面还会出现高亮点的现象。要用计算机模拟自然界中的物体，不可避免地涉及到光线对物体表面的影响。光照模式描述了物体表面颜色、亮度与物体所在的空间位置、方向、物体属性及光源之间的相互关系，并且根据上述因素计算出在计算机屏幕上对应的表示物体的各像素点的颜色，最终将物体显示。光照模式可以较真实地还原在光照下的物体表面显示的情况。

光照模式包括局部光照明模式（简单光照明模式）和整体光照明模式。局部光照明模式主要考虑的是直射光线对物体表面产生的影响。为了使模拟显示的物体表面更加真实，整体光照明模式同时还考虑到物体之间通过光线的相互作用对物体表面的影响。整体光照明模式将物体在光线照射下的各种现象进行详细分析，建立各种光照射下的数学模型，利用相关算法在计算机上逼真地再现自然界中物体的真实状态。

光照明模式涉及到一些基本概念：环境光、漫反射、镜面反射和折射等。环境光是指物体在没有受到光线直接照射时，其表面仍然具有一定的亮度，这是由于存在环境中周围物体表面再反射的光。漫反射与物体的材质有关。物体的材质粗糙无光泽，其表面反射的光线向各方向散射，当从不同的角度观察物体时，表面亮度几乎完全相同。镜面反射的物体一般表面都非常光滑。当光线照射到物体光滑表面上时，从某一方向观察，会出现某一特别亮的局部区域，形成高光和强光，这个现象称为镜面反射。折射是针对一些透明物体的光照现象：在光线照射下入射光经过这些物体内部后，光线的传播方向发生了改变。

为了增加图形的真实感，必须考虑环境的漫射、镜面反射和折射对物体表面产生的光照效果，光线跟踪就是解决这样问题的一种方法。光线跟踪方法基于几何光学的原理，通过模拟光的传播路径来确定反射、透射和阴影等。由于每个像素都单独计算，故能更好地表现曲面细节。

5. 透明处理

有些物体是透明的，如水、玻璃等。一个透明物体的表面会同时产生反射光和折射光。当光线从一种传播介质进入另一种传播介质时，光线会由于折射而产生弯曲。光线弯曲的程度由 Snell 定律决定。透明处理可以用于显示复杂物体或空间的内部结构。透明度的初始值均取为 1，绘制出物体的外形消隐图。通过有选择地将某些表面的透明度改为 0，即将它们当做看不见的面处理。这样再次绘制画面时，就会显示出物体的内部结构。

6. 阴影处理

当观察方向与光源方向重合时，观察者是看不到阴影的。只有当两者方向不一致时，才会看到阴影。阴影使人感到画面上景物的远近深浅，从而极大地增强画面的真实感。由于阴影是光线照射不到而观察者却可看得到的区域，所以，在画面中生成阴影的过程基本上相当于两次消隐：一次是对光源消隐，另一次是对视点消隐。

7. 纹理映射

在现实生活中，物体表面不是千篇一律的，存在千差万别的自身特点；或者为了物体表面的美观，有时会在物体的表面用漂亮的图样进行装饰。要真实地反映物体表面的特点，在计算机模拟显示中应进行纹理映射的处理。纹理映射技术可以完成物体表面的颜色纹理的处理，如表面的图画、桌子表面的木纹等；还能完成表面的几何纹理的处理，如凸凹不平的表面等。

计算机图形的真实感处理技术不仅仅包含上述内容，更多的内容参见童秉枢等人编著的《机械 CAD 技术基础》以及其他《计算机图形学》的相关文献。

第二节 机械 CAD 图形设计的要点

工程图样是工程技术交流的统一语言。尽管工程图样设计已经是机械设计人员熟知的技能，但是在开发机械 CAD 软件系统时，还是有一些共性的技术问题需要注意。一般情况下，图样采用一组视图和在图上标注的尺寸来表达产品的外形结构，用一系列的技术要求，例如，尺寸公差、形位公差、粗糙度等，来表达产品的制造要求。另外，还需用文字写出不能用符号表示的技术条件，并有标题栏和其他图样的标识。将一幅工程图纸存储在计算机中时，需要将这些信息重新组织。所有图纸包括的信息分成两类存储：几何坐标数据和说明信息。几何坐标数据表达了所设计零件的几何形状；说明信息提供零件的尺寸标注、各种符号和图注。这两类数据常常被划分成若干图素类型，每个图素类型由几何数据及有关说明来定义。在机械 CAD 软件开发过程中，绘图的根本问题就是对基本图素和实体进行科学合理的数据结构定义，该数据结构应能够准确地描述所表示的对象。常用的图素类型有直线、圆弧、曲线、尺寸线、剖面线、标准件和文字等。目前，CAD 绘图软件开发一般已不再从基本图素开始绘图，而是利用现有工具软件的基本功能完成 CAD 绘图。但是，在 CAD 软件绘图时还应注意几个问题，比如全局和局部坐标系的建立、基准点的标记、图面边框设置、图层的划分、线型的设置、常用符号库、标准件库、块操作、智能化尺寸标注、文字属性、实体属性、图形变换、参数化绘图、特征建模、图素和图形数据库表、图形的显示、编辑和保存等。上述功能都可以直接借鉴现有的二维 CAD 软件（如 AutoCAD）或三维 CAD 软件（如

Pro/E)，将其应用到所开发的机械 CAD 软件当中去。例如，在开发机械 CAD 绘图软件时，是否可以将参数化绘图的功能加入到开发软件中？是否可以将绘图导航功能加入到图形交互设计过程中？如绘图和智能性目标捕捉同步进行、动态对齐、附加约束、显示参考标注等。另外，CAD 软件是否具有数据库管理系统以实现产品装配信息和图档的管理？如果开发的软件能达到上述目标，那么它将是一个非常地道的 CAD 软件。下面就机械 CAD 图形设计中应该注意的几点分别加以简要介绍。

一、图形设计方法

在机械装置的设计过程中，通常先设计装配图，然后再拆分装配图、设计部件图和零件图。完成机械工程图纸设计常用以下几种实用的图形生成技术：

1. 实体造型法

在三维几何造型系统中，首先利用系统提供的几何造型方法生成三维装配图，然后利用前面提到的坐标变换或投影变换方法生成二维装配图和零件图，最后在二维视图上再作一些处理和修改，得到完整的装配图和零件图。

2. 自上而下法

在二维绘图系统中，装配图的设计思路是：首先根据设计方案进行装配草图的设计，初步确定各个零部件的形状、大小和位置，然后进行关键零部件的校核计算，再修改完善装配草图，合理确定零部件的结构，最后补充尺寸标注、技术要求等内容，完成装配图的设计。在装配草图设计阶段，必须认真贯彻"边计算、边绘图、边修改"的工程设计理念，将设计中存在的问题消灭在初始萌芽阶段。

3. 自下而上法

在二维绘图系统中，从机械装置的实际装配过程出发，从零件到部件再到装配，自下而上地实现装配图的绘制。首先将最基本的零件组装成部件，然后逐次增加零件组成更大的部件，利用交互手段插入和删除零部件，直至完成所有零部件的设计和装配。这种方法的原理简单、直观。需要解决的主要问题是二维零件叠放时的消隐问题和二维逻辑运算，且存储空间要求较大。

不论是二维图形还是三维图形、也不论是自动化绘图还是交互式绘图，图形设计都是一个从无到有、创作完善的过程。无论利用何种方法进行图形设计，其中都有一些共性的问题，比如参数化设计的问题、特征建模的问题、工程图库管理和应用的问题等。

二、绘图基本环境设置

以计算机绘制二维工程制图为例，绘图基本环境的设置主要包括图幅、坐标系、基准点、线型、颜色和文字属性等。

图幅的大小应根据所绘制零件或部件图样的视图数量、轮廓尺寸大小，同时考虑尺寸标注、形位公差、技术要求、技术特性表、标题栏和明细表等因素来设置（参见机械设计手册或机械制图标准）。

为了便于绘图，在绘图时除了全局坐标系之外，往往还需要建立一个、甚至多个局部坐标系，而且局部坐标系的类型可以不同（如直角坐标系、极坐标系、圆柱坐标系、球坐标系、圆环坐标系等），以便根据相对位置关系进行绘图。

引入层的概念,可以方便地设置层的可见性、冻结性、层高度等属性(如图 5-6 所示的 AutoCAD 的相关设置),便于对不同的层分别进行编辑和修改。比如,第一层绘制中心线,第二层绘制轮廓线,第三层绘制剖面线,第四层绘制尺寸标注,第五层绘制形位公差和粗糙度等,第六层编写技术要求等。

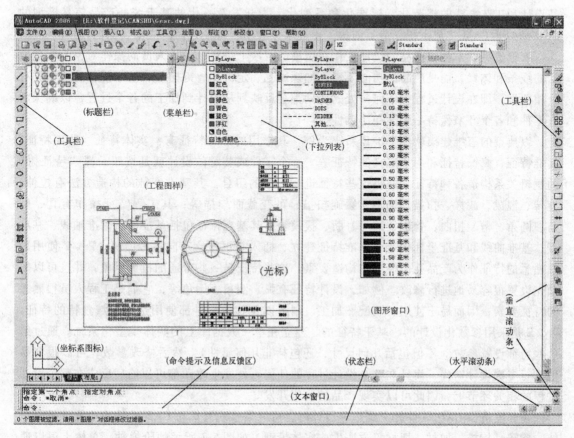

图 5-6 交互式绘图界面

对线型和线宽的设置,应符合国家标准中相应的规定。对一些简化画法也要遵照相应的规定来做。图层以及颜色的规定要考虑到输出设备的配置。

文字属性可以统一或分别定义标注文字、技术要求文字以及标题栏文字等内容的格式,包括字体、字型、修饰等的设置。

除此之外,还应考虑其他绘图环境进行设置(如剖面线型),以满足不同用户的需求。

三、特征造型方法

基于特征的实体造型方法是当前比较流行的 CAD 技术,广泛应用于机械 CAD 的二维和三维结构图形设计中。特征指的是反映产品零件特点的、可按一定原则加以分类的产品描述信息,兼有形状和功能两种属性。特征包含了产品的特定几何形状、拓扑关系、典型功能、绘图表示方法、制造技术和公差要求等,如形状特征、精度特征、管理特征、技术特征、材料特征和装配特征等。基于特征的造型把特征作为零件定义的基本单元,将零件描述为特征的集合。将特征引入几何造型系统的目的是增加几何实体的工程意义,为各种工程应用提供更丰富的信息。特征建模着眼于更好地表达产品完整的功能和生产管理信息，为建立产品的集成信息模型服务。特征的引用直接体现了设计意图，使得建立的产品模型更容易为人理解和组织生产。有助于加强产品设计、分析、工艺、准备、加工、检验各部门间的联系，更好地将产品的设计意图贯彻到后续环节并且及时得到后者的意见反馈。有助于推动行业内的产品设计和工艺方法的规范化、标准化和系列化，为开发新一代的基于统一产品信息模型的CAD/CAPP/CAM 集成系统创造了前提。由此可以看出，特征是面向应用、面向用户的。

特征造型技术使得产品的设计工作在更高的层次上进行，设计人员的操作对象不再是原始的线条和体素，而是产品的功能要素，如螺纹孔、定位孔、键槽等。基于特征的建模具有全相关性，即在设计过程中任何一处的变动都会反映到从设计到加工的各个过程，以确保所有零件和各个环节保持一致性和协调性。

以典型的三维建模软件 Pro/E 系统为例，其常用的形状特征有：实体特征、曲面特征、基准特征、修饰特征和用户定义的特征等。一个零件或装配的设计就是按照一棵"特征树"的逻辑关系构造各种特征、并将这些特征进行有序的组合。其基本特征的构造方法有拉伸、旋转、混成、放样、扫描、偏距、螺旋扫描、可变截面扫描等；其工程特征操作有孔、倒角、圆角、槽、扭曲、管道、抽壳、肋、拔模等；其基准特征包括基准面、基准轴线、基准点、基准曲线和基准坐标构造，基准特征建立、插入与更改，定向参考面等。Pro/E 使用用户熟悉的特征作为产品几何模型的构造要素。这些特征是一些普通的机械对象，并且可以按预先设置很容易地进行修改。例如，设计特征有弧、圆角、倒角等，它们是工程人员很熟悉的特征要素，因而易于使用。装配、加工、制造以及其他学科都使用这些领域独特的特征。Pro/E 是采用参数化设计的、基于特征的、建立在单一数据库上的实体模型化系统。通过给这些特征设置参数（不但包括几何尺寸，还包括非几何属性），然后修改参数，可以很容易地进行多次设计迭代，而且在整个设计过程的任何一处发生改动都可以前后反应在整个设计过程的相关环节上，因此可以实现产品的快速开发。

在开发机械 CAD 软件的三维造型设计时，可以借鉴现有优秀 CAD 软件的功能，采用拉伸、旋转、扫描、加材、切材等方法生成实体模型。如图 5-7 所示的阶梯轴，总体上可以通过旋转的方法形成轮廓，或者分段采用拉伸的方法形成各轴段，然后采用挖切、修剪等方法形成键槽、倒角、螺纹等结构。这种分步骤造型方式也便于对实体进行编辑、修改。又如图5-7 所示的滚动轴承的结构，其内外圈可以用旋转扫描的方法生成，而滚动体可以用旋转阵列的方法生成。再如图 5-7 所示的直齿圆柱齿轮，其轮坯可以通过拉伸的方法形成，而轮齿

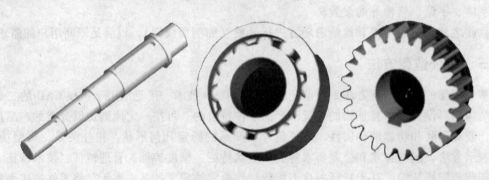

图 5-7　实体造型实例

可以通过旋转阵列的方法形成。同理，螺纹连接的布置结构可以通过圆周阵列和矩形阵列的方法完成螺纹连接的结构设计。实体造型途径有很多，因此，在开发机械 CAD 软件时，应充分考虑各种途径的可能性，给用户提供尽可能多的选择。

智能特征技术（SWIFT）能自动整理和排列应用特征的顺序，让设计人员专注于产品的设计工作而非设计工具本身，尽可能减少工程师花在思考如何使用三维 CAD 软件上的时间，大大地提高了设计人员的设计效率，最大程度地降低使用三维 CAD 软件的成本。

四、参数化/变量化设计

参数化设计是用几何约束、工程方程与关系来定义产品模型的形状特征，也就是用熟知的基本特征作为零件几何模型的构造要素，对零件上的特征设置参数来施加各种约束形式，从而达到设计一组在形状或功能上具有相似性的设计方案，修改参数很容易进行多次设计，实现产品快速开发。目前，能处理的几何约束类型基本上是组成产品形体的几何实体工程尺寸关系和尺寸之间的工程关系，故参数化设计又称为尺寸驱动几何设计。它的主要特点是：基于特征、全尺寸约束、全数据相关、尺寸驱动设计修改。参数化设计与修改为产品结构设计的自动化奠定了基础。为了快速进行变形设计，参与装配的零部件图形必须参数化，拼装的装配图也要参数化，以便有装配关系的零部件图能关联起来，并自动地实现变形设计。

通过编程实现参数化设计，其程序设计的总体思路是：将设计计算的关系式融入程序中；在程序的控制下，执行计算及交互输入主要参数，程序对输入参数进行有效性检验；根据用户的交互输入完成结构模型的绘制。参数化绘图程序设计的步骤大体如下：

1）明确特征模块的功能。根据软件设计的整体思路和"高内聚、低耦合"的原则，确定模块要画什么样的图形，并绘出效果图。

2）定义模块需要输入的参数。模块输入的参数一般有绘图基点、尺寸、比例、角度、是否标注尺寸等，剖面图还要输入是否绘制剖面线的信息。选择绘图基点时，既要考虑图形定位的需要，又要方便坐标计算。尺寸参数则是根据效果图归纳出的、能够绘出此图的最少尺寸数据。设计程序时，绘图表示这些尺寸参数的意义和相互关系，以便于查对。

3）坐标计算与转换。无论多么复杂的图形，都能用直线和一些简单曲线组合而成，绘图的难易取决于这些直线和曲线的控制点坐标的计算是否容易。选一个方便的坐标系，算出绘图控制点的坐标。然后，利用计算机图形学的知识，将各点坐标按指定比例和角度转换到图纸坐标系中去。设计程序时，要绘出坐标点位置图，以便查对。

4）绘制基本图形。通过调用绘图命令将上述控制点连接起来，再调用编辑命令进行复制、阵列、镜像、倒圆、倒角等操作，就可以得到所要画的图形。如果填充剖面图案，最好在这个阶段选好填充边界。

5）标注尺寸。如果上层模块要求标注尺寸，绘图模块就要根据效果图算出尺寸的标注位置，确定标注内容，然后通过调用标注尺寸命令或函数进行尺寸标注。

参数化设计的设计对象结构、形状一般比较定型，可以用一组参数来约定尺寸关系；参数的求解较简单，参数与设计对象的控制尺寸有显式对应关系；设计结果的修改受尺寸驱动。参数化设计技术适合于设计过程比较明确的工作，生产中最常用的系列化标准件就属于这一类型。可以通过实体模型属性数据库，方便地实现参数化机械设计和修改，其前提条件是对实体对象建立科学合理的数据模型和数据结构。良好的数据模型能建立产品装配图与零部件之间的配合关联与尺寸关联，并通过数据库管理系统实现工程图纸信息和产品装配信息的管理。

参数化技术有两个明显不足：首先，基于全尺寸约束的参数化设计对设计者的创造力和想象力有着极大的限制；其次，在设计中某些关键的拓扑关系一旦改变，则系统有可能因为失去某些约束特征而导致数据混乱。

针对参数化设计的局限，出现了变量化设计。变量化设计的设计对象的修改具有更大的自由度，通过求解一组约束方程来确定产品的尺寸和形状。变量化设计允许尺寸欠约束的存在，这样设计者便可以采用先形状、后尺寸的设计方式，将满足设计要求的几何形状放在第一位而暂不用考虑尺寸细节，设计条件相对宽松。变量化设计可以用于公差分析、运动机构协调、设计优化、初步方案设计选型等，尤其在做概念设计时，显得更加得心应手。变量化技术既保持了参数化技术的原有优点，同时又克服了它的一些不足之处，为 CAD 技术的发展提供了更大的空间。

五、特殊功能模块和图形库

在应用 CAD 技术进行机械产品的设计过程中，为了提高设计效率和质量、节省图形文件的存储空间，经常需要使用由各类标准件、结构模块、标注符号和专用图形等构成的绘图功能模块或图形库。在建立这些绘图功能模块或图形库时，一般需要对图形进行仔细分析，提取出其中共同的特征要素，从而有针对性地建立相应的模块或库。这样建立的零部件库也为复用（reuse）的设计方法提供合理、可靠的零部件，并使设计、制造的成本大幅度降低。

不管组成机器或部件的零件如何复杂，一般可以根据零件的结构形状，大致分为四大类：轴套类零件、盘盖类零件、叉架类零件和箱体类零件。分类是分析问题、解决问题的一个基本方法。经分类后，零件的结构设计就有了各自的特点。

以轴类零件为例，轴类零件是机械产品中常用的零件，属非标准化零件。它的结构各不相同，但从组成轴的各部分轴段来看，它们却具有一定的规律。轴类零件可以认为是由不同直径的圆柱段、圆锥段和花键（套齿）段及螺纹段等组成。而圆柱、圆锥均可由它的直径和长度来参数化，螺纹段的设计可以按螺纹直径和长度参数化。因此，轴类零件参数化设计可转化为对组成轴的各轴段参数化。轴的几何结构分为轴段结构和附加结构两大类。其中轴段结构指其几何外形可以单独构成轴的一段的结构，包括光轴段、齿轮轴段、蜗杆轴段、螺纹轴段、花键轴段、环槽、退刀槽和过渡圆角等。附加结构指不能单独构成轴的一段而只能附加在轴段上的结构，包括平键、键槽、横孔和中孔等。在产品设计时，按一定要求赋给各轴段的直径和长度参数值，然后把它们放到相应的位置，逐段进行拼接，就可构成一根完整的满足设计要求的轴（其中包括尺寸、各种公差等）。例如，如图 5-8 所示的阶梯轴的零件工作图，至少可以提取出倒角、轴段、轴环、平键槽、螺纹、剖视图等几个典型的基本特征要素，另外，还可能有花键、横孔、环槽等结构，如图 5-9 所示。有时这些基本特征要素还会组合形成复合特征要素。在进行轴的结构设计和绘图时，应全面考虑这些特征要素的绘图功能模块参数设置以及功能模块之间的参数协调。其中剖面线的处理是 CAD 系统一个重要的组成部分，也是难度较大的一个问题。处理剖面线的技术有两个关键环节：区域确定和剖面线绘制。绘制的剖面线参数包括线型、倾角和间距等。在轴的结构设计时，可以将轴段、轴肩、轴环、倒角、圆角、螺纹退刀槽、砂轮越程槽、键槽、螺纹和中心孔等图素形状特征分别设计成独立的模块，通过参数传递，确定结构尺寸，然后通过参数化图素拼装实现整个零件的绘制。

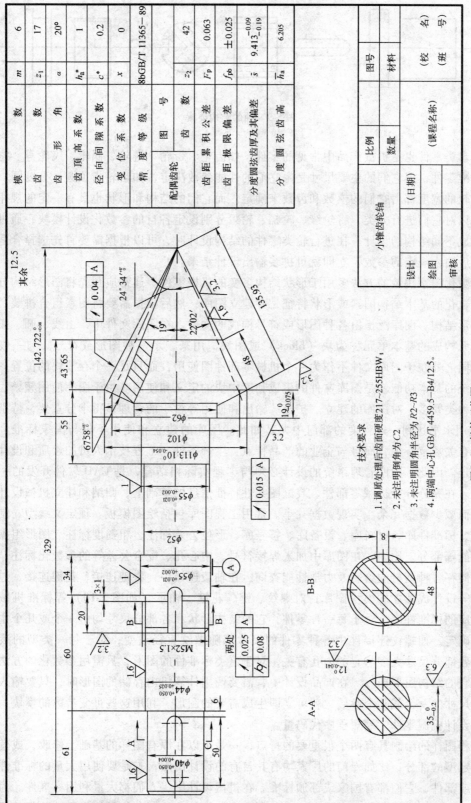

图5-8 轴的工作图

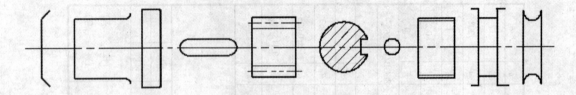

图 5-9　轴的结构要素

　　轮盘类零件也是机械产品中常见的零件，如齿轮、带轮、链轮、涡轮、飞轮等。它们不属于标准零件，但它们的主要尺寸是由它们的性能参数决定，如齿轮齿顶圆、分度圆、齿根圆、齿轮的宽度都由它们的模数和齿数来确定。而它们的结构和形状也具有一定的规律。因此，可以对它们进行分类，将轮缘、轮幅、轮毂分别设定各自的参数化设计模块，通过数据关联完成不同结构的设计。在进行轮类零件的结构设计时，可以根据需要首先选择合适的类型，然后输入规定的参数，立即就可拼装输出设计结果。

　　参数化图素拼装的方法多用于形状结构多变的机械零件。通常应预先将图形结构分解为容易参数化的基本结构图素或形状特征，并建立图库；然后根据需要将图素组合拼装，形成各种图形结构。图库泛指由各种图形或符号构成的文件。在图库文件中，由线、圆、弧和文字等图元构成的基本单元称为块（block）或图块，用来表示一种图形或符号。与一般图形文件不同之处在于图库文件不作为一个机械零部件图使用，而只是一个存放块的位置。图库管理系统的基本功能就是图库文件的生成和库中块的定义和使用。由于图库使用频繁、组成复杂、种类繁多，对图库的建立、扩充、输出和使用等科学的管理显得十分重要，特别是在CAD应用水平达到一定程度的部门中尤其如此。图库的建立和使用不仅与国家标准、行业标准和有关规范有关，而且与企业的产品特点、生产条件、工程技术人员的素质和设计习惯密切相连。因此，图库管理系统的设计必须与工程实际相结合，是CAD软件开发的一个重要内容。在充分分析机械零部件、装配图共性特征信息的基础上，归纳和建立机械设计图形库，从而减少数据冗余、实现数据共享。常用工程图库包括绘图模板、预定义线型、制图基本要素、标准件库、材料库、设备库、符号库、形位公差标注、粗糙度标注、图形组操作和辅助功能等部分。比如，在图库中加入焊接符号、中心孔、配合公差等的参数化标注；在材料库中储存各种型材的绘制及力学性能查询；在轴毂连接中，将键连接、花键连接、过盈配合连接等设计成独立的模块图库；对螺纹、键、花键、轴承（如图5-10）等标准机械零件建立相应的标准件库。对于每一种零件，它的结构形状和各部分尺寸均由一个或几个主要的参数来确定，如螺纹连接件中各种零件的尺寸都随螺纹直径改变；对于每一类型的滚动轴承，其各部分尺寸大多与它的内孔有关，对于这类标准件的图形，只需用参数化的方法设计和存储它的结构图形即可。在产品设计中，需要调用计算机内存储的图形时，只要输入决定各部分尺寸的一个或几个参数，就可立即生成需要的图形。利用这些可变参数的模块，可以方便地设计机械零件，缩短程序代码量。

　　工程图样的绘制具有两个很重要的特点，一是可以在原有图样的基础上修改，或套用以前设计定型的部分，比如专门的厂家均有其自有的设计图库；二是要使用大量的标准件，标准结构或部件，它们都有国家或部颁标准。在机械设计中，人们都大量利用标准件。为了保证表达的完整性，设计者在设计过程中必须认真地按标准绘制。如果能将标准件的数据和相

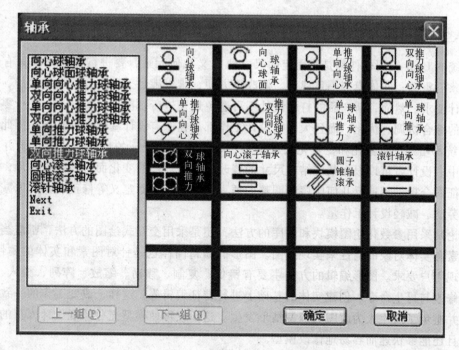

图 5-10　滚动轴承标准件库

应的图形存储在计算机中，在设计过程中由用户选择调用，将会大大提高绘图的速度和质量。正因为如此，在现实生活中购买设计软件时，一般有经验的用户都会十分关心软件所提供的设计标准件和常用件图库的数量和质量。所以，为了提高交互绘图或者自动绘图的效率，往往要建立一些标准图形库供设计人员调用。对于系列化产品需要建立一个大的图形库，把各种系列产品的图样全部存入库中。在新产品设计时，可以把老产品的图样分别调出进行适当的修改。零件的结构定型后，再校核它的力学性能，当满足要求就可以输出设计结果。如，各种系列的电动机和减速器的设计，这类零件和产品设计采用该种设计方法效率很高。

　　当然，由于实际工程设计的复杂性和多样性，任何一个 CAD 软件系统都无法满足所有用户的每一个要求。行业的差别就造成了基本件的不同。为了简化 CAD 软件系统，一般可以构建不同专业的图形库并做成独立的库模块，外挂在 CAD 软件上。CAD 软件系统除了包含丰富的标准件图库外，还提供由用户自建或扩充标准件库的方法，用户可以建立或补充所需要的标准件或常用件图库，任意扩充自己的图库。这样，CAD 软件系统本身很精炼，而当需要某种专业图形库时，可以随时将相应的图形库挂接在上面，或者用户可以扩建自己的专业图形库。CAD 系统可以事先将需要的"积木块"图形库造好，建成目录式图库。当需要使用它们时，只需从目录中拖出放到想要的地方就可以完成不同行业的设计要求。这就可以很好地满足市场中不同用户的千变万化的需求。

　　另外，在使用常规设计方法进行工程设计的过程中，通常需要查阅大量的手册、文献及各种数据图表，这也是一件既费时又费力的工作。使用计算机进行辅助设计之后，人们期望这种情况会有所改观。目前，一般设计资料都可以以数据库的形式存放在局域网或因特网上，供使用者随时查询。由此可以看到，CAD 软件还必须具有存储和使用本机或网络上的设计数据库的能力。

六、图形编辑和逻辑运算

传统的 CAD 绘图软件都是用固定的尺寸值定义几何元素，要进行图面修改只有删除原有的线条后重画；实体模型一旦建立，修改不方便，难以满足工程设计中重复设计、反复修改的设计要求。然而，新产品的打样设计不可避免地要进行多次反复的修改，进行零件形状和尺寸的综合协调、优化，而且大多数设计工作都是在原有设计基础上的改进。因此，新的 CAD 系统都增加了参数化和变量化设计模块，将用于创建特征的尺寸与关系记录并存于设计模型中。设计者可以根据某些结构尺寸的修改和使用环境的变化而自动修改图形，可以随时对特征做合理、不违反几何顺序的调整、插入、删除、重新定义等修正动作，以减少大量的重复劳动、减轻设计工作量。

无论是采用参数化绘图模块和图库的方法，还是采用交互式绘图的方法，都应当是通过修改图素和实体对象的属性来实现绘图。图形的编辑同样也是针对图素和实体的属性修改，从而实现用户要求。图形编辑的方法主要有镜像、复制、移动、缩放、阵列、插入、删除、特征的修改与再生命令、创建实体的基础上进行特征编辑等。这样，改变工作的一致性藉以达到，并避免了发生人为改图的疏漏情形发生。这不仅可使模型充分体现设计人员的设计意图，而且还能够快速而容易地修改模型。

机械零件和机械产品的几何形状多数是由立方体和圆柱体等简单几何形体组合而成的。因此，若事先在计算机内定义出基本的立体形状（体素），就能够利用体素的组合表示各种复杂的几何形体。在利用体素进行组合构成新的几何形体时，要在这些体素之间进行所谓的和（Union）、差（Substraction）、交（Intersection）等几何形状的逻辑运算。通过各实体元素间的"与"、"或"、"非"、"异或"、"异或非"等逻辑运算，可以构造更为复杂的三维实体模型。逻辑运算功能是建立在严格的拓扑几何基础上的。需要注意的是，在逻辑运算过程中必须保证满足逻辑运算的边界条件，比如需要合并的图素是否具有共同边界、逻辑运算后是否存在重复的图素等。在构建零件图和装配图时也都适于采用逻辑运算，并能保证绘图的准确性。

设计历史记录了创建模型的特征顺序，即模型的特征结构。"特征树"不仅可以显示特征创建的顺序，而且还可以得到特征的相关信息和对特征进行操作。在进行实体建模时，除了要考虑草图尺寸标注及特征的选择外，建模的方式以及建模的先后次序也非常重要。如前面所述，很多商用 CAD 系统都采用一种树状结构的表达方式来显示建模的特征历史。由于改变特征的先后次序会改变模型的形状，因此，新的特征必须添加在模型特征树的适当位置上才能得到理想的结果。不正确的添加或修改特征会使模型错误地改变，甚至会导致部分特征失效。直到目前为止，许多 CAD 软件都需要设计人员接受专门的培训和掌握相当的建模技巧和经验，才懂得在哪里及如何添加新特征和对现有特征实施改变。因此，如何减少许多人为改图的工作时间与人力消耗，是图形修改必须关注的重要技术问题。

七、尺寸标注

尺寸标注是绘制工程图样必不可少的内容。作为一幅表达清楚、完整的工程零件图样，除了要有表示零件外部形状和内部结构的一组符合标准要求的视图外，还必须在视图上按国家标准标注出零件各部分的尺寸和尺寸公差、形状和位置公差、表面粗糙度等技术要求，文字也作为一个基本图形，统称为图形符号。依据功能不同，尺寸标注可归纳为：线性尺寸、半径类尺寸、直径类尺寸、引出旁注类标注、角度类尺寸、形位公差、表面粗糙度、标题栏和明细表等。从尺寸标注涉及的图素看，主要是直线（箭头、尺寸线、尺寸界线）、圆弧及圆弧箭头、字符及符号。开发尺寸标注软件的关键在于必须符合有关国家标准，并尽可能操作方便、智能化。尺寸标注应该能自动判断标注的类型、空间位置、方向、大小、风格等，实现智能化的绘图。

八、图档管理系统

图档的计算机管理是 CAD 技术发展的必然结果，并成为 CAD 技术的重要组成部分，同时也是产品信息管理的基础。由于产品图纸的技术文档具有数量大、类型复杂的特点，所以，利用磁盘目录结构和特定命名规则进行管理已难以适应这种要求。数据库管理系统有效地解决了这一问题，同时也极大地促进了 CAD 技术的发展，提高了工作效率和经济效益。

数据、图形是 CAD 应用系统的重要组成部分。在 CAD 环境下实现对产品图纸的图形与数据信息的集成管理，可以从零件图、装配图和数据库这三个通道输入产品的数据信息。自动建立产品结构树和图纸的分类与编码，能够完成图纸查询、显示、修改和存储等功能，自动生成图样目录和标准件、通用件、外协件的分类表等。

图档管理系统主要是对产品图纸和相应的技术文档进行计算机管理。图纸管理系统一般应具有对产品类型和名称以及图纸信息的选择、创建、添加、删除、编辑、修改、查询和统计等功能。以便对图纸进行操作和管理，对产品的信息进行统计和查询，形成各种报表和技术文档等。

建立图档管理系统，可以保证设计数据的统一性。对于大型企业、图纸数量特别庞大和复杂的 CAD 系统来说尤其重要。在实施 PDM 前，可以把数据与图形从 CAD 程序中独立出来，建立单独的数据库，进行独立管理。目前，大多数的 CAD 软件都提供了与数据库的接口 ODBC。这样，不同的程序都可与数据库交换信息，实现数据共享。数据与程序的分离，减少了各程序模块的依赖性，方便了程序的修改与扩充，而且提高了管理效率，为应用先进的设计方法（系列化、通用化、模块化等）和标准化技术提供了条件。

单纯的图档管理系统管理的数据是相对静态的，基本在图纸完成或者齐套的基础上进行管理，类似于归档处理。但是仔细分析企业的现实状况，最让人着急和头痛的不是这些齐套的、相对稳定的归档图纸问题，而是那些在研发试制或改型设计过程中产生的相对零散的、更改频繁的产品图纸。如何在最短时间内完成对它们的设计、更改、审批、发放、通知等问题，是解决企业"信息孤岛"、"实时反馈"问题的关键。这就需要有支持产品整个生命周期流程的集成系统支撑，对设计制造过程中的中间数据或阶段性的结果进行有效的协同管理和控制。

第三节　机械 CAD 图形交换接口

一、机械 CAD 图形交换接口简介

所谓图形交换接口，实际上是一种能够实现两个以上系统间信息交换的程序或方法。图

形交换接口的核心内容就是由其中一个系统（文件）读出信息，将信息写入另一个系统（文件）。一个功能完善的 CAD 系统可能包括很多独立的模块，如设计计算、图形处理、数据管理、校核计算、有限元分析、设计优化、数控代码输出等。一些现成的软件系统往往只是针对某一类问题而设计的，如图形软件（如 AutoCAD 等）有很强的图形生成和编辑能力，有限元分析系统（如 ANSYS 等）擅长有限元数值分析计算，数据库管理系统（如 Oracle 等）适合于建立和管理数据库。利用这些现成的资源，作为二次开发的某些功能模块，使不同系统间的数据相互交换，是实现大 CAD 系统或 CAD/CAM 集成系统的重要内容。这就要求把这些产品信息以计算机能理解的形式表示，而且在不同的计算机系统之间进行交换时保持一致和完整。产品信息的交换包括信息的存储、传输、获取和存档等。

图形处理模块是 CAD 系统最基本的模块，是整个 CAD 系统显示、编辑和输出设计结果的环境。高级语言在机械 CAD 的数值计算、人机交互方面有着无可比拟的优势。当需要将已经完成的图形文件作进一步处理时，将图形系统与高级语言相结合进行 CAD 软件系统的开发，是解决问题的很好途径。图形系统与高级语言的接口是其中的关键问题。也就是说，必须把图形系统产生的图形文件转换为一种图形系统和高级语言都能识别的文件格式。根据是否通过中性文件，接口方法分为两类：间接型接口和直接型接口。

1. 间接型接口

间接型接口实际上由两部分组成：第一部分接口实现图形系统二进制码图形文件与以 ASCII 码形式存放的国际标准化图形文件（如 IGES 文件或 DXF 文件）之间的相互转换；第二部分接口实现国际标准化图形文件与高级语言图形信息的相互转换，如图 5-11 所示。

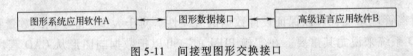

图 5-11　间接型图形交换接口

第一部分接口一般是图形系统提供的，如 AutoCAD 中的 DWG 文件与 DXF 文件接口。在 AutoCAD 环境中，执行 DXFOUT（或 IGESOUT）命令，可将当前 DWG 格式文件输出转换为一个 DXF（或 IGES）文件。第二部分接口实现起来是比较容易的，因为国际标准化图形文件的数据格式是公开的，而且是以 ASCII 码形式存放的。第二部分接口的实现实际上就是高级语言对一个已知格式的 ASCII 码文件的读写操作。在具体应用中，由高级语言开发的计算模块对 ASCII 码文件进行读写操作，获取图形中的相关数据；经过计算得到最终结果或把优化设计后的数据写入 ASCII 文件重新转换成 DWG 格式文件，得到优化设计后的图形。间接型接口的主要优点是设计简单，可移植性好；缺点是转换步骤多，转换时间长，转换的实时性差。

由于 DXF 文件与 IGES 文件是大多数图形系统所支持的，而几乎所有的高级语言都能对 ASCII 码文件进行读写操作，因此间接型接口方法具有通用性。

2. 直接型接口

直接型接口实际上是高级语言对结构复杂的二进制码图形文件进行的读写操作，如图 5-12 所示。该方法要求开发人员具有很高的文件处理能力，能够正确分析图形文件的数据结构。由于系统图形文件的数据格式一般是保密的，文件又

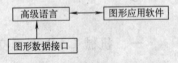

图 5-12　直接型图形交换接口

是以二进制码的形式存放，所以分析起来非常困难。不同的图形系统存放图形文件的格式不一样，因此接口的可移植性也差。但是直接型接口较间接型接口具有转换步骤少、转换时间短、转换实时性好等优点。

计算机图形数据接口是为了提高计算机图形软件、应用软件以及相关接口软件在不同的计算机软硬件和图形设备之间的可移植性。各种 CAD 软件只有通过权威组织制定的接口标准才能进行数据交换，例如，在大多数机械 CAD 应用程序中，常见的图形标准格式有：DXF、IGES、STEP、ACIS、x_t/x_b、VDA_FS、STL、DWF 和 WMF 等。

二、常用图形接口标准

1. 基本图形交换规范标准

基本图形转换规范（Initial Graphics Exchange Specification，IGES）是为解决数据在不同的 CAD/CAM 系统间进行传递的问题而定义的一套表示 CAD/CAM 系统中常见几何和非几何数据格式的文件结构。IGES 是 ANSI 和工业界共同制定的标准，不是 ISO 标准，是事实上的工业标准。它以产品设计图样为直接处理对象，规定了图样数据交换文件的格式规范。现有的不同公司开发的 CAD 软件，其内部图样数据储存格式各不相同，但都可以遵循 IGES 标准的规定，将其内部图样数据库的数据转换为符合 IGES 标准的数据文件输出，也可以接受 IGES 格式的数据文件输入。这样，经过 IGES 格式数据文件的中介作用，就可以实现在不同 CAD 系统之间交换设计图样信息。这个标准不仅对图形，而且对产品设计和制造中的定义数据规定了统一的标准格式，它是独立于具体系统的。IGES 标准在 CAD 领域是应用最广泛、最成熟的标准。它的特点是数据格式相对简单。如果发现使用 IGES 接口进行数据交换所得结果有问题时，用户对结果进行修补较为容易。但是，IGES 标准有其固有的缺陷，这主要是因为制造业的数据在不同领域中的多样性和复杂性造成的。它不可能适应所有的情况。

IGES 标准把对产品的定义或工程图样视作许多单元的集合。在 IGES 中，单元分为三大类：几何单元、标识单元和结构单元。属于几何单元的如定义产品形状的直线、圆及表面等；属于标识单元的如尺寸标注、标题栏等；属于结构单元的如子图形的形成、属性的定义等。

在 IGES 数据交换文件中表示信息的基本单位就是元素（Entity）。在 IGES 标准中定义了五类元素：曲线和曲面几何元素、构造实体几何 CSG 元素、边界 B – Rep 实体元素、标注元素和结构元素。每种元素都有唯一的元素类型号与之对应。元素类型号从 0000 到 0599、从 0700 到 5000 由 IGES 标准本身使用，元素类型号从 0100 到 0199 一般保留为几何元素的类型号；元素类型号从 0600 到 0699、从 10000 到 99999 作为宏元素。需要注意的是，元素类型号目前并没有被全部使用，有些号码是空的，不对应任何元素。一些元素包含有形式（Form）号作为一个属性，用来在固定的一个类型中进一步定义或细分一个元素。元素集中还包含一些用来表示元素之间相关性和元素性质的特殊元素。相关性元素提供了在元素间建立的联系及其所代表含义的一种机制；特性元素允许指定一个元素或一些元素特殊的性质，如线宽。

IGES 文件由五或六段组成：标志（FLAG）段；开始（START）段；全局（GLOBAL）段；元素索引（DIRECTORY ENTRY）段；参数数据（PARAMTER DATA）段；结束（TERMINATE）段。其中，标志段仅出现在二进制或压缩的 ASCII 文件格式中。

一个 IGES 文件可以包含任意类型、任意数量的元素，每个元素在元素索引段和参数数据段各有一项，索引项提供了一个索引以及包含一些数据的描述性属性；参数数据项提供了特定元素的定义。元素索引段中的每一项格式是固定的。参数数据段的每一项是与元素有关的。不同的元素其参数数据项的格式和长度也不同。每个元素的索引项和参数数据项通过双向指针联系在一起。

文件分段书写，每段若干行，每行 80 个字符。每行的第 1～72 个字符为该段的内容；第 73 个字符为该段的段码；第 74～80 个字符为该段每行的序号。各段的段码标识：字符 "B" 或 "C" 表示标志段；"S" 表示开始段；"G" 表示全局段；"D" 表示元素索引段；"P" 表示参数数据段；"T" 表示结束段。

(1) 开始段（Start Section）

文件的开始段是一些有关该 IGES 文件前言性质的说明。一个开始段的例子见表 5-3。

表 5-3　IGES 开始段的格式

列　序	1～72	73～80
内容	可供人阅读的有关该文件的一些前言性质的说明 在第 1～72 列上可以写入任何内容的 ASCII 码字符	S0000001 S0000002 S000000N

(2) 全局段（Global Section）

文件的全局段包含由前置处理器写入、后置处理器处理该文件所需的信息。它描述了 IGES 文件所使用的参数分隔符、记录分隔符、文件名、IGES 版本、直线颜色、单位、建立该文件的时间、作者等信息。详细说明见表 5-4。

表 5-4　IGES 全局段的内容

索　引	类　型	描　述
1	字符串	参数分隔符（默认为逗号）
2	字符串	记录分隔符（默认为分号）
3	字符串	发送系统产品 ID
4	字符串	文件名
5	字符串	系统 ID
6	字符串	前置处理器版本
7	整数	整数的二进制表示位数
8	整数	发送系统单精度浮点数十进制最大幂次
9	整数	发送系统单精度浮点数有效位数
10	整数	发送系统双精度浮点数十进制最大幂次
11	整数	发送系统双精度浮点数有效位数
12	字符串	接收系统产品 ID
13	实数	模型空间比例
14	整数	单位标志
15	字符串	单位
16	整数	直线线宽的最大等级

索　引	类　　型	描　　述
17	实数	最大直线线宽
18	字符串	交换文件生成的日期和时间，格式为13HYYMMDD.HHNNSS，其中13表示字符串长度；H表示字符串；YY表示年数的末两位；MM表示月（01～12）；DD表示日（01～31）；HH表示小时（00～23）；NN表示分钟（00～59）；SS表示秒（00～59）
19	实数	用户设定的模型等级的最小值
20	实数	模型的近似最大坐标值
21	字符串	作者名
22	字符串	作者单位
23	整数	对应于创建本文件的IGES标准版本号的整数
24	整数	绘图标准
25	字符串	创建或最近修改模型的日期和时间

（3）元素索引段（Direction Entry Section）

每一种元素对应一个索引。每个索引记录含有20项，每一项占8个字符。每个索引在元素索引段中占两行，索引说明见表5-5。

表5-5　IGES元素索引段的格式

1～8	9～16	17～24	25～32	33～40	41～48	49～56	57～64	65～72	73～80
(1)	(2)	(3)	(4)	(5)	(6)	(7)	(8)	(9)	(10)
Entity Type Number #	Param. Data p	Struc-ture #, p	Line Font Patt. #, p	Level #, p	View 0, p	Trans. Matrix 0, p	Label Disp. Assoc. 0, p	Status Number #	Seq. Number D#
(11)	(12)	(13)	(14)	(15)	(16)	(17)	(18)	(19)	(20)
Entity Type Number #	Line Weight Number #	Color Number #, p	Param. Line Count #	Form Number #			Entity Label	Entity Subs. Number #	Seq. Number D#+1

注：(n)—域号，n#—整数，p—指针，#，p—整数或指针，0，p—零或指针
说明如下：
1）元素类型号；
2）参数指针，说明该元素的参数在参数数据段的开始行号；
3）版本，说明采用的IGES版本号；
4）线型，IGES文件中的线型用整数表示，所提供的线型如下：
　　　　　　1：Solid（实线）
　　　　　　2：Dashed（虚线）
　　　　　　3：Phantom（剖面线）
　　　　　　4：Center（中心线）
　　　　　　其他线型，需在文件中自行定义；
5）图层，存放图层名或它的指针；
6）视图，存放视图指针；
7）变换矩阵，此项为块插入时相应的变换矩阵的索引在索引段的开始行号；
8）标号显示；
9）状态号，从左到右，每两个字符含义如下：
　　　　　　第1，2个字符：存在的状态；
　　　　　　第3，4个字符：相关性；

第5，6个字符：形成特征；

第7，8个字符：体系特征。

10）段码和序号；

11）元素类型号，同第一项；

12）直线的权号；

13）颜色号，IGES文件中颜色号定义如下：

1：Black 黑

2：Red 红

3：Green 绿

4：Blue 蓝

5：Yellow 黄

6：Magenta 深红

7：Cyan 青

8：White 白

14）参数记录数，元素的参数在参数数据段中的行数；

15）形式号，细分元素为不同的形式，不同元素其形式号的含义也不同；

16）留作将来使用；

17）留作将来使用；

18）元素标号；

19）元素下标号；

20）段码和序号，序号等于第10项的序号加1；

（4）参数数据段（Parameter Data Section）

该段记录了每个元素的几何数据，其格式是不固定的。根据每个元素参数数据的多少，决定它在参数数据段中有几行。格式见表5-6，其中DE为该元素在元素索引段中的元素索引的开始行号。

表 5-6　IGES 参数数据段的格式

1 ~ 64	65 ~ 72	73 ~ 80
元素类型号和由参数分隔符分隔的参数列	DE 指针	P0000001
参数列的结束由记录分隔符表示	DE 指针	P0000002
⋮	⋮	⋮

（5）结束段（Terminate Section）

结束段只有一行，见表5-7。在前32个字符里，分别用8个字符记录了开始段、全局段、元素索引段和参数数据段的段码和每段的总行数。第33~72个字符没有用到。最后8个字符为结束段的段码和行数。

表 5-7　IGES 结束段的格式

1 ~ 8	9 ~ 16	17 ~ 24	25 ~ 32	33 ~ 40	41 ~ 48	49 ~ 56	57 ~ 64	65 ~ 72	73 ~ 80
S0000030	G0000003	D0000600	P0000343	—	—	空白	—	—	T0000001

2. 图形交换文件 DXF 接口

图形交换文件（Draw – eXchange File，DXF）的图形标准数据交换格式是 AutoDesk 公司图形设计软件 AutoCAD 使用的图形数据文件格式。DXF 虽然不是标准，但由于 AutoCAD 系统的普遍应用，所以，DXF 文件也就成为事实上中性文件的一种类型，是事实上的图形交换接口标准。DXF 是具有专门格式的 ASCII 码文本文件，可以用文本编辑命令对其进行修改。它易于被其他程序处理，主要用于实现高级语言编写的程序与 AutoCAD 系统的连接，或其他 CAD 系统与 AutoCAD 系统交换图形文件。DXF 文件比 IGES 文件更简单易懂，但是 DXF 文件格式能定义表达的内容不如 IGES 丰富。

一个完整的 DXF 文件是由四个段和一个文件结尾组成的，分别是：标题（HEADER）段；表（TABLES）段；块（BLOCKS）段；实体（ENTITIES）段；文件结束（EOF）。一个 DXF 文件的框架如下：

```
0... 段开始
SECTION
2
HEADER... 该段为标题段
9
$ ACADVER... 下面依次描述所有标题变量
1
AC1003
...
0
ENDSEC... 标题段结束
0
SECTION... 段开始
2
TABLES... 该段为表段
0
TABLE... 表开始
2
LTYPE... 该表为线型表
...
0
ENDTAB... 线型表结束
0
TABLE
2
LAYER... 图层表开始
...
0
ENDTAB... 图层表结束
0
TABLE
2
STYLE... 字样表开始
...
```

```
      0
      ENDTAB... 字样表开始
      0
      TABLE
      2
      VIEW... 视图表开始
      ...
      0
      ENDTAB... 视图表结束
      0
      ENDSEC... 表段结束
      0
      SECTION
      2
      BLOCKS... 块段开始
      0
      BLOCK... 块开始
      ...
      ENDBLK... 块结束
      ...
      0
      ENDSEC... 块段结束
      0
      SECTION
      2
      ENTITIES... 元素表开始
      0
      xxxxxxx... 开始的元素
      ...
      0
      xxxxxxx... 又一个元素开始
      ...
      0
      ENDSEC... 元素段结束
      0
      EOF... 文件结束
```

各段的含义如下：

1）标题段，记录 AutoCAD 系统的所有标题变量的当前值或当前状态。这些标题变量记录了 AutoCAD 系统的当前工作环境。例如，AutoCAD 版本号、插入基点、绘图界限、SNAP

捕捉的当前状态、栅格间距、式样、当前图层名、当前线型和当前颜色等。

2）表段包含了四个表，每个表又包含可变数目的表项。按照这些表在文件中出现的顺序，它们依次为线型表、图层表、字样表和视图表。

3）块段记录定义每一块时的块名、当前图层名、块的种类、块的插入基点及组成该块的所有成员。块的种类分为图形块、带有属性的块和无名块三种。无名块包括用 HATCH 命令生成的剖面线和用 DIM 命令完成的尺寸标注。

4）元素段，记录了每个几何元素的名称、所在图层的名称、线型名、颜色号、基面高度、厚度以及有关几何数据。

5）文件结束，标识文件结束。

DXF 文件每个段由若干个组构成，每个组在 DXF 文件中占有两行。组的第一行为组代码，它是一个非零的正整数，相当于数据类型代码。每个组代码的含义是由 AutoCAD 系统约定好的，以 FORTRAN 语言"I3"格式（即向右对齐并且用三字符字段填满空格的输出格式）输出。组的第二行为组值，相当于数据的值，采用的格式取决于组代码指定的组的类型。组代码和组值合起来表示一个数据的含义和它的值。例如，有一个组，它的第一行是 8，第 2 行是 A，那么 8 就是组代码，它表示这个组表达的是图层名，而组值 A 表示这个图层名是 A。组代码范围见表 5-8。需要注意的是，在 AutoCAD 系统中，组代码既用于指出表中所示的组值的类型，又用来指出组的一般应用。组代码的具体含义取决于实际变量、表项或元素描述，但"固定"的组代码总具有相同的含义，如组代码"8"总表示图层名。

表 5-8　组代码范围

组代码范围	跟随值的类型
0 ~ 9	串
10 ~ 59	浮点
60 ~ 79	整数
210 ~ 239	浮点
999	注释
1000 ~ 1009	串
1010 ~ 1059	浮点
1060 ~ 1079	整数

3. 产品模型数据转换标准 STEP 简介

产品在各过程产生的信息既多又复杂，而且分散在不同的部门和地方。这就要求这些产品信息以计算机能理解的形式表示，而且在不同的计算机系统之间进行交换时保持一致和完整。产品模型数据转换标准（Standard for the Exchange of Product model Data，STEP）是一个计算机可理解的关于产品数据表示和交换的国际标准。目的是提供一种不依赖于具体系统的中性机制，能够描述产品整个生命周期中的产品数据。这种描述本质上不仅适合于中性文件交换，而且是实现和共享产品数据库以及存档的基础。它是为覆盖整个产品生命周期（概念设计、工程分析、制造生产、产品支持、报废）的应用而全面定义的产品所有数据元素。STEP 标准在国际标准化组织中的正式代号为 ISO 10303。STEP 标准的体系较为庞大，我国正在逐步将其转化为我国国家标准，标准号为 GB/T 16656。STEP 标准是解决制造业当前产品数据共享问题的重要标准。随着制造业信息技术应用的深化和发展，必然要把产品数据的交换和共享提到非常重要的位置。到目前为止，国际市场上有实力的 CAD 系统几乎都配了 STEP 数据交换接口。ISO 制定 STEP 标准是为了克服 IGES 的缺点。与 IGES 标准相比较，STEP 标准具有以下优点：它针对不同的领域制定了相应的应用协议，以解决 IGES 标准适应面窄的问题。根据 ISO 正制定的 STEP 应用协议，该标准所覆盖的领域除了包括目前已经成为正式国际标准的二维工程图、三维配置控制设计以外，还将包括一般机械设计和工艺、电工电气、电子工程、造船、建筑、汽车制造和流程工厂等。

STEP 把产品信息的表示和用于数据交换的实现方法区分开来。STEP 有三种实现方法：文件交换；应用编程接口；数据库实现。其中，文件交换实现方式是 STEP 的一种比较方便、简洁、成熟的实现形式。不同系统之间若要交换产品数据，发送方通过中性文件前处理器产生需传递的产品数据，按照中性文件的格式输出；只要传送数据的模式相同，接受方通过中性文件后处理器，就可以读入中性文件，完成产品数据的交换。STEP 中性文件由两部分组成：头部段（HEADER）和数据段（DATA）。头部段提供了一些有关整个中性文件的信息，数据段包含了需交换的产品数据。一般来说，数据段包含要交换的产品数据，是一些实体（ENTITY）类型的实例集合。实体的实例可以由对应实体属性的参数表构成。

4. 其他数据交换格式

ACIS 是一个基于面向对象软件技术的三维几何造型引擎。越来越多的 CAD 系统采用 ACIS 图形核心，ACIS 中性文件格式（．SAT）有可能成为许多 CAD 系统的一种事实上的标准。

VRML 语言是一种虚拟现实建模语言。许多 CAD 系统利用 VRML 进行三维模型的输入输出，以便于所建模型和场景在因特网上传输与交换。

STL 格式文件是用表面三角形来表示实体的一种图形数据交换方法。由于其数据结构简单，含义明确，逐渐成为一种 CAD 系统交换数据的流行格式。在生成数控加工代码、生成有限元网格、进行图形仿真等方面广为应用。

SET 是一种支持法国标准 SET 的中性数据交换文件。

DWF 是一种可以在因特网上传播的二维矢量图形文件格式。

WMF 是一种 Windows 图元文件。

未经压缩的 BMP 文件、经过压缩的 JPEG 和 TIFF 格式文件也被一些 CAD 系统用于数据交换。

总之，上述图形交换文件为不同 CAD 软件之间的资源共享和移植提供了很好的保证。可以认为，如果现代机械 CAD 软件不能支持其中一种或几种图形交换文件，那么它将是没有竞争力和生命力的。因此，机械 CAD 软件开发人员必须要掌握一些典型的图形交换文件格式。

在 CAD 数据交换领域，目前，我国有两个标准可以选用，一个是 IGES 标准，另一个是 STEP 标准。这主要是基于整个国际的标准化情况和工业的应用情况所决定的。但是由于 IGES 标准的局限性，国际标准化组织制定的 STEP 标准在国际制造业的影响力越来越大。为了弥补 IGES 标准的不足，STEP 标准针对不同的应用领域制定了不同的"应用协议"。当前 STEP 标准还在发展之中，所以，它还未能把 IGES 标准完全取代。我国目前推荐选用的是 STEP 标准。

第四节　OpenGL 在机械 CAD 中的应用开发

一、OpenGL 简介

OpenGL 是用于开发简捷的交互式二维和三维图形应用程序的最佳环境。任何高性能的图形应用程序，从 3D 动画、CAD 辅助设计到可视化仿真，都可以利用 OpenGL 高质量、高性能的特点来实现。在目前众多的 Windows 应用程序开发工具中，微软公司的 VC ++ 6.0 已经成为 OpenGL 图形应用的首选开发工具。

OpenGL 中的 100 多个图形函数用来建立三维模型和进行三维实时交互。OpenGL 强有力的图形函数具有建模、变换、色彩处理、光线处理、纹理映射、图像处理、动画及物体运动模糊等功能。因此，OpenGL 大大地简化了编写三维图形程序的工作。

大多数 OpenGL 命令都是以 "gl" 开头的。也有一些是以 "glu" 开头的，它们来自 OpenGL Utility。大多数 "gl" 命令在名字中定义了变量的类型，并执行相应的操作。Open-GL 使用了前台缓存和后台缓存交替显示场景（Scene）的技术，即计算场景、生成画面先在后台缓存中完成，然后在前台缓存中显示后台缓存已画好的画面。OpenGL 通过双缓存来解决屏幕闪烁的问题。OpenGL 需要在绘制环境（Rendering Context, RC）中绘图。由于产生一个 RC 需要占用很多处理器时间，因此，要想获得高性能流畅的图像和图形，最好只产生 RC 一次，并始终使用它，直到程序结束。

要使用 OpenGL 图形库来开发 2D/3D 的应用程序，就必须解决程序框架的问题。以下为多文档应用程序的开发思路：

1）首先在视图类的 PreCreateWindow 函数内设置窗口类型，防止在窗口重叠时把图形绘制到子窗口和兄弟窗口。实现代码如下：

cs. style | = WS_CLIPCHILDREN | WS_CLIPSIBLINGS;

2）然后在视图类的 OnCreate 函数下面进行 OpenGL 的初始化工作。这部分是此框架里最主要的代码，具体包括获取视图设备描述表（Device Context, DC）、设置合适的像素格式和调色板、创建绘制描述表并将其设置为当前 RC。其实现代码见后面的示例程序（这部分代码基本上所有的程序都一致）。这一步完成后即可进行图形的绘制工作。

3）在视图类的 OnSize 函数下面进行视口变换。

4）如果需要定时器的数据驱动，那么可以在视图类的 OnTimer 下修改数据并调用 On-Draw 函数即可。

5）在 OnDestroy 函数下，执行 RC 及 DC 的销毁工作，释放资源。

由上面的框架可以看出，所有关于 OpenGL 的程序操作都是在指定的视图类中完成的。核心就是 OnCreate 内的函数代码，而这部分代码在大部分程序里面是类同的，所以，后面示例的代码具有很大的通用性。

6）另外有两点需要说明：

① 绘图简述表。调用 OpenGL 函数的每个线程都需要一个当前的设备描述表。应用程序应该首先创建一个绘图描述表，并把它设置为这个线程的当前绘图描述表，然后再调用 OpenGL 函数。调用结束后，使绘图描述表从线程上脱离，并删除。同一个窗口可以有多个

绘图描述表在其上绘图，但一个线程只能有一个激活的绘图描述表，一个绘图描述表有一个与之相关的设备描述表。管理绘图描述表的函数有 5 个，功能见表 5-9。

表 5-9 管理绘图描述表的函数

WGL 函 数	功　能
WglCreateContext	创建一个新的绘图描述表
WglMakeCurrent	设计一个线程的当前绘图描述
WglGetCurrentContext	给一个线程当前绘图描述表提供一个句柄
WglGetCurrentDC	给与一个线程当前绘图描述表相关的设备描述表提供一个句柄
WglDeleteCurrent	删除绘图描述表

② 像素格式。像素格式定义 OpenGL 绘制曲面的几个属性，它们是：

■ 像素缓冲区是单缓冲还是双缓冲。

■ 像素数据使用 RGBA 模式还是色彩指数模式。

■ 存储颜色数据的字节数。

■ 深度（Z 值）缓冲区的字节数。

■ 模板缓冲区的字节数。

■ 覆盖和底层平面的数目。

■ 各种可见性屏蔽

管理像素格式的 Win32 函数见表 5-10。

表 5-10 管理像素格式的 Win32 函数

Win32 函数	功　能
ChoosePixelFormat	提供像素格式最匹配的设备描述表像素格式
SetPixelFormat	给当前像素格式赋值
GetPixelFormat	得到当前的像素格式
DescribePixelFormat	用像素格式填充
PixelFormatDescriptor	像素格式数据结构
GetEnhMetaFilePixelFormat	给增强的元文件检索像素格式信息

二、OpenGL 软件开发步骤

1. 安装 OpenGL 库

在用 VC ++ 进行 OpenGL 的软件开发之前，必须首先安装 OpenGL。根据 OpenGL 的安装向导很容易完成这一过程。关于 OpenGL 的安装可以参考相应说明。

2. 创建工程

用 AppWizard 产生一个 EXE 文件，选择工程目录，并在工程名字中输入工程名，如"DrawShaft"，保持其他的不变→选单文档（SDI）→不支持数据库→不支持 OLE→不选中浮动工具条、开始状态条、打印和预览支持、帮助支持的复选框（选中也可以，本文只是说明最小要求），选中三维控制（3D Controls）→选中产生源文件注释并使用 MFC 为共享动态库→保持默认选择→按 Finish 结束→工程创建完毕。

3. 将此工程所需的 OpenGL 文件和库加入到工程中

在菜单中操作 Project→Setting→Link→选择"General"目录，在"Object/Library Modules"的编辑框中加入以下几个库文件：opengl32. lib、glu32. lib、glaux. lib，选择"OK"。另外，要确认这些库文件的位置包含在 VC ++ 的库文件搜索路径之中。然后打开文件"stdafx. h"，将下列语句插入到文件中：

```
#define VC_EXTRALEAN // Exclude rarely – used stuff from Windows headers
#include < afxwin. h >    // MFC core and standard components
#include < afxext. h >    // MFC extensions
#include < afxdisp. h >    // MFC Automation classes
#include < afxdtctl. h >    // MFC support for Internet Explorer 4 Common Controls
#ifndef _AFX_NO_AFXCMN_SUPPORT
#include < afxcmn. h >    // MFC support for Windows Common Controls
```

4. 导入 DrawShaft 类的文件

用下面方法产生 DrawShaft. h 和 DrawShaft. cpp 两个文件：WorkSpace → ClassView → DrawShaft Classes→ <右击弹出 > New Class→Generic Class（不用 MFC 类）→ "CDrawShaftView"→OK。

5. 要调用 OpenGL 功能必须在 VC ++ 的源文件头部加上一个引入 OpenGL 的解释头文件

在 DrawShaft. h 或 DrawShaft. cpp 的开始部分加上如下内容：

```
#include    < g1 \ g1. h >
#include    < g1 \ g1u. h >
#include    < g1 \ glaux. h >
```

6. 设置 OpenGL 工作环境

以下所有操作均在 Shaft. cpp 内完成。

(1) 处理 PreCreateWindow ( )：设置 OpenGL 绘图窗口的风格

```
    BOOL CDrawShaftView：: PreCreateWindow (CREATESTRUCT& cs)
    {
        //设置窗口类型
        cs. style | = WS_CLIPCHILDREN | WS_ CLIPSIBLINGS;
        return CView：: PreCreateWindow (cs);
    }
```

(2) 处理 OnCreate ( )：创建 OpenGL 的绘图设备

```
    int CDrawShaftView：: OnCreate (LPCREATESTRUCT lpCreateStruct)
    {
        if (CView：: OnCreate (lpCreateStruct) = = -1)
        return -1;
        InitializeOpenGL ( );
        return 0;
```

```
    }
    void CDrawShaftView::InitializeOpenGL ()
    {
        m_pDC = new CClientDC (this);  //创建 DC
        ASSERT (m_pDC ! = NULL);
        if (! DrawShaftSetupPixelFormat ())  //设定绘图的位图格式，函数下面列出
          return;
        m_hRC = wglCreateContext (m_pDC -> m_hDC);  //创建 RC
        wglMakeCurrent (m_pDC -> m_hDC, m_hRC);  //RC 与当前 DC 相关联
    }  //CClient * m_pDC; HGLRC m_hRC; 是 CDrawShaftView 的成员变量
```

（3）初始化 OpenGL

```
    BOOL   CDrawShaftView::DrawShaftSetupPixelFormat ()
    {
        ...
        // OpenGL 初始化
        // 以下为利用 OpenGL 显示三维图形所必需的参数设置
        PIXELFORMATDESCRIPTOR pfd = {
          sizeof (PIXELFORMATDESCRIPTOR),       // pfd 结构的大小
          1,                                    // 版本号
          PFD_DRAW_TO_WINDOW                     // 属性标志，支持在窗口中绘图
          PFD_SUPPORT_OPENGL                     // 支持 OpenGL
          PFD_DOUBLEBUFFER,                      // 双缓存模式
          PFD_TYPE_RGBA,                         // RGBA 颜色模式
          24,                                   // 24 位颜色深度，真彩色
          0, 0, 0, 0, 0, 0,                     // 忽略颜色位，保留
          0,                                     // 没有非透明度缓存
          0,                                     // 忽略移位位
          0,                                     // 无累加缓存
          0, 0, 0, 0,                           // 忽略累加位
          32,                                   // 32 位深度缓存
          0,                                     // 无模板缓存，保留
          0,                                     // 无辅助缓存，保留
          PFD_MAIN_PLANE,                        // 主层类型
          0,                                     // 保留
          0, 0, 0                               // 忽略层，可见性和损毁掩模，保留
        };
        CDC *   pDC = GetDC ();
        Int pixelFormat = ChoosePixelFormat (pDC -> m_hDC, &pfd);
        BOOL success = SetPixelFormat (pDC -> m_hDC, pixelFormat, &pfd);
```

```
        M_hRC = wglCreateContext（pDC –> m_hDC）；
        wglMakeCurrent（pDC –> m_hDC，pDC –> m_hRC）；//指针捆绑
        wglMakeCurrent（pDC –> m_hDC，NULL）；
        ReleaseDC（pDC）；//释放
        ...
        return TRUE；
    }
```

（4）最后在程序结束之前删除描述表

```
    void CDrawShaftView：：OnDestroy（）
    {
        ...
        wglDeleteContext（m_hRC）；
        CView：：OnDestroy（）；
    }
```

在 OpenGL 初始化完成后，用户就可以在自己的程序中调用 OpenGL 的功能函数了。

三、OpenGL 示例

本示例的功能是绘制如图 5-13 所示的阶梯轴，并进行移动、缩放和旋转等操作。

首先，创建程序工程 DrawShaft。然后，在程序中添加绘制阶梯轴的程序代码和操作实体变换的代码。为节省空间、也便于大家训练，下面只列出此示例程序的核心代码及分析。

图 5-13 阶梯轴三维图形

```
    BOOL CDrawShaftView：：PreCreateWindow（CREATESTRUCT& cs）
    {
    //设置窗口类型
    cs. style | = WS_CLIPCHILDREN | WS_CLIPSIBLINGS；
    return CView：：PreCreateWindow（cs）；
    }
    void CDrawShaftView：：OnDraw（CDC * pDC）
    {
    //渲染场景
    RenderScene（）；
    }
    BOOL CDrawShaftView：：InitializeOpenGL（CDC * pDC）
    {
    //进行 opengl 的初始化工作
    m_pDC = pDC；
    //首先把 DC 的像素格式调整为指定的格式，以便后面对 DC 的使用
```

```
SetupPixelFormat ();
//根据 DC 来创建 RC
m_hRC =:: wglCreateContext (m_pDC -> GetSafeHdc ());
//设置当前的 RC，以后的画图操作都画在 m_pDC 指向的 DC 上
:: wglMakeCurrent (m_pDC -> GetSafeHdc (), m_hRC);
//下面可以进行画图操作了
return TRUE；
}

int CDrawShaftView:: OnCreate (LPCREATESTRUCT lpCreateStruct)
{

//获取客户区的设备描述表
m_pDC = new CClientDC (this);
//初始化 OpenGL
SetupPixelFormat (m_pDC);
//初始化 OpenGL 的一些状态参数及初始化轴数据
InitGL ();
return 0;
}

BOOL CDrawShaftView:: SetupPixelFormat (HDC m_pDC)
{
//初始化像素格式以及选取合适的格式来创建 RC
PIXELFORMATDESCRIPTOR pfd = {
sizeof (PIXELFORMATDESCRIPTOR),          // pfd 结构的大小
1,                                       // 版本号
PFD_DRAW_TO_WINDOW                        // 属性标志，支持在窗口中绘图
PFD_SUPPORT_OPENGL                        // 支持 OpenGL
PFD_DOUBLEBUFFER,                         // 双缓存模式
PFD_TYPE_RGBA,                            // RGBA 颜色模式
24,                                      // 24 位颜色深度，真彩色
0, 0, 0, 0, 0, 0,                        // 忽略颜色位，保留
0,                                       // 没有非透明度缓存
0,                                       // 忽略移位位
0,                                       // 无累加缓存
0, 0, 0, 0,                              // 忽略累加位
32,                                      // 32 位深度缓存
0,                                       // 无模板缓存，保留
0,                                       // 无辅助缓存，保留
PFD_MAIN_PLANE,                          // 主层类型
0,                                       // 保留
```

```
0, 0, 0                                    // 忽略层，可见性和损毁掩模，保留
};
```

```
//在 DC 中选择合适的像素格式并返回索引号
int pixelformat;
pixelformat = : : ChoosePixelFormat (m_pDC -> GetSafeHdc ( ), &pfd);
if ( pixelformat = = 0 )
{
AfxMessageBox ("no matched pixelformat!");
return FALSE;
}
//设置指定像素格式
if ( : : SetPixelFormat (m_pDC -> GetSafeHdc ( ), pixelformat, &pfd) = = FALSE)
{
AfxMessageBox ("can't set specified pixelformat!");
return FALSE;
}
return TRUE;
}
BOOL CDrawShaftView: : InitGL ( )
{
//初始化整个场景和 OpenGL 的状态变量
//初始化轴数据以便于绘制
InitShaftData ( );
// OpenGL 场景初始化（光照、雾化等）
glShadeModel (GL_SMOOTH);                  // Enable Smooth Shading
glClearColor (0. 0f, 0. 0f, 0. 0f, 0. 5f);  // Black Background
glClearDepth (1. 0f);                       // Depth Buffer Setup
glEnable (GL_DEPTH_TEST);                   // Enables Depth Testing
glDepthFunc (GL_LEQUAL);                    // The Type Of Depth Testing To Do
return TRUE;                                // Initialization Went OK
}
void CDrawShaftView: : InitShaftData ( )
{
//随机初始化轴数据，此处与程序框架无关，故省略，可以参考本文对应的源代码
}
BOOL CDrawShaftView: : RenderScene ( )
{
glClear (GL_COLOR_BUFFER_BIT | GL_DEPTH_BUFFER_BIT);
```

```
glLoadIdentity ();
gluLookAt (0, 7, 0, 4, 4, 4, 0, 1, 0); //视图变换
DrawShaft (); //绘制阶梯轴
:: SwapBuffers (m_pDC -> GetSafeHdc ()); //交互缓冲区
return TRUE;
}
BOOL CDrawShaftView:: DrawShaft ()
{
//根据轴的几何尺寸数据绘制出阶梯轴
...
glEnd ();
return TRUE;
}
void CDrawShaftView:: OnDestroy ()
{
CDrawShaftView:: OnDestroy ();
//删除当前的 RC
:: wglMakeCurrent (NULL, NULL);
//删除 RC
:: wglDeleteContext (m_hRC);
//删除 DC
if (m_pDC)
delete m_pDC;
}
void CDrawShaftView:: OnSize (UINT nType, int cx, int cy)
{
CView:: OnSize (nType, cx, cy);
//添加窗口缩放时的图形变换函数，即视口变换
glViewport (0, 0, cx, cy);
glMatrixMode (GL_PROJECTION);
glLoadIdentity ();
gluPerspective (45.0f, (GLfloat) cx/ (GLfloat) cy, 0.1f, 100.0f);
glMatrixMode (GL_MODELVIEW);
glLoadIdentity ();
}
void CDrawShaftView:: OnKeyDown (UINT nChar, UINT nRepCnt, UINT nFlags)
// 本函数为移动、缩放、旋转实体进行参数设置；当按下不同的键时，实现不同的变
换操作
{
```

```
// TODO：Add your message handler code here and/or call default
int i;
switch （nChar）
{
case VK_HOME：
    yRot + = 2.0f;
    break；
case VK_END：
    yRot - = 2.0f;
    break；
case VK_LEFT：
    hor_left - = 10.0f;
    break；
case VK_RIGHT：
    hor_left + = 10.0f;
    break；
case VK_UP：
    distant - = 10.0f;
    break；
case VK_DOWN：
    distant + = 10.0f;
    break；
default：
    break；
}
CView：：OnKeyDown （nChar, nRepCnt, nFlags）；
Invalidate （FALSE）；
}
```

习   题

1. 利用已知的直线生成算法，编程完成 AB 直线生成程序，两端点坐标分别为：A（50，30）、B（200，150）。

2. 已知二维变换矩阵 $T_{平移} = \begin{pmatrix} 1 & 0 & 0 \\ 0 & 1 & 0 \\ L & M & 1 \end{pmatrix}$，$T_{旋转} = \begin{pmatrix} \cos\alpha & \sin\alpha & 0 \\ -\sin\alpha & \cos\alpha & 0 \\ 0 & 0 & 1 \end{pmatrix}$。完成下列问题：

（1）完成先平移后旋转的组合变换矩阵的求解。

（2）完成先旋转后平移的组合变换矩阵的求解。

3. 已知四边形四顶点坐标为 （0，0）、（20，0）、（20，20）、（0，20），对该四边形分别作下列变换：

（1）使图形放大一倍。

（2）图形沿 X 正向错切变换。参数自定义。

写出变换后矩阵，并编程绘出变换后图形内容。

4．简述图形真实感处理所包含的基本内容。

5．简述机械 CAD 图形设计应注意的几个方面。

6．简述轴类零件功能模块和图形库建立的基本方法。

7．解释图形交换接口、间接型接口、直接型接口的含义。

8．简述 OpenGL 软件开发步骤。

9．利用 OpenGL 进行下列零件三维构型。

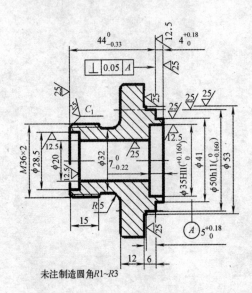
未注制造圆角 $R1\sim R3$

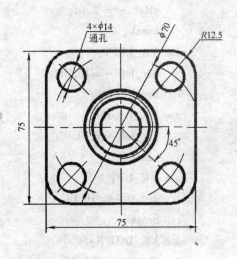

10．自己编写一个 DXF 文件，绘制一个直径为 100mm 的圆。在 AutoCAD 中检查生成结果。再用 Auto-CAD 的功能直接绘制相同的圆，输出为 DXF 文件。和你编写的 DXF 文件对比检查，看有何异同。

11．编制二维图形（如多边形）的缩放变换、平移变换、旋转变换、关于 x 轴反射变换、关于 y 轴反射变换、关于 $x=y$ 轴反射变换、绕任意点旋转变换的子程序，并运行打印图例。

12．编制三维图形（如多边形）的缩放变换、平移变换、旋转变换、关于 x 轴反射变换、关于 y 轴反射变换、关于 $x=y$ 轴反射变换、绕任意点旋转变换的子程序，并运行打印图例。

13．编制带一个普通平键槽的轴截面剖面线绘制程序，如右图所示。

14．利用 VC++ 和 OpenGL 的二维和三维绘图功能，完成曲柄摇杆机构的运动仿真。要求：允许用户输入杆件长度和曲柄转速及方向，程序能自动验算曲柄存在条件，动画演示机构运动过程，并以数值和图形两种形式输出摇杆的角位移、角速度、角加速度的变化情况。

15．分析三维实体造型 CAD 软件的发展趋势。

第六章 AutoCAD 的二次开发

第一节 AutoCAD 开发工具

AutoCAD 因其很好的通用性、多种工业标准和开放的体系结构，在机械、电子、航空、船舶、建筑、服装等领域得到了极为广泛的应用。正如前面所述，通用性强的软件，往往其专业性较差，没有一个软件是万能的。在软件的功能和用户的需求之间，总会存在着一定的差别，软件公司永远也不可能研发出完全适合于所有用户的软件系统。因此，要最大限度地满足用户的个性化需求，必须给用户提供重新设置、修改及对软件进行二次开发的功能。一般来讲，软件的个性化主要是指软件界面和设计绘图结果的个性化表达，以及软件能否满足特定用户所遵循的设计标准的能力。软件的个性化能力从某种意义上讲，是一个 CAD 软件能否获得用户认可的关键因素。

AutoCAD 开放的体系结构使其定制或二次开发成为可能。不同行业领域在使用 AutoCAD 的过程中可以根据自身特点进行定制或二次开发，满足了不同层次用户的需求，大大方便了专业领域的应用。AutoCAD 的这些二次开发工具主要分为两大类：AutoCAD 的内部定制工具和 AutoCAD 的二次开发工具。定制是指按照 AutoCAD 提供的方法和文件格式，根据用户的具体需求，通过编辑系统所支持的 ASCII 码标准功能文件（如 ACAD. MNU、ACAD. LIN等）或建立同种类型（扩展名）新的 ASCII 码功能文件来设置 AutoCAD。通过定制 Auto-CAD，可以构造出符合用户习惯的 CAD 系统，也可提高工作效率。由于每一部分都可以按要求定制，如定义一个对话框、生成一种特殊线型等，因此定制可能是应用 AutoCAD 中最有创造性和最令人感兴趣的工作。二次开发是指利用 AutoCAD 提供的编程环境和开发工具，通过编写程序来实现对 AutoCAD 的开发。

一、AutoCAD 定制的主要内容

1）通过设置系统变量，建立符合用户应用特点的绘图环境；建立个性化的在线帮助。

2）通过使用程序参数文件，可以为经常使用的 AutoCAD 命令建立简短易记的命令别名和为常用的外部程序建立能够在 AutoCAD 内部运行的命令名。

3）用户可以建立自己的绘图环境，如模板图、图框、标题栏、显示设置和打印设备设置等内容，从而提高绘图效率。

4）通过编写脚本文件（命令流文件），可以设置成组的任务，利用脚本文件还可以编写 AutoCAD 对外部进行数据交换的接口程序。

5）设置用户适合自身工作需要的菜单文件和用户界面，设置符合企业标准和工作需要的线型、填充图案、符号和字体。

6）利用 AutoLISP、VisualLISP、VBA、ADS 或 Object ARX 提供的集成开发环境实现 AutoCAD 参数化绘图，并扩充其现有功能。

二、AutoCAD 二次开发的主要工具

AutoCAD 一直把二次开发功能放在一个极其重要的位置。最近二十多年来，AutoCAD 相继推出了四代开发工具：第一代开发工具 AutoLISP，第二代开发工具 ADS，第三代开发工具 VisualLISP 和 ARX，第四代开发工具 ActiveX Automation。

1. AutoLISP

AutoLISP 是 1986 年随 AutoCAD v2.18 提供的二次开发工具。它是一种人工智能语言，是嵌入 AutoCAD 内部的 COMMON LISP 的一个子集。在 AutoCAD 的二次开发工具中，它是唯一的一种解释型语言。使用 AutoLISP 可直接调用几乎所有的 AutoCAD 命令。

AutoLISP 语言最典型的应用之一是实现参数化绘图程序设计，包括尺寸驱动程序和鼠标拖动程序等。另一个典型应用就是驱动 AutoCAD 提供 PDB 模块构成 DCL（Dialog Control Language）文件，创建自己的对话框。AutoLISP 具有以下优点：①语言规则十分简单，易学易用；②直接针对 AutoCAD，易于交互；③解释执行，立竿见影。AutoLISP 的缺点是：①功能单一，综合处理能力差；②解释执行，程序运行速度慢；③缺乏很好的保护机制，源程序保密性差；④LISP 用表来描述一切，并不能很好地反映现实世界和过程，跟人的思维方式也不一致；⑤不能直接访问硬件设备、进行二进制文件的读写。AutoLISP 的这些特点，使其仅适合于有能力的终端用户完成一些自己的开发任务。

2. ADS

ADS（AutoCAD Development System）是 AutoCAD R11 开始支持的一种基于 C 语言的、灵活的开发环境。ADS 可直接利用用户熟悉的 C 编译器，将应用程序编译成可执行文件后在 AutoCAD 环境下运行，从而既利用了 AutoCAD 环境的强大功能，又利用了 C 语言的结构化编程、运行效率高的优势。与 AutoLISP 相比，ADS 优越之处在于：①具备错综复杂的大规模处理能力；②编译成机器代码后执行速度快；③编译时，可以检查出程序设计语言的逻辑错误；④程序源代码的可读性好于 AutoLISP。而其不便之处在于：①C 语言比 LISP 语言难于掌握；②ADS 程序的隐藏错误往往导致 AutoCAD、乃至操作系统的崩溃；③需要编译才能运行，不易见到代码的效果；④同样功能，ADS 程序源代码比 AutoLISP 代码长很多。

3. Visual LISP（VLISP）

VLISP 是 AutoLISP 的换代产品。它与 AutoLISP 完全兼容，并提供其所有的功能。VLISP 对语言进行了扩展，可以通过 Microsoft ActiveX Automation 接口实现与对象的交互。同时，通过实现反应器函数，扩展了 AutoLISP 响应事件的能力。作为开发工具，VLISP 提供了一个完整的集成开发环境（IDE），包括编译器、调试器和其他工具，可以提高二次开发的效率。另外，VLISP 还提供了工具，用于发布独立的应用程序。

4. 基于 ActiveX Automation 技术的 VBA 等开发工具

ActiveX Automation 是一套微软标准，以前称为 OLE Automation 技术。该标准允许通过外显的对象由一个 Windows 应用程序控制另一个 Windows 应用程序，这也是面向对象编程技术的精髓所在。ActiveX Automation 服务器应用程序通过自身对象的属性、方法和事件实现其功能。对象是服务器应用程序简单而抽象的代表。不管是用 VB、VC、OFFICE VBA 等从外部开发，还是用 AutoCAD VBA 从内部对 AutoCAD 进行二次开发，都是通过调用 AutoCAD 的对象体系结构来运行的。ActiveX Automation 技术的完全面向对象化编程的特点，使其开

发环境具备了强大的开发能力和简单易用的优良特点，开发工具的选择也具有很大的灵活性。所以，利用 ActiveX Automation 技术，是极具潜力的一种开发手段。

5. Object ARX

Object ARX（AutoCAD Runtime eXtension）是 AutoCAD R13 之后推出的一个以 C++ 语言为基础的面向对象的开发环境和应用程序接口。ARX 程序本质上为 Windows 动态链接库（DLL）程序，与 AutoCAD 共享地址空间，直接调用 AutoCAD 的核心函数，可直接访问 AutoCAD 数据库的核心数据结构和代码，以便能够在运行期间扩展 AutoCAD 固有的类及其功能，创建能够全面享受 AutoCAD 固有命令特权的新命令。ARX 程序与 AutoCAD、Windows 之间均采用 Windows 消息传递机制直接通信。

总的来看，AutoLISP、ADS、ARX 都是 AutoCAD 提供的内嵌式编程语言。AutoLISP 和 ADS 都是通过内部进程通信（IPC）来和 AutoCAD 通信，它们与 AutoCAD 是相互分离的过程，而 ARX 以 DLL 形式与 AutoCAD 共享地址空间。可以说，AutoLISP 着眼于应用程序的交互性，ADS C/C++ 着眼于应用程序的综合性，而 ARX 则着眼于应用程序的智能性。Object ARX 应用程序以 C++ 为基本开发语言，具有面向对象编程方式的数据可封装性、可继承性及多态性的特点，用其开发的 CAD 软件具有模块性好、独立性强、连接简单、使用方便、内部功能高效实现以及代码可重用性强等特点，并且支持 MFC 基本类库，能简洁高效地实现许多复杂功能。因此，与前两者相比，其速度更快、运行更稳定、更简单。由于是在 Windows 及 VC++ 编程环境里运行，所以，对开发者的编程能力要求较高。

如果只是为了更好地使用 AutoCAD，或者给 AutoCAD 做定制，而且你又没掌握 C 语言，最好是学 VBA 或 LISP。如果要进行专业化的深入开发，随时想淘汰 AutoCAD 或站在管理的角度、也站在产品数据管理（PDM）的角度处理问题而不是局限于设计本身，而且还想做出优质的产品来，最好还是学 ARX。

本章主要介绍 AutoCAD 的定制及如何用 Object ARX 进行二次开发。

第二节　定制 AutoCAD

一、AutoCAD 样板文件的定制

样板文件（Template Files）是一种包含有特定图形设置的图形文件（扩展名为"DWT"）。通常在样板文件中的设置包括：单位类型和精度，图形界限，捕捉、栅格和正交设置，图层组织，标题栏、边框和徽标，标注和文字样式，线型和线宽等。如果使用样板来创建新的图形，则新的图形继承了样板中的所有设置。这样就避免了大量的重复设置工作，而且也可以保证同一项目中所有图形文件的统一和标准。新的图形文件与所用的样板文件是相对独立的，因此，新图形中的修改不会影响样板文件。

AutoCAD 为用户提供了风格多样的样板文件，通常使用"acad. dwt"或"acadiso. dwt"样板文件。除了使用 AutoCAD 提供的样板，用户也可以创建自定义样板文件。如果用户想创建个性化的样板文件，方法也很简单，任何现有图形都可作为样板。有三种途径可以定制新的样板图：使用样板（Template）、使用默认设置（Start from Scratch）和使用向导（Wizard）。

1. 使用样板创建新的样板文件

AutoCAD 所提供的样板文件，基本上可以满足大多数用户的需求。这些样板文件都保存在 AutoCAD 主文件夹的"Template"子文件夹中。用户可在类似"AutoCAD 今日"的窗口中选"Create Drawings（创建图形）"选项卡，从中选择使用这些样板文件。如果用户要使用的样板文件没有存储在"Template"文件夹中，则可选择"Browse..."（浏览）"打开"Select File（选择文件）"对话框来查找样板文件。

打开一个样板文件后，用户可以在已有样板文件的基础上增加、删除或修改绘图设置，然后将编辑好的文件保存为自己的样板文件。这样下次创建新的图形文件时就可以选用自己的样板文件了。

2. 使用默认设置

在"Create Drawings（创建图形）"选项卡中的"Select how to begin（选择如何开始）"下拉列表框中选择"Wizard（向导）"项，通过"Start from Scratch（默认设置）"可定制新的样板图。

3. 使用向导

在"Create Drawings（创建图形）"选项卡中的"Select how to begin（选择如何开始）"下拉列表框中选择"Wizard（向导）"项，按照提示逐步完成样板文件的设置。

二、AutoCAD 中各种命令的定制

在 AuotoCAD 的开放式体系中，用户可以通过程序参数文件（ACAD. PGP）为系统内部命令定义别名、缩写并调用其他应用程序和实用命令；用户也能够借助 AutoLISP 或 Object ARX 编程方法来重新定义系统内部命令。

1. 在 ACAD. PGP 中定义外部命令

ACAD. PGP 是一个 ASCII 码文件，用于存放 AutoCAD 定义的命令。该文件分为两部分：第一部分定义外部命令；第二部分定义命令别名。每一部分均由若干个命令定义项组成，每一个命令定义项占一行。文件还包含对有关的命令定义所作的注释和说明。ACAD. PGP 文件可视为 AutoCAD 的定制命令列表。

在 AutoCAD 运行时，用户可调用其他程序或实用工具，如 Windows 系统命令和实用工具，应用程序，数据库管理程序，电子表格和通信程序和用户自己编制提供的程序。定义外部命令时，需要指定在 AutoCAD 命令提示符下使用的命令名称以及传递给操作系统的可执行命令字符串。

外部命令部分中的每行都包括以逗号分隔的五个参数，具体格式如下：

command,[executable],flags[,[*]prompt[,return_code]]

command：在命令提示符下输入的命令。如果此名称是 AutoCAD 内部命令名称，则该命令将被忽略。这个名称不区分大小写。executable：输入命令名时传递给操作系统的固定字符串，可以是能在操作系统提示符下执行的任何命令，可包含开关或参数。该字符串是否区分大小写由运行的应用程序决定。flags：必要的位编码参数。prompt：此参数可选，它指定显示在 AutoCAD 命令行中的提示符。此提示符的响应被添加到 executable 参数提供的字符串后。如果 prompt 参数的第一个字符是星号（ * ），则响应可以包含空格，用户必须按 < Enter > 键结束响应；否则，响应可以用 < Space > 键或 < Enter > 键结束。如果未指定

prompt 参数，则不需要输入。return_code：可选的位编码参数。可将这些整数值按任意组合相加以得到所需的结果。其中，参数 1 表示加载 DXB 文件，AutoCAD 在命令结束后将名为 $cmd. dxb 的 DXB 文件加载；参数 2 表示用 DXB 文件构造块。

下面为标准 ACAD. PGP 文件中包括的外部命令定义示例：

; 用于命令窗口的外部命令定义示例

CATALOG,	DIR/W,	8,指定文件:,
DEL,	DEL,	8,要删除的文件:,
DIR,	DIR,	8,指定文件:,
EDIT,	START EDIT,	9,要编辑的文件:,
SH,	1,	＊操作系统命令:,
SHELL,	1,	＊操作系统命令:

2. 在 ACAD. PGP 中定义命令别名

用户通过在 ACAD. PGP 的命令别名项中定义其别名，可把经常使用的 AutoCAD 命令简化成缩写，从而使用户一次或两次击键就能执行 AutoCAD 命令，而不需要输入较长的命令名。

命令别名项的定义格式为：<命令别名>, ＊<命令名>

每一行定义一个命令别名，且只包含由逗号分开的两个文本参数。命令别名：即命令的缩写，就是用户在"Command:"提示符下键入的内容。命令名：要被缩写的 AutoCAD 的命令。用户必须在命令名之前加一个星号"＊"，这样 AutoCAD 才能把该行当作命令别名的定义。

下面是几种可用的命令名：

1）完整的 AutoCAD 内部命令。

2）用户定义的 AutoLISP 或 Object ARX 命令名。

3）显示器驱动程序或设备驱动程序名。

对透明命令，也能透明地键入其命令别名。

当用户键入命令别名时，AutoCAD 就在 ACAD. PGP 中为其查找有效的缩写，"Command:"提示符下显示整个命令别名并执行该命令。用户应该在 ACAD. PGP 中定义使用频繁的命令别名，使用便于记忆和联想的缩写。

三、脚本文件和幻灯片的定制

1. 脚本文件定制的一般方法

脚本文件是一系列的 AutoCAD 命令和参数组合在一起构成的命令序列，相当于一个程序。调用它，就可按指定顺序执行这些命令。把脚本以文件的形式存储在磁盘上，就称为脚本文件。其文件扩展名为 .SCR，是一种 ASCII 码文本文件。脚本文件的定制可以归结如下：把经常需要重复使用的命令序列编写成脚本文件，代替交互操作，既可使操作简化，又能节省时间；可作为一个完整的绘图程序直接执行；可作为菜单文件调用，使菜单文件简化。可以利用脚本文件播放幻灯片进行设计说明；可以与任一种高级语言连接，实现参数化绘图。

下面是按照某企业标准设置 AutoCAD 绘图环境的一个脚本示例。该脚本所执行的功能是：先用绘图界限命令将绘图区域设置为 500×300，然后用画直线命令 LINE 绘制绘图区域的外轮廓矩形框，再用缩放命令 ZOOM 的 A 选项使绘图区域显示最大化，最后用多段线命令 PLINE 以 0.5 的宽度绘制图框。

```
LIMITS 0,0 500,300
ZOOM A
LINE 0,0 500,0 500,300 0,300 0
PLINE 25,5 W 0.8 0.8 495,5 495,295 C,292 C
```

以 A3. SCR 为文件名存盘，即完成了命令脚本文件的建立。以后，在 AutoCAD 中用 SCRIPT 命令即可测试和运行此文件。脚本中如有错误，会自行中止并返回命令提示。此时，应观看文本窗口以寻找出错处的线索，然后修改、保存并重新测试和运行脚本文件。

2. 通过脚本文件进行幻灯片显示

幻灯片有快速显示视图的功能，或者说是 AutoCAD 图形的快照，它可将屏幕图形用像素的方式存于磁盘上，从而生成一个称之为"幻灯片文件"的矢量图像文件。幻灯片文件的扩展名为 . SLD。幻灯片文件不同于图形文件，它只能显示和观看，不能被编辑或打印。

幻灯片文件可与脚本文件配合进行产品的播放演示，可以作为菜单或对话框的图像或在图形中参照其他图形的快照，也可以与其他图形和桌面出版程序交换图像。可以单独显示幻灯片，也可以将它用于自定义菜单上。幻灯片和脚本功能相结合，用户可以通过脚本文件依次自动连续播放幻灯片。通常，在此类脚本文件中使用 DELAY 命令控制幻灯片之间的时间间隔。在文件的最后，使用 RESCRIPT 命令使幻灯片从开始自动连续显示，实现循环播放的功能。

四、线型和字形的定制

AutoCAD 提供了标准线型库文件 ACAD. LIN、ACADISO. LIN 和填充图案库文件 ACAD. PAT、ACADISO. PAT。用户在绘图时，可根据需要选择其中的线型或图案来完成所需设置。当这些标准的线型或图案满足不了用户的要求时，就需要对 AutoCAD 的线型和填充图案进行定制。线型和图案的设置步骤相似，下面简要地介绍线型的定制。

AutoCAD 提供的标准线型是由名为 ACAD. LIN 的标准线型库文件定义的。库中包含有通用线型、ISO 线型和复合线型。通用线型和 ISO 线型均是由线段、点和间隔组成的，又称为简单线型。而复合线型除含有简单线型的组成——线段、点和间隔外，还包含了"形"（简单图形）和"文本"（字符）。当 AutoCAD 提供的标准线型库中的线型样式或各部分的相对比例不能满足用户的具体要求时，就需要定制新的线型。每一种线型都是通过线型文件（ * . LIN）来定义的。为此，应首先了解线型文件的格式。线型文件是一种纯 ASCII 码格式的文本文件，一个线型文件可以定义多种线型。每一种线型的定义在线型文件中占两行。空行和分号后面（注释）的内容都被忽略。

每一线型的定义格式如下：* 线型名 [，线型描述] Alignment, dash-1, dash-2, dash-3,...

例如，对于使用重复形式的一种名叫 NL 的线型，要求其基本结构为：短划线：0.5 个绘图单位长；间隔：0.25 个绘图单位长点间隔；点；间隔：0.25 个绘图单位。该线型可以定义成如下形式：

```
* NL, __ . __ . __ . __
A, 0.5, -0.25,0, -0.25
```

1. 线型的定制方法

简单线型是指由点、线段和空白组成的线型。AutoCAD 提供了新线型的命令"-LINE-TYPE"，除此之外，用户也可用文本编辑程序在 AutoCAD 之外编辑生成线型文件。用户定义的新线型可以加在标准线型文件 ACAD. LIN 中，也可以自己定义新的线型文件。

1）使用 "-LINETYPE" 命令生成新线型，示例如下：

命令：-LINETYPE

当前线型："ByLayer"

输入选项 [？/创建(C)/加载(L)/设置(S)]：C

输入要创建的线型名：NEWLINE

请稍候，正在检查线型是否已定义 ...

说明文字：ENTER

输入线型图案（下一行）：

A,1.5,-0.5,0,-0.5,0,-0.5,0

新线型定义已保存到文件。

2）编辑修改线型文件生成新线型。用文本编辑程序生成新线型的方法较简单，用户不必进入 AutoCAD 系统，而是通过在已有线型文件中增加新的线型定义或修改原有线型定义来建立新的线型，或者是借助于建立新的线型文件来增加新线型。无论是编辑已有线型文件还是建立新的线型文件，都必须注意线型文件扩展名一定为 . LIN。在增加新线型时，应注意不能在已有线型定义的两行内容之中增加新的线型定义。

复合线型的创建与简单线型不同的是，它不能采用在 AutoCAD 内部以命令行添加线型码的方式，而只能通过编辑已有线型文件或建立新的线型文件来生成新线型。

2. 形的概念及格式

形是一种能用直线、圆弧和圆来定义的特殊实体，用户通过使用形可以很方便地按需要指定比例系数及旋转角度，获得不同的位置和大小的图形。工程设计和绘图中常见的图形对象称为符号，如机械图样中的表面粗糙度、形位公差代号、电子元器件符号等。这些符号在 AutoCAD 中都是用形的方式来定义和使用的。

形的定义和使用需要以下几个步骤：

1）以需要的格式进行形定义。

2）用文本编辑器或字处理器建立扩展名为 . SHP 的形文件。

3）对已经生成的形文件进行编译，生成 . SHX 文件。

4）AutoCAD 中装入编译生成的 . SHX 文件。

5）把文件插入到图中。

形的定义具有一定的格式和规定，用户必须严格遵守。每个形的定义包含有一个标题行和若干形描述行。形的定义包括标题行和描述行。标题行以 "＊" 开始，说明形的编号、大小及名称。格式如下：

＊Shapenumber，Defbytes，Shapename

其中 Shapenumber 为形编号，每个形定义有一个编号，占用一个字节，其编号范围在 1～255 之间。Defbytes 为定义字节数，是用于描述一个形所需的数据字节数，包括形的描述结束符 "0" 所占用的字节。每个形的定义字节数不得超过 2000。Shapename 为形名，每个形必须有一形名，且这个形名必须大写，否则，形名会被忽略。

标题行之后为描述行，它用数字或字母来描述形中所包含的线段、弧的大小及方向。数字和字母分成一个一个字节，字节之间用逗号分开。描述行以 "0" 结束。每一形描述的字节数不能超过 2000 个，包括结束符 "0"。

3. 使用形文件

形文件是一个 ASCII 码的文本文件，所以，可利用文本编辑器或字处理器在磁盘上建扩展名为 .Shp 的形文件。用文本编辑器生成的 ".Shp" 形文件，不能够被 AutoCAD 直接调用，必须经过编译才行。编译形文件就是把 ASCII 码的形文件转换成能为 LOAD 或 STYLE 命令所接受的格式，即生成 ".Shx" 文件。形文件进行编译的命令和格式为 Compile。编译后的形文件，在被使用前必须被加载入 AutoCAD 系统。加载形文件的命令为 LOAD 或 STYLE。

五、菜单文件的定制

菜单是对软件进行统一管理、对整个软件系统中各功能模块运行协调的有力工具。AutoCAD 提供了六种类型的菜单，允许用户进行修改和定义。具体包括屏幕菜单（Screen Menus）、下拉菜单（Pull-Down Menus）、光标菜单（Cursor Menus）、图标菜单（Image Menus）、图形输入板菜单（Table Menus）和按钮菜单（Button Menus）。

1. 菜单文件概述

AutoCAD 提供标准菜单文件，并允许用户对它提供的标准菜单文件进行修改和扩充，也允许用户定义自己的菜单文件。

（1）菜单文件的几种类型

类型为 ".MNU" 的菜单文件是菜单源文件，它是一个文本文件，可用文本编辑软件来编写。类型为 ".MNX" 的菜单文件是 ".MNU" 类型菜单源文件经编译后的二进制目标文件。类型为 ".MND" 的菜单文件是包含定义的菜单源文件，该种类型的菜单文件必须用 AutoCAD 提供的可执行文件 MC.EXE 进行编译。类型为 ".MNL" 的菜单文件包含 AutoCAD 菜单要用到的 AutoLISP 程序，这个文件必须有和它支持的 ".MNX" 文件相同的文件名。ACAD.MNL 文件包含标准 AutoCAD 菜单所用的 AutoLISP 程序。

名为 "ACAD.MNU" 或 "ACAD.MUX" 的菜单文件称为标准菜单文件，是 AutoCAD 系统提供的。

（2）MENU 命令装入用户菜单

通过 MENU 命令可以装入用户菜单。如果在指定路径中只有指定名字的 ".MNU" 类型的菜单文件，该命令首先将其编译为同名的 ".MNX" 类型的菜单文件，然后装入该名字的 ".MNX" 类型的菜单文件。如果在指定路径只有指定名字的 ".MNX" 类型的菜单文件，该命令直接装入它。如果在指定路径既有指定名字的 ".MNU" 类型的菜单文件，又有同名的 ".MNX" 类型的菜单文件，该命令首先判断这个 ".MNX" 类型的菜单的文件是否是由其同名的 ".MNU" 类型的菜单的文件编译的。若是，则直接装入这个 ".MNX" 类型的菜单文件；否则对 ".MNU" 类型的菜单文件进行编译，新生成同名的 ".MNX" 类型的菜单文件，将原有同名的 ".MNU" 类型的菜单文件覆盖，最后装入的是新生成的 ".MNX" 类型的菜单文件。

2. 菜单文件结构

（1）菜单文件的总体结构

菜单文件是树形的逻辑结构。第一层为菜单段，菜单段以下为子菜单，子菜单以下还可以设置子菜单或菜单项，菜单项作为树的终端节点，即树叶。

（2）子菜单

当菜单包含菜单项的数目超过外部设备所规定的最大项数时，多出的菜单项将不能被调用，在这种情况下，应设置子菜单。

1）子菜单标题。子菜单标题都以"＊＊"为标记，名字可由用户定义。子菜单以下可以设子菜单或菜单项。菜单段标题后的第一行为该段的根菜单。

2）子菜单的引用。表达式＄Section＝Submenu实现引用子菜单的功能。＄是专用字符，它后面的 Section 告诉 AutoCAD 装载菜单段的种类。其有效种类如下：

S：屏幕菜单段；

P0：光标菜单；

P1～P16：下拉菜单 1～16 段；

I：图标菜单段；

B1～B4：按钮菜单 1～4 段；

T1～T4：图形输入板或数字化仪菜单 1～4 段；

A1～A4：辅助设备菜单 1～4 段。

Submenu 是待激活的子菜单名，该子菜单名必须在已加载的菜单文件中。如果该项是默认的话，将返回上一级子菜单。

当用户拾取到这样的菜单时，当前被激活的菜单复制到栈中，表达式右边的子菜单被激活。栈的最大容量为 8，此时若再有菜单进栈，最先进栈的栈底位置的菜单被覆盖。当表达式右边的菜单为默认时，栈顶位置的菜单出栈，被激活。例如，屏幕菜单操作时返回上一级菜单。由于栈的容量是 8，因此，最多返回 8 个菜单。

（3）菜单项

菜单项是菜单树的树叶，它记录该菜单待执行的具体内容，如执行命令、调用函数、输入数据等。

（4）菜单项语法

1）一些字符在菜单文件中的特定含义。具体含义包括如下几种：

①空格" "：空格的作用相当于按回车键。

②分号"；"：也相当于按回车键，但比空格可读性好，而且可以结束文本或尺寸文本的内容。

③加号"＋"：用于续行，每个菜单项占一行，一行写不下，在该行尾放一个加号"＋"，其余可写到下一行。

④反斜杠"＼"：反斜杠的作用是等待用户输入。

⑤字符"＾"：相当于＜Ctrl＞键，它不单独使用，与其后的一个字符组合，构成特定的含义。

其中：

＾B：SNAP（捕捉）命令的 ON/OFF 开关；

＾C：终止正在进行的命令；

＾D：显示光标位置的方式切换；

＾E：等轴侧平面方式切换；

＾G：GRID 网络的 ON/OFF 开关；

^H：退格作用，倒退一个字符；

^I：相当于按 < Tab > （制表）键；

^M：执行回车键；

^O：ORTHO（正交）方式的 ON/OFF 开关；

^P：控制命令提示区是否显示来自菜单项的输入；

^Q：在图形编辑状态下，联机打印的 ON/OFF 开关；

^T：图形输入板（数字化仪）的 ON/OFF 开关；

^V：激活下一个视窗。

⑥星号"＊"：如果菜单项的工作是以"＊^C^C"开头时，则该菜单项被拾取后自动重复地用该菜单项的命令以及选择项响应" Command："提示，直至按 < Ctrl + C > 键结束。

2）菜单项标题。菜单项标题只对菜单项的作用进行注释，没有实际操作内容。菜单项标题放在方括号"［ ］"内，方括号之后是该菜单的工作内容。菜单项可以没有标题。

3. 下拉菜单的设计特点

1）段标题固定为＊＊＊POPn，n 为 1 ~ 16 的整数。

2）菜单栏标题由所有下拉菜单的第一项组成。

3）下拉菜单的宽度为该段中字符数最多的菜单项宽度，高度为菜单项数。

4）［--］：在两菜单项之间显示一条分隔线。

5）- >：在菜单项右边将显示一条箭头，说明它含有子菜单，把鼠标移到该菜单项，下一级子菜单就会显示出来。

6）< -：说明该级菜单的最后一项。

7）…：在菜单项右边显示"…"，说明它将显示对话框。

4. 图标菜单的设计特点

1）图标菜单段标题固定为＊＊＊IMAGE。

2）子菜单标题之下的第一项为图标菜单的标题。

3）图标菜单只能通过屏幕菜单或下拉菜单调用。在屏幕或下拉菜单段中的某个菜单项上，如果包括"$ = ＊"，其作用是显示当前图标菜单。

5. 屏幕菜单设计特点

1）屏幕菜单段标题固定为＊＊＊SCREEN。

2）屏幕菜单区的行数有限（多数显示器为 20 行），当菜单项数量超过此行数时，应建立子菜单。

3）屏幕菜单区的宽度为 8 个字符。没有菜单项标题的菜单项，最多只显示该菜单的前 8 个字符。当菜单项的长度超过 8 个字符，而又想在屏幕上描述其所执行的动作时，应建立菜单项标题。带有标题的菜单项，最多只显示标题部分的前 8 个字符，方括号"［ ］"本身不显示。有了标题的菜单项，就不再显示标题后的内容。例如：

^C^CLTSCALE

［LTSCALE:］^C^CLTSCALE

这两个菜单项都首先用 < Ctrl + C > 组合键中止其他可能未结束的命令，然后调用线型比例命令，其功能是相同的。但是第一个菜单项显示在屏幕上是："^C^CLTSC"，第二个菜单项显示在屏幕上是"LTSCALE:"。显然第二个菜单项功能容易被用户看懂。

4）屏幕菜单段标题和子菜单标题不占用屏幕菜单区的位置，不在屏幕上显示。

6. 菜单的编译

用文本编辑程序可以直接建立".MNU"类型的菜单文件。AutoCAD还提供了菜单编译程序MC.EXE，它的作用是将含有宏定义的，类型为".MND"的菜单文件编译成".MNU"类型的菜单源文件。MC.EXE文件在AutoCAD的SAMPLE目录下。利用宏可以简化菜单源文件的文本编辑工作。

（1）宏定义的格式

　　　　〔宏名〕＝宏文本

例如：

　　　　〔L〕＝〔-LAST-〕＄S＝

宏定义部分在各菜单之前，通常放在注释段。

（2）编译".MND"类型的菜单文件

格式如下：

　　　　＞C：\ACAD\SAMPLE\MC〔选择项〕文件名

选择项可以是-D，-I和-M，其中：

　　-D：显示在编译过程中每个宏替换的内容和使用次数；

　　-I：显示被编译的MND文件内容；

　　-M：禁止宏功能。

7. 菜单开发实例

如图6-1所示的下拉菜单树的菜单源文件片段如下。

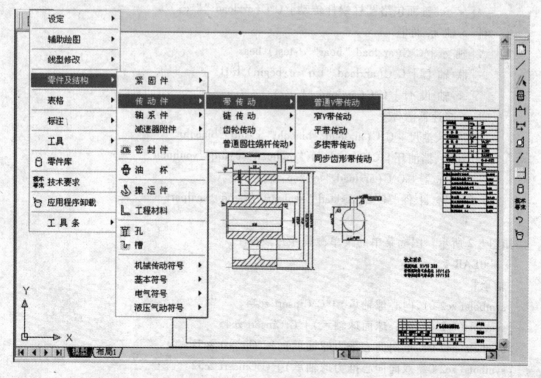

图6-1　用户化下拉菜单实例

ID_PARTMENT [->零件及结构]

...

[--]

　　[->传 动 件]

　　[->带 传 动]

　　　　[普通 V 带传动]^C^C(thload "belt" c:belt_main) belt

　　　　[窄 V 带传动]^C^C(thload "belt1" c:belt1) belt

　　　　[平带传动]^C^C(thload "nut" c:nut) nut

　　　　[多楔带传动]^C^C(arxload "" c:)

　　　　[<-同步齿形带传动]^C^C(arxload "" c:)

　　　[->链 传 动]

　　　　[滚子链传动]^C^C(arxload "" c:)

　　　　[<-齿型链传动]^C^C(arxload "chain" c:chain) chain

　　　[->齿轮传动]

　　　　[圆柱齿轮传动]^C^C(arxload "" c:)

　　　　[<-圆锥齿轮传动]^C^C(arxload "" c:)

　　　[->普通圆柱蜗杆传动]

　　　　[阿基米德蜗杆传动]^C^C(arxload "" c:)

　　　　[法向直廓蜗杆传动]^C^C(arxload "" c:)

　　　　[渐开线蜗杆传动]^C^C(arxload "" c:)

　　　　[<-<-锥面包络圆柱蜗杆传动]^C^C(arxload "" c:)

　　　[->轴 系 件]

　　　　[轴 承]^C^C(arxload "bear" c:test) bear

　　　　[联 轴 器]^C^C(arxload "lzq" c:begin) lzq1

　　　　[<-轴 设 计]^C^C(arxload "" c:)

　　　[->减速器附件]

　　　　[油标、油尺]^C^C(arxload "biaochi" c:tqq) biaochi

　　　　[油塞、挡油环]^C^C(arxload "youhuan" c:tqq) youhuan

　　　　[通 气 器]^C^C(arxload "tqq" c:lqq) tqq

　　　　[<-密 封 件]^C^C(arxload "sealpart" c:tqq) sealpart

...

如图 6-2 所示，图标菜单的菜单源程序片段如下。

**BEAR-1

[轴承]

[symbols(zc2-01,向心球轴承)]^C^Cinsert zc44

[symbols(zc2-02,向心球面球轴承)]^C^Cinsert zc45

[symbols(zc2-03,单向向心推力球轴承)]^C^Cinsert zc51

[symbols(zc2-04,双向向心推力球轴承)]^C^Cinsert zc52

[symbols(zc2-05,单向向心推力球轴承)]^C^Cinsert zc53

［symbols（zc2-06，双向向心推力球轴承）］^C^Cinsert zc54

［symbols（zc2-07，单向推力球轴承）］^C^Cinsert zc46

［symbols（zc2-08，单向推力球轴承）］^C^Cinsert zc47

［symbols（zc2-09，双向推力球轴承）］^C^Cinsert zc12

［symbols（zc2-10，向心滚子轴承）］^C^Cinsert zc55

［symbols（zc2-11，圆锥滚子轴承）］^C^Cinsert zc56

［symbols（zc2-12，滚针轴承）］^C^Cinsert zc11

［Next］$ I = JDCAD. bear-2 $ I = JDCAD. *

［Exit］$ p5 = pop5

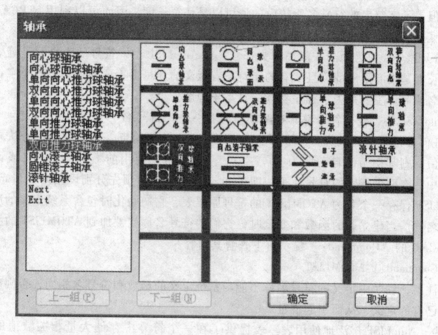

图 6-2　用户化图标菜单实例

六、AutoLISP 语言编程基础

AutoLISP 语言是一种嵌入在 AutoCAD 内部的 LISP（一种计算机的表处理语言），是 LISP 语言和 AutoCAD 有机结合的产物。AutoLISP 采用了 LISP 的语法和习惯约定，具有 LISP 的特性，支持递归定义，同时它针对 AutoCAD 又增加了许多功能。例如，AutoLISP 可以方便地调用 AutoCAD 绘图命令，使设计和绘图完全溶为一体。还可以实现对 AutoCAD 当前图形数据库的直接访问、修改，为实现对屏幕图形的实时修改、交互设计、参数化设计以及在绘图领域中对人工智能提供了方便。概括地说，AutoLISP 综合了人工智能语言 LISP 的特性和 AutoCAD 强大的图形编辑功能的特点，可谓是一种人工智能绘图语言。AutoLISP 的一个重要应用是实现参数化绘图程序设计。

AutoCAD 2000 以前的 AutoLISP 属于解释型语言，存在运行速度慢、保密性差和缺乏源程序编辑调试环境等弱点。从 AutoCAD 2000 起，推出了 VisualLISP 语言及其集成开发环境，它既兼容以前的 AutoLISP 程序，也可以经编译生成二进制的可执行程序；既实现了实时源程序代码的保密，又加快了程序的运行速度。

1. AutoLISP 的数据类型介绍

AutoLISP 支持下述数据类型：整型数，实型数，字符串，符号，表，文件描述符，Au-toCAD 实体名，AutoCAD 选择集，内部函数，外部函数和 VLA 对象。下面对其中的主要数据类型作介绍。

1）整型数。整型数的位数取决于设备与环境，但至少为 16 位带符号数值，即从 -32768到 +32767。如果超出这个范围，应该用 "float" 函数把整型数转换为实型数。

2）实型数。实型数有两种表示法，即十进制表示法和科学计数表示法。

3）字符串。字符串由一对双引号括起来的字符序列组成。字符串常数最大长度为 132 个字符，但表示字符串的符号名所约束的值可以是任意长度，因而可以利用 STRCAT（字符串拼接）函数无限制地增加其长度。

4）符号原子。符号原子一般简称为符号。在 AutoLISP 中，符号的大小写是等效的。符号原子的长度是没有限制的，且所有的字符是有意义的。尽量不要使用超过 6 个字符的符号名。符号名的命名主要是为了程序易读，且易于理解。

在 AutoLISP 中，任何符号都具有两部分内容——"符号名"和"符号约束"（或称为值），即任何符号都是有值的。符号原子的值即它们当前的约束。如果一个符号从未以任何方式被赋值，则其初始值自动取为 nil（空），一个符号在使用前不必预先定义或说明。在 AutoLISP 中，有两个特殊的符号原子，即 T 和 nil，它们的值预先分别设置为 T 和 nil。

AutoLISP 保存一个名为 ATOMLIST 的符号原子表，它初始化时包含系统定义的所有函数和符号的名称。当建立新的函数和变量时，它们的符号名称就被加到 ATOMLIST 的头部。可以在 AutoCAD 的 "Command:" 提示符下查看其内容：

    Command:! ATOMLIST

必须注意，程序中定义的符号名称不能与系统定义的函数和符号名相同，否则后面的定义将取代已有的定义，从而引起混乱。

5）表。AutoLISP 广泛地使用表。表提供了在一个符号中存储大量相关数值的有效方法。例如，三维点以表（x y z）表示，第一个数值是点的 x 坐标，第二个数值是点的 y 坐标，第三个数值是点的 z 坐标。

表有两种基本类型：标准表和引用表。标准表是从左括号"（"开始，到配对右括号"）"结束。对于标准表中的第一个元素（0 号元素）必须是一个合法的已存在的 AutoLISP 的函数，AutoCAD 将按照此函数的功能，完成其动作。引用表是在左括号前加一撇号《'》，表示对此表不作求值处理。

6）文件描述符。文件描述符是 AutoLISP 赋予被打开文件的标识号。当 AutoLISP 函数需要访问一个文件时（读该文件或者写该文件），首先通过该文件描述符去识别并建立联系。下面的例子用来打开文件 "myfile. dat"，使它可被其它函数读取，并把该文件描述符的数值赋予符号 f1。

    （setq f1（open "myfile. dat" "W"））

7）AutoCAD 实体名。实体名是赋予图形实体的数字标号。它是指向由 AutoCAD 维护的文件的指针。从这里，AutoLISP 可以找到该实体的数据库记录和屏幕对象。这个标号可被 AutoLISP 函数调用，被选中的实体可以进行各种编辑处理。下面的例子把图形最后一个实体的实体名赋予符号 enl。

　　　　　（setq enl（entlast））

　　8）选择集。选择集是一个或多个实体的集合。实体选择过程中，可以交互地向选择集增加对象，或者从选择集中减少对象。下面的例子把选择集中精确选择的对象赋予符号 ssprev。

　　　　　（setq ssprev（ssget "P"））

　　9）内部函数和外部函数。函数相当于子程序，程序分为内部函数和外部函数。内部函数可以用 defun 函数重新定义，而由 Object ARX 等应用程序定义的子函数称为外部函数。

2. AutoLISP 中的重要函数

　　（1）defun 函数格式：（defun 符号 变量表 表达式...）

　　该函数具有允许用户定义新函数的功能。有了这种功能，用户可以根据自己的需要，定义能满足某些特殊要求的函数。这些定义好了的函数可以以文件的形式存储在磁盘上。在需要的时候，只需将其装入内存（可以用 load 函数装入），就可以像使用其他 AutoLISP 的标准函数一样来使用这些用户自己定义的函数。

　　其中，"符号"为所要定义的函数名称，将来用户在使用这一函数时就用此名称调用。"变量表"被一个前后均有空格的斜杠符号"/"分成两部分：（形参/局部变量）。前一部分为形参部分，在调用函数时接受参数传递而转换为实参；后一部分为局部变量，仅用于函数内部，不参与参数传递。需要说明的是："变量表"可以是空格，此时在调用函数时无参数传递。"变量表"中的形参与局部变量均只在所定义的函数中起作用，甚至可以与某些外部变量同名，而不会对外部变量造成任何影响，但是一般不建议这么做。

　　"变量表"后面的"表达式"部分是用户所定义的函数的内容，即在调用函数时的具体操作部分。defun 函数以定义的函数名为其返回值。

　　以下举例说明 defun 函数的用法。

　　定义一个求阶乘的函数。阶乘的递归关系为

　　　　n！ ＝n＊（n-1）！ ;0！ ＝1。

函数定义如下：

　　　　（defun factorial（n）
　　　　　cond（（zerop n）1）
　　　　　　（T（ ＊ n（factorial（1- n）））
　　　　　　　）
　　　　　）

　　可以用 defun 定义函数向 AutoCAD 增加新的命令。建立新的 AutoCAD 命令和建立 AutoLISP 函数使用相同的语法：从使用 AutoLISP 的 defun 函数开始，但用特殊语法代替函数名。这个特殊语法是在命令名前有一个字母"C:"，它告诉 AutoLISP 这是一个 AutoCAD 命令，而不是一个 AutoLISP 函数。下面的例子建立了一条 AutoCAD 命令：DTOR，它将角度值转换为弧度值。

　　　　（defun C:DTOR（）
　　　　　（setq（ ＊ （/ pi 180）（getreal " \nEnter the degree of angle:"）））
　　　　　）

另外一个非常有用的特殊函数是 S∶∶STARTUP。如果用户在 acad. lsp、acaddoc. lsp 或者 . mnl 文件中定义了一个 S∶∶STARTUP 函数，那么，当用户创建一个新图或打开一个已有图形时，该函数就会被自动调用。因此，在该函数中就可以定义任意的初始设置。例如，如果你想把标准的 HATCH 命令用带有提示信息的 BHATCH 命令代替，那么你可以在 acaddoc. lsp 文件中加入下面程序：

```
(defun C∶HATCH ( )
        (alert "Using the BHATCH command!")
        (princ "\nEnter OLDHATCH to get to real HATCH command. \n")
        (command "BHATCH")
        (princ)
)
(defun C∶OLDHATCH ( )
        (command "HATCH")
        (princ)
)
(defun-q S∶∶STARTUP ( )
        (command "undefine" "hatch")
        (princ "\nRedefined HATCH to BHATCH! \n")
)
```

又如下面函数在初始化图形时，作了一系列设置：

```
(defun S∶∶STARTUP( )
(setvar "cmdecho" 0)        ;设置命令回馈模式
(server "regenmode" 0)      ;设置再生模式
(command "style" "" "hztxt" "" "" "" "" "") ;设置字型
)
```

（2）AutoLISP 应用程序加载函数：（LOAD 文件名［出错处理］）

该函数装入一个由 AutoLISP 表达式构成的文件，并执行之。"文件名"是代表文件扩展名为 . lsp 的字符串。文件名中可以包含路径，以方便该函数查找需装入的文件。若装入成功，load 返回文件中最后一个表达式的值。若装入失败，通常会产生一个出错信息，但若用户指定了"出错处理"变量，load 则返回该变量值而不返回出错信息。

例如，假设磁盘中有"testl. lsp"文件，没有"test2. lsp"文件。则有：

```
(load "testl" "ok!") ;返回 ok!
(load "test2" "bad!") ;返回 bad!
```

如果在 AutoCAD 的搜索路径中存在 Acad. lsp，则该程序会被自动加载。这样，就可以在启动 AutoCAD 时自动运行一些 AutoLISP 程序，如 STARTUP 函数。

（3）打开文件函数：（open 文件名 读/写标志）

该函数打开一个文件，以便 AutoLISP 的 I/O 函数进行存取。函数返回文件描述符。"文件名"为一个字符串（含有扩展名）。"读/写标志"必须用小写的单个字母来表示，"r"表示读，"w"表示写，而"a"表示向旧文件中追加读写的内容（该文件中应没有以

< Ctrl + Z > 表示的文件结束标记）。在"w"和"a"状态下，若磁盘上无此文件，则产生并打开一个新文件。

假设下例中的文件都不存在，则有：

    （setq f（open "new. txt" "w"）） ;返回 < File #nnn >

    （setq f（open "nofile. lsp" "r"）） ;返回 NIL

在文件名中含有路径时，要以"/"代替"\"

（4）Command 函数：（Command "AutoCAD 命令"参数）

该函数执行来自 AutoLISP 的 AutoCAD 命令，返回 NIL。其中，第一个变量为 AutoCAD 命令，其后的"参数"变量作为对该命令相应的连续提示的响应。命令名和选择项作为字符串传递，点则作为实数构成的表传递。例如，下式可以从点（1.0 2.0）到（4.0 5.0）画一段直线：

    （Command "line"（1.0 2.0）（4.0 5.0））

Command 函数是在 AutoLISP 中调用 AutoCAD 命令的一种基本方法。在使用中应注意以下几点：

1）一个空字符串（""）等效于从键盘上输入一个空格，通常用于结束一个命令。

2）空调用（不加任何参数），即（Command），等效于按键盘上的 < Ctrl + C > 键，它取消 AutoCAD 的大多数命令。

3）在 AutoCAD 命令需要目标选择时，应提供一个包含 entsel（实体选择）的表，而不是一个点来选择目标。

4）下列命令不能和 AutoLISP 的 Command 函数一起使用：dtext、sketch、plot 和 prplot。

5）用户输入函数 get * 不能在 AutoLISP 的 Command 函数中使用。

此外，Command 函数还具有暂停功能。当该函数的变量中出现保留字 PAUSE 时，Command 函数将暂停，以便用户进行某些操作。完成这些操作后，Command 函数继续执行。

（5）加载和卸载外部应用程序

    （xload "app. exe"） ;加载外部应用程序 app. exe

    （xunload "app. exe"） ;卸载外部应用程序 app. exe

3. AutoLISP 程序示例

参见光盘内容。

七、AutoCAD 对话框的设计

AutoCAD 对话框向用户提供了图文并茂的可视化环境，极大地提高了软件的使用效率。对话框的控制语言是 DCL 语言编写的 ASCII 文本文件。用户开发自己的应用程序时，可用此语言创建和修改对话框。DCL 文件以 . dcl 为扩展名。对话框的调用和显示要用 AutoLISP 程序来完成。

1. 对话框的组成

1）预定义动作控件。供操作人员作出一定决定并产生相应的操作的控件。

控件包括：按钮（Button），编辑框（Edit_Box），图像按钮（Image_Button），列表框（List_Box），下拉列表（Pop_List），弹出表（Popup_List），单选按钮（Radio_Button），滚动条（Slider），切换开关（Toggle）等。

2）构建组群。将上述动作控件按行或列进行合理的组合安排即形成了控件组，它使对话框的布局更美观、整齐、实用、合理。操作人员不能选择组群，只能选择组群中的有效动作控件进行操作。

控件组包括：列（Column），行（Row），有界列（Boxed_Column），有界行（Boxed_Row），单选列（Radio_Column），单选行（Radio_Row），有界单选列（Boxed_Radio_Column），有界单选行（Boxed_Radio_Row）等。

3）装饰性和信息性控件。用于显示信息，加强视觉效果或帮助对话布局。它没有任何的操作，也不能被选择。

装饰性控件包括：图像（Image），文本（Text）和空白衬框（Spacer）。

2. 控件的属性

控件的属性用于定义它的布局和功能。与编程语言中的变量类似，它包含名字和值两部分内容。控件的属性种类很多，例如，关键字、值、尺寸、构建布局、观感和动作响应等。属性的数据类型必须是整型数、实型数、字符串和保留字。控件属性分为公有属性和专用属性。

1）关键字和值属性。关键字（Key）是用双引号括起来的字符串（无默认值），它为特定的控件给出了一个 ASCII 名字。在一个特定的对话框中，key 值都是唯一的。应用程序利用这个名字来引用相应的控件。值（Value）是用双引号括起来的字符串（无默认值），它规定了控件的初始值，其值的含义由控件类型所决定。

2）布局和尺寸属性。宽度（Width）和高度（Height）用来设定控件的最小宽度和高度，数据类型是整数或实数型。对齐（Alignment）控制控件组中子控件的水平或垂直对齐方式，如水平定位：左对齐、居中、右对齐；垂直定位：上对齐、居中对齐、下对齐等。子控件对齐（Children_Alignment）与 Alignment 功能基本相同，确定所有子组群内部的定位方式。当固定宽度（Fixed_Width）和固定高度（Fixed_Height）这两个属性值为 True 时，布局时将保持控件的大小固定不变，默认值为 False。当固定子控件宽度（Children_Fixed_Width）、固定子控件高度（Children_Fixed_Height）这两个属性值为 True 时，控件组中所有子控件的宽度、高度固定，默认值为 False。

3）功能属性。功能属性定义了动作控件的用途和操作，有 Action、Is_Enabled、Is_Tab_Stop 和 Mnemonic。除此之外，不同的控件还有其各自的属性。

4）预定义控件属性。

按钮（Button）：它是类似于按键的控件。属性有 Label，Is_Cancel、Is_Default。

编辑框（Edit_Box）：编辑框是用户能够输入和编辑单行文本的控件窗口。属性有：Label、Allow_Accept、Edit_Width、Edit_Limit 和 Value。

列表框（List_Box）列表框是一种包含有若干按行排列的文本字符串的表框。它的作用是显示一个列表以让用户从中选择项目。属性有：Label、Allow_Accept、Multiple_Select、List 和 Value。

弹出表（Popup_List）：它能"弹出"弹出式列表，在功能上与列表框等价。属性有：Label，Edit_Width，List，Value 和 Tabs。

滚动条（Slider）：使用滑块获取数字数值，该数值以字符串形式返回。属性有：Min_Value、Max_Value、Small_Increment、Big_Increment、Layout 和 Value。

图像按钮（Image_Button）：它是一种能显示图形的按钮。当用户选择一个图像按钮时，应用程序可以得到实体拾取点的坐标。属性有：Allow_Accept、Aspect_Ratio 和 Color。

单选按钮（Radio_Button）：它是一组有连锁作用的控件，通常以单选行或单选列分组。属性有 Label 和 Value。

切换开关（Toggle）：用于控制一个二进制数值在"0"与"1"之间的变化（即表示关闭或打开）。属性有 Label 和 Value。

图像（Image）：指一个矩形区域，其中可以显示由矢量线组成的图形或幻灯片。在 AutoCAD 对话框中，Image 控件用于显示图标、线型、文本字体和颜色曲面。属性有 Color 和 Aspect。

文本（Text）：文本控制是用于显示控件标题或其他信息的文本字符串。属性有 Label，Value 和 Is_Bold。

空白（Spacer）：它是一个空白控件，用于调整对话框中相邻控件之间的间距和布局。

其中，文本（Text）、图像（Image）、空白衬框（Spacer）是修饰及说明控件。

3. 对话框控制语言（DCL）

在 AutoCAD 环境下运行的面向对话框的应用程序由两部分组成：一是 DCL，用来描述对话框的组成控件、控件的布局形势和控件的初始状态形成一个对话框的定义文件；另一个是 AutoLISP 语言，用来编写对话框及其控件的驱动程序，负责对话框定义文件的装入、弹出、隐藏和退出。

（1）DCL 语法简介

1）控件的定义。格式如下：

```
Titlename:item1[:item2:item3...]{
attribute = value1;
attribute = value2;
...;
}
```

2）控件的引用。控件的引用格式如下：

```
Name;
```

或者

```
:name{
attribute = value;
...
}
```

其中，上边的是直接引用。name 指的是前面已定义的控件名称，所有在 name 中定义的属性均被引用。后面的引用方式中，大括号的属性定义可以用来添加新的定义或者替换从 name 继承的定义。由于引用的是控件而不是定义，所以属性的修改应用在控件这个例子上。

3）属性和属性值。attribute = value;

attribute 为相应控件的有效属性关键字，value 是赋给属性的值，分号（;）标识赋值结果，一定要有。属性名和属性值是区分大小写的。

4）注释。在 DCL 文件中，前面带有双斜杠（//）的语句是注释。//到行尾之间的所有内容都将被忽略。

（2）用 Visual LISP 显示对话框

查看已有的 DCL 程序中某对话框的显示效果，步骤如下：

1）进入 VLIDE。

2）打开要查看的 DCL 程序文件。

3）在编辑窗口激活条件下，选择 Tools（工具）菜单上的 InterfaceTools（界面工具）子菜单的 PreviewDCLinEditor（预览 DCL 对话框）命令选项。也可以在该文件中选定某一个或几个完整的对话框描述预览对话框。

4）在弹出的对话框中选择要观察的对话框名并确定。

5）在 AutoCAD 窗口中显示指定的对话框。按下结束对话框按钮，结束观察。

4. 对话框的布局设计

在对话框布局中，应注意以下几方面的问题：外形美观，颜色的使用要尽可能与 AutoCAD 标准对话框一致。对话框中最好能安排一个求助（Help）按钮，如通过调用 acad-help-dlg 来显示标准的 AutoCADHelp 对话框等。对话框中各控件的功能和显示的字符，应与 AutoCAD 的标准对话框中的相应选项保持一致，这样，一方面便于用户学习和使用，另一方面也可直接借用 BASE. DCL 和 ACAD. DCL 中的有关程序段编写用户的 DCL 文件。人机交互要有良好的健壮性，能处理误操作，并即时报告错误。对话框运行要有严密的逻辑性，保证程序按顺序执行。

5. 对话框的驱动程序 AutoLISP 设计

AutoCAD 的对话框驱动程序主要有 AutoLISP 和 ADS 两种方式。下面主要介绍用 AutoLISP 驱动程序及对话框处理函数。

驱动程序的基本流程（如图 6-3 所示）包含以下内容：

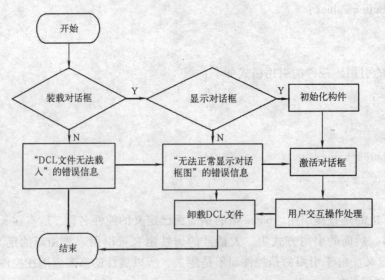

图 6-3 驱动程序流程图

1）装载对话框 DCL 文件（load_dialog filename）用 load_dialog 函数将 *. DCL 文件调入内存。如果装载失败，该函数回 0；否则返回一正整数值，表示此 DCL 文件定义的对话框标号。同时当监测到该值不大于 0 时，可以及时地显示出出错信息并返回系统。

2）显示指定的对话框（new_dialog dlgname load_dcl_id）用 new_dialog 函数显示已装入的对话框标号 load_dcl_id 对应的 DCL 文件中的某个对话框 dlgname。特别注意 dlgname 是指 DCL 文件中所包含的某一个对话框名称，不是 DCL 文件名。一个 DCL 文件可同时定义多个对话框。

3）初始化对话框 new_dialog 成功后，系统自动根据 DCL 文件中的内容对控件进行初始化。此时用户也可根据自己的需要对控件作相应初始化设置，如用 set_tile 函数改变控件初始值，action_tile 函数定义每个控件调用函数。

4）激活对话框（start_dialog）用 start_dialog 函数来激活已显示的对话框，把控制交给对话框，开始用户操作，直到执行 done_dialog 关闭对话框为止，对话框选中的控件会自动执行由 action_tile 设定的动作。

5）处理用户操作。激活对话框后，根据用户的交互操作，同时执行相应的动作函数，此过程称为回调。通常用户使用 get_tile、get_attr、set_tile 和 mode_tile 等函数。

6）卸载对话框文件（unload_dialog）。对话框完成操作并且不再使用时，应从内存释放对话框文件。方法是：用 unload_dialog 函数卸载对话框，使对话框文件从内存中消除。

6. 对话框设计示例

链轮设计对话框的 DCL 程序示例参见光盘。

利用对话框语言来设计人机交互界面是非常繁琐的，而且程序编写也不直观，不能实现"即见即得"的效果，这给程序的调试带来很大的麻烦。

八、AutoCAD 数据交换

每一个 CAD 系统都有自己的数据文件，数据文件的格式与 CAD 系统自身内部的数据结构密切相关。CAD 系统内部的数据结构一般是不公开的，因此各不相同。为便于 CAD 系统与其他应用系统之间以及不同 CAD 系统之间进行数据交换，出现了数据交换文件的概念。

当用 AutoCAD 画好一张图，要用程序对这张图所表达的物体进行一些计算，这就需要从这张图上提取某些几何实体的数据。图形交换文件就是用来存储这些数据用于 CAD 系统之间或与其他程序进行数据交换的。AutoCAD 图形交换文件主要有两种：DXF 类和 DXB 类。有关 DXF 的内容，已经在第五章进行了叙述。DXB 类型的图形交换文件是具有专门格式的二进制文件，它具有比 DXF 文件更紧凑的格式，它不像 DXF 文件那样容易被其他程序处理，主要面向具有 CAD 软件包的用户，用某些程序通过外部功能执行。

第三节　用 VBA 进行 AutoCAD 的二次开发

VBA（Visual Basic for Applications）与 VB（Visual Basic）一样，也是一种面向对象的程序设计语言。它继承了 VB 语法简单、功能强大的特点。

AutoCAD VBA 允许其 Visual Basic 环境与 AutoCAD 同时运行，并通过 ActiveX Automatian 接口提供对 AutoCAD 的编程控制。这样就把 AutoCAD、ActiveX Automatian 和 VBA 紧密结合在一起，提供一个非常强大的接口。它不仅控制 AutoCAD 对象，也能向其他应用程序发送数据或从中提取数据。这就为 AutoCAD 的二次开发提供了非常方便的工具。

关于利用 VBA 进行 AutoCAD 二次开发的指导和实例，请参见随书光盘。

第四节　用 Visual C++ 进行 AutoCAD 的二次开发

一、ADS 与 ARX 简介

正如前面所述，AutoCAD 的二次开发工具和方法有多种。就程序设计而言，就包括了 AutoLISP、ADS 和 ARX 等。AutoLISP 是一种解释性的语言，它提供了一个简单的扩充 Auto-CAD 命令的机制。ADS 是用 C 语言开发并编译执行的。然而，对于 AutoCAD 来说，ADS 程序和 AutoLISP 程序没有什么区别。一个 ADS 程序实际上是由一组外部函数组成的，它们由 AutoLISP 解释器来加载调用，ADS 程序本身并不能直接和 AutoCAD 进行通信。

ARX 程序在很多方面都和 ADS 程序、AutoLISP 程序不同。最重要的一点是，ARX 程序实质上是一个动态链接库（DLL），它和 AutoCAD 共享地址空间并且直接和 AutoCAD 进行通信。对于经常需要和 AutoCAD 通信的应用程序来说，ARX 程序比 ADS 运行更块。除了速度上的提高之外，ARX 程序还可以创建新的类（class），这些类可以为其他程序共享，从而充分利用面向对象编程的优点。ARX 程序创建的实体几乎和 AutuCAD 的内在实体是完全等同的。

1. ADS 与 ARX 的区别

ADS 和 ARX 之间的主要区别见表 6-1。

表 6-1　ADS 和 ARX 之间的主要区别

项　目	ADS	ARX
与 AutoCAD 之间的通信	ADS 程序是一个可执行文件，它需要通过 AutoLISP 来和 AutoCAD 进行通信	ARX 程序是一个动态链接库，它直接和 AutoCAD 进行通信
可重入性	AutoCAD 是不可重入的，因此 ADS 程序也是不可重入的	在 ARX 中，每一个命令都有独立的入口
运行速度及可靠性	AutoLISP 和 ADS 都是通过函数来间接访问 AutoCAD。ADS 程序速度慢，但更"绝缘"，ADS 程序崩溃并不一定导致 AutoCAD 系统崩溃	ARX 程序速度快，但更"脆弱"，ARX 程序和 AutoCAD 共享进程空间，ARX 程序本身是 AutoCAD 的一部分，ARX 程序的崩溃通常会导致 AutoCAD 系统的崩溃
程序性质	ADS 程序类似于宏（macro），ADS 中的函数（如 ads_ command）以及和 AutoLISP 的通信使得 ADS 程序的工作类似于自动作用的宏	ARX 程序则更基本，主程序（AutoCAD）调用每一个 ARX 程序注册的命令
访问和控制 AutoCAD 的能力	无	有
编程技术	ADS 仍然只能使用传统的 C 语言编程	ARX 提供了面向对象编程的技术。ARX 充分支持 C++，充分支持面向对象编程的技术

2. Object ARX 对软硬件环境的要求

（1）软件下载

Object ARX 不随 AutoCAD 发行盘一起发行，而由 Autodesk 的产品供应商来提供，或者由用户直接通过 Autodesk 的网址免费下载。用户可直接进入 Autodesk 公司的网站（http：//www.autodesk.com）下载，国内有些网站也提供该软件的下载服务，如 http：//fidic. hit. edu. cn 和 http：//www. xdcad. net 等。

（2）软件的安装

在 Windows 环境下双击下载得到的压缩文件，文件自动解压到指定的目录。解压后，便可利用提供的安装程序 Setup. exe 将它安装到硬盘指定目录。

（3）建立 Object ARX 应用程序的基本过程

1）按照 Object ARX 的基本要求设置 Visual C++ 的工作环境。

2）在 Visual C++ 的集成开发环境 IDE 中编辑应用程序（包括 CPP 文件和 DEF 文件）。

3）编译链接生成以 ARX 为后缀的 DLL 文件。

4）进入 AutoCAD，用装载命令将生成的应用程序装入内存。

5）在 AutoCAD 命令行输入在源程序中为 AutoCAD 定义的外部命令，运行 Object ARX 程序。

二、Visual C++ 编译环境的设置

在安装由 Object ARX 开发的程序以后，可按下面的过程设置 Visual C++ 的开发环境。

1. 创建项目文件

启动 Visual C++ 软件，为 Object ARX 程序建立项目文件。

1）从 "File" 菜单中，选择 "New"，进入如图 6-4 所示的 "New" 对话框。

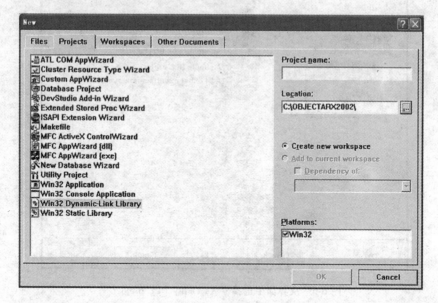

图 6-4 新建工程

2）从 "New" 对话框中选择 "Projects" 选项卡，在项目类型列表中，选择 "Win32 Dynamic-Link Library"，如图 6-5 所示。

3）在 "Project name：" 输入框中输入项目名称，如 FirstARX；在 "Location：" 输入框中输入路径，如 C:\ARX。用户完全可以根据需要更改其他目录。

4）确认无误后，单击 "OK" 按钮。系统显示如图 6-6 所示界面，从界面中选择 "An empty DLL project"。

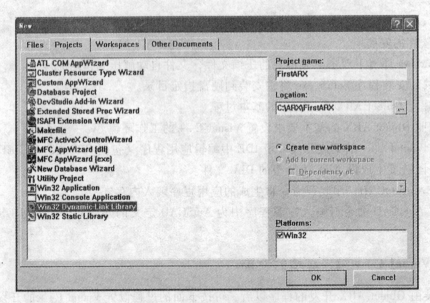

图 6-5　输入工程名及路径

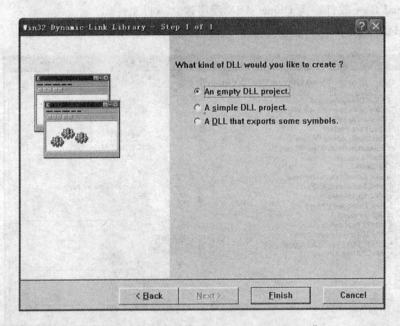

图 6-6　从界面中选择 "An empty DLL project"

5）单击 "Finish" 按钮，接着单击 "OK" 按钮，完成项目文件框架的建立。

2. 设置编译器选项

1）从 "Project" 下拉菜单中，选择 "Settings" 打开 "Project Settings" 对话框，如图 6-7 所示。

2）在 "Settings for:" 的 Windows 树形视图中，确认项目名称本身被选中。

3）从对话框左侧的 "Settings For:" 列表框中，选择 "All Configurations"。

4）从 "Project Settings" 对话框中，选择 "C/C++" 选项卡。如图 6-8 所示。

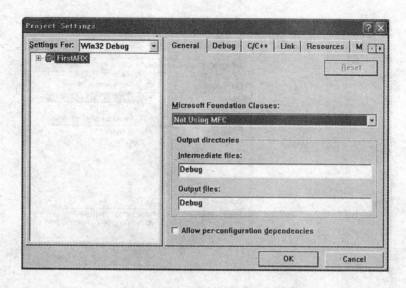

图 6-7　打开 "Project Settings" 对话框

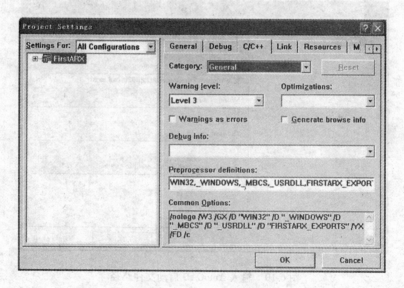

图 6-8　选择 "C/C++" 选项卡

5）从 "Category" 下拉列表中，选择 "Code Generation"。

6）从 "Use run-time library" 编辑框中，选择 "Multithreaded DLL"，如图 6-9 所示。

7）从 "Project Settings" 对话框中，选择 "Debug" 选项卡，在 "Executable for debug session:" 编辑框中输入 AutoCAD 启动文件路径，或单击编辑框后面的箭头按钮利用浏览框指定，如图 6-10 所示。

3. 设置连接选项

1）从 "Project Settings" 对话框中，选择 "Link" 选项卡，如图 6-11 所示。

2）确认 "Category:" 列表框已设置为 "General"。

3）从对话框左侧的 "Settings For:" 列表框中，选择 "Win32 Debug"，如图 6-12 所示。

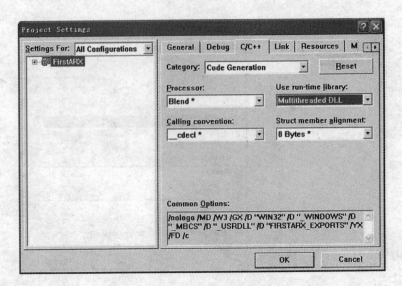

图 6-9 选择"Multithreaded DLL"

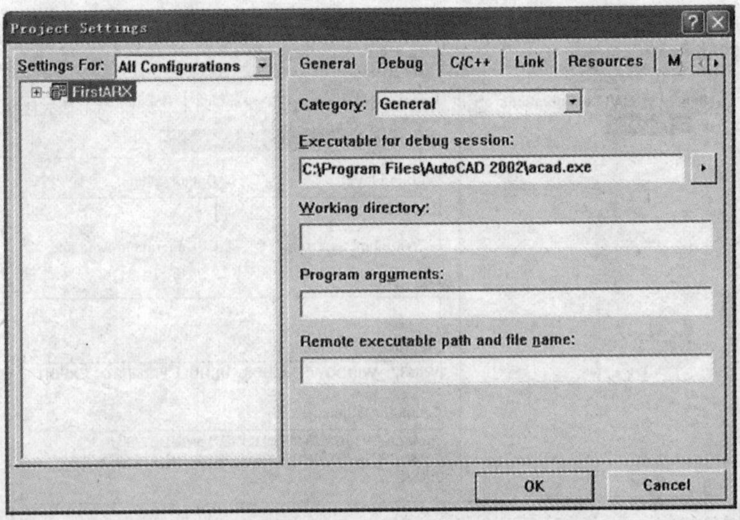

图 6-10 输入 AutoCAD 启动文件路径

4）在"Output file name:"编辑框中，把"Debug/FirstARX. DLL"扩展名 DLL 改为 ARX，即"Debug/FirstARX. ARX"。". arx"扩展名是 AutoCAD 默认的 Object ARX 应用程序扩展名。

此设置指定了由链接器生成的可执行文件的名称及位置。此文件就是被装入到 AutoCAD 中的 Object ARX 应用程序的可执行文件。

5）从对话框左侧的"Settings For:"列表框中，选择"Win32 Release"。

6）在"Output file name:"编辑框中，把"Debug/FirstARX. DLL"扩展名 DLL 改为 ARX，即"Debug/FirstARX. ARX"。改名后的 FirstARX. ARX 文件名必须与应用程序所使用的模块定义文件（. DEF 文件）中规定的文件名相同。

7）从对话框左侧的"Settings For:"列表框中，选择"All Configurations"。

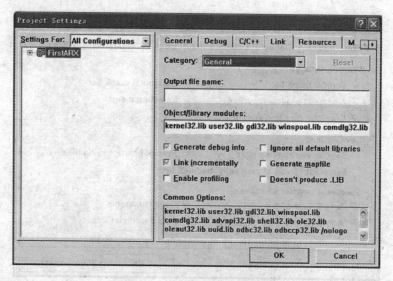

图 6-11　选择"Link"选项卡

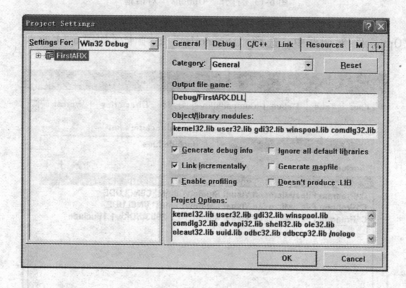

图 6-12　选择"Win32 Debug"

8）在"Object/library modules"编辑框中，将库文件 acad. lib、rxapi. lib、acrx15. lib、acutil15. lib 和 acedapi. lib（各库之间用空格隔开）加入到表列的开头。这几个库文件只是简单应用程序所需要的，复杂的应用程序可能要与其他的 Object ARX 库链接。

9）从"Category："下拉列表框中，选择"Output"，在"Base address"编辑框中，输入"0x1c000000"。

10）单击"OK"按钮，关闭"Project Settings"对话框。

4. 指定包含文件及库文件路径

1）从"Tools"下拉菜单中，选择"Options"，打开"Options"对话框，如图 6-13 所示。

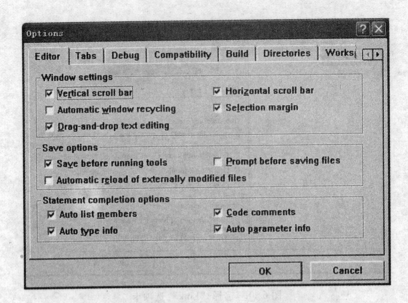

图 6-13 打开"Options"对话框

2）从"Options"对话框中，选择"Directories"选项卡，如图 6-14 所示。

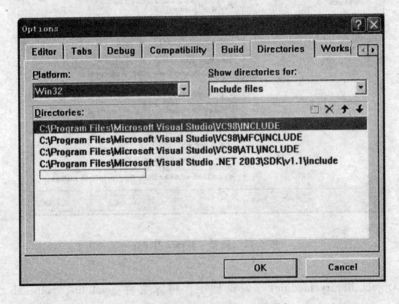

图 6-14 选择"Directories"选项卡

3）在"Show directories for："下拉列表框中选择"Include files"，然后在"Directories"列表框中双击最下部的虚线框，在出现的文本框内输入包含文件的路径或单击右侧按钮通过浏览框选择输入。如图 6-15 所示。

4）在"Show directories for："下拉列表框中选择"Library files"，然后在"Directories"列表框中双击最下部的虚线框，在出现的文本框内输入 Object ARX 库文件的路径或单击右侧按钮通过浏览框选择输入。如图 6-16 所示。

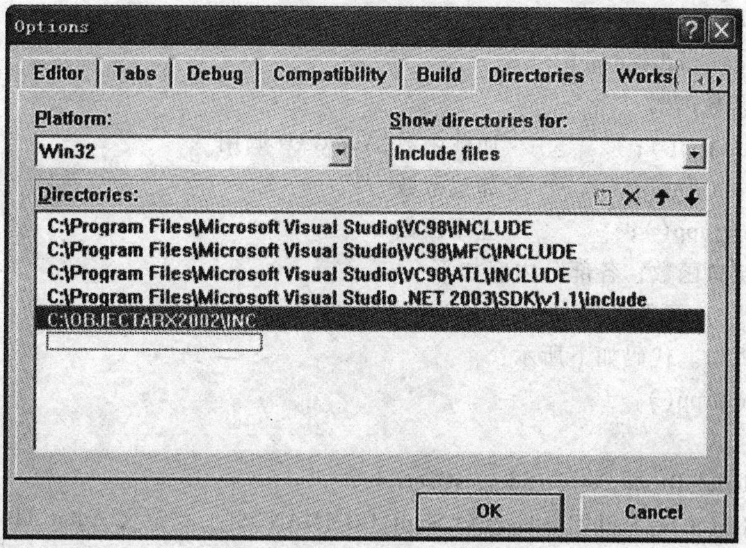

图 6-15　输入包含文件的路径

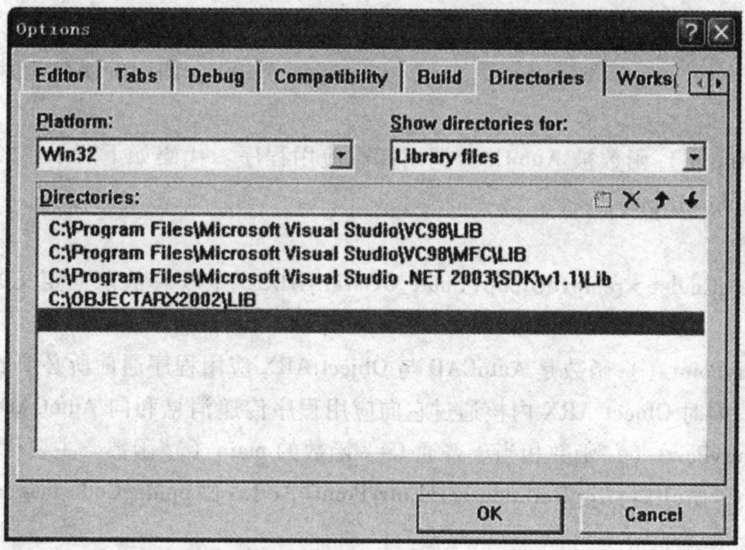

图 6-16　输入 Object ARX 库文件的路径

三、程序开发步骤

按照上面的步骤建立项目工程和完成基本设置后，根据需求添加代码，完成 DLL 文件的入口及功能。完成步骤如下：

从"File"菜单中，选择"New"，进入"New"对话框。

从"New"对话框中选择"Files"选项卡，在项目类型列表中，选择"C++ Source File"，在文件编辑框内输入扩展名为 .cpp 的文件名。

（1）在出现的代码编辑框内首先输入要包含的头文件，如下：

#include ＜aced. h＞

#include ＜rxregsvc. h＞

```
#include <acedads. h >
#include <adscodes. h >
```

（2）主要函数声明

```
void initApp( );          //加载函数，AutoCAD 调用
void unloadApp( );        //卸载函数
void usr_app( );          //应用函数
```

（3）完成接口函数，各部分内容如下：

1）initApp（）函数借助 AutoCAD 命令机制注册一个新的 AutoCAD 命令，也是进入此应用程序的一个入口。代码如下所示：

```
void initApp( )
{
CAcModuleResourceOverride resOverride;
acedRegCmds- > addCommand("Shaft_COMMANDS", //定义 AutoCAD 命令组名
                "ST",                            //全局命令名
                "ST",                            //本地化命令名
                ACRX_CMD_TRANSPARENT,            //命令模式
                usr_app);                        //调用的函数指针
}
```

2）unloadApp（）函数被 AutoCAD 调用卸载应用程序。代码如下所示：

```
void unLoadApp( )
{
acedRegCmds- > removeGroup(Shaft_COMMANDS"); //释放前面定义的命令组
}
```

3）acrxEntryPoint（）函数是 AutoCAD 与 Object ARX 应用程序通信所必须的函数，是二者通信的入口点。同时 Object ARX 内核通过它向应用程序传递消息和向 AutoCAD 返回应用程序状态码。acrxEntryPoint（）函数相当于普通 C++ 函数的 main（）函数。主要代码如下所示：

```
extern "C" AcRx::AppRetCode acrxEntryPoint(AcRx::AppMsgCode msg, void * appId)
{
    switch(msg)
    {
        case AcRx::kInitAppMsg:
        acrxDynamicLinker- > unlockApplication(appId);
        acrxDynamicLinker- > registerAppMDIAware(appId);
        initApp( );
        break;
        case AcRx::kUnloadAppMsg:
        unLoadApp( );
        break;
        default:
```

```
                        break;
        }
        return AcRx::kRetOK;
    }
```

4）用户程序主题函数 usr_app（），根据用户要完成的任务添加代码。本例是完成绘制简单轴的代码：

```
    void usr_app()
    {
        //绘制轴
        acedCommand( RTSTR,"LINE",RTSTR,"10,-30",RTSTR,"10,30",0);
        acedCommand( RTSTR,"LINE",RTSTR,"10,30",RTSTR,"150,30",0);
        acedCommand( RTSTR,"LINE",RTSTR,"10,-30",RTSTR,"150,-30",0);
        acedCommand( RTSTR,"LINE",RTSTR,"150,-30",RTSTR,"150,30",0);
        acedCommand( RTSTR,"CIRCLE",RTSTR,"320,0",RTREAL,60,0);
    }
```

（4）创建 DEF 文件。输出 acrxEntryPoint（）函数。

从"New"对话框中选择"Files"选项卡，在项目类型列表中，选择"Text File"，在文件编辑框内输入扩展名为 .DEF 的文件名。文件内容如下：

```
    ;shaft. def : Declares the module parameters for the DLL.
    LIBRARY        "shaft"
    DESCRIPTION 'Shaft Dynamic Link Library'
    EXPORTS
            acrxEntryPoint        PRIVATE
            acrxGetApiVersionPRIVATE
    ; Explicit exports can go here
```

（5）编译和链接应用程序

当通过上面的步骤将 Visual C++ 的工作环境设置完毕，并输入了所需的源程序和 DEF 文件后，可从"Build"下拉菜单中选择相应的项进行程序的编译链接，生成 ARX 文件。

四、在 VC 程序中调用 AutoCAD

有时候希望将 VC 开发的程序作为主程序，而把 AutoCAD 作为其中的一个模块。这样，就要求 VC 开发的应用程序能够调用 AutoCAD 系统。VC 程序调用 AutoCAD 的关键是获得 AutoCAD 的安装路径，获得路径后可以指定 acad. exe 文件的位置，然后通过函数进行调用。

1）获得所在机器 AutoCAD 系统的安装路径。为获得 AutoCAD 2002 的安装路径，需要利用 Windows 系统注册表的有关功能。首先通过 RegOpenKey 函数打开注册表：

```
    HKEY phkResult;
    LONG ret = RegOpenKeyEx( HKEY_LOCAL_MACHINE,
    " software\Autodesk\AutoCAD\R15. 0\ACAD-1:804", 0,KEY_READ, &phkResult);
```

其中，第一个参数 HKEY_LOCAL_MACHINE 为注册表中预定义的主键句柄，第二个参数为注册表中 HKEY_LOCAL_MACHINE 下的子键内容，第五个参数 phkResult 将返回一子键句柄，用于接下来的键值查询。若该函数运行成功，将返回一长整型数 ERROR_SUCCESS。

接下来利用 RegQueryValueEx 函数进行键值查询：

```
char path[500] = "";
DWORD vallen;
If (ret = ERROR_SUCCESS)
    ret = RegQueryValueEx(phkResult, "AcadLocation", NULL, NULL, (LPBYTE)path, &vallen);
    RegCloseKey(phkResult);
```

RegQueryValueEx 中第一个参数 phkResult 为由 RegOpenKeyEX 函数获得的欲查询的子键句柄；第二个参数 AcadLocation 为欲查询的键值名；第六个参数为键值缓冲器容量；最关键的是第五参数 path，欲查询的键值结果将由其带回，该键值即为所需要的 AutoCAD 2002 的安装路径。

2）根据获取的 AutoCAD 路径，指定 exe 文件名，利用 WinExec () 函数调用 AutoCAD。

```
strcat(path, "\acad.exe");   //在路径后添加 AutoCAD 执行文件 acad.exe
if(WinExec(path, SW_SHOW) < 31)      //调用 AutoCAD,如果失败返回提示信息
{
    AfxMessageBox("启动 AutoCAD 失败!");
    Return 0;
}
```

五、在 AutoCAD 中加载和卸载 ARX 应用程序

如果希望把 AutoCAD 系统作为整个机械 CAD 软件的运行环境，那么可以在 AutoCAD 中加载和卸载 ARX 应用程序。

1. 手动加载和卸载

从"Tools"下拉菜单中选取"加载应用程序（L）..."，出现加载/卸载应用程序窗口，在查找对话框内找到要加载的应用程序，单击"加载"按钮完成 ARX 应用程序的加载。

如果想卸载已经被加载的应用程序，可以从"Tools"下拉菜单中选取"加载应用程序（L）..."，出现加载/卸载应用程序窗口，在"已加载的应用程序"对话框内找到已加载的应用程序，单击"卸载"按钮完成 ARX 应用程序的卸载。

2. 自动加载和卸载

要加载 Object ARX 应用程序，可以使用 ARX 命令的"加载"选项。加载后，由该应用程序定义的所有命令都可以在命令提示下使用。

某些 Object ARX 应用程序要占用大量系统内存。如果要结束一个 Object ARX 应用程序并且要把它从内存中清除，可以使用 ARX 命令的"卸载"选项。

也可以用 AutoLISP 文件中的函数 arxload 加载 Object ARX 应用程序。arxload 函数的语法和 AutoLISP 文件使用的 load 函数的语法几乎完全相同。如果 arxload 函数加载 Object ARX 程序成功，则返回该程序名。arxload 函数的语法如下所示：

（arxload filename ［onfailure］）

arxload 函数有两个参数：filename 和 onfailure。与 load 函数一样，filename 参数是必需的，并且必须是要加载的 Object ARX 程序的完整路径名的说明。onfailure 参数是可选的，并且从命令行加载 Object ARX 程序时通常不用。下例语句加载 Object ARX 应用程序 myapp. arx。

（arxload "myapp"）

与 AutoLISP 文件一样，AutoCAD 在库路径中搜索指定文件。如果要加载不在库路径中的文件，则必须提供该文件的完整路径名。

注意：指定目录路径时，必须用一个斜杠（/）或两个反斜杠（\\）作为分隔符，因为单个反斜杠在 AutoLISP 中具有特殊意义。

试图加载已经加载的应用程序会导致出错。在使用 arxload 函数前应该用 arx 函数检查当前已加载的应用程序。

要用 AutoLISP 卸载应用程序，可以用 arxunload 函数。下例语句卸载 myapp 应用程序。

（arxunload "myapp"）

使用 arxunload 函数不仅从内存中清除应用程序，而且还清除与该应用程序相关联的命令定义。

可以在 AutoCAD 文件夹下的 support 目录下添加 acad. lsp 或 acad. rx 文件实现 arx 程序的自动添加。acad. lsp 文件的内容如下：

（arxload filename ［onfailure］）

其中，文件地址为要加载的 ARX 文件的绝对路径。

利用 acad. rx 文件添加 arx 程序，则在 acad. rx 文件内指定 ARX 文件地址即可，如 c:\ARX \ shaft. arx。

习　题

1. 在 AutoCAD 菜单文件的基础上，增加自己的菜单项。在不同的菜单项下面分别调用 LISP 程序、ADS 程序、VBA 程序和 ARX 程序。

2. 尝试用 AutoCAD 软件建立标准机械零件图库，并用图库绘制一张轴系零件装配图。

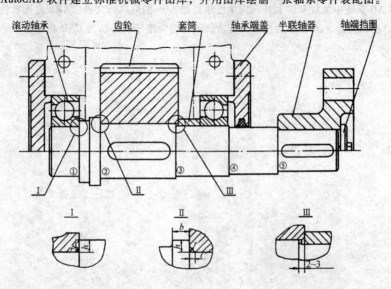

3. 用 DCL 编写 "齿轮材料选择" 对话框。

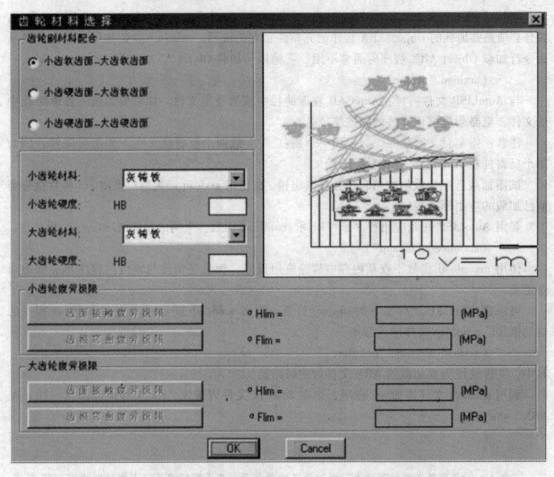

4. AutoCAD 二次开发的方法主要有哪些？各有何特点？

5. 试用不同的二次开发方法创建圆。要求：用户可以自由输入圆的中心坐标和半径。

6. 在 AutoCAD 系统中加载和卸载外部应用程序，如 ADS 的可执行文件、ARX 应用软件等。

7. 利用你自己熟悉的 AutoCAD 二次开发方法，编写套筒滚子链传动的 CAD 程序。

第七章 产品数据管理技术

作为数据库技术的实际工程应用典型，产品数据管理（PDM）技术是在网络环境下，以分布式数据处理技术为支撑，采用客户/服务（Client/Server）体系结构和面向对象（Object Oriented）的设计方法，实现产品全生命周期的信息管理，协调控制工作流程和项目进展，在企业范围内建立的一个并行化产品开发协作环境。它是帮助管理人员、工程师及其他人员管理产品开发步骤的一种软件系统。本章主要介绍 PDM 软件系统开发的基本方法和应用实例。

第一节 产品数据管理的概述

一、PDM 的概念

目前，产品数据管理技术还没有一个统一的定义，不同的研究者和研究机构给出了不同的定义。主要致力于 PDM 技术和计算机集成技术研究与咨询的 CIMData 公司总裁 Miller 在《PDM Today》一文中给出了 PDM 的定义：PDM 是一门用来管理所有与产品相关信息（包括零件信息、配置、文档、CAD 文件、结构和权限信息等）和所有与产品相关过程（包括过程定义和管理）的技术。"PDM 是一种帮助工程师和其他人员管理产品数据和产品研发过程的工具。PDM 系统确保跟踪设计和制造所需的大量数据和信息，并由此支持和维护产品"。Garner Group 公司给出的定义为："PDM 是一个使能器，它用于在企业范围内构造一个从产品策划到产品实现的并行化协作环境（Concurrent Art-to-Product Environment，CAPE），由供应、工程设计、制造、采购、市场与销售、客户等构成"。

可以这样理解 PDM：从产品来看，PDM 系统可帮助组织产品设计，完善产品结构修改，跟踪进展中的设计概念，及时方便地找出存档数据以及相关产品信息。从过程来看，PDM 系统可协调组织整个产品生命周期内诸如设计审查、批准、变更、工作流优化以及产品发布等过程事件。

PDM 将所有与产品相关的信息和所有与产品有关的过程集成在一起。与产品有关的信息包括任何属于产品的数据，如 CAD/CAE/CAPP/CAM 的文件、材料清单（Bill of Material，BOM）、产品配置、事务文件、产品订单、电子表格、生产成本和供应商信息等。与产品有关的过程包括任何有关的加工工序、加工指南和有关批准、使用权、安全、工作标准和方法、工作流程、机构关系等所有过程处理的程序。PDM 包括了产品生命周期的各个方面，能使最新的数据为全部有关用户应用，包括工程设计人员、数控机床操作人员、财会人员及销售人员，他们都能按要求方便地存取和使用有关数据。

PDM 在企业的信息集成过程中起到了一个集成"框架"（Framework）的作用。各种应用程序（如 CAD/ CAE /CAPP/CAM、OA 和 MRP）将通过各种各样的方式（如应用接口、开发、封装等）直接作为一个个"对象"（Object）被集成起来，使得分布在企业各个地方、各个应用中使用的所有产品数据都得以高度集成、协调和共享，所有产品研发过程都得以高度优化或重组。一体化、集约化是这个时代的名词，体现了追求资源价值使用的最大化和集成效率的最佳化。和谐统一不仅仅是美观，还代表效率和效益。

二、PDM 的发展与现状

随着计算机技术日益广泛的应用，许多企业和研究部门开始在局部领域内集中解决自动化替代手工的问题，因此出现了许多 CAX 产品。随着自动化系统产生越来越多的数据，用手工控制和管理数据的方式难以追踪数据的位置，难以防止数据的非法获取，难以维护最新的产品配置。大量电子数据的产生使得数据的输入输出变得难以控制，有时数据丢失严重，而且可能伴有大量错误，难以控制产品的开发过程。因此，如何将 CAX 产生的数据进行有序管理变得极为迫切。

产品数据管理技术最早出现于 20 世纪 80 年代初期，目的是为了解决大量工程图样、技术文档以及 CAD 文件的计算机化管理问题，后来逐渐扩展到产品开发的三个主要领域：

- 设计图纸和电子文档的管理，材料清单的管理。
- 材料清单与工程文档的集成。
- 工程变更请求/指令（Engineering Change Request/Order，ECR/ECO）的跟踪与管理。

PDM 技术的发展可以分为以下三个阶段：配合 CAD 工具的 PDM 系统、专业 PDM 系统和 PDM 的标准化阶段。

1. 配合 CAD 工具的 PDM 系统

早期的 PDM 产品诞生于 20 世纪 80 年代初。当时，CAD 已经在企业中得到了广泛的应用，工程师们在享受 CAD 带来的好处的同时，也不得不将大量的时间浪费在查找设计所需信息上。对于电子数据的存储和获取的新方法需求越来越迫切。针对这种需求，各 CAD 厂家配合自己 CAD 软件推出了第一代 PDM 产品。这些产品提供了维护"电子绘图仓库"的功能，目标主要是解决大量电子数据的存储和管理问题。第一代 PDM 产品仅在一定程度上缓解了"信息孤岛"问题，仍然普遍存在系统功能较弱，集成能力和开放程度较低等问题。

2. 专业 PDM 系统

通过对早期 PDM 产品功能的不断扩展，出现了专业化的 PDM 产品，如 SDRC 公司的 Metaphase 和 UGS 公司的 IMAN 就是第二代 PDM 产品的代表。与第一代 PDM 产品相比，第二代 PDM 产品具备了许多新功能，如对产品生命周期内各种形式的产品数据的管理、对产品结构与配置的管理、对电子数据的发布和更改的控制以及基于成组技术的零件分类管理与查询等；同时，软件的集成能力和开放程度也有较大的提高，少数优秀的 PDM 产品可以真正实现企业级的信息集成和过程集成。第二代 PDM 产品在技术上取得巨大进步的同时，在商业上也获得了很大的成功。PDM 开始成为一个产业，出现了许多专业开发、销售和实施 PDM 的公司。

3. PDM 的标准化阶段

1997 年 2 月，OMG 组织公布了 PDMEnabler 标准草案。作为 PDM 领域的第一个国际标准，本草案由许多 PDM 领域的主导厂商参与制定，如 IBM、SDRC 和 PTC 等。PDMEnabler 的公布标志着 PDM 技术在标准化方面迈出了崭新的一步。PDMEnabler 基于 CORBA 技术，就 PDM 的系统功能、PDM 的逻辑模型和多个 PDM 系统间的互操作提出了一个标准。这一标准的制定为新一代标准化 PDM 产品的发展奠定了基础。

在产品模型数据交换方面已出现了如 IGES、VDAIS、VDAFS 和 SET 等多种标准或规范。但是，它们只是适合在计算机集成生产中的各子系统领域传送信息，以形成技术绘图或简单的几何模型。不能完整地传送更为详细的信息，如公差标注、材料特性、零件明细表或工作计划等。因此，已有的标准和规范存在以下的问题：中间格式只限于几何数据和图形数据；这些标准或规范只反映了 20 世纪 70 年代末 80 年代初的技术状态；软件的开发只是让软件开发商参与而没有让用户参与，软件实用性差；用户不可能在市场上得到完整的解决方案；结果导致高重复工作和高投资的维护。针对以上这些问题，必须要制订独立的产品模型数据交换和管理的标准。PDM 技术有效地解决了这一问题。

PDM 技术正处在高速发展期。厂商们正在改善 PDM 软件的功能以使其发挥更大的作用。目前市场上比较成熟的 PDM 软件有：Optegra、Metaphase、PM、PDME 和 IMAN 等。各 PDM 软件各有优点，也有许多不足之处：

- Optegra 是 Computervision 公司的 PDM 产品。该产品一直处于 PDM 市场的前列。其目标是企业的产品数据管理，同时支持并行工程方式的优化集成。Optegra 在统一的框架下由各功能模块分别打包封装而成。因此，用户可依据自己的实际功能需求、选用一定的功能模块或具有相似功能的其他模块替换。Optegra 在福特汽车、劳斯莱斯集团、韩国大宇集团、法国空中客车飞机制造厂等企业获得了应用。
- Metaphase 软件也是 PDM 产品中非常出色的。该软件涵盖了 PDM 系统的各大功能模块，并且提供了面向对象的集成开发工具，具有良好的集成能力。该产品的最新版本已采用了 Web、联邦式软件结构、CORBA Gateway 等先进技术，是支持并行工程最好的平台之一。Metaphase 立足于成为企业集成的框架。波音、福特、微软、ABB、Caterpillar 和 Sun Microsyste 等公司都采用了大量的 Metaphase 系统用于新产品的开发。
- Product Manager（PM）是一个极具竞争实力的 PDM 产品，是 IBM 公司的 PDM 产品。它具有良好的软件结构，其数据仓库、工作流、配置管理和电子化协同工作环境部分都相当完善。该系统的微机版 PM/PC 的发行，扩展了该 PDM 产品的适用范围。
- PDMED（工厂数据管理环境）是基于 Intergraph 公司的 AIM（资产与信息管理）软件开发的 PDM 产品。它可以管理工厂配置模型和设备及其相关文档，可进行过程管理，包括对工程变更和文档变更的请求、批准及历史记录等变更过程的管理。该产品也采用了 Web 和面向对象等技术。
- IMAN（信息管理器）为 EDS 的 PDM 产品。EDS 公司丰富的工程经验使它可以深刻理解企业用户的真正需求。该软件与 Unigraphis 软件紧密结合，并具有全面的集成能力。因此，IMAN 产品在市场上具有很强的竞争实力，尤其是对 Unigraphis 用户。

三、PDM 技术的应用

从目前 PDM 技术的应用形势看，PDM 技术已经取得了显著的成效。这主要表现在以下几个方面。

1. PDM 的应用范围扩大/市场增长

制造企业一直是 PDM 的主要应用领域。现在，随着 PDM 技术的发展，其他一些行业，如石化、航天、能源、医药和电力等部门也对 PDM 技术产生了浓厚的兴趣，此外还有医疗保健、法律服务、运输等部门也想引进 PDM 技术。这种用户的多样性会促使 PDM 技术更加成熟起来。

制造企业，特别是一些大公司在 PDM 上的投资持续快速增长。在发达国家基本保持了接近 35% 的年增长率，这样的增长速度是十分惊人的。PDM 市场在国内同样也呈现较好的势头。

2. 应用 PDM 技术的国家和地区在扩大

早期应用 PDM 技术的企业大部分都在美国。但最近几年，在北美、欧洲、环太平洋地区，特别是日本和韩国以及其他许多国家，对 PDM 的投资都在不断增加，显示出 PDM 技术的应用呈现国际化趋向。一些先前从未实施这种技术的国家和地区，如印度、巴西、中东等也开始应用 PDM 技术。目前，欧洲在 PDM 上的投资增长率最高，投资额数量已经与北美难分伯仲。已经产生并形成了一个相关的新产业，涌现出一大批软、硬件供应厂商。尽管欧洲有不少的供应厂商在陆续加入这一行列，但是主要的国际供应厂商仍在北美。

3. PDM 系统向企业全局信息集成的方向发展

目前，PDM 技术所涉及的领域已经超出了设计、工程部门的范畴，逐步向生产、经营管理部门渗透。PDM 不只是 CAD 和工程部门文档的管理者，而且是产品开发过程中生成的、管理和分配的全部信息的集成者。同样，为了解决产品数据的来源，生产经营管理系统 ERP 也要向设计工程部门扩展。企业需要的是全局信息的集成系统，既包括设计、工艺部门的信息，又包括人、财、物、产、供、销等部门的信息。企业各个职能部门都必须共享和访问与产品模型相关的信息，并且能够尽早和经常共享这些信息。只有这样，企业才能生产出适销对路的产品，抓住稍纵即逝的机会，尽快打入市场。正因为如此，PDM 和 ERP 系统互相靠拢，都向企业全局信息集成的方向发展。在完善自己功能的同时，PDM 系统不断开发与 ERP 信息交换的接口，例如，美国 EDS 公司开发了自己的 PDM 产品 IMAN 与著名的 ERP 软件 SAP 的接口。而 ERP 供应商则采取收购 PDM 产品的方式，试图构造一个完整的企业信息管理模式，如著名的 ERP 供应商 BAAN 公司收购了 Nature 公司的 PDM 产品。

4. 国产 PDM 产品状况

近年来，国内 PDM 系统的开发和应用方兴未艾。我国的 PDM 产品大多从面向文档管理和面向简单的工作流程管理入手，侧重于将现有的人工管理转变为计算机管理电子文档，并逐渐增加其功能，以满足企业级产品数据管理的要求。目前，很多国内公司都开发了自己的 PDM 产品。PDM 在企业中的应用主要包括以下几方面。

（1）企业产品数据的归档和统一编码

国产 PDM 产品提供了方便的产品数据归档方法，只要用户提供必要的工程信息，该产品的数据就可以有条不紊地进入应用服务器上的产品数据库中。

企业编码的实质是解决分类问题。产品零部件的有效分类恰恰是 PDM 技术要解决的主要问题。推行统一编码同时也是企业信息化的基础。然而，过去企业的编码标准表现在纸上，使用人员只能靠翻阅手册，有时还需要人工协调才能完成编码。因此，企业推行使用统一的编码规则相当困难。国产 PDM 产品提供了有效的编码管理和辅助生成工具。一方面，利用编码管理工具，企业可以将编码规则定义到产品数据库中，以便使用人员随时在网络上查找或浏览；另一方面，通过辅助生成工具，使用人员可以在单元应用软件中直接对生成的数据进行编码，保证编码的正确性。

（2）企业产品结构的管理

产品结构（Product Structure）是跨越组织部门和经营阶段的核心概念，是 PDM 系统连接各个应用系统（如 CAD/CAPP/CAM/MRPII）的纽带与桥梁。传统的基于文件系统的管理方法，虽然可以按照产品结构进行归档，但是无法使用。目前，市场上流行的基于卡片式的档案管理系统，由于缺少产品结构这样的概念，只能按照线性模式进行数据组织。国产 PDM 产品以产品结构为核心来组织工程数据，完全符合 PDM 系统的数据组织逻辑，企业的工程数据在明确的产品结构视图下层次关系清晰可见。同时，它还提供基于产品结构的查询、修改和数据组织工作。

（3）技术部门的过程管理

随着"甩图板工程"的深入，企业技术部门的绘图工作在计算机上完成以后，企业原来基于纸介质的工作驱动方式在某种程度上阻碍了工程技术部门生产效率的提高。如何寻求一种适合企业的电子流程管理的手段成为企业需要进一步解决的问题，这也是 PDM 技术所要解决的关键技术。

目前，大多数国产 PDM 产品提供了技术部门的工作流程管理模块。企业可以根据自己的情况来定制工作环节，利用内嵌的浏览工具完成整个工作过程中的浏览与批注任务。

（4）企业产品数据的处理

制造企业的工艺设计、生产组织、物资供应、物流管理、对外协作等经营活动，都要使用基于产品结构的数据信息，其表现形式为企业现行的各种表格。这些造表工作复杂、繁琐，并且容易出错。大多数国产 PDM 产品都提供了交互式自定义表格工具，可以生成任意复杂的企业表格，并且具有多种统计、汇总与展开方式等功能。

第二节　PDM 系统的体系结构及功能

一、PDM 系统的体系结构

PDM 原型系统（如图 7-1 所示）以网络环境下的分布式数据处理技术为支撑，采用客户机/服务器体系机构和面向对象的设计方法，需要有数据库技术保证数据的存储和管理，需要有网络技术提供数据的通信和传输，以实现产品全生命周期的信息管理，协调控制工作流程和项目进展，在企业范围内建立一个并行化的产品开发协作环境。

PDM 系统的体系结构（如图 7-2 所示）可以分解为以下四个层次的内容。

第一层是支持层。目前流行的通用商业化的关系型数据库是 PDM 系统的支持平台。关系型数据库提供了数据管理的最基本的功能，如存、取、增、删、改、查等操作。

第二层是面向对象层。由于商用关系型数据库侧重于管理事务性数据，不能满足产品数据动态变化的管理要求。因此，在 PDM 系统中采用若干个二维关系表格来描述产品数据的动态变化。PDM 系统将其管理的动态变化数据的功能转换成几个、甚至几百个二维关系型表格，满足面向产品对象管理的要求。可以用一个二维表记录产品的全部图样目录，但不能记录每一份图样的变化历程；需要再用一个二维表专门记录设计图样的版本变化过程。多张表就可以描述产品设计图样的更改的流程。

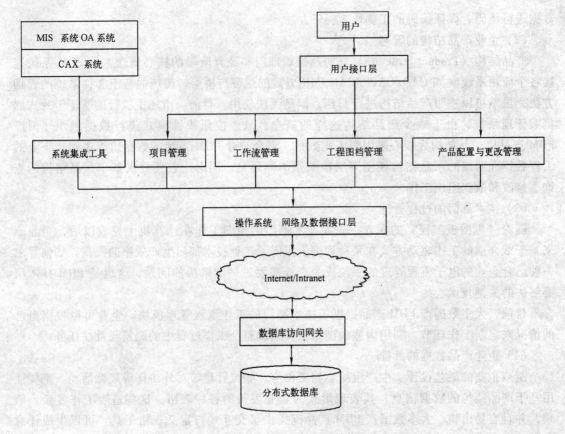

图 7-1　PDM 系统的原型结构

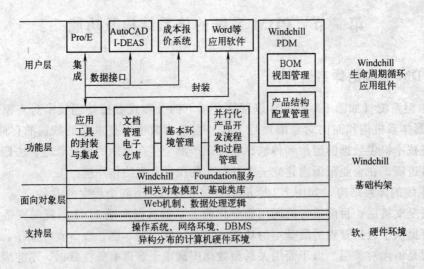

图 7-2　PDM 系统（Windchill）的体系结构范例

　　第三层是功能层。面向对象层提供了描述产品数据动态变化的数学模型。在此基础上，根据 PDM 系统的管理目标，在 PDM 系统中建立相应的功能模块。一类是基本功能模块，包括文档管理、产品配置管理、工作流程管理、零件分类和检索及项目管理等；另一类是系统管理模块，包括系统管理和工作环境。系统管理主要是针对系统管理员如何维护系统，确保数据安全与正常运行的功能模块。工作环境主要保证各类不同的用户能够正常地、安全地、可靠地使用 PDM 系统，既要方便、快捷，又要安全、可靠。

第四层是用户层。用户层包括开发工具层和界面层。不同的用户在不同的计算机上操作 PDM 系统都要提供友好的人机交互界面。根据各自的经营目标，不同企业对人机界面也会有不同的要求。因此，在 PDM 系统中通常除了提供标准的、不同硬件平台上的人机界面外，还要提供开发个性化人机界面的工具，以满足各类用户的特殊要求。整个 PDM 系统和相应的关系型数据库（如 Oracle）都建立在计算机的操作系统和网络系统的平台上。同时，还有各式各样的应用软件，如 CAD、CAPP、CAM、CAE、CAT、文字处理、表格生成、图像显示和音像转换等。在计算机硬件平台上，构成了一个大型的信息管理系统，PDM 将有效地对各类信息进行合理、正确和安全的管理。

PDM 系统由于其功能性、系统独立性、规模性、开放性等区别而大致分为两类：面向工作组级和面向企业级的 PDM。面向工作组（如设计部门）级的 PDM 针对具体研究项目的设计产品，主要以一两种应用软件（如 CAD、CAPP、有限元分析）为集成内容，使用规模在几台至几百台左右的工作站，运行在局域网络环境中，也称为部门级 PDM。企业级 PDM 是按用户需求，以任意规模组成多种机种、多网络环境、多数据库、多分布式服务器、多种应用集成的跨企业、跨地区的超大型 PDM 系统。

企业实施 PDM 技术将为企业的工程信息管理与过程自动化管理提供统一的支持环境，并成为连接企业应用系统及其他信息系统（如 CAD/CAE/CAPP/CAM，ERP 等）的桥梁与纽带，将设计、制造部门的相关信息连接起来，实现设计、制造信息一体化管理。它不仅要适应不同企业中不同部门复杂计算环境及不同功能需求，同时还要求支持地理分布不同的分公司的信息管理，所以 PDM 系统必须具有良好的开放性体系结构。PDM 系统的开放性体现在以下四个方面。

（1）对基础环境的适应性

PDM 系统是以分布式网络（Distributed Network）、客户机/服务器结构、图形化用户界面及数据库管理技术作为它的环境支持。与底层环境的连接是通过不同接口来实现的，从而保证了一种 PDM 系统可支持多种类型的硬件平台、操作系统、数据库、图形界面及网络协议。并且，在分布式环境中，同类系统软件中的几种类型可以并存，但数据库必须单一化。

（2）PDM 内核的开放性

PDM 内核的开放性体现在越来越多的 PDM 产品采用面向对象的建模方法和技术，建立系统的管理模型与信息模型，并提供对象管理机制，实现产品信息的管理。在此基础上，提供一系列开发工具与应用接口，帮助用户方便地定制或扩展原有数据模型，存取相关信息，并增加新的应用功能，以满足用户对系统不同应用的要求。

（3）PDM 规模的可变性

由于 PDM 系统一般都是采用 C/S 或 B/S 体系结构，并具有分布式功能，所以企业在实施时可从单个 Server 开始，逐渐扩展到几个、几十个、甚至几百个 Server，覆盖整个企业。

（4）PDM 框架的插件功能/工具封装和集成

为了更有效地管理应用系统产生的各种数据，实现对产品数据的统一管理，并方便用户和应用系统使用，就必须建立 PDM 系统与应用系统之间更紧密的关系。这就要求 PDM 系统提供中性的应用接口，把外部应用系统"封装或集成"到 PDM 系统中，作为 PDM 新增的一个子模块，并可以在 PDM 环境下方便地运行。

二、PDM 的应用功能

PDM 系统为企业提供了一种宏观管理和控制所有与产品相关的信息的机制和框架。PDM 软件系统一般提供 9 大应用功能：电子仓库及文档管理功能、产品结构编辑功能、产品配置管理功能、工作流控制功能、分类编码与检索功能、项目管理功能、应用集成和开发工具。主要应用功能如下：

1）电子仓库（Vault）是 PDM 中最基本、最核心的功能。Vault 中保存了管理数据的数据（元数据）以及指向描述产品相关信息的物理数据和文件的指针。它为用户存取数据提供一种安全的控制机制，并允许用户透明地访问全企业的产品信息，而不用考虑用户或数据的物理位置。

2）工作流或过程管理（Workflow/Process Management）用来定义和控制数据操作的基本过程。它主要管理用户对数据进行操作时发生的情况、人与人之间的数据流向以及在一个项目的生命周期内，跟踪所有事务和数据的活动。它是支持工程更改必不可少的工具。

3）产品结构与配置管理（Product Structure and Configuration Management）是以电子仓库为底层支持，以材料清单为其组织核心，把定义最终产品的所有工程数据和文档联系起来，实现产品数据的组织、控制和管理，并在一定目标或规则约束下向用户或应用系统提供产品结构的不同视图和描述。

4）检视和批阅（View and Markup）为计算机审批过程提供支持。利用该功能，用户可以查看电子仓库中存储的数据内容，特别是图像和图形数据。

5）扫描与成像（Scanning and Image）把图样或缩微胶片扫描转换成数字化图像，并把它置于 PDM 系统控制管理之下，为企业原有非数字化图样与文档的计算机管理提供支持。

6）设计检索和零件库（Design Retrial and Component Libraries）对已有设计信息进行分类管理，以便最大程度地重新利用现有设计成果，为开发新产品服务。

7）项目管理（Project Management）在 PDM 系统中考虑的较少。许多 PDM 系统只能提供工作流活动的信息。

8）电子协作（Electronic Collaboration）主要实现人与 PDM 系统中数据之间高速、实时交互的功能，包括设计审查时的在线操作和电子会议等。

9）工具与集成件（Tools and Integration-Ware）。为了使不同应用系统之间能够共享信息以及对应用系统所产生的数据进行统一管理，要求把外部应用系统"封装"和集成到 PDM 系统中，并提供应用系统与数据库以及应用系统之间的信息集成。

第三节　PDM 在现代企业中的作用

PDM 技术在企业中的作用表现在如下几个方面。

一、PDM 是 CAD/CAPP/CAM 的集成平台

不同的企业在产品设计中，所用到的 CAD 系统也各不相同。有的企业用 AutoCAD 进行

工程设计,有的企业用 UG 或 Pro/E 等进行工程设计。因此,产品的设计信息往往需要多种 CAD 系统进行描述。但是,目前还不能完全解决不同 CAD 系统之间的数据交换。再者,在工艺设计规划中,不同的企业有不同的规范;即使在同一企业中,不同的工艺人员也有不同的经验,他们设计的工艺规划也存在很大差异。此外,CAD 中的设计数据(如 BOM)不能直接导入到 CAPP 系统中,也制约了 CAPP 从 CAD 系统中直接获取它所需要的设计信息。而 PDM 系统可以解决上述难题。它可以统一管理与产品有关的全部信息。因此,3C 之间不必直接传递信息,3C 系统之间的信息传递都变成了分别和 PDM 系统之间的信息传递。3C 都从 PDM 系统中提取各自所需的信息,各自应用的结果也放回 PDM 中去,从而真正实现了 3C 的集成。所以说,PDM 是 3C 的集成平台,如图 7-3 所示。

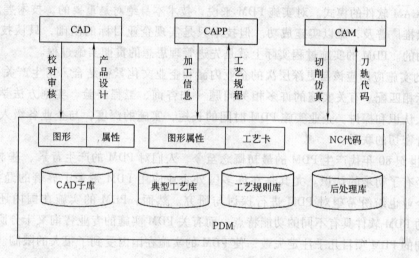

图 7-3　PDM 与 3C 的关系

二、PDM 是企业信息传递的桥梁

PDM 系统作为 3C 的集成平台,用计算机完整地描述了数字化的产品模型。因此,为使 MIS 和 MRPII 自动得到所需的产品信息,PDM 系统起到了沟通设计部门和管理信息系统及制造资源系统之间的信息桥梁作用,如图 7-4 所示。

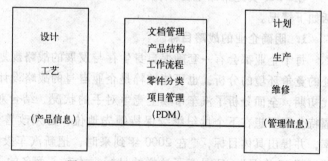

图 7-4　PDM 是企业信息传递的桥梁

三、PDM 是企业 CIMS 的集成框架

随着计算机集成制造系统(Computer Integrate Manufacture System,CIMS)技术的不断深入发展及其应用规模的不断扩大,企业集成信息模型越来越复杂,对信息控制和维护的有效性、可靠性和实时性要求越来越高,迫切需要寻求更高层次上的集成技术,能够提供高层次的信息集成管理机制,从而提高 CIMS 的运作效率。

并行工程应用集成化与并行化的思想来设计产品，强调在信息集成基础上的功能集成和过程集成，为 CIMS 的实施提供了更强有力的自动化环境。PDM 支持并行工程，不仅向 MIS 系统和 MRPII 系统传递所需的产品信息，而且 ERP 中生成的与产品有关的生产、经营、维修服务等信息，也由 PDM 系统来传递。因此，PDM 在突出生产数据的基础上，正逐步完善其作为制造业领域集成框架的功能。

第四节　PDM 的实施

PDM 作为一种软件产品，和 ERP、CRM 产品一样，重在实施。PDM 的实施不应该简单套用 CAD/CAM 软件的模式。对实施 PDM 来说，技术本身绝对是重要的，技术差的 PDM 系统肯定难以推广普及，难以实施成功。但技术只是实现企业目标的基础，只谈技术的 PDM 是难以成功的。PDM 的实施过程实际上就是先进管理思想的贯彻实施过程。

PDM 的实施应用应该与更深层次的企业内涵和企业文化紧密结合，与生产关系相适应，与企业目标相匹配。有关实施的许多相关问题（如咨询、工程经验、实施方法学等）值得人们去深入认识和探讨。企业实施 PDM 时间的长短，实施的深度，与企业各级人员对 PDM 的理解有着密切的联系。

从 20 世纪 80 年代产生 PDM 的最初概念至今，人们对 PDM 的产生背景、基本功能和应用效益已经有了初步的认识。尤其是在许多国外企业应用 PDM 带来了显著的经济效益后，国内不少企业也纷纷希望对 PDM 进行探讨与研究。然而，PDM 的实施在国内还不是很成熟，不同的 PDM 软件具有不同的功能特点，而有关 PDM 实施的专业咨询又十分匮乏，不进行专业咨询的 PDM 项目几乎注定失败，使 PDM 的实施在国内受到了很大的限制。因此，要在企业真正实施并用好 PDM，还有大量的研究工作要做。

一、PDM 循序渐进的实施策略

在 PDM 实施策略上必须循序渐进，否则 PDM 会给企业带来混乱。PDM 的实施策略包括如下情况。

1. 明确企业的战略目标

每个企业都会有一套确保自身生存与发展的战略规划，这种规划可能来自企业对当时所处的竞争环境的分析，也可能纯粹是企业自身的战略设计。例如，福特公司在 20 世纪 90 年代初期，全面分析了汽车市场上竞争对手的状况，结合对未来市场发展的预测，得出结论，福特公司要想在下个世纪继续保持领先地位，必须改善他们的产品开发体系，提高整体效率，并提出具体目标，"在 2000 年到来时，把新汽车投放市场的时间，由当时的 36 个月，缩短到 18 个月"。正是有了这样的目标，才有了著名的"福特 2000"计划，才有了这个计划的核心——FPGS（福特产品开发系统），才有了 C3P（CAD/CAE/CAM/PIM）项目。可以说，PDM 完全服务于企业的整体战略，PDM 项目的成功，表现在企业的整体战略目标是否如期实现。

2. PDM 项目应有明确的、可以测量的规模

作为一个项目，它的主要特点是：时间性——有始有终，目的性——是否完成要有具体的指标和资源的有限性。在项目的开始就要对相应的各项指标给出明确的规定。SDRC 公司

基于多年实施 PDM 项目总结出的 PDM 实施方法论 MetaSDM，正是为了帮助企业完成这一规划而推出的，可以帮助企业在规划 PDM 项目时，避免只考虑技术因素或部门要求，而忽视了企业的整体要求；确保企业在有限的投资下，保证投资合理性和项目的质量，从而避免许多误区和风险，确保项目的规划能被用户和 PDM 厂商双方接受。

3. PDM 实施的长期性与项目的可扩充性

如前所述，实施 PDM 并非一朝一夕的事，它需要一个周期，才可以达到预定的目标。把这个周期分成若干个时间段，制订每个阶段的阶段性目标，或称里程碑，是一种成功的模式。每一个阶段，只有达到了目标，才走到下一个阶段。另一方面，任何事情都不是一成不变的，市场形势在变，企业经营模式在变，IT 技术也在变。这些都注定了 PDM 项目本身不可能以不变应万变。系统要有可扩充性，要能够不断地自我完善，要有自我发展（Self-Perpetuating）能力。

二、实施 PDM 系统的注意事项

1. PDM 系统与应用系统的区别

应用系统通常涉及某个方面的技术范畴，而 PDM 则是跨部门的管理系统；它们的技术特性不同，实施目标也不一样。PDM 的应用并不意味着信息系统应用过程的简单自动化。实际上，PDM 的应用特别要强调人的作用，它提供的是一种人机混合作业的优化运行模式，为人在设计过程中的决策活动和设计活动提供提高效率和可靠性的支持手段。

2. PDM 与管理模式的协调

PDM 管理模式的建立过程，实质上是管理制度科学化的过程，也就是调整企业的上层建设、完善现有的生产关系、以适应 CAD/CAPP/CAM 技术创造的新生产力，因此，既要兼顾原有的组织机构、管理方式、行为规范，又要考虑信息集成的要求和新的生产方式的特点。这将是一个艰苦的过程，尤其值得重视。PDM 系统在软件项目部门的应用最初是由于大量应用 CAX 技术，从而导致大量电子数据的产生。对于这些电子数据的有限管理的需求成为一种原始的动力，并且形成一种趋势，推动以纸介质为载体的设计信息和管理模式转化。这个转化过程将是一个漫长的过程，它必然引发企业文化以及基于这种企业文化之上的工作模式的变化。如果要保证这种趋势按照正确的方向发展，就必须得到企业领导者的认可和支持。

3. 对企业的信息化建设进行整体规划

企业的 PDM 系统的建设过程将伴随企业的产品设计部门的发展而长期存在，就其整体而言，是一个需要大量人力、物力资源支持，涉及面广，延续时间长的项目。针对这样一个项目，如何遵循"总体规划、分步实施、效益驱动、整体推进"的原则来启动企业的 PDM 项目是众多企业都十分关心的问题。对于企业而言，应用 PDM 进行电子文档管理是其最朴素的要求，为了保证这种要求与企业今后的信息化建设以及未来的电子商务能有机结合。一个比较稳妥的办法就是聘请有经验的咨询顾问，在咨询顾问的指导下对企业的现状以及今后的发展充分调研和论证，制订出初步的企业信息化建设的规划。并在这个规划的指导下，进一步开展 PDM 系统的建立工作。

4. 建立 PDM 项目组

PDM 项目组是企业建立 PDM 系统的核心力量，在这个小组中包括项目管理经验的组织者、位居高层的领导者、未来用户的代表、企业信息化管理部门的主管以及外部专家等各方面的人员。这个小组中的每一个人都是他所在部门的业务骨干，应该对其所承担的业务有充分的了解，在他所处的部门中应该具有较高的人格魅力。另外，项目组的每个成员还必须保证有充足的时间来从事系统的建立工作。

5. 建立产品数据库

建立产品数据库是 PDM 系统实施最关键的一个环节和最重要的工作内容，其工作要点在于：

(1) CAX 数据如何自动进入产品数据库

各企业数据表达不同，要求前端的 CAX 系统要有良好的开放性，严格保证 CAX 与 PDM 公共数据的一致性。这里，需要特别强调的是，PDM 系统与 CAD 系统的集成，其原因在于 CAD 是产品定义手段，产品几何信息、材料信息、结构信息在 CAD 文件中都有表达，PDM 能否顺利继承并有效改变这些信息是 PDM 能否实用的关键。

(2) 要解决版本管理问题

各企业数据版本管理差别很大，有些企业依赖编码，有些企业则采用人工干预。版本管理是传统设计方法中最难以规范的问题。

第五节 产品数据管理实例

这里介绍一个利用 C++ 语言在工程实践中开发产品数据管理应用程序的例子，其主要功能是在自动化塑料薄膜生产线上，完成对孔洞缺陷进行在线的检测、标识和记录工作，并且提供打印操作，以报表的形式将每卷塑料薄膜的孔洞坐标记录下来，便于工作人员进行后期的处理工作。该检测系统是以机器视觉技术为基础，以 SQL Server 2000 为数据库平台，并以 Visual C++ 6.0 作为软件开发环境，上位机程序主要包括孔洞检测、数据库存取、串口通信和报表打印几部分。为了简明扼要地说明问题，只是将相关程序代码列在本节最后的程序清单中，可供读者参考。

一、实例说明

该系统硬件部分主要由计算机、PLC 和机器视觉设备组成，其硬件组成结构如图 7-5 所示。利用数字摄像机拍摄图片，并通过图形采集卡将图像信息传给上位机。经过专业的图像处理软件和上位软件处理后，计算出孔洞缺陷的位置信息。一方面将其保存在数据库当中，另一方面根据孔洞位置，通过和 PLC 通信，控制喷头用快干墨在孔洞周围做出标记。

上位机程序运行在一台工业控制计算机上，程序的主界面如图 7-6 所示。该界面主要分为左右两个区域。左边是用户参数输入区，由操作人员在生产当中记录下相关信息；右边区域用来显示拍摄的图片，可供用户调整摄像机的位置及划定采集的区域。在实际生产当中，为节约系统资源，可将图片设置成不显示状态。

用户要进行的一些操作如报表的打印、数据库信息的查询、图像的设置等均可在菜单栏中选中，系统会弹出相应的对话框，和用户进行交互。

二、开发软件及数据库

该系统采用面向对象的编程思想进行设计，借助 C++ 语言实现，并以 Visual C++ 6.0

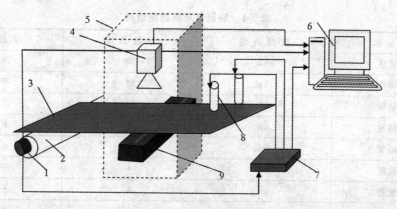

图 7-5　硬件系统结构图

1—编码器　2—滚筒　3—被测黑色塑料薄膜　4—数字线阵摄像机　5—暗箱
6—工业控制计算机　7—PLC　8—快干墨喷头　9—背光光源

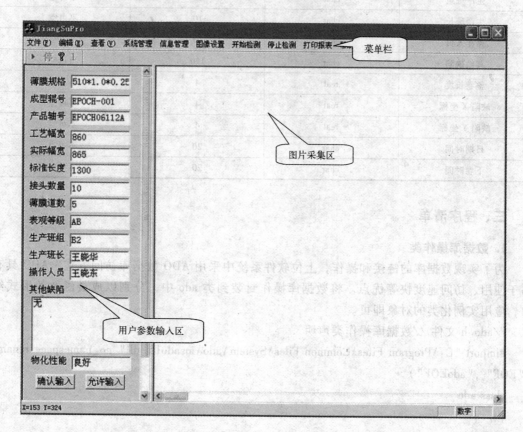

图 7-6　上位机程序主界面

作为软件开发环境，数据库使用 SQL Server 2000 建立数据库表。

建立名字为 Detecting 的数据库，其中有 4 个表：用户信息表、打印信息表、缺陷信息表和报警信息表。在此仅列举缺陷信息表的设计，该表中记录孔洞缺陷的相关信息，见表 7-1。

表 7-1　缺陷信息表数据结构

字 段 名 称	数 据 类 型	字 段 长 度	字 段 属 性
薄膜规格	char	30	不可空
成型辊号	char	15	不可空
薄膜轴号	char	25	不可空
工艺幅宽	int	4	不可空
实际幅宽	int	4	不可空
标准长度	real	4	不可空
接头数量	int	4	不可空
薄膜道数	int	4	不可空
表观等级	char	10	可以空
生产班组	char	10	不可空
生产班长	char	10	不可空
操作人员	char	10	不可空
其他缺陷	char	120	可以空
整卷长度	real	4	不可空
缺陷 X 坐标	real	4	不可空
缺陷 Y 坐标	real	4	不可空
日期时间	char	20	不可空
下卷时间	char	20	不可空

三、程序清单

1. 数据库操作类

为了实现数据库的链接和操作，上位软件系统中采用 ADO 数据库访问方式。ADO 具有易于使用、访问速度快等优点。将数据库操作封装到类 ado 中，分别以成员函数的形式给出，应用实例化类的对象即可。

//ado. h 文件 //数据库操作类声明

#import "C:\Program Files\Common Files\System\ado\msado15. dll" no_namespace rename("EOF","adoEOF")

class ado

{

public:

　　_ConnectionPtr m_pConnection;

　　_RecordsetPtr m_pRecordset;

public:

　　ado( );

　　virtual ~ado( );

　　void close( );

```
        bool MovePrevious( ) ;
        bool MoveLast( ) ;
        bool MoveNext( ) ;
        bool MoveFirst( ) ;
        int GetRecordCount( ) ;
        bool Open( CString srecordset, UINT adCmd) ;
        void GetErrors( _com_error eErrors) ;
        CString GetFieldValue( CString Field) ;
        void AddNew( ) ;
        void Update( ) ;
        bool Move( int nRecordNum) ;
        void SetFieldValue( CString OField, CString value) ;
        bool recordeof( ) ;
        bool recordbof( ) ;
        void rstOpen( CString TSQL) ;
} ;
```

2. 数据库操作类应用

用户在主程序界面的菜单栏上单击"信息管理"按钮,弹出"缺陷信息"对话框,输入查询条件,并单击"查询"按钮,可得到符合条件的表项信息。程序清单如下:

```
void CDBugInof∷OnButquery( )
{
    // TODO：Add your control notification handler code here
    m_list1. DeleteAllItems( ) ;
    ado rst ;              //声明成员变量
    CString sql, edit1, com1, com2 ;
    this- > m_EdtCondition. GetWindowText( edit1) ;
    this- > m_ComEmblem. GetWindowText( com2) ;
    this- > m_ComField. GetWindowText( com1) ;
    if( edit1. IsEmpty( ) )
    {MessageBox("请输入", "提示") ;
        return ;
    }
    if( com2. IsEmpty( ) )
    {MessageBox("请输入", "提示") ;
        return ;
    }
    if( com1. IsEmpty( ) )
    {MessageBox("请输入", "提示") ;
```

```
            return;
        }
    sql.Format("select * ·from 查询 where %s %s '%s'",com1,com2,edit1);
    rst.Open(sql,adCmdText);
    int recordcount = rst.GetRecordCount();
    int ii;
    for(ii=1;ii<=recordcount;ii++)
        {
        m_list1.InsertItem(ii-1,"");
        m_list1.SetItemText(ii-1,0,rst.GetFieldValue("薄膜规格"));
        m_list1.SetItemText(ii-1,1,rst.GetFieldValue("成型辊号"));
        m_list1.SetItemText(ii-1,2,rst.GetFieldValue("薄膜轴号"));
        m_list1.SetItemText(ii-1,3,rst.GetFieldValue("工艺幅宽"));
        m_list1.SetItemText(ii-1,4,rst.GetFieldValue("实际幅宽"));
        m_list1.SetItemText(ii-1,5,rst.GetFieldValue("标准长度"));
                ⋮
        m_list1.SetItemText(ii-1,15,rst.GetFieldValue("缺陷 Y 坐标"));
        m_list1.SetItemText(ii-1,16,rst.GetFieldValue("日期时间"));
        m_list1.SetItemText(ii-1,17,rst.GetFieldValue("下卷时间"));
        rst.Move(ii);
        }
    rst.close();
}
```

3. 报表打印类的应用

用户在主程序界面的菜单栏上单击"打印报表"按钮，可打印出表单，程序清单如下：

```
void CMainFrame::OnPrint()
{
    // TODO: Add your command handler code here
    CPrintRX m_Print;           //声明打印类对象 m_Print
    // 调用打印对话框,初始化得到设备内容
    m_Print.InitToPrint(NULL, 1);
    m_Print.StartPrint();
    m_Print.StartPage();
    //二维点阵
    int x_pos[7];
    int y_pos[26];
    int i;
    //设置横坐标
    for (i=0; i<26; i++)
```

```
y_pos[i] = 80 + (GRIDHEIGHT * i);
//设置纵坐标
for (int j = 0; j < 7; j + +)
{
    x_pos[j] = 35 + GRIDWIDATH * j;
}
CPen newPen;
newPen. CreatePen (PS_SOLID, 3, RGB(0,0,0));
CPen thickPen;
thickPen. CreatePen(PS_SOLID, 10, RGB(0,0,0));
m_Print. DrawHLine(x_pos[0], y_pos[0], x_pos[6], y_pos[0], thickPen);
//打印21 行
for (i = 2; i < 8; i + +)
{
    m_Print. DrawHLine(x_pos[0], y_pos[i], x_pos[6], y_pos[i], newPen);
}
m_Print. DrawHLine(x_pos[0], y_pos[16], x_pos[6], y_pos[16], newPen);
m_Print. DrawHLine(x_pos[0], y_pos[17], x_pos[6], y_pos[17], newPen);
m_Print. DrawHLine(x_pos[0], y_pos[21], x_pos[6], y_pos[21], newPen);
m_Print. DrawHLine(x_pos[0], y_pos[22], x_pos[6], y_pos[22], newPen);
m_Print. DrawHLine(x_pos[0], y_pos[25], x_pos[6], y_pos[25], newPen);
//打印7 列
m_Print. DrawVLine(x_pos[1], y_pos[2], x_pos[1], y_pos[16], newPen);
m_Print. DrawVLine(x_pos[2], y_pos[2], x_pos[2], y_pos[16], newPen);
for (i = 3; i < 6; i + +)
{
    m_Print. DrawVLine(x_pos[i], y_pos[2], x_pos[i], y_pos[6], newPen);
}
m_Print. DrawVLine(x_pos[3], y_pos[21], x_pos[3], y_pos[25], newPen);
m_Print. DrawVLine(x_pos[0], y_pos[2], x_pos[0], y_pos[25], thickPen);
m_Print. DrawVLine(x_pos[6], y_pos[2], x_pos[6], y_pos[25], thickPen);
CSize Size;
char m_str[24][18];
CRect StrRect;              //Draw text in Rect
strcpy(m_str[0], "生产日期");
strcpy(m_str[1], "成型辊号");
strcpy(m_str[2], "操作人员");
strcpy(m_str[3], "生产班组");
strcpy(m_str[4], "生产班长");
```

```
        strcpy(m_str[5], "标准长度");
        strcpy(m_str[6], "工艺幅宽");
        strcpy(m_str[7], "实际幅宽");
        strcpy(m_str[8], "实际长度");
        strcpy(m_str[9], "薄膜道数");
        strcpy(m_str[14], "孔洞坐标(Y)");
        strcpy(m_str[15], "其他缺陷记录");
        strcpy(m_str[16], "表观等级");
        strcpy(m_str[17], "产品物化性能判定");
        strcpy(m_str[18], "1");
        strcpy(m_str[19], "2");
        strcpy(m_str[20], "3");
        strcpy(m_str[21], "4");
        strcpy(m_str[22], "5");
        strcpy(m_str[23], "6");
        m_Print.SetFontFace(0, 0);
        StrRect.SetRect(x_pos[0], y_pos[2], x_pos[1], y_pos[3]);
        m_Print.DrawText(m_str[0], StrRect, 0, 0, FORMAT_HCENTER | FORMAT_
VCENTER);
        StrRect.SetRect(x_pos[2], y_pos[2], x_pos[3], y_pos[3]);
        m_Print.DrawText(m_str[1], StrRect, 0, 0, FORMAT_HCENTER | FORMAT_
VCENTER);
        StrRect.SetRect(x_pos[4], y_pos[2], x_pos[5], y_pos[3]);
        m_Print.DrawText(m_str[2], StrRect, 0, 0, FORMAT_HCENTER | FORMAT_
VCENTER);
        for (i = 0; i < 3; i + +)
        {
            StrRect.SetRect(x_pos[0], y_pos[7 + 3 * i], x_pos[1], y_pos[10 + 3 * i]);
            m_Print.DrawText(m_str[18 + i], StrRect, 0, 0, FORMAT_HCENTER | FOR-
MAT_VCENTER);
        }
        StrRect.SetRect(x_pos[1], y_pos[21], x_pos[2], y_pos[22]);
        m_Print.DrawText(m_str[16], StrRect, 0, 0, FORMAT_HCENTER | FORMAT_
VCENTER);
        StrRect.SetRect(x_pos[3] + GRIDWIDATH/2, y_pos[21], x_pos[5] + GRIDWI-
DATH/2, y_pos[22]);
        m_Print.DrawText(m_str[17], StrRect, 0, 0, FORMAT_HCENTER | FORMAT_
VCENTER);
        CString Title;
```

```
        Title. Format("PE 大轴质量记录表");
        StrRect. SetRect(x_pos[2], y_pos[0], x_pos[4], y_pos[1]);
        m_Print. DrawText((LPTSTR)(LPCTSTR)Title, StrRect, 0, 0, FORMAT_HCENTER |
FORMAT_VCENTER);
        CString HeaderLeft;
        HeaderLeft. Format("产品轴号:");
        StrRect. SetRect(x_pos[0], y_pos[1], x_pos[1], y_pos[2]);
        m_Print. DrawText((LPTSTR)(LPCTSTR)HeaderLeft, StrRect, 0, 0, FORMAT_
HCENTER | FORMAT_VCENTER);
        //添加动态信息
        //从 InputView 中获得部分
        m_Print. SetFontFace(0, 0);
        CInputView * pView = this->GetInputView();
        StrRect. SetRect(x_pos[0] + OFFSET, y_pos[17] + OFFSET, x_pos[6], y_pos[21]);
        m_Print. DrawText((LPTSTR)(LPCTSTR)pView->m_EdtOtherBug, StrRect, 0, 0,
FORMAT_LEFT | FORMAT_UP);
        StrRect. SetRect(x_pos[0] + OFFSET, y_pos[22] + OFFSET, x_pos[3], y_pos
[23]);
        m_Print. DrawText((LPTSTR)(LPCTSTR)pView->m_EdtLookGrade, StrRect, 0, 0,
FORMAT_LEFT | FORMAT_UP);
        StrRect. SetRect(x_pos[3] + OFFSET, y_pos[22] + OFFSET, x_pos[6], y_pos
[23]);
        m_Print. DrawText((LPTSTR)(LPCTSTR)pView->m_EdtWuHua, StrRect, 0, 0,
FORMAT_LEFT | FORMAT_UP);
        //结束打印
        m_Print. EndPage();
        m_Print. EndPrint();
        m_bPrintFinished = TRUE;
    }
```

打印效果如图 7-7 所示。

四、程序说明

1. 数据库操作类应用说明

数据库操作主要包括数据库的链接、对数据库表的查询以及 SQL 语句的执行等，本实例中把数据库的操作封装成为 ado 类的成员函数，这样可以方便程序开发人员反复使用，不必关注具体的实现细节。

（1）数据库的链接

本实例采用 ADO 方式链接数据库，将数据库操作封装到 ado 类中，在该类的构造函数的实现中，有语句：

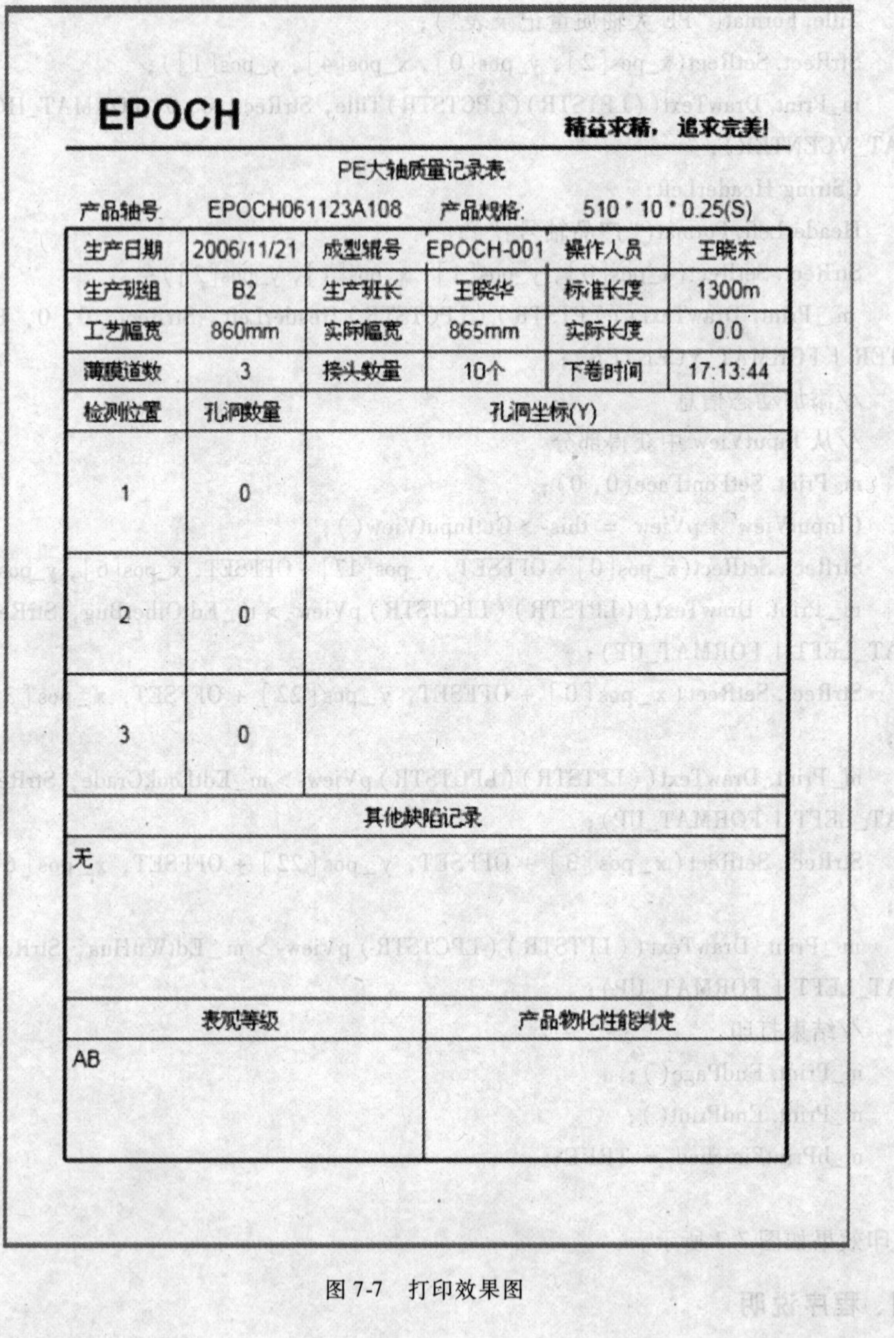

EPOCH

精益求精，追求完美!

PE大轴质量记录表

产品轴号: EPOCH061123A108　　产品规格: 510 * 10 * 0.25(S)

生产日期	2006/11/21	成型辊号	EPOCH-001	操作人员	王晓东
生产班组	B2	生产班长	王晓华	标准长度	1300m
工艺幅宽	860mm	实际幅宽	865mm	实际长度	0.0
薄膜道数	3	接头数量	10个	下卷时间	17:13:44

检测位置	孔洞数量	孔洞坐标(Y)
1	0	
2	0	
3	0	

其他缺陷记录
无

表观等级	产品物化性能判定
AB	

图 7-7　打印效果图

```
ado::ado()
{
    ::CoInitialize(NULL);
    try
    {
        m_pConnection.CreateInstance(__uuidof(Connection));
        _bstr_t strConnect = " Provider = SQLOLEDB; SERVER = 127. 0. 0. 1; Database = Detec-
```

```
ting;
    uid = sa;pwd = ;";
        m_pConnection- > Open( strConnect,"","",0);
        }
        catch( _com_error e)
        {
        AfxMessageBox( e. Description( ));
        }
    }
```

其中，"SERVER = 127.0.0.1"记录数据库安装的服务器名称，"127.0.0.1"是指向本地的 IP 地址，表示该 SQL Server 2000 数据库安装在本地计算机上。"uid = sa"是数据库的权限用户名称，这是在建立数据库时候设置的。如果在建立数据库的时候，都是默认设置，那么 uid = sa；如果读者使用了别的用户名，那么也要进行相应的修改。"Database = Detecting"中的"Detecting"是前面建立的数据库名称。

该链接操作写在 ado 类的构造函数中，每当声明 ado 对象时，构造函数被自动调用，所以声明对象时也就建立了数据库链接。

（2）数据的查询

sql. Format("select * from 缺陷信息表 where %s %s '%s'",com1,com2,edit1);
rst. Open(sql,adCmdText);

如图 7-6 所示，根据两个下拉列表框控件确定查询条件，在编辑框中输入要查询的内容，把三个控件中的内容保存到变量 com1，com2，edit1 中；之后组合成一个标准的 SQL 语句，用 CString 类型的变量 sql 保存；然后调用 ado 类成员函数执行对缺陷信息表的查询操作。

（3）在对话框中的显示

在缺陷信息对话框中，包含一个 CListCtrl 控件，该类的对象声明为 m_list1。利用 CListCtrl可以产生表格的效果，映射出数据库中的表项信息。

程序 m_list1. SetItemText(ii-1,0,rst. GetFieldValue("薄膜规格"));表示先从数据库中获取项名称为"薄膜规格"的项值，然后把值填写并显示到对话框的 CListCtrl 控件对象中。

2. 报表打印类的应用说明

应用打印类时，首先声明一个类的对象，其次进行初始化操作。初始化结束后就可以使用该对象了。在使用结束后，还要对占用的资源进行释放。

报表打印代码大体分成两部分：打印表单的绘制和动态数据的填写。

（1）打印表单的绘制

表单的绘制主要包括表格的绘制和静态文字的填写，在打印类 CPrintRX 中，成员函数中包含了画横线和竖线的函数：DrawHLine（）和 DrawVLine（），程序员可根据需要对表格进行绘制。函数 DrawText（）可用来往表单上写文字：

CString HR;
HR. Format("精益求精，追求完美!");
StrRect. SetRect(x_pos[4], y_pos[0] - GRIDHEIGHT, x_pos[6], y_pos[1] - GRID-

HEIGHT）；

    m_Print. DrawText（（LPTSTR）（LPCTSTR）HR, StrRect, 0, 0, FORMAT_HCENTER | FOR-MAT_VCENTER）；

以上几行代码把"精益求精，追求完美！"这几个静态文字写在了报表的右上角。

（2）动态数据的填写

如图 7-6 所示，在程序主界面用户参数输入区存在许多控件，用户在生产过程中对编辑框中的数据进行修改，比如"生产班长"、"操作人员"等都是可变化的，这些信息就需要从程序中获取，动态地添加到打印页面上。

    m_Print. DrawText（（LPTSTR）（LPCTSTR）pView- > m_EdtOperatorName, StrRect, 0, 0, FORMAT_HCENTER | FORMAT_VCENTER）；

以上代码中的 pView- > m_EdtOperatorName 是从视图类中获得的数据，把该数据写到打印表单上。

此外，孔洞缺陷坐标点坐标是在生产中计算出来的，这些坐标保存在链表数据结构当中，打印时对链表进行遍历，把这些在生产中生成的点坐标动态记录到表单的页面上。

五、实例总结

该实例在实际应用中运转正常，经现场测试，该检测系统针对幅宽为 500mm，运行速度为 25m/min 的塑料薄膜，检测孔洞缺陷精度可达到直径小于 0.1mm，并且可完成对缺陷信息进行实时的标识、记录和报表打印的工作。

习　题

1. 什么是 PDM 系统？应如何理解 PDM 系统？
2. PDM 系统的发展大体可分为哪几个阶段？各个阶段的特点是什么？
3. 国产 PDM 系统在企业中的应用包含哪几个方面？
4. PDM 系统的体系结构是什么？主要由哪几层构成？
5. PDM 软件系统一般都会提供哪些功能？
6. PDM 在现代企业中的作用表现在哪几个方面？
7. PDM 系统对网络化制造的支持表现在哪些方面？
8. 在企业中进行 PDM 系统实施的步骤是什么？
9. 列举实施 PDM 系统需要注意的问题。
10. 了解软件市场上 PDM 软件的功能，结合对企业的分析，说明实施 PDM 的方法。

第八章 软件开发实例

第一节 普通 V 带传动 CAD 软件

一、实例说明

普通 V 带传动的设计是利用 CAD 技术的一个典型实例。设计过程涉及到许多图表的处理以及零件工作图绘制，因此，它是对设计数据进行计算机化处理的很好训练。同时，普通 V 带传动的设计是一个程序化的过程，只要按照设计步骤编写程序，就可以比较容易地开发出相应的 CAD 软件。

根据濮良贵、纪名刚主编的《机械设计》（第 7 版）中普通 V 带传动设计的步骤，普通 V 带传动设计的流程如图 8-1 所示。

已知条件包括输入功率、主动轮转速和从动轮转速（或传动比）。

设计结果包括 V 带型号、带轮直径、带长、带速、中心距、小带轮包角、带根数、压轴力、实际传动比和 V 带轮结构设计等。

软件开发要求：工作条件通过对话框等形式输入；相关数据和图表由程序自动处理；输出结果清晰。

在普通 V 带传动设计过程中，需要处理 9 个表和 1 个图。在 CAD 软件开发中，应尽量利用计算机来处理这些设计数据。由于这些图表基本上是标准值，固定不变，所以，可以将表格数据以静态数组的方式存储，也可以按文本文件或数

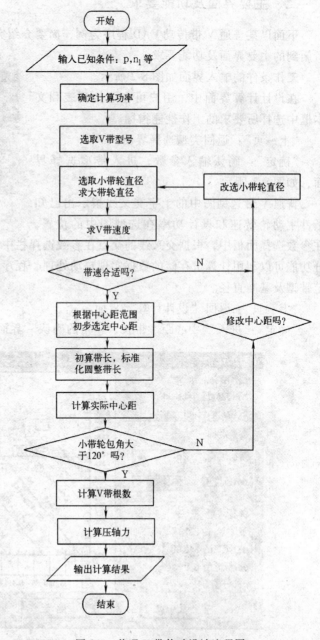

图 8-1 普通 V 带传动设计流程图

据库文件的方式存储；可以将带型选择图经离散化后以数组的形式存储，也可以按照对数坐标系拟合线图方程。总之，所有图表都必须数字化才便于计算机管理。

在 V 带带轮结构设计中，需要处理 1 个表和 2 个图。为了实现参数化的绘图功能，需要根据 V 带带轮的四种结构形式（实心式、腹板式、孔板式、轮辐式）将结构参数分为三部分：轮毂、轮辐和轮缘。轮缘部分的结构根据图表和 V 带根数来设计。轮毂和轮辐的结构根据经验公式来设计，其中，轮毂部分的轴毂连接结构（键联接）形式又有多种。键联接的结构设计需要根据国家标准查询相应数据，这样就涉及到更多的图表处理。

二、主要界面及功能要求

下面以某普通 V 带传动 CAD 程序为例，简要介绍完成普通 V 带传动的自动设计及绘图所用到的主要界面及功能要求。

工作条件的输入界面如图 8-2 所示。

在设计计算界面中，用户可在下拉列表和文本框中选择所要求的工作性能指标。

"上一页"：返回类型选择界面。

"确定"：确认输入参数，进入带型选择界面，如图 8-3 所示。

普通 V 带选型图中的十字交叉线指示出已知条件主动轮转速和设计功率在选型图中的位置。

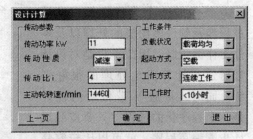

图 8-2　普通 V 带设计计算

在参数选择面板中，根据交叉线的交点在参数选择栏中选取合适的带型及主动轮直径。这部分功能可以利用计算机存储的数据实现自动处理，程序可以自动选择带型，也可以由人工指定带型及基准直径。

"上一页"：返回"设计计算"界面。

"确定"：进入"中心距、带长、包角的确认"界面，如图 8-4 所示。

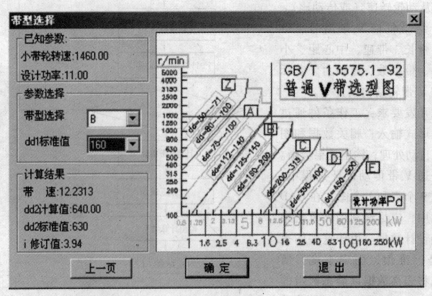

图 8-3　带型选择

　　"输入中心距"：根据参考参数的最大、最小参考值从键盘输入中心距。

　　"计算带长"：软件计算各参数。

　　"选定"：从两组计算结果中选定一组。

　　"参数回显"：查看完整的计算结果，如图 8-5 所示。

　　"上一页"：返回"带型选择"界面。

　　"确定"：确认输入参数，进入"带轮内孔结构设计"界面。

　　"选择带轮"：指明要设计大带轮（从动轮）还是小带轮（主动轮），如图 8-6 所示。

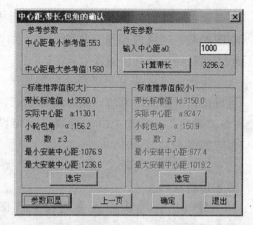

图 8-4　中心距、带长、包角的确认

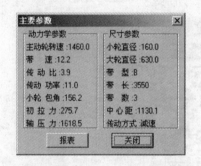

图 8-5　主要参数显示

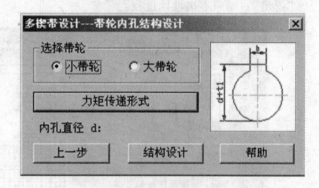

图 8-6　带轮内孔结构设计

　　"力矩传递形式"：进入"键联接"类型选择界面，如图 8-7 所示。

　　"结构设计"：向下进行带轮结构设计。

　　"左边图片"：设计单键。输入和选择相应参数。

　　"右边图片"：设计双键。输入和选择相应参数。会弹出对话框要求输入双键夹角，如图 8-8 所示。

　　"数据存盘"：将此次计算数据保存在文件中，以备后用。

　　该对话框启动时，已经选好了带轮形式（S 型—实心式、P 型—辐板式、H 型—辐板孔式、E 型—轮辐式），并将结果显示在右边的普通 V 带带轮选型图中。只要再选择具体的带轮偏置形式即可。方法是：单击左边被激活的按钮。

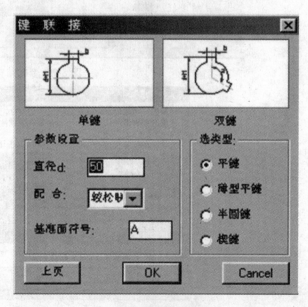

图 8-7　键联接类型界面

如果觉得推荐的带型不合适，还可以用鼠标从选型图的蓝色区域内选择合适的带型，如图 8-9 所示，然后再选择具体偏置形式。

绘图时出现技术要求界面，如图 8-10 所示。通过按钮可修改、增加、填写技术要求。

"确定"：出现"结构参数、图幅设置"界面，如图 8-11 所示。

"图幅"：出现"设置图纸"界面，如图 8-12所示。

"绘图"：确认输入参数，生成图形，如图 8-13所示。

"退出"：结束本次设计过程。

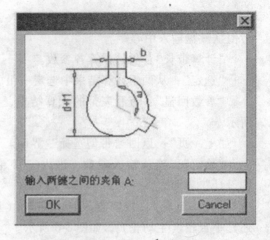

图 8-8 双键的夹角

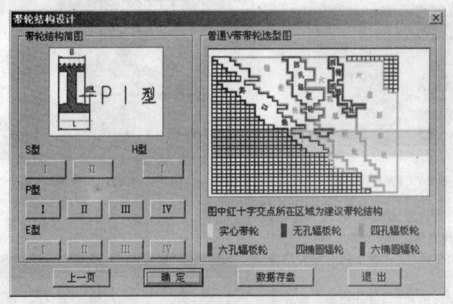

图 8-9 带轮结构设计

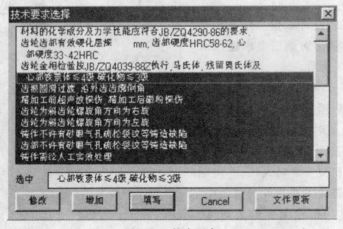

图 8-10 技术要求

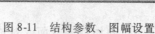

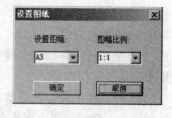

图 8-11 结构参数、图幅设置

图 8-12 设置图纸

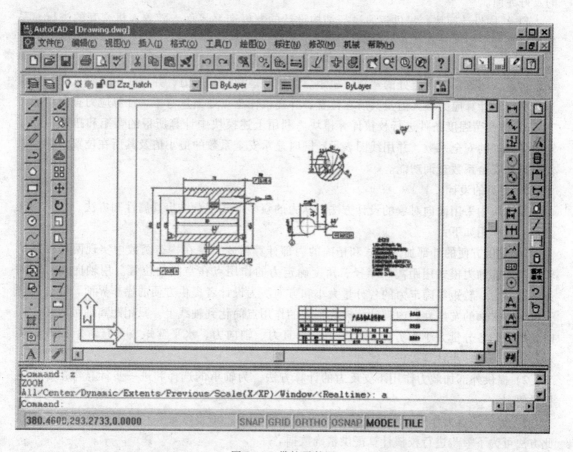

图 8-13 带轮零件图

第二节　轴的全参数化 CAD 和强度校核

一、实例说明

轴的全参数化 CAD 及校核系统实现了基于数据库技术的、轴的全参数化计算机辅助设计和强度校核。

1. 模块功能介绍

1）力类模块。将加载于转动件上的力转换为加载于轴的力，并计算该力作用下产生的支反力、弯矩和扭矩等。

2）设计资料的存储及检索模块。轴的设计及校核涉及到大量的表格数据。为便于存储、计算和检索，系统利用数据库存储那些与设计及校核相关的有效应力集中系数表、表面质量系数表、绝对尺寸影响系数表、轴的常用材料及其力学性能表、普通平键键槽尺寸表和矩形花键尺寸表等技术资料，并针对各个技术参数表建立相应的数据结构、设计专用的检索程序。

3）综合设计模块。提供从简图设计、材料选择到力的加载等方面、对轴进行综合设计的友好界面。

4）结构设计模块。提供逐段进行结构设计的友好交互界面。随着人机交互的进行，系统进行参数化绘图并有效存储轴的结构信息。

5）按弯扭合成强度条件进行校核计算模块。利用力类提供的方法和综合设计中存储的综合信息，计算轴上各点处的弯矩、扭矩、当量弯矩和计算应力，并用线图表示；同时显示当量弯矩、计算应力最大值及其所在位置，并提供任意点处当量弯矩、计算应力查询功能。

6）按疲劳强度条件进行校核计算模块。利用上述模块中计算所得的弯矩和扭矩，计算轴上各点处的安全系数，并用线图表示；同时显示安全系数的最小值及其所在位置，并提供任意点处安全系数查询功能。

2. 力类的设计

本模块中采用面向对象的设计方法，从力的众多形式中总结出其属性和方法，定义广义力类。其作用如下：

1）提供方便的外部加力模式和精确的内部计算模式，并在构造函数中实现两种模式的转换。外部加力模式用距离、半径、角度确定力的作用点在空间的位置。用轴向力、径向力、圆周力、转矩等确定力的各分量大小和方向。为设计者提供方便的操作界面，充分体现人机交互界面的友好性。内部计算模式把力的作用点简化到轴线上，只用距离即可表示。同时，把力的各分量大小和方向用水平力、垂直力、轴向力、水平弯矩、垂直弯矩和转矩表示，从而为进一步计算提供了便利。

2）提供外部加载力作用下支反力的计算方法，为轴承的选择和进一步计算弯矩、扭矩提供便利。

3）提供任意力作用下对轴上某点产生的水平弯矩、垂直弯矩和转矩的计算方法，调用此方法可为下一步进行校核计算提供精确数据。

系统中把力的各分量作为力类对象的属性，利用对象数组对加载于轴上的各力实现有效存储。

3. 轴的综合信息的存储

可以把轴的几何结构分为轴段结构和附加结构两大类。其中，轴段结构指其几何外形可以单独构成轴的一段的结构，包括光轴段、齿轮轴段、蜗杆轴段、螺纹轴段、花键轴段、环槽、退刀槽和过渡圆角等。附加结构指不能单独构成轴的一段、而只能附加在轴段上的结构，包括平键、键槽、横孔和中孔等。

轴的综合信息分为整体信息和局部信息两大类。整体信息包括长度、材料、应力循环状态和工作环境等。局部信息包括轴段几何信息、轴段表面信息和附加结构几何信息。轴段几何信息包括轴段的类型、长度和直径等。轴段表面信息包括轴段表面的配合、强化处理方法、表面状态和表面粗糙度等。附加结构几何信息包括附加结构的类型、长度和直径等。根据以上要求构建数据结构，可以方便地实现轴的综合信息的有效存储。

4. 按疲劳强度条件进行校核计算的加速算法

按疲劳强度条件进行校核计算时，从轴的左端开始每 1mm 进行一次疲劳强度校核，从而得出较精确的安全系数曲线。由于疲劳强度校核中用到的技术参数都要从数据库中检索出来，使得程序对数据库的操作过于频繁，从而严重影响了程序执行速度，因此，采用如下方法进行加速算法设计。首先，比较距轴左端 x 毫米处的点（简称 x 点）和其左边 1mm 处的点（简称 x - 1 点）所处的轴段和附加结构是否都相同；然后，根据比较结果决定是否需要重新检索参数表。如果比较结果相同，则不进行计算；否则进行新的检索和计算。加速算法的实现使得对数据库的操作由逐点检索变为逐段检索，从而使数据库检索时间成数量级减少，大大提高了软件的运行速度。

二、主要界面及功能要求

1. 主界面

主界面上有 5 个按钮，如图 8-14 所示。

"总体设计"：弹出总体设计窗体，让用户进行总体设计。

"结构设计"：弹出结构设计窗体，让用户进行结构设计。

"弯扭校核"：按照用户设计，进行弯扭校核计算，并弹出弯扭校核结果窗体显示校核计算结果。

图 8-14 程序主界面

"疲劳校核"：按照用户设计，进行疲劳校核计算，并弹出疲劳校核结果窗体显示校核计算结果。

"退出"：退出该系统。

2. 总体设计

总体设计界面如图 8-15 所示。

该界面上部为设计结果显示区，显示轴的总体简图以及作用在轴上的作用力示意图；该界面下部为功能区，用户在此与系统进行交互设计，设计结果将实时显示在显示区中，详细功能如下所述。

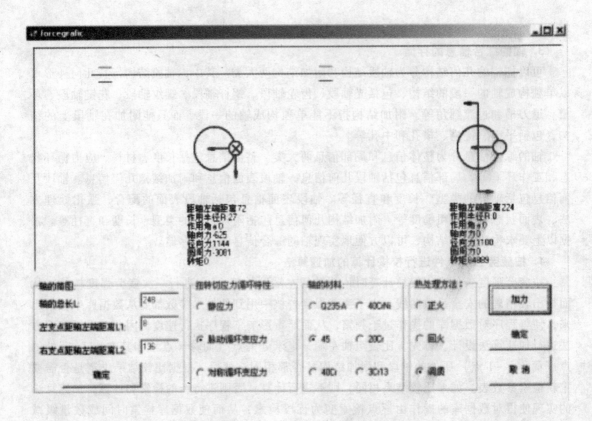

图 8-15　总体设计界面

　　轴体设计：功能区左侧为轴的简图设计交互区，用户输入轴的总长以及左右支点的位置，然后单击"确定"按钮，显示区将显示轴的总体简图；简图设计区右侧依次为扭转切应力循环特性、轴的材料、热处理方法设计区，三个区域均列出常用选项，用户单击选择即可。

　　加载作用力：单击功能区最右侧的"加力"按钮，弹出加载作用力对话框，如图 8-16 所示。

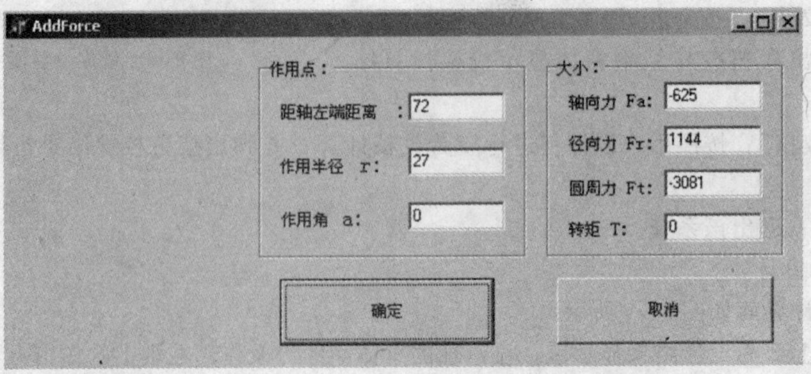

图 8-16　加载作用力界面

该界面左侧显示作用力的示意图,标明各项分力在左视图中的正方向;示意图右侧依次为力的作用点和力的大小设计区,用户在此填写各项数值;单击"确定"按钮,关闭该界面,并将用户设计的力加载到轴上;单击"取消"按钮,关闭该界面。

确定与取消:单击"确定"按钮,退出该对话框,并保存用户设计结果;单击"取消"按钮,退出该对话框,不保存用户设计结果。

3. 结构设计

结构设计界面如图 8-17 所示。

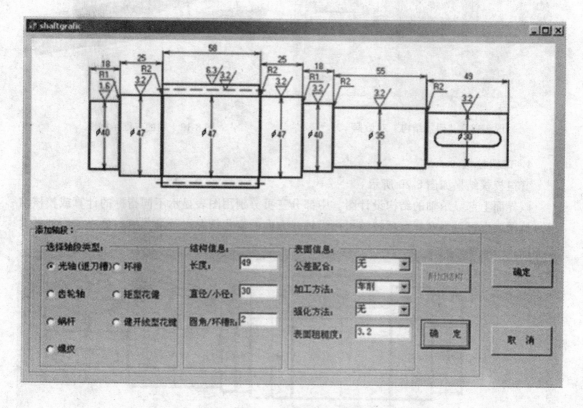

图 8-17 结构设计界面

该界面上部为设计结果显示区,显示轴的结构设计图;界面下部为功能区,用户在此与系统进行交互设计,设计结果将实时显示在显示区中,详细功能如下所述。

添加轴段:轴的整体结构由若干轴段组成,故该系统中的结构设计就是让用户从轴的某端开始依次添加轴段。添加某轴段时,用户选择需要添加的轴段的类型,并填写或选择结构信息与表面信息的各分项值,然后单击添加轴段分组框内的"确定"按钮,则该轴段将绘制在显示区中。系统中将轴上的中孔、横孔和键槽视为其所在轴段的附加结构,若需要添加的轴段上具有这些结构,则单击"附加结构"按钮,弹出添加附加结构对话框,如图 8-18 所示。

该界面左上部分列出系统支持的附加结构类型供用户选择,若用户选择单键或双键则需要在界面右上部分选择键型并填写结构信息。单击"确定",关闭该窗体,并保存用户设计;单击"取消",关闭该窗体,不保存用户设计。

确定与取消：单击"确定"按钮，退出该对话框，并保存用户设计结果；单击"取消"按钮，清除结构设计结果。

另外，如果结合采用 OpenGL 编程，则可以绘制轴的三维结构图，如图 8-19 所示。

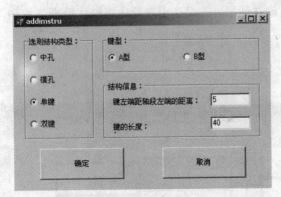

图 8-18　"附加结构"对话框　　　　　　　　图 8-19　轴的三维结构图

4. 弯扭校核

弯扭校核结果如图 8-20 所示。

该界面上部显示轴的结构设计图。中部分三页分别用图表显示不同指标的计算或校核结果，从图表上可以观察任意项校核指标沿轴线方向的变化情况以及最大值、最小值所处的大

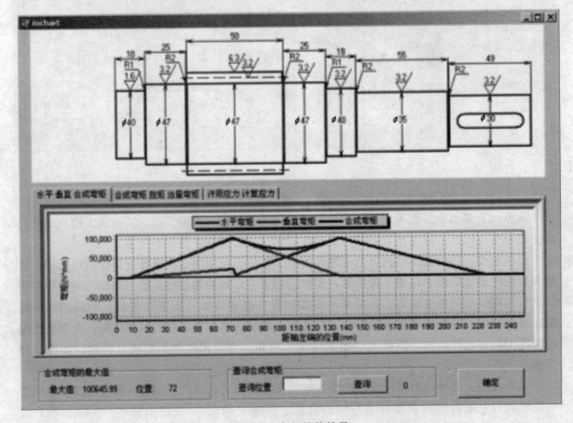

图 8-20　弯扭校核结果

概位置。界面下部显示合成弯矩的最大值及其所在位置；在查询位置中输入查询点距轴左端的距离，单击"查询"按钮即可显示该点的合成弯矩值。单击"确定"按钮，退出该对话框。

5. 疲劳校核

疲劳校核结果如图 8-21 所示。

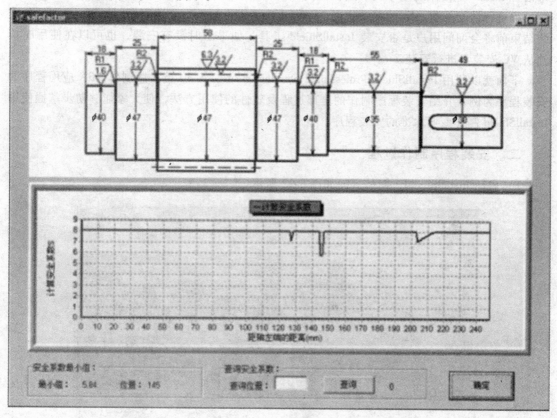

图 8-21　疲劳校核结果

该界面上部显示轴的结构设计图。中部显示疲劳计算所得的安全系数沿轴线方向的变化情况以及安全系数突变点所处的大概位置。界面下部显示安全系数的最小值及其所在位置；在查询位置中输入查询点距轴左端的距离，单击"查询"按钮即可显示该点的安全系数。单击"确定"按钮，退出该对话框。

第三节　用 InstallShield 做一个安装程序

一、实例说明

在经历千辛万苦完成了引以为荣的编程工作以后，总是希望制作一个把自己所有程序进行打包的安装程序。考虑到方便用户的安装使用，也必须把程序进行封装，制作成安装文件。特别是有大批文件要安装时，需要进行很多文件检索、内容增删、子目录创建、文件复制、系统设置等繁琐工作。如能令上述工作全部自动进行，使整个二次开发程序在无人干预的情况下嵌入系统，则将大大提高工作效率。

InstallShield 是一种非常成功的、使用非常广泛的应用软件安装程序制作工具，以其功能强大、灵活性好、容易扩展和强大的网络支持而著称，并因此成为目前最为流行的安装程序专业制作工具之一。该软件不仅提供了灵活方便的向导支持，也允许用户通过其内建的脚本语言 InstallScript 来对整个安装过程在代码级上进行修改，可以像 VC 等高级语言一样对安装过程进行精确控制。InstallShield 也是 Visual C++ 附带的一个安装程序制作工具，在 VC 安装结束前将会询问用户是否安装 InstallShield 工具，如果当时没有安装，也可以在使用时单独从 VC 安装盘进行安装。

下面就以利用 InstallShield Professional Standard Edition 6.30 英文版制作 ARX 应用程序的安装程序为例，介绍安装程序制作的全部过程及软件的使用方法，使大家能够初步掌握使用 InstallShield 制作专业水准的安装程序。

二、安装程序制作过程

1）启动 InstallShield，初始界面如图 8-22 所示。

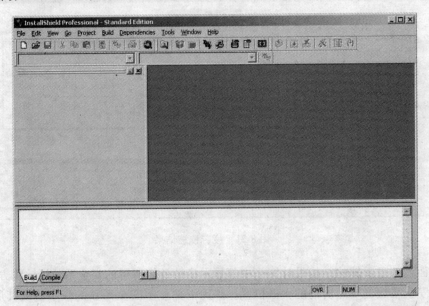

图 8-22　启动 InstallShield

2）单击 "New Project" 按钮或 "File" 菜单下的 "New" 命令，打开新工程，如图 8-23 所示。

3）选 "Project Wizard"，利用工程向导建立安装程序。在图 8-24 中的工程名称文本框中输入新建工程的名称。

4）根据要求输入所建工程的基本信息，如图 8-25 所示。

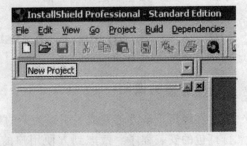

图 8-23　打开新工程

5）选择工程语言，如图 8-26 所示。此处由于没有其他的语言包，所以只有 English 可选。语言包需要另行购买。

6）选择安装组件，如图 8-27 所示。有的程序允许选择安装一部分或全部的程序。

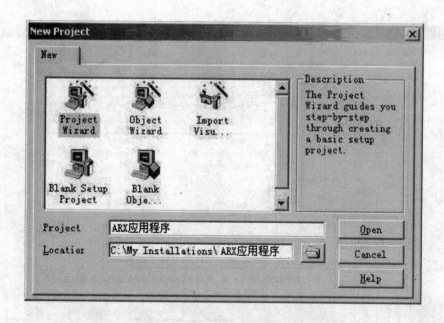

图 8-24　输入新建工程的名称

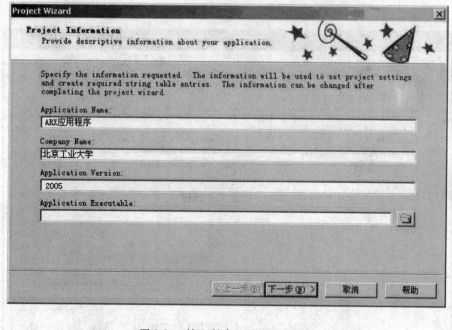

图 8-25　输入所建工程的基本信息

7）修改组件名称。选择要修改的组件后单击"Rename"按钮修改组件的名称，如图 8-28所示。

8）为了方便，在本例中只建立了一个组件，如图 8-29 所示。

9）选择文件组，如图 8-30 所示。上一步选择的组件是为了管理方便而设的，并不对应真实的安装文件；这里的文件组才是真实的文件分组。

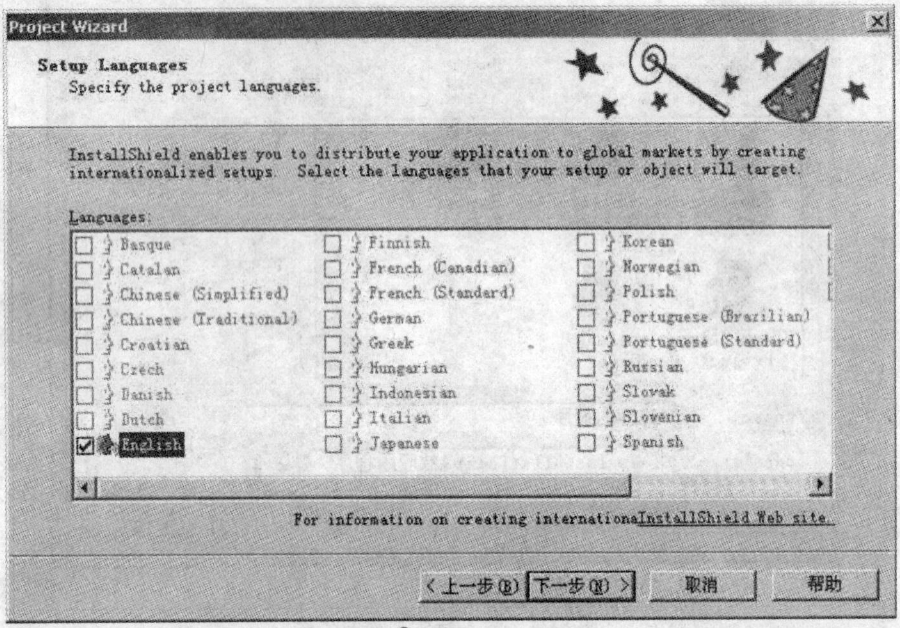

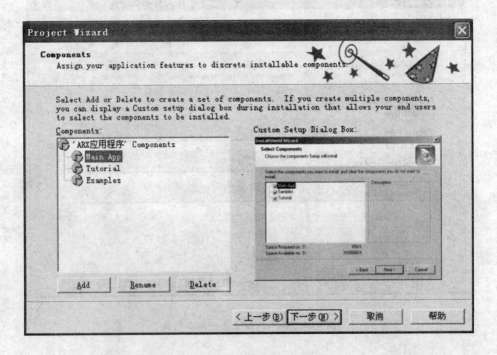

图 8-26　选择工程语言

图 8-27　选择安装组件

10）这里建立自己的 3 个文件组，如图 8-31 所示。

文件组窗口右边的提示部分，如图 8-32 所示，它指示了某个文件组下的文件相对于安装目录（TARGETDIR）的位置。

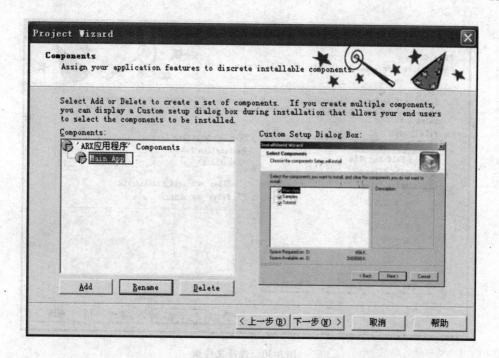

图 8-28　修改组件名称

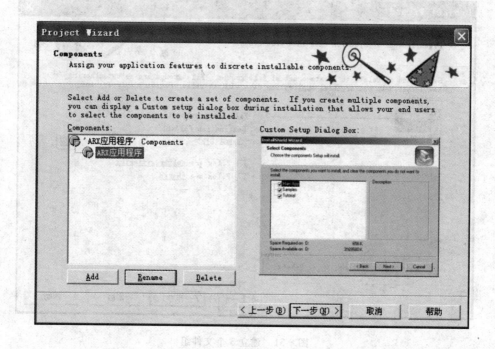

图 8-29　建立了一个组件

图 8-33 就是设置目录结构的窗口。"Application Target Folder"就是代表程序的安装目录。

11）建立符合自己要求的目录结构，如图 8-34 所示。

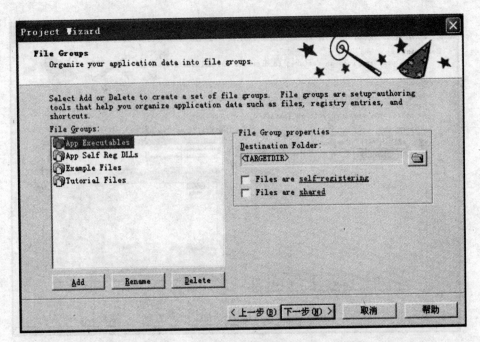

图 8-30　选择文件组

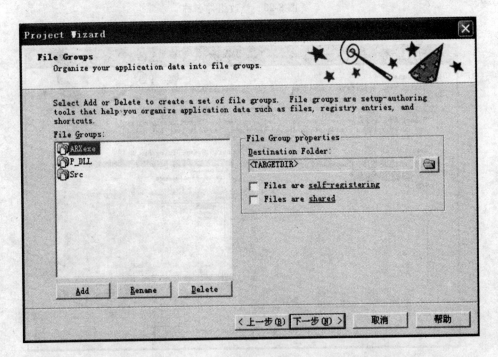

图 8-31　建立 3 个文件组

12）每个文件组都设置相应的目标位置，如图 8-35 所示。

13）如果需要把文件安装到其他位置，可在"Script-defined Folders"下增加一个子文件夹，以尖括号加一个变量名来表示，如 < szCADdir > 。为在脚本中赋值，调用 ComponentSet-Target 函数，如图 8-36 所示。

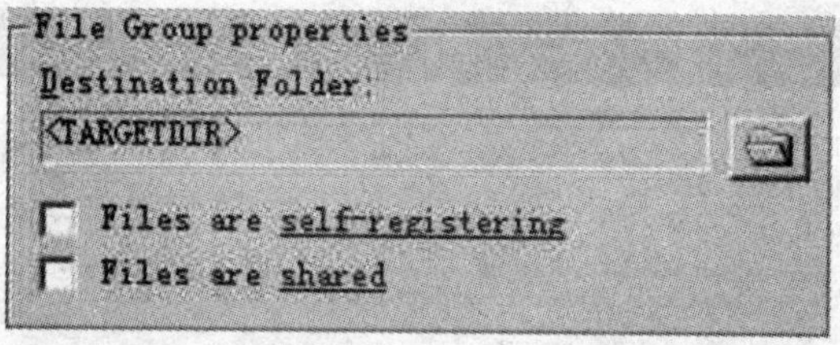
File Group properties
Destination Folder:
<TARGETDIR>
Files are self-registering
Files are shared

图 8-32　文件组窗口右边的提示

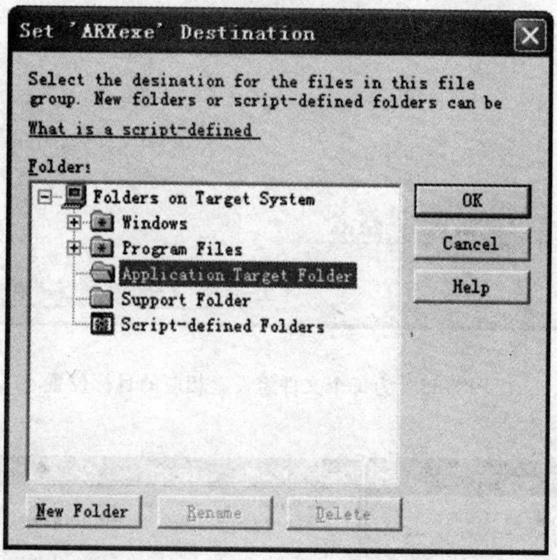
Set 'ARXexe' Destination
Select the desination for the files in this file group. New folders or script-defined folders can be
What is a script-defined
Folder:
Folders on Target System
Windows
Program Files
Application Target Folder
Support Folder
Script-defined Folders
OK
Cancel
Help
New Folder
Rename
Delete

图 8-33　设置目录结构

Set 'ARXexe' Destination
Select the desination for the files in this file group. New folders or script-defined folders can be
What is a script-defined
Folder:
Folders on Target System
Windows
Program Files
Application Target Folder
ARXexe
Src
F_DLL
Support Folder
Script-defined Folders
OK
Cancel
Help
New Folder
Rename
Delete

图 8-34　建立符合自己要求的目录结构

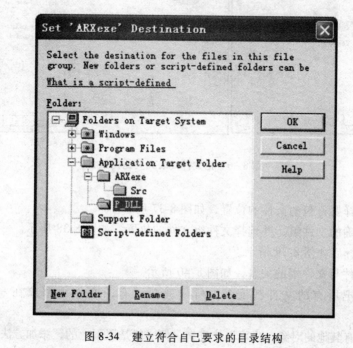

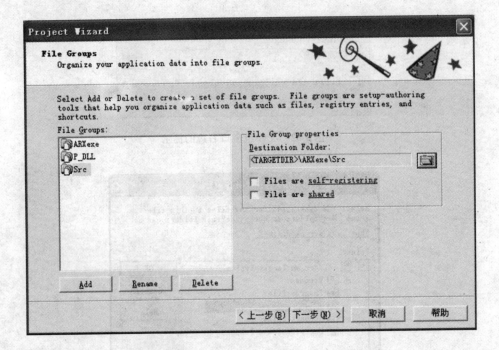

图 8-35　为每个文件组设置相应的目标位置

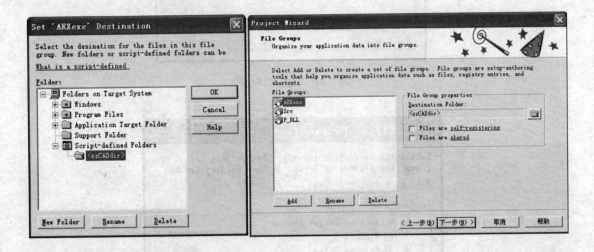

图 8-36　把文件安装到其他位置

14）下面选择要打包的文件的位置，如图 8-37 所示。

15）选择正确的文件组，并选择文件组文件的位置，如图 8-38 所示。

完成文件选择后如图 8-39 所示。

16）指定组件与文件组的关系，如图 8-40 所示。

17）由于要把所有的文件都安装，所以就把所有的文件组都放在一个组件下，如图 8-41 所示。

18）如果还有其他的对象，也可以连进来，但一般是用不上的，添加方法如图 8-42 所示。

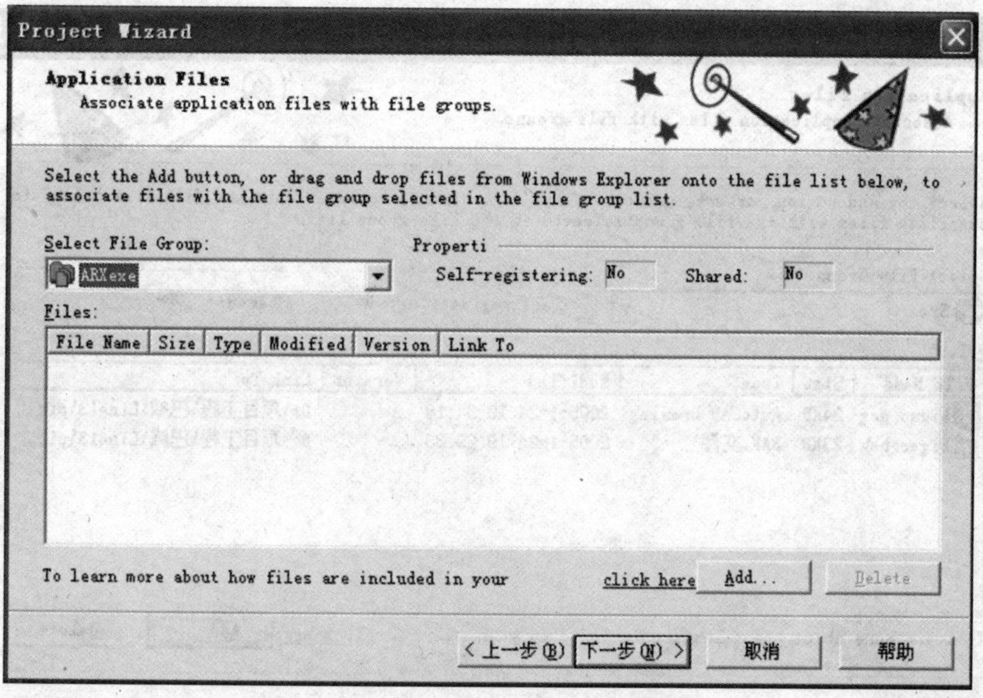

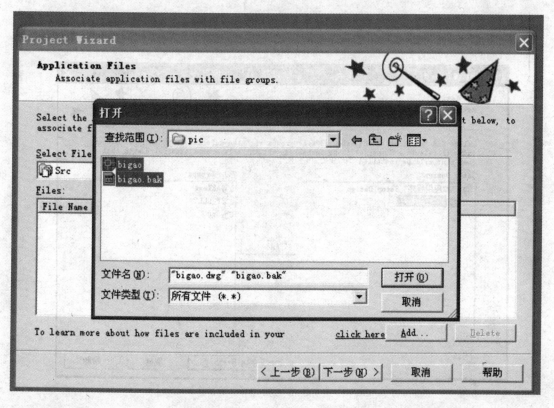

图 8-37　选择要打包的文件的位置

图 8-38　选择正确的文件组及其位置

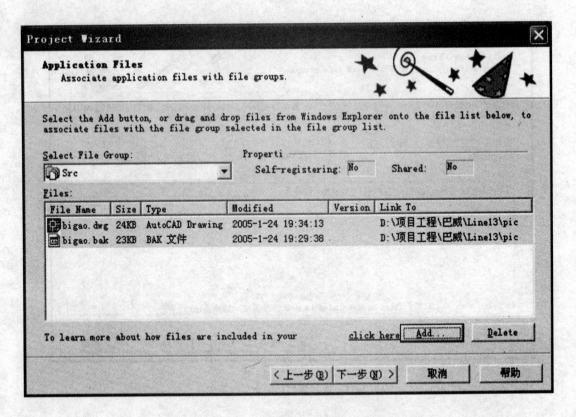

图 8-39　完成文件选择后的对话框

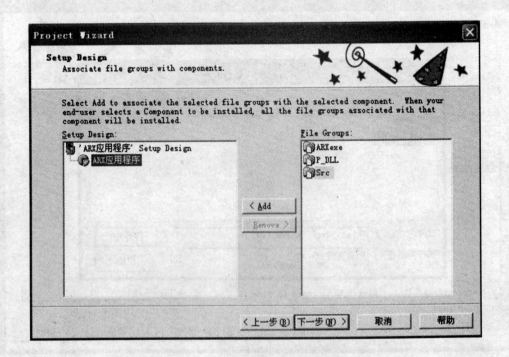

图 8-40　指定组件与文件组的关系

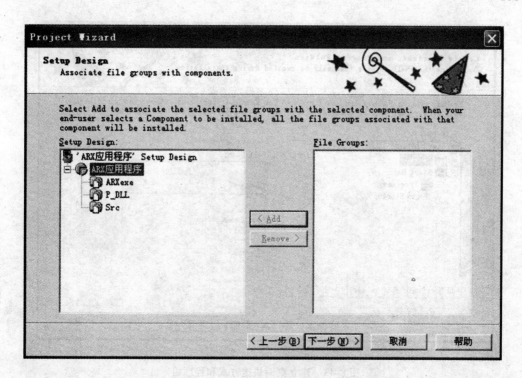

图 8-41   把所有的文件组都放在一个组件下

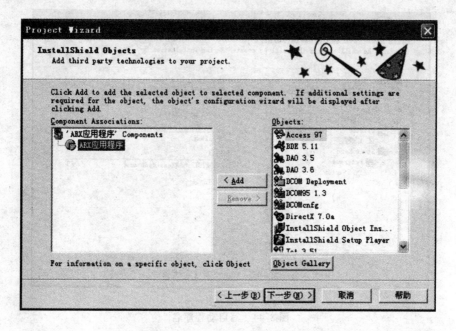

图 8-42   添加其他对象

19）建立桌面快捷方式和程序组的窗口，如图 8-43 所示。

这里建立了一个桌面快捷方式和一个程序组。

注意：<TARGETDIR>处可以写上目录，也可以写启动程序名，如图 8-44 所示。

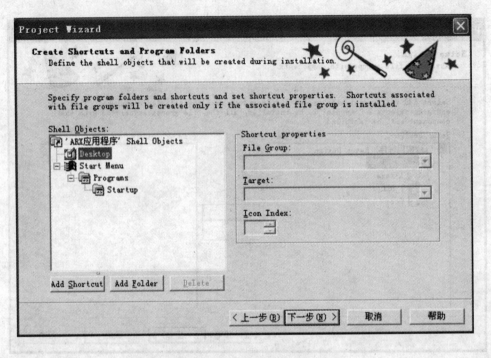

图 8-43　建立桌面快捷方式和程序组

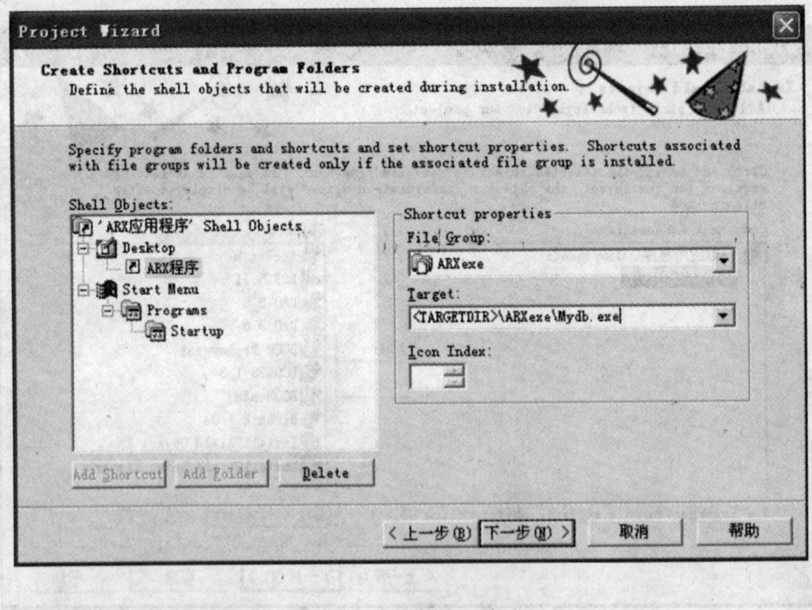

图 8-44　写启动程序名

20）选择安装过程中出现的窗口，如图 8-45 所示。可以去掉没用的窗口。

21）统计信息。"Project Wizard" 对新建立的工程进行总结，并将工程信息列于对话框上，如图 8-46 所示。

22）单击"完成"后，开始编译安装程序并显示编译结果，如图 8-47 所示。

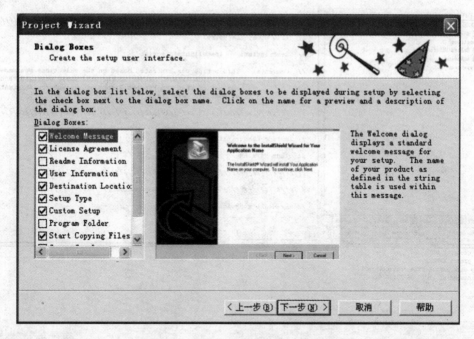

图 8-45　选择安装过程中出现的窗口

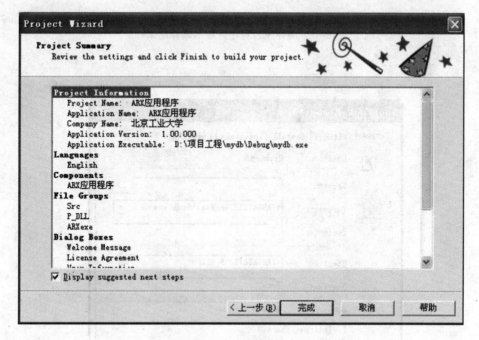

图 8-46　统计信息

　　注意：有的程序有特殊的要求，如图 8-48 所示，启动文件和程序必须的文件不在同一个目录下，所以要写清"Target"和"Start In"的参数，如图 8-49 所示。

　　编译完成后即生成需要的安装文件。

　　安装时，直接运行 setup．exe 即可按照安装向导逐步完成应用程序的安装操作。

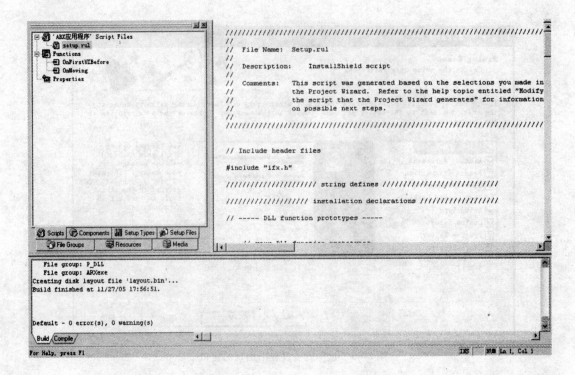

图 8-47 编译安装程序并显示编译结果

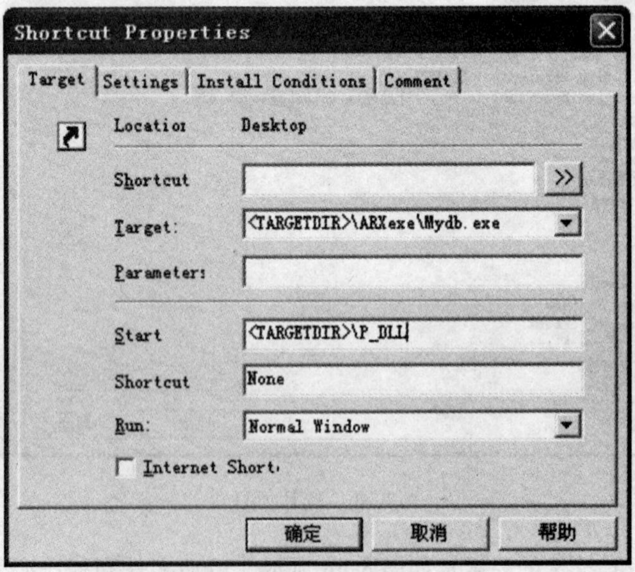

图 8-48 写清 "Target" 的参数

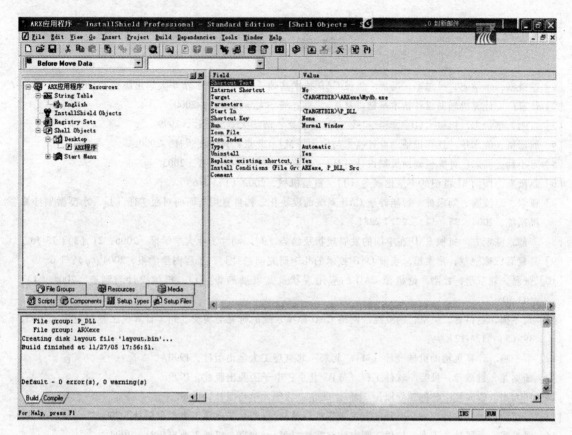

图 8-49 写清 "Start In" 的参数

习 题

1. 结合数据结构、数据库、数据处理的方法，完成窄 V 带传动的 CAD 程序。
2. 在上题的基础上，利用 AutoCAD 的二次开发技术，编制绘制带轮零件工作图的程序。
3. 参照教材实例，编写一个自己的应用软件安装程序。

参考文献

[1] 童秉枢，李学志，吴志军，冯娟. 机械 CAD 技术基础 [M]. 北京：清华大学出版社，2003.

[2] 孙家广. 计算机辅助设计技术基础 [M]. 北京：清华大学出版社，2000.

[3] 肖刚，李学志. 机械 CAD 原理与实践 [M]. 北京：清华大学出版社，1999.

[4] 殷国富，陈永华. 计算机辅助设计技术与应用 [M]. 北京：科学出版社，2000.

[5] 万小利，高志. 计算机辅助机械设计 [M]. 北京：机械工业出版社，2003.

[6] 赵汝嘉. 面向 21 世纪的信息化制造 [J]. 重型机械，2002 (1)：1-6.

[7] 曹岩，赵汝嘉，刘宗乾. 智能导航 CAD 系统的模块化、构件重用与面向对象实现 [J]. 小型微型计算机系统，2004，25 (12)：2277-2281.

[8] 李郁，陈定方. 机械 CAD 在中国的发展现状及趋势 [J]. 湖北工业大学学报，2006，21 (3)：73-76.

[9] 易素君，徐晓慧，童秉枢. 当前 CAD 技术的几个研究问题 [J]. 工程图学学报，2004 (4)：1-6.

[10] 张磊，刘东学，杜刚. 论机械 CAD 的应用现状及其发展趋势 [J]. 机械设计与制造，2004 (4)：103-105.

[11] 余冬梅，赵付青，吴卓，杨亚红. 网络 CAD 原型系统的研究与实现 [J]. 计算机工程与应用，2003，39 (5)：124-127.

[12] 章一鸣. 计算机辅助机械设计 [M]. 北京：北京理工大学出版社，1990.

[13] 杨文龙，姚淑珍，吴芸. 软件工程 [M]. 北京：电子工业出版社，1999.

[14] 郑人杰，殷人昆. 软件工程概论 [M]. 北京：清华大学出版社，1998.

[15] 郭荷清. 现代软件工程—原理、方法及管理 [M]. 广州：华南理工大学出版社，2004.

[16] 胥光辉，金凤林，丁力. 软件工程方法与实践 [M]. 北京：机械工业出版社，2004.

[17] 龚波主，刘宝军，刘卫宏，刘宪军. 软件过程管理 [M]. 北京：中国水利水电出版社，2003.

[18] 杨培添. 软件界面设计 [M]. 北京：电子工业出版社，2007.

[19] 徐刚. Windows 用户界面设计与优化策略 [M]. 北京：人民邮电出版社，2005.

[20] 陈启安. 软件人机界面设计 [M]. 北京：高等教育出版社，2004.

[21] Ben Shneiderman, Catherrine Plaisant. 用户界面设计——有效的人机交互策略（第 4 版）[M]. 张国印，李建利，等译. 北京：电子工业出版社，2006.

[22] 姚菁. 数据结构（C 语言版）[M]. 北京：机械工业出版社，2001.

[23] 倪明田，吴良芝. 计算机图形学 [M]. 北京：北京大学出版社，1999.

[24] 彭群生，鲍虎军，金小刚. 计算机真实感图形的算法基础 [M]. 北京：科学出版社，1999.

[25] 凌贤伍，吴永礼. C++6.0 学习教程 [M]. 北京：北京大学出版社，1999.

[26] 严迪新，班建明. Visual C++ 程序设计 [M]. 北京：科学出版社，2005.

[27] 吕凤翥. C++ 语言基础教程 [M]. 北京：清华大学出版社，1999.

[28] 文福安. AutoCAD 2002 高级应用教程 [M]. 北京：机械工业出版社，2003.

[29] 郭朝勇，等. AutoCAD 2002 定制与开发 [M]. 北京：清华大学出版社，2002.

[30] 刘锡锋、董黎敏. 机械 CAD-pro/E 应用及开发 [M]. 北京：机械工业出版社，2004.

[31] 康博. 中文版 AutoCAD 2002/2000 Visual LISP 开发指南 [M]. 北京：清华大学出版社，2001.

[32] 李长勋. AutoCAD AcitiveX 二次开发技术 [M]. 北京：国防工业出版社，2005.

[33] 魏崇光. AutoCAD 及二次开发 [M]. 北京：化学工业出版社，2001.

[34] 蒋先刚，涂晓斌. AutoCAD 2006 工程绘图及应用开发 [M]. 成都：西南交通大学出版社，2006.

[35] 李长勋. AutoCAD ObjectARX 程序开发技术 [M]. 北京：国防工业出版社，2005.

[36] 佟士懋，邢芳芳，夏齐霄. AutoCAD ActiveX/VBA 二次开发技术基础及应用实例［M］. 北京：国防工业出版社，2006.

[37] 张帆，郑立楷，王华杰. AutoCAD VBA 开发精彩实例教程［M］. 北京：清华大学出版社，2004.

[38] 启明工作室. VISUAL C++ + SQL SERVER 数据库应用系统开发与实例［M］. 北京：人民邮电出版社，2004.

[39] 王福军，张志民，张师伟. AutoCAD2000 环境下 C/Visual C++ 应用程序开发教程［M］. 北京：北京希望电子出版社，2000.

[40] Charles McAuley, AutoCAD2000 ObjectARX 编程指南［M］. 李世国、潘建忠、平雪良译. 北京：机械工业出版社，2000.

[41] 老大中，赵占强. AutoCAD 2000 ARX 二次开发实例精粹［M］. 北京：国防工业出版社，2001.

[42] 李世国. AutoCAD 高级开发技术：ARX 编程及应用［M］. 北京：机械工业出版社，1999.

[43] 马力. AutoCAD 权威技术支持［M］. 北京：清华大学出版社，2002.

[44] 谷保山. Visual C++ 6.0 编程与实例［M］. 北京：科学出版社，1999.

[45] 王世国. Visual C++ 6.0 编程基础［M］. 北京：清华大学出版社，1999.

[46] 杨国兴. Visual C++ 6.0 程序设计实例教程［M］. 北京：中国水利水电出版社，2002.

[47] 刘志峰. 软件工程技术与实践［M］. 北京：电子工业出版社，2004.

[48] Edward Yourdon & Carl Argila. 实用面向对象软件工程教程［M］. 殷人昆，等译. 北京：电子工业出版社，1998.

[49] 何新贵，王纬，王方德，等. 软件能力成熟度模型［M］. 北京：清华大学出版社，2000.

[50] 师素娟，韩林山，陈根生. 软件工程教程［M］. 郑州：黄河水利出版社，1999.

[51] A Systems Engineering Capability Maturity Model SM V1.1 CMU/SEI-1995-MM-003.

[52] Fagan M E. Advances in software inspections. IEEE Trans. on Software Engineering. 1986, 12.

[53] 吕梦雅，陈晶. 面向对象的原型法在需求分析中的应用［J］. 河北省科学院学报，2002，3（19）.

[54] 王继成，高珍. 软件需求分析的研究［J］. 计算机工程与设计，2002，8（23）.

[55] 冯玉林，赵保华. 软件工程方法、工具和实践［M］. 合肥：中国科学技术大学出版社，1992.

[56] 孙桂茹，赵国瑞. 软件工程引论［M］. 天津：南开大学出版社，1995.

[57] James G. 编程之道［M］. 郭海，等译. 北京：清华大学出版社，1999.

[58] Maguire S. Writing Clean Code［M］. 姜静波，等译. 北京：电子工业出版社，1993.

[59] Sommerville I. Software Engineering［M］. Addison-Wesley. 1992.

[60] Miller E. PDM today［J］. Computer Aided Design. 1995, 14（2）：32-41.

[61] 濮良贵，纪名刚. 机械设计［M］（7 版）. 北京：高等教育出版社，2001.

[62] 樊艳文，乔爱科，曹然. 轴的参数化计算机辅助设计及校核系统［J］. 机械设计，2004，21（3）：55-57.

[63] 乔爱科，张乃龙，曹然，孙洪鹏，李燕葵. 钢结构计算软件 STAAD-PRO 后处理功能扩展［J］. 钢结构，2004，19（74）：62-64.

[64] 樊艳文，乔爱科，曹然. 基于数据库技术的轴的计算机辅助设计系统［J］. 北京工业大学学报，2004，30（3）：270-273.

[65] 乔爱科，张乃龙，曹然，孙洪鹏，李燕葵. 钢结构 CAE 的简洁可视化后处理［J］. 北京工业大学学报，2005，31（3）：313-317.

[66] 郑章. Visual C++ 6.0 数据库开发技术［M］. 北京：机械工业出版社，1999.

[67] 四维科技. Visual C++ 数据库编程技术与实例［M］. 北京：人民邮电出版社，2005.

[68] Chuck Wood. Visual C++ 6.0 数据库编程大全［M］. 梁普选，梁津，刘玉芬译. 北京：电子工业出版社，2000.

[69] 刘刀桂，孟繁晶. Visual C++ 6.0 实践与提高 数据库篇 [M]. 北京：中国铁道出版社，2001.

[70] David J. Kruglinski, Scot Wingo, George Shepherd. Visual C++ 6.0 技术内幕 [M]. 希望图书创作室译. 北京：北京希望电子出版社，2002.

[71] 杨永国. Visual C++ 6.0 实用教程 [M]. 北京：清华大学出版社，2004.

[72] 朱家义，张同光. 新版 Visual C++ 6.0 实训教程 [M]. 北京：机械工业出版社，2005.

《机械 CAD 软件开发实用技术教程》

（乔爱科　主编）

读者信息反馈表

尊敬的老师：

您好！感谢您多年来对机械工业出版社的支持和厚爱！为了进一步提高我社教材的出版质量，更好地为我国高等教育发展服务，欢迎您对我社的教材多提宝贵意见和建议。另外，如果您在教学中选用了本书，欢迎您对本书提出修改建议和意见。

一、基本信息

姓名：_____　性别：____　职称：_____　职务：_____

邮编：_____　地址：_____

任教课程：_____　电话：____—_____（H）_____（O）

电子邮件：_____　手机：_____

二、您对本书的意见和建议

（欢迎您指出本书的疏误之处）

三、您对我们的其他意见和建议

请与我们联系：

100037　机械工业出版社·高教分社　刘小慧　收

Tel：010—8837 9712，88379715，6899 4030（Fax）

E-mail：lxh@ mail. machineinfo. gov. cn